Hans Erich Nossack

Spätestens im November

Roman

rororo

Rowohlt

Umschlagentwurf Werner Rebhuhn

1.–20. Tausend	Oktober 1968
21.–30. Tausend	Januar 1969
31.–38. Tausend	August 1970
39.–45. Tausend	Dezember 1971
46.–50. Tausend	Oktober 1973
51.–54. Tausend	November 1974
55.–59. Tausend	Juni 1976
60.–64. Tausend	Januar 1978

Veröffentlicht im Rowohlt Taschenbuch Verlag GmbH,
Reinbek bei Hamburg, Oktober 1968
Lizenzausgabe mit freundlicher Genehmigung des Suhrkamp Verlages

Gesetzt aus der engen Aldus-Antiqua
und der Palatino (D. Stempel AG)
Gesamtherstellung Clausen & Bosse, Leck/Schleswig
Printed in Germany
480-ISBN 3 499 11082 2

Für Kurt Bösch

I

Wir dürfen keinen Fehler machen, wollte ich zu ihm sagen, doch als ich ihn ansah, ließ ich es.

Nein, ich muß der Reihe nach erzählen, genau der Reihe nach, wie es ungefähr gewesen ist. Es ist sowieso schwer zu erklären. Manche werden den Kopf schütteln und meinen: Aber das ist doch unmöglich! So etwas tut man doch nicht! Und ich muß ihnen dann recht geben, weil auch ich keine andere Antwort weiß. Ich bin nicht verstockt, nein. Ich weiß wirklich keine Antwort. Die Antworten reichen alle nicht aus, obwohl sie schön klingen.

Es begann bei dem ‹Kleinen Imbiß›, wie es auf der Einladungskarte hieß. Es kann auch schon früher begonnen haben, sehr viel früher sogar. Vielleicht schon, als ich noch ein Kind war. Manchmal scheint es mir, als ob es gar nicht erst begonnen habe, sondern immer schon so gewesen sei, von Anfang an. Doch ich wage nicht darüber nachzudenken; es kann Einbildung sein.

Für diesen ‹Kleinen Imbiß› hatten sie Tische in den Vorraum zum Hörsaal der Kunsthalle gestellt, wohl damit man nach dem Festakt nicht erst woanders hinzugehen brauchte. Eine gute Idee von dem Kulturdezernenten, denn draußen kam alle halbe Stunde ein Regenschauer herunter. An der einen Seite, wo sonst die Garderobe ist, war eine Art Büfett mit belegten Broten und dergleichen. Die Gäste sollten sich selbst bedienen. Ich saß mit dem Oberbürgermeister und seiner Frau und dem Generalsekretär des Industrieverbandes an einem Tisch zusammen. Ich konnte mich nicht weigern. Max hatte mir gesagt, daß ich ihn vertreten müsse; das sei meine Aufgabe. Sonst wäre ich bestimmt weggegangen. Ich kannte die Leute ganz gut, aber es lag mir gar nichts daran, mit ihnen zusammenzusein. Und jetzt konnte ich schon nicht mehr weggehen; es wäre aufgefallen. Unser Tisch stand in der ersten Reihe. Bis zum Büfett war alles frei, nur ein blaugrauer Läufer. Die Leute gingen hin und her und holten sich etwas zu essen. Dabei unterhielten sie sich, und wenn sie Bekannte trafen, machten sie eine vorsichtige Verbeugung. Wegen der Teller, die sie trugen.

Den Pelzmantel warf ich nach hinten über die Stuhllehne; es war warm genug. Ich wollte nicht lange bleiben. Ich zerknüllte das Programm, das ich immer noch in der Hand hielt. Doch es war hartes Papier; es sprang wieder auf. Ich hätte es schon zerreißen müssen. Aber wohin mit den Schnitzeln? Das Knäuel öffnete sich so, daß man gerade den fettgedruckten Namen Möncken wieder lesen konnte.

Ja, und der stand mit der rothaarigen Frau Riebow drüben am Büfett. Sie lachten beide. Sie fragte ihn: ‹Haben Sie das alles tatsächlich erlebt, was Sie geschrieben haben?›, und er antwortete: ‹Wo denken Sie hin, meine Gnädigste. All die Frauen und Mädchen! Wie hätte ich das wohl schaffen sollen.› Solche

Antworten konnte er geben, obwohl es eigentlich nicht zu ihm paßte. Und darauf sagte sie: ‹Ich bin die Frau des Pressechefs›, und er: ‹Ach, dann muß ich mich ja gut mit Ihnen stellen.› Darüber lachten sie. Aber welch ein Getue von ihr! Ich konnte ihr unechtes Gelache bis zu unserm Tisch hören. Sie war auch sehr geschminkt; bei der Neonbeleuchtung sah man es vielzusehr. ‹Die roten Haare hat sie erst seit einem Vierteljahr›, sagte ich später zu ihm. ‹Sehr dekorativ›, meinte er. Es war ihm ganz gleichgültig; das konnte ich nicht wissen. Ich kannte ihn ja gar nicht. Ich hatte Angst, er würde auf sie hereinfallen.

«Was darf ich Ihnen bringen, gnädige Frau?» fragte der Generalsekretär. Ich bat ihn, irgendeine Kleinigkeit für mich auszusuchen. Ich hatte keinen Hunger. Die Frau Oberbürgermeister sagte, es sei schade, daß mein Mann nicht hier wäre. Dasselbe hatte der Oberbürgermeister schon vorher zu mir gesagt. Sie müssen ja so etwas sagen, und ich antwortete, daß es meinem Mann auch sehr leid täte, aber er würde erst spät abends zurücksein; er hätte in Kassel eine wichtige Besprechung. «Ach so, in Kassel», sagte der Oberbürgermeister und zog die Augenbrauen hoch. Ich weiß nicht warum, wahrscheinlich nur aus Höflichkeit; denn die Besprechung, die Max in Kassel hatte, konnte ihn nicht interessieren.

Ich sah dem Generalsekretär nach, wie er zum Büfett ging. Er nickte der Riebow zu und sagte wohl auch etwas zu ihr. Und wie affektiert sie sich halb zu ihm hindrehte! Doch der Generalsekretär nickte auch Möncken freundlich zu, das sah ich. Der aber machte eine komische kleine Verbeugung, so ruckartig, als ob er erschrocken sei und den Generalsekretär noch nie gesehen habe. Dabei hatten sie doch vorhin schon miteinander gesprochen und sich die Hand geschüttelt. Der Generalsekretär hatte ihm gratuliert.

Das alles sah natürlich nur ich. Der Oberbürgermeister erkundigte sich, was mein Mann zu der Wahl, die die Jury getroffen hätte, gesagt habe und ob er damit einverstanden sei. Ja sehr, antwortete ich, und er finde es großartig, wie alles gemacht sei. Es ging sie nichts an, daß Max sich überhaupt nicht mehr darum gekümmert hatte. Ich glaube, er wußte nicht einmal den Namen. Max hatte andere Dinge im Kopf; wer den Preis kriegte, war ihm nicht wichtig. Nur der Preis selber, und daß er auf seine Anregung gestiftet worden war, darauf legte er großen Wert. Es war eine Reklame für ihn. Oder für die Fabrik.

Ja, und dann sprach die Frau Oberbürgermeister über das Buch von diesem Möncken, und ich sagte zu allem ja. Ich hatte es gelesen, aber darauf kam es jetzt nicht an. Ich mußte im Sinne von Max antworten. Was die Riebow drüben am Büfett machte, konnte mir doch völlig einerlei sein. Ich wollte ja sowieso bald fortgehen.

Er dachte genau dasselbe, das konnte ich nicht ahnen. Es kam ihm vor, als sei er aus Versehen in einen Film geraten, in den er gar nicht hineingehörte, erklärte er mir später. «So etwas passiert einem leicht, wenn man nicht aufpaßt. Ja, man muß dauernd aufpassen. Und manchmal ist man auch selber schuld daran, weil man denkt, man könne ruhig einmal daran teilnehmen wie alle andern Menschen. Ja, weshalb eigentlich nicht? Aber es ist furchtbar aufregend. Man muß die ganze Zeit so tun, als ob man wirklich dazu gehöre, damit es nicht auffällt. Denn vielleicht ist es ja ein ganz netter Film, und man soll den Leuten den Spaß nicht verderben. Vor allem darf man nicht abseits stehen und ein trauriges Gesicht machen. Man muß immer grinsen, sonst merken sie es gleich. Aber man wird ganz zappelig davon. Kennen Sie das auch?»

«Doch, sehr gut sogar.»

«Sehen Sie! Sehen Sie!» rief er. «Ja, ich redete nach rechts und nach links, wie ich glaubte, daß sie es haben wollten, und dabei hatte ich nur den einen Gedanken: wie komme ich hier rechtzeitig wieder heraus. Ihre Brötchen können sie ebensogut allein essen und sich ohne mich zuprosten. Viel besser sogar. Wenn es doch Kurzschluß gäbe oder irgendein Gedränge; dann kann man heimlich entwischen. Doch auf so etwas hofft man vergebens. Von allen Seiten lächelten sie mir zu; es war ihnen so selbstverständlich. Ich war gefangen. Da sah ich Sie.»

Es kann sein, daß wir uns auch schon du nannten, das weiß ich jetzt nicht mehr so genau.

«Haben Sie es bemerkt?» fragte er.

«Was?»

«Als ich Sie entdeckte.»

«Ja, das heißt . . .»

«Und wissen Sie, was ich zuerst gesehen habe?»

«Nun?»

«Aber Sie dürfen sich nicht ärgern. Ihre Schultern.»

«Das Kleid ist etwas zu ausgeschnitten für ein Nachmittagskleid», sagte ich. «Aber mein Mann findet es so richtig.»

«Wer?» fragte er.

«Was hat sie Ihnen denn von mir gesagt?» fragte ich.

«Welche sie?» fragte er ganz erstaunt.

«Die Rothaarige.»

«Sie hat mir gesagt, wie Sie heißen, doch ich habe es schon wieder vergessen. Ja, und daß Sie eine reiche Frau sind.»

«Ich bin nicht reich. Mein Mann vielleicht, aber ich nicht. Das hat sie absichtlich gelogen.»

«Was geht uns die Rothaarige an!»

Aber ich muß der Reihe nach erzählen. Denn hierüber unterhielten wir uns erst später. Zu Haus oder als wir im Zug saßen. Und vielleicht noch später.

Der Generalsekretär kam mit Tellern und Cocktails zurück. Der Oberbürgermeister sagte, daß er seinen Beruf verfehlt hätte und daß ein guter Kellner an ihm verloren wäre. Alle lachten über den Witz, auch ich gab mir Mühe. ‹Frau Riebow hat unsern Dichter mit Beschlag belegt›, sagte der Generalsekretär. ‹Dann ist er ja in guten Händen›, meinte die Frau Oberbürgermeister. Ich ließ mir nichts merken. Aber sie meinte es nicht bissig; sie kann gar nicht bissig sein; sie ist sehr mütterlich; ich mag sie gern. ‹Ja, diese Künstler!› sagte der

Oberbürgermeister, ‹sie haben eine gute Nase.› Alle blickten zum Büfett hinüber. Dann sprachen sie über ein Theaterstück. Und dann über eine Ausstellung, die nächsten Monat in unserer Stadt sein sollte. Ich mußte über alles mitreden. Noch zehn Minuten, dachte ich, dann werde ich aufstehen und mich mit irgend etwas entschuldigen. Man hält dich für eingebildet, hatte mir Max schon ein paarmal gesagt, das ist nicht gut, das können wir uns nicht leisten. Es sind andere Zeiten, du mußt dich mehr nach den Leuten richten; sie können uns bei Gelegenheit ganz nützlich sein. Ich glaube manchmal, selbst Max hält mich für eingebildet.

Auch an den andern Tischen wurde viel geredet und gelacht. Ich trank den Cocktail und beschäftigte mich damit, die Olive herauszufischen.

Aber die kleine ruckartige Bewegung hatte ich schon vorher im Hörsaal an ihm gesehen. Ich war etwas zu spät gekommen und hatte mich weiter hinten hingesetzt, um nicht zu stören. Nach Schluß des Festaktes kamen sie angestürzt und entschuldigten sich; denn für Max und mich waren Plätze in der ersten Reihe vorgesehen. Ich sagte, das macht doch nichts. Aber hoffentlich erfährt Max es nicht; dann ärgert er sich wieder über mich. Er ist sehr ehrgeizig.

Zuerst sprach der Generalsekretär über den Literaturpreis des Industrieverbandes, der zum erstenmal in diesem Jahr verteilt werde. Unser Name wurde nicht erwähnt; es wurde nur vom Industrieverband geredet. Max wollte es nicht, daß er genannt wurde. Es müsse alles anonym geschehen, hatte er gesagt. Die meisten wußten es sowieso, daß er den Preis angeregt hatte und daß das Geld von den Helldegen-Werken gestiftet war. Vielleicht wollte Max sich auch nicht binden. Dann redete der Oberbürgermeister über die Stadt und daß wir nicht nur eine Industriestadt seien mit einer rauchigen Atmosphäre der Arbeit, sondern daß die Stadt es als ihre Pflicht ansehe, entsprechend ihrer Größe und Einwohnerzahl auch neben denjenigen Städten genannt zu werden, die die Kultur fördern. Oder so ähnlich. Alle klatschten. Und darum sei er beglückt, als Vertreter der Stadt dem Dichter Berthold Möncken den Preis des Industrieverbandes überreichen zu dürfen. Er tat einen Schritt vom Podium herunter und zog Möncken, der ihm entgegenkam, hinauf. Dort gab er ihm den Preis in einer rotsamtenen Mappe. Berthold erzählte mir später, es wäre immer so eine rotsamtene Mappe, wenn sie den Preis aushändigten. Er hatte sie in seine Aktentasche getan, und in der Nacht, als wir im Zug saßen, warf er sie lachend aus dem Fenster. Auch die Urkunde zerriß er und warf sie hinaus. Ich dachte, man müsse so etwas aufheben, doch er sagte, es sei immer derselbe Quatsch.

Nach dem Oberbürgermeister trat er selber hinter das Pult und redete. Ich wunderte mich etwas über ihn. Da er vorne saß, hatte ich ihn vorher nicht sehen können. Ich dachte zuerst sogar, er wäre es noch gar nicht und es redete noch irgend jemand andres. Denn er sah genau so wie alle andern aus. In seinem dunklen Anzug, und wie das Haar geschnitten war. Ich hätte nie gelaubt, daß er Bücher schreibt. Er hätte ebensogut einer der Herren im Büro von Max sein können. Oder jemand vom Industrieverband. Ich weiß nicht, was ich mir eigentlich vorgestellt hatte. Wahrscheinlich gar nichts, und jetzt, wo ich ihn kenne, komme ich mir sehr lächerlich vor. Berthold machte sich auch über mich lustig. ‹Wie soll unsereiner denn aussehen? Mit Samthose und kariertem Hemd? Bohème können sich nur die anderen leisten, die, die nichts mit Kunst zu tun haben. Unser Leben ist schon unordentlich genug.›

Ich hörte nicht hin, was er redete. Er bedankte sich wohl für den Preis. Ich war etwas müde, das lag am Frühling. Ich werde immer müde bei Vorträgen; die Augenlider brennen mir, das kommt vom Hinsehen auf das Podium, und damit es niemand merkt, blicke ich in den Schoß oder auf das Programm und denke an etwas andres. Meistens ist es ja auch gar nicht wichtig, was sie reden, und wenn man will, kann man es nachher in der Zeitung lesen. Aber es ist so: wenn man an etwas andres denkt und nicht auf das achtet, was da geredet wird, dann schläfert einen die Stimme noch mehr ein. Sie schwebt durch den Saal um einen herum, die Bänke knarren leise und Papier raschelt, das alles hat nichts mit einem zu tun und daher macht es müde. Und manchmal ist die Luft in solchen Sälen auch sehr verbraucht.

Selbstverständlich schlief ich nicht. ‹Was hat der Künstler mit der vielgepriesenen Erhaltung des Daseins zu tun?› hörte ich ihn reden, und auch nur deshalb, weil es höhnisch klang. ‹Aber wenn einer von uns vor der glänzenden Fassade warnt, vor der Statistik und vor dem guten Funktionieren, das vor einer einzigen kleinen menschlichen Geste versagt, dann nennt man ihn einen Nihilisten.›

Neben mir saß ein weißhaariges Männchen mit einer sehr spitzen Nase. Einer von der Zeitung. Ich hatte ihn auch schon bei anderen Gelegenheiten gesehen, seinen Namen kannte ich nicht. Er schnaufte mit seiner Nase, und ich fragte ihn flüsternd: ‹Wie alt mag er wohl sein?› Das Männchen blickte sehr aufmerksam zum Podium hin; es dauerte lange, und ich dachte schon, er würde gar nicht mehr antworten. Schließlich zuckte er mit den Achseln und meinte: ‹Er sieht sehr unverheiratet aus.› Er hielt die Hand vor den Mund, als er mir das zuflüsterte. Er hatte einen üblen Mundgeruch. Vielleicht war er magenkrank. Ich beachtete ihn auch nicht weiter, denn ich fühlte mich beleidigt. Danach hatte ich ihn ja nicht gefragt. Kaum spricht man einen Fremden an, ohne sich etwas dabei zu denken, und gleich wird er frech. Und womöglich schreibt er noch in seiner Zeitung darüber. Aber gewiß meinte er es gar nicht so. Denn das, was er mir zugeflüstert hatte, stimmte haargenau. Komisch, daß ein Mann so etwas merkt. Es war nämlich wirklich ganz unmöglich, sich Berthold verheiratet vorzustellen. Aber die Riebow hatte es sicher gleich gemerkt.

Ich tat so, als ob ich genau zuhörte, was er redete. Dabei sah ich dann, daß er doch ganz anders war, als ich zuerst gedacht hatte. Er tat mir sogar etwas leid. Nicht sehr, nein, das nicht, sondern nur so, wie wenn man aus dem Treppenhausfenster auf den Hof schaut, und dort spielen Jungens. Als Kind habe ich oft da gestanden und ihnen zugeschaut. Meine Mutter erlaubte nicht, daß ich zu ihnen hinunterging; die Jungens waren meiner Mutter nicht fein genug. Mein Vater hätte es wohl erlaubt, doch er wußte nichts davon, und er hätte auch nicht viel ausgerichtet. Ja, und einer von den Jungens ist von den anderen ausgestoßen und darf nicht mitspielen. Sie schubsen ihn fort, sie machen sich über ihn lustig und schließlich behandeln sie ihn wie Luft. Vielleicht haben sie sich gezankt oder sonst irgend etwas. Der Junge steht in der einen Ecke des Hofes und beschäftigt sich mit etwas andrem. Er tut so, als ob ihm das alles gar nichts ausmache. Ach, und wie gern würde er mitspielen. Er schielt manchmal zu den anderen hin, wenn sie es nicht sehen, doch wenn sie nah bei ihm vorbeitoben, ist er wieder ganz beschäftigt. Und wenn die Mutter ihn nachher zum Abendessen ruft, war es ein verlorner Nachmittag für ihn. So ungefähr. Vom Treppenhausfenster kann man das alles gut beobachten. Der Junge weiß ja nicht, daß dort jemand steht. Auch Berthold wußte nicht, daß ich ihm zusah. Sonst ... Er wußte ja überhaupt nichts von mir.

Er machte nämlich kleine Bewegungen, die gar nicht dazugehörten. In den vorderen Reihen merkten sie das sicher gar nicht und dachten, es sei alles in Ordnung. Aber wir saßen viel höher und konnten das Podium von oben sehen. Manchmal war es seine Hand; sie machte sich plötzlich los, als ob sie nach etwas greifen wollte, um sich daran festzuhalten. Doch sie kam nicht weit; sie wurde sofort wieder zurückbefohlen und am Pultrand festgeklebt. Und ich glaube, er trat auch dauernd von einem Fuß auf den andern und verdrehte die Beine hinter dem Pult. Und einigemal blickte er erschrocken in den Saal, etwas nach der Seite hin, als ob er da jemand suchte. Aber es war dort keiner, den er kannte. Ich hatte Angst, daß er steckenbleiben würde, und in Wirklichkeit war er vielleicht schon steckengeblieben und hatte sogar ganz vergessen, daß er dort auf dem Podium stand, um eine Rede zu halten. Und trotzdem redete es ohne Stockung weiter aus ihm, nur daß ich meinte, er sei es schon gar nicht mehr, der da redete; er selber stehe schon abseits, weit, weit weg, und habe alles verlorengegeben. Bis er sich wieder zusammenriß und sich zu den Leuten in den ersten Reihen vorbeugte. ‹Die Wissenschaft wird mich mit der Behauptung widerlegen, daß eine Blume auch dann blühe, wenn sie von niemand gesehen wird. Ich behaupte dagegen, daß die Blume vor Freude errötet, wenn man sie bewundernd anstaunt. Und ich glaube, daß eine Frau schöner davon wird, wenn man zu ihr sagt: Wie bist du schön!›

Da lachten die dummen Weiber im Hörsaal; sie hielten es für ein Kompliment, das er ihnen machte. Und dabei sah er sie gar nicht. Er hatte sich das zu Haus ausgedacht und es auswendig gelernt. Oh, wie war ich wütend.

‹Zeigen Sie uns wieder Ihr schönes menschliches Gesicht, und wir werden auch schöner singen.› Das war der Schluß. Er machte seine ruckartige Verbeugung ins Nichts. Die Blitzlichter leuchteten auf und die Leute klatschten. Mir tat es weh.

«Und wie geht es dem Herrn Generaldirektor?» hörte ich den Oberbürgermeister fragen. «Danke», sagte ich, «meinem Schwiegervater geht es sehr gut.»

«Wir haben ihn schon so lange nicht zu sehen bekommen», sagte der Oberbürgermeister weiter. «Ja, ich wollte ihn mitbringen», log ich, «aber er ist schon über siebzig.» Was sollte ich sonst sagen? Es war mir sehr unangenehm, wenn die Leute mich nach meinem Schwiegervater fragten. Ich wußte nicht, ob etwas dahintersteckte und ob sie mich aushorchen wollten. Das ging nun schon seit einem halben Jahr so; ich mußte immer aufpassen, daß ich nichts Falsches sagte, was Max geschadet hätte. Und was Max mir über diese Angelegenheit erzählt hatte, stimmte meinem Gefühl nach auch nicht ganz. Das konnte ich ihm natürlich nicht sagen. Ja, ich mochte meinen Schwiegervater sehr gern, davon ahnte Max nichts. Und sicher meinten die Leute es auch nicht schlimm, wenn sie sich nach meinem Schwiegervater erkundigten. Schließlich war er der Gründer der Helldegen-Werke und ein wichtiger Mann für die Stadt. Und wovon soll man auch sonst reden, wenn man so zufällig zusammensitzt.

Ja, und dann geschah es.

Es kommt mir jetzt so vor, als ob ich darauf gefaßt gewesen wäre. Es wäre sogar eine Enttäuschung für mich gewesen, wenn es nicht geschehen wäre. Natürlich, daß es so kommen würde, wie es kam, das konnte ich mir nicht ausmalen. Aber doch ungefähr so, und ich war ja auch gar nicht erstaunt; ich hätte doch bestimmt erstaunt sein müssen, wenn es mir ganz überraschend gekommen wäre. Doch es war beinahe so, als hätten Berthold und ich uns nur vorübergehend getrennt, um mit anderen Leuten zu sprechen – er mit der Riebow und ich mit dem Oberbürgermeister – und als er nun wieder zu mir kam, brauchte ich nur zu sagen: Ach so, da bist du ja! Und dabei wußte er doch nicht einmal, wer ich war und wie ich hieß. Und woran sollte er mich erkennen? Es waren viele Frauen da, Frauen von Fabrikanten und von Beamten. Sie saßen mit ihren Bekannten an kleinen Tischen genau wie ich und tranken Cocktails. Ich hätte irgendeine von ihnen sein können, nichts unterschied mich von ihnen. Nur daß sie sich lustig unterhielten; ich unterhielt mich zwar auch und lächelte, wenn es nötig war, aber ich war traurig. Es bedrängte mir etwas die Brust. Der Tisch war auch so klein, die Leute saßen mir so nah; wenn sie mich aus Versehen berührten, zuckte ich zusammen.

Es ist schwer zu erzählen; niemand wird es glauben. Oder man wird es albern finden. Ich kann es sogar gut verstehen, daß man es albern findet, ich kann es besser verstehen als das, was geschah. Ich mußte es so hinnehmen, es ging nicht anders. Ich hatte Berthold die ganze Zeit nicht aus den Augen gelassen. Auch wenn ich mit den anderen sprach, blickte ich hin. Mir entging keine Bewegung, ich sah, daß er mehrere Gläser trank, und die Riebow trank mit ihm. Auch ich ließ mir noch ein zweites Glas geben, und als ich es rasch ausgetrunken hatte, stellte der Generalsekretär noch ein drittes vor mich hin. Sie dachten, es gefiele mir alles gut, darüber waren sie sicher froh. Auch Max würde mich gelobt haben; man müsse mitmachen, sagte er immer. Doch ein paarmal schien es mir, als ob Berthold zu mir herübersähe, dann erschrak ich sehr; ich hielt es nicht aus. Die anderen durften es nicht merken. Aber wenn ich wieder hochblickte, hatte er sich bereits abgewendet. Es war also eine Täuschung gewesen. Vielleicht blickte er auch nur so ins Leere, wie er es vorher bei seinem Vortrag getan hatte, als er mich wirklich nicht sehen konnte. Und außerdem stand er ja da mit der Riebow zusammen und schwatzte mit ihr. Aber schließlich, als es öfter geschah, glaubte ich doch, daß er zu mir hersah. Ja, und dann machte er eine Bewegung, als stieße er sich vom Büfett ab. Nein, es sah sogar so aus, als ob er die Riebow beiseite schöbe. Fast hätte ich gelacht. Wahrscheinlich hat er nur zu ihr gesagt: Einen Augenblick, bitte! Wie sie sich wohl geärgert hat. Aber das ist jetzt ganz nebensächlich. Er kam geradewegs auf mich zu, sehr langsam und sehr selbstverständlich, ohne nach links oder rechts zu sehen. Aber wie lange es dauerte, endlos lange. Er ging genau auf dem blaugrauen Läufer. Ringsherum war plötzlich alles im Dunkel, nur die Linie, auf der er näher kam, war matt beleuchtet. Ich wußte nicht, ob das Licht bis zu mir hinreichte oder ob auch ich schon im Dunkel war. Ich griff mit der Hand nach hinten, nach dem Pelzmantel, der über der Stuhllehne hing. Doch dann ließ ich es; es war keine Zeit mehr dazu. Ich nahm mein Cocktailglas in die Hand und stand auf. «Entschuldigen Sie», sagte ich zu der Frau Oberbürgermeister. Ja, so schlau war ich. Sie sollten denken, daß ich ihm gratulieren wollte. Ich mußte auf Max Rücksicht nehmen. Überhaupt, ich wollte die Form so lange wie möglich wahren. Wieso? Ich konnte ja Berthold schon kennen, und da Max den Preis gestiftet hatte, war es doch nur richtig, daß ich Berthold gratulierte.

Ich ging ihm ein paar Schritte entgegen, ich beeilte mich, auf den Läufer zu kommen und von dem Tisch fort. Es versank auch sofort alles hinter mir. Ich lächelte, glaube ich, aber dann ließ ich es; denn Berthold lächelte nicht. Es war auch nicht der rechte Augenblick, um zu lächeln. Und dann standen wir uns schon gegenüber. Ziemlich nah; es schien mir sicherer, denn so wie der Tisch hinter mir versank, als ich ihn verließ, schwebte und wehte nun auch alles andere, was um uns herum war, wie Nebelwolken auf und ab und streifte uns kaum, und nur da, wo wir waren, konnte man fest stehen. Ich wollte gleich etwas zu ihm sagen; diesen Gedanken hatte ich noch mit dorthin genommen. Ich wollte zuerst sprechen, damit er keinen Fehler machte. Ich wollte mein Glas heben und ihm gratulieren, dann hätte er mir dafür danken müssen. Aber es kam mir nichts über die Lippen, es schien mir alles so unnötig. Ich wartete einfach. Ich sah auf seinen Schlips; es war ein grauer Schlips, hellgraue Seide, wie sie ihn alle zum dunklen Anzug tragen. Der Schlips war ein klein wenig verrutscht, und wenn es nicht wegen des Glases gewesen wäre, hätte ich ihn zurechtgezogen. Aber wo sollte ich das Glas hinstellen? Es war kein Tisch mehr da, das Glas wäre ins Leere gefallen.

Wir standen auch sicher nicht lange da, so etwas meint man nur. Für uns war es eine Ewigkeit. Wenn sie vorbei ist, sehnt man sich immer danach zurück, nichts genügt einem mehr. Aber die Welt weiß nichts davon. «Mit Ihnen lohnt es sich zu sterben», sagte er. Es war so, als ob ich es selber gesagt hätte, obwohl ich nicht diese Worte gebraucht hätte. Doch nun war es wie meine eigene Stimme, die zurückkam; es waren genau die richtigen Worte; etwas anderes zu sagen, wäre falsch gewesen, und darum sagte ich auch nur: Ja.

Und dabei sah ich ihn an. Ich sah sein Gesicht.

Es war das erste Mal, daß ich sein Gesicht sah. Man sieht es nicht immer, nur wenn man Glück hat. Denn er hatte mehrere Gesichter. Welche, die er zeigte und die sich alle ähnlich waren und die sich fotografieren ließen, wenn er mit den Leuten sprach, mit dem Oberbürgermeister oder mit der Riebow, oder auf der Straße. Ich weiß nicht, wo er sie immer so rasch hernahm, es konnte einen ganz irre machen. Auch das waren Gesichter, die gut aussahen, kluge Gesichter, aufmerksame, höhnische, aber alle so hastig, nur für den Augenblick, dann wurden sie weggeworfen und ein neues Gesicht ausprobiert.

Aber das andere Gesicht läßt sich nicht beschreiben und nicht fotografieren. So schnell ist kein Apparat. Es war nur in den Lücken da, wenn er die anderen Gesichter wechselte, ganz verwischt, so daß es niemand wahrnahm. Und selbst wenn jemand es gesehen hatte, nahm er es nicht für das richtige Gesicht, er dachte lieber, er habe falsch gesehen.

Aber ich wußte, daß es das richtige Gesicht war, ich wußte es sofort. Ich hatte es schon vorher gewußt, ich hatte mich davor gefürchtet, es zu sehen. Nicht daß es weh tat, o nein, aber es war so wehrlos, man wurde ganz wehrlos davon. Man fühlte sich selbst nicht mehr, es war kaum zu ertragen. Ich mußte rasch wieder wegsehen.

Und wie allein wir waren. Ganz außerhalb und allein. Mich fror. Schade, daß ich den Pelz nicht doch gleich mitgenommen habe. Es ist kalt hier. Haben sie denn die Heizung plötzlich abgestellt?

In den Augenwinkeln sah ich, daß draußen vieles um uns herumschwamm. Köpfe und Figuren in ihren Kleidern. Wenn sie nah an uns herangespült wurden, fiel Licht auf sie, das von uns ausging. Dann sah ich sogar Augen, weitaufgerissene Augen, die an der Fensterscheibe staunten. Doch nur für Sekunden, es konnte sich nichts halten, es wurde sofort weitergeschwemmt. Es konnte nicht zu uns heran. Und es war auch ein leises Brausen da draußen, das uns nichts anging, von den Wellen, von irgendeinem Wind oder von Stimmen.

«Ich habe drei Cocktails getrunken», sagte ich.

«Ich habe fünf von dem Zeug getrunken», sagte er, «hier gibt es ja nichts andres. Was hat das damit zu tun?»

«Wo haben Sie Ihren Mantel?» fragte ich.

«Mantel? Welchen Mantel?»

«Sie werden doch einen Mantel haben.»

Endlich begriff er. «Draußen bei den Garderobenständern. Auch meine Aktentasche. Kommen Sie.»

«Tun Sie so, als ob wir verabredet wären», sagte ich.

«Aber wozu denn. Es ist doch alles klar.»

«Nein, ich muß meinen Pelzmantel holen. Er hängt da über meinem Stuhl. Auch meine Handtasche liegt noch auf dem Tisch. Nein, warten Sie», sagte ich; denn er wollte zum Tisch hinlaufen und die Sachen holen. So ungeduldig war er, wie ein Kind. «So geht das nicht. Seien Sie höflich zu den Leuten. Geben Sie ihnen die Hand und bedanken Sie sich für alles. Mehr ist nicht nötig. Ich werde schon eine Ausrede finden.»

Ich mußte von nun an sehr auf ihn aufpassen, das war meine Aufgabe. Ich glaube auch, es ging alles gut. Wir reichten unsere Hände hinaus, und sie wurden von draußen geschüttelt. Wir zogen die Hände schnell wieder zurück. Ich sagte, daß wir nach Haus müßten; sie hörten es wohl auch, doch es war mir gleichgültig. Nur als Berthold mir in den Mantel half, stellte er sich ungeschickt an. Es ging ihm alles nicht schnell genug. Fast hätte er den Kragen abgerissen, so heftig riß er den Mantel hoch, als ich endlich in die Ärmel gefunden hatte. Es wäre besser gewesen, ich hätte den Mantel über den Arm genommen und später angezogen, doch man denkt nicht an alles. Und dann mußten wir auch noch bis zur Tür kommen. Ich machte absichtlich ganz kleine Schritte, dadurch zwang ich ihn, sich nach mir zu richten. Dabei galt es zu lächeln so wie man lächelt, wenn man weggeht. Aber den Türflügel riß Berthold so gewaltsam auf, daß er ihm aus der Hand flog und gegen die Wand knallte.

Draußen auf dem Treppenabsatz hatten sie zwei Garderobenständer aufgestellt. Es war auch eine Frau da, die auf die Sachen aufpaßte. «Der da», rief Berthold und klopfte mit einem Geldstück auf den Tisch. «Und meine Aktentasche, bitte. Sie steht da hinten an der Wand. Nein, die da.» Es war ein Regenmantel mit eingeknöpftem Futter, ganz schmutzig am Kragen und an den Ärmeln. Einen Hut hatte er nicht, nur eine Mütze in der Tasche. Sie fiel auf die Fliesen, als er die Handschuhe herausholte. Er hob sie auf, klopfte sie einmal aus und steckte sie wieder in die Tasche.

«Können wir eine Taxe bekommen?» fragte ich den uniformierten Museumsdiener, der bei der Drehtür herumstand. Der Mann lief sofort hinaus und winkte eine Taxe herbei. Die Taxen lauerten wohl schon auf das Geschäft, denn als wir hinauskamen, stand bereits eine da. Draußen neben dem Portal standen mehrere Chauffeure und rauchten. Sie waren von den Privatwagen und warteten auf die Gäste. Es war ein Zufall, daß ich selber mit einer Taxe hergekommen war. Mit dem großen Wagen war Max unterwegs, und der kleinere wurde auch gebraucht, oder er war zur Überholung. Ich hatte mich sogar deswegen geärgert, aber jetzt war ich froh. Eine Taxe war viel besser, so wie alles gekommen war. Ich sagte dem Fahrer die Adresse, an Berthold vorbei, der hinter mir in den Wagen kroch. Der Fahrer schlug die Wagentür hinter ihm zu, setzte sich dann vorne hinter das Steuer, stellte den Zähler an und fuhr los.

Es muß gegen halb sieben oder sieben gewesen sein. Der Festakt hatte um fünf begonnen. Inzwischen hatte es wieder etwas geregnet. Die Laternen waren wohl gerade angezündet worden. Die Straßen waren blank, und die Lichter spiegelten sich darin.

«Wo schleppen Sie mich denn hin?» fragte Berthold neben mir, ohne mich anzusehen.

«Nach Haus!»

«Nach Haus?»

«Ich muß erst noch nach Haus. Ja, es geht nicht anders.» Dann schwiegen wir. Und ich kam zur Besinnung.

Was habe ich angerichtet! Vor einer Stunde, nein, vor einer halben Stunde wußte ich von all dem noch nichts. Ich hatte nicht mit einem einzigen Gedanken an so etwas gedacht. Es war alles in Ordnung und Sicherheit gewesen, und es könnte auch jetzt noch so sein; es lag nur an mir. Ich saß neben einem wildfremden Menschen, mit dem ich nichts zu tun hatte, und mit dem ich nun gar nichts anzufangen wußte. Es war sogar allein meine Schuld, nicht seine; ich hätte ihm ja nicht entgegenzugehen brauchen, ich hätte nicht darauf einzugehen brauchen. Statt dessen schleppte ich ihn mit, wie er es nannte. Sollte das vielleicht schon ein Vorwurf sein? Ja, ich hatte mich benommen, wie man sich nur im Traum benimmt, wenn man gar nicht anders kann und auch das Nachdenken nichts nützt, weil sich doch alles von selbst ergibt, und nur durch Aufwachen kann man sich retten. Und wenn man dann aufwacht, ist man ganz erschöpft von der Anstrengung oder auch traurig, weil es nur ein Traum war und die Wirklichkeit niemals so sein kann; denn man muß ja so viel Rücksicht nehmen. Aber davon weiß dann niemand etwas, es bleibt alles geheim und sogar man selber vergißt es im Laufe des Tages. Man steht auf, wäscht sich und zieht sich an, noch etwas zitternd, weil man immer zurückdenken muß; dann geht man hinunter zum Frühstück und die anderen fragen: Na, ausgeschlafen? Und es ist für sie so, als ob man gar nichts erlebt hat.

Sollte ich den Chauffeur auf die Schulter tippen und ihn bitten zu halten? Und dann Berthold bitten auszusteigen. Ja, auf Wiedersehen! Und vielen Dank, daß Sie mich ein Stück begleitet haben. Oder sollte ich ihn zum Bahnhof fahren? Ich wußte ja gar nicht, ob er zum Bahnhof wollte. Oder zum Hotel? Zu welchem Hotel? So ging es doch auch nicht. Was würde er von mir denken!

Ich wußte nicht einmal, was ich mit ihm reden sollte, so fremd war er mir. Nicht einmal, wie ich ihn anreden sollte. Denn Berthold nenne ich ihn erst jetzt, damals nicht, nein, es hat lange gedauert, bis ich ihn so nannte. Und Herr Möncken wollte ich ihn auch nicht anreden. Wie albern das klingt. Es wäre gar nicht derselbe gewesen, wenn ich ihn so angeredet hätte, nicht derselbe, den ich mitgenommen hatte und der mit mir zusammen in der Taxe saß. Ich glaube fast, auch er hätte dann gedacht, ich redete zu dem Chauffeur.

Mich fror vor Ratlosigkeit. Wenn er doch wenigstens geredet hätte, dann wäre alles viel leichter gewesen. Statt dessen saß er in seiner Ecke und blickte geradeaus. Ich konnte sein Gesicht auch nicht sehen, das war es. Wenn wir an einer Straßenlaterne vorbeikamen, war rechts neben mir ein heller Schimmer, doch mehr nicht. Ich weiß nicht, was ich von ihm erwartet hatte. Vielleicht hatte ich gedacht, daß er gleich seinen Arm um mich legen würde und mich an sich ziehen. Oder etwas Derartiges. Ja, mir scheint jetzt, daß ich das befürchtet hatte. Und selbstverständlich hätte ich mir das auch gefallen lassen müssen. Aber es war gut, daß er es nicht tat und keine Anstalten zu so etwas machte. Dann wäre er so gewesen, wie alle Männer sind, und ich war doch gerade deswegen mit ihm fortgefahren, weil er anders war.

«Frieren Sie?» fragte er.

«Nein, warum?»

«Weil Sie den Mantel über Ihre Knie tun.»

«Es hat mich nur etwas angestrengt», sagte ich.

«Ich zittere auch jedesmal, wenn ich einen Vortrag gehalten habe. Die Beine zittern mir in der Hose, aber niemand merkt es, da sie alle auf den Vortrag geachtet haben. – Was für eine häßliche Stadt das ist.»

«Ja, sie ist nicht besonders hübsch, doch nach Süden gibt es schöne Wälder.»

«Sind Sie von hier?»

«Nein, ich wohne hier nur. Ich stamme aus Uelzen.»

«Uelzen? Da bin ich noch nie gewesen. Man fährt mit der Bahn durch, meistens nachts. Dann schreien sie auf dem Bahnsteig: Uelzen.»

«Es gibt da auch nicht viel zu sehen. Es ist eine winzige Stadt.»

«Ich werde mir einen alten Volkswagen kaufen», sagte er plötzlich.

«Ja?» sagte ich.

«Dann kann man gleich losfahren, wenn es einem irgendwo nicht mehr paßt. Auch nach Uelzen zum Beispiel. Wir könnten dann gleich nach Uelzen fahren.»

Ich lachte etwas.

«Warum lachen Sie? Würden Sie nicht gern hinfahren?»

«Nein, nicht sehr gern. Nicht nach Uelzen», sagte ich. «Was sollen wir da.»

Er schwieg eine Weile. Dann fragte er: «Sagen Sie, sind Sie eine vornehme Dame?»

Ich wußte nicht, was die Frage bedeutete. Ich wußte nicht, was ich darauf antworten sollte. Aber dann lachte er etwas. «Ich glaube im Ernst, daß Sie eine vornehme Dame sind.»

«Nein», sagte ich. Ich ärgerte mich über ihn. «Ich weiß auch nicht, was Sie darunter verstehen.»

Dann schwiegen wir wieder. Ich überlegte, was ich Max sagen sollte und was er sagen würde. Vielleicht würde es ihm sogar sehr recht sein, daß ich diesen da zu uns ins Haus einlud. Jedenfalls war es alles nicht so schlimm, wie ich zuerst gedacht hatte. Und wenn die Leute in der Kunsthalle wirklich etwas gemerkt haben sollten, so würden sie dadurch zum Schweigen gebracht, daß er bei uns zu Gast war.

«Vielleicht ist das Wort etwas abgegriffen», sagte er leise und mehr fragend.

«Wie bitte?»

«Das Wort ‹vornehm›.»

«Ach, lassen wir das doch», sagte ich.

«Sie brauchen sich nicht zu ärgern. Irgend etwas dieser Art ist es, etwas Seltenes. Man merkt es gleich, wenn man Sie unter anderen Leuten sieht.»

Wir kamen gerade zu der alten Eisenbahnüberführung; gleich dahinter ist eine Kurve. Der Fahrer fuhr sehr vorsichtig; das Pflaster war wohl etwas rutschig vom Regen. Es waren hier schon viele Unfälle passiert; die Stadt wollte das ändern, doch es fehlte immer noch an Geld. Es waren auch Warnungszeichen angebracht. Während der Besatzungszeit hing am Mittelpfeiler der Brücke ein Schild mit einem großen Totenkopf und darunter: DEATH IS SO PERMANENT! Max schimpfte jedesmal, wenn wir daran vorbeikamen. Und ich lachte ihn jedesmal aus.

Und dann, als wir auf der Heimelsburger Chaussee waren, fuhr der Wagen wieder schneller. Vor uns war alles frei, nur die Girlande von blauweißen Lichtern mitten über der Straße, und ganz in der Ferne eine Straßenbahn.

«Wissen Sie, was ich möchte?» fragte er. Zum erstenmal wendete er sich halb zu mir hin. Er hob sogar seine linke Hand etwas hoch, und ich dachte, er würde sie mir aufs Knie legen. Vielleicht war das auch seine Absicht, ja, er meinte vielleicht, daß ich verärgert sei und daß er mich versöhnen müsse. Doch dann ließ er die Hand wieder fallen.

«Nun?» fragte ich.

«Ich möchte mit Ihnen in einer Stadt... nicht hier und es braucht auch nicht Uelzen zu sein... in irgendeiner Stadt, ganz gleich, sie darf natürlich nicht zu klein sein, ja, da möchte ich mit Ihnen durch die Hauptgeschäftsstraßen gehen, und wir bleiben vor allen Läden stehen und besehen uns die Sachen in den Schaufenstern. Eingehakt natürlich, und beim Gehen berühren wir uns mit den ... Hüften.» Er klopfte mit der Hand auf seinen Oberschenkel. «Ja, und dann gehen wir in ein Restaurant oder ins Theater, und im Foyer staunen die Leute.»

«Weshalb sollen sie staunen?» fragte ich, nur um etwas zu sagen.

«Warten Sie nur ab! Sie werden ihre Unterhaltung mitten im Satz abbrechen, all die Köpfe werden sich zu uns hindrehen, Männer und Frauen. Wie kommt dieser Bursche zu so einer Frau, werden sie denken. Wie?» fragte er zu mir hin.

«Ja», sagte ich, «das heißt...» Ich nahm meine Tasche und suchte nach den Schlüsseln.

«Wir sind wohl gleich da?» fragte er.

«Ja, es ist nicht mehr weit.»

In Wirklichkeit suchte ich gar nicht nach den Schlüsseln, sondern nach einem Fünfmarkstück. Denn vielleicht hatte er ja kein Geld bei sich. Nur das Geld, das sie ihm gegeben hatten, und das war sicher ein Scheck, mit dem nichts anzufangen war. Und ich hatte ja auch dieTaxe bestellt, ohne ihn erst zu fragen. Das alles war sehr peinlich. Ich wollte, wenn die Taxe hielt, dem Fahrer heimlich das Fünfmarkstück über die Schulter hinreichen. Solche Leute sind rasch von Begriff und vielleicht sind sie so etwas gewohnt. Ich hatte auch eine Ausrede bereit: die Taxe wäre für den ganzen Tag gemietet und würde von der Fabrik bezahlt.

Doch das alles war nicht nötig. Er hatte Geld. Er trug es lose in seiner Jackentasche.

Wir gingen die Auffahrt hinauf ohne zu sprechen. Auch als ich die Haustür aufschloß, redeten wir nichts. Er stand eine Stufe niedriger hinter mir im Dunkeln. Durch die Milchglasscheiben sah ich, daß in der Halle nur ganz wenig Licht brannte. Max war also noch nicht da. Dann war die Haustür offen, ich ging hinein und knipste im Windfang Licht an. Er kam auch hinter mir her, ich hörte, wie er sich die Schuhe auf dem Fußkratzer abtrat. Ich wollte auch in der Garderobe Licht anknipsen, aber plötzlich war es so still hinter mir, ich drehte mich erschrocken um. Da stand er zwar schon im Windfang drinnen, aber ganz in die Ecke geklemmt neben der Haustür. Und die Haustür war auch nur angelehnt, die Klinke hatte er noch in der Hand.

Wir sahen uns an. Ich wollte fragen: Was ist?, doch es gelang mir nicht. Er stand da wie jemand, der ertappt worden ist.

«Nehmen Sie mir es nicht übel, gnädige Frau ...» begann er. Ach, wie weh mir die Anrede tat.

«Haben Sie keine Zeit mehr?» fragte ich schnell.

«Ja, vielleicht habe ich auch keine Zeit. Ich muß ... Sehen Sie es doch ein, was soll ich hier!»

Da ging ich zur Haustür und drückte sie ins Schloß. Ich konnte ihn da nicht so hilflos stehen lassen. «Kommen Sie, werfen Sie Ihren Mantel da auf einen Stuhl in der Garderobe. So viel Zeit werden Sie wohl noch für mich haben. Sie können auch gleich wieder gehen.»

Er gehorchte mir, aber er tat alles sehr langsam. Ich paßte auf, bis er seinen Mantel und die Aktentasche auf den Stuhl gelegt hatte, dann ging ich voran, öffnete die Windfangtür und machte in der Halle Licht. «Kommen Sie.»

Dann mußte ich wieder auf ihn warten. Er drehte das Licht in der Garderobe aus, dann suchte er nach dem Schalter im Windfang, so ordentlich war er. Oder wollte er nur Zeit gewinnen? Und bevor ich sagen konnte: Lassen Sie doch!, hatte er ihn gefunden. Dann endlich stand er auf der Schwelle zur Halle, doch nicht weiter. Wieder sahen wir uns an. Wir sahen uns in die Augen. Ich mochte ihn nicht noch einmal bitten, näher zu kommen. Wenn er sich jetzt umgewandt hätte und weggegangen wäre, würde ich ihn nicht gehalten haben. Ich wußte nicht einmal, wie ich ihn hätte halten sollen.

Langsam glitt sein Blick von mir weg, erst nach links, wo die Sessel standen und dann allmählich nach rechts rings durch die Halle zur Treppe hin. Ich ließ ihn nicht aus den Augen, in seinem Gesicht war keine Regung, aber ich sah alles, was er sah. Ich sah mit seinen Augen, und das war furchtbar. Es war plötzlich alles wertlos, all die teuren Sachen, nur durch seinen Blick. Alles wie ausgelöscht, alles zu kaufen. Und wieviel Geld sie gekostet hatten! Und doch so billig. Und wie stolz Max darauf war! Und doch so kalt und lächerlich. Wie eine Bühnendekoration, alles wie es sein mußte; wenn man es hinnahm, war auch alles in Ordnung. Aber von irgendwoher wehte Zugluft durch die Kulissen. Und ich hatte es all die Jahre so hingenommen, ich hatte gemeint, es müsse so sein, ich hatte mich damit zufriedengegeben, ich hatte nicht einmal die Zugluft gemerkt. Es war ja immer so gut geheizt, wie sollte ich sie auch merken. Doch jetzt merkte ich sie: alles war kahl. Ich bekam es mit der Angst, am liebsten wäre ich zu ihm hingelaufen. Ja, lassen Sie uns schnell fortgehen.

Da blieb sein Blick an der Treppe oben hängen. Er machte eine kleine Bewegung mit dem Kopf, um mir anzuzeigen, daß dort etwas sei; darum blickte ich auch dorthin, und es war Fräulein Gerda, die dort oben stand am Bronzegeländer, dort wo die Treppe im ersten Stock in einen Balkon verläuft. Das hatte Max erst vor drei Jahren so bauen lassen, das ganze Haus war damals modernisiert worden, die Treppe war ihm das liebste; es machte ihn froh, wenn die Besucher sie lobten. Und ich hatte mich für ihn mit gefreut. Ja, dort stand Fräulein Gerda in ihrer Schwesternschürze, mit einem Tablett in der Hand und sah zu uns herunter. Es waren ja auch überall dicke Läufer, wie hätten wir sie hören können! Ich weiß also nicht, wie lange sie uns schon zugesehen hatte. Ich weiß nicht einmal, wie lange wir da standen. Vielleicht war es nur ein Augenblick.

«Guten Abend. Hat mein Mann angerufen?» fragte ich sie. Und sie sagte: Guten Abend, Frau Helldegen, und ja, er hätte angerufen, Herr Blanck hätte mit ihm gesprochen und Herr Blanck wäre dort drinnen. Dabei zeigte sie mit dem Finger auf die Tür des Arbeitszimmers, doch die ganze Zeit starrte sie auf Berthold, und ich ärgerte mich.

An Blanck hatte ich überhaupt nicht mehr gedacht. «Schön», sagte ich, «und sagen Sie Günther, ich komme sofort.» Sie ging oben weg, nach links zum Kinderzimmer hin, doch vorher sah sie sich noch einmal nach uns um. Sie ist nicht schlecht, nur so taktlos und wohl auch etwas dumm, obwohl sie Krankenschwester ist.

«Ist hier jemand krank?» fragte Berthold. Er stand immer noch in der Tür zum Windfang. Er war keinen Schritt weiter hereingekommen.

«Nein, wieso? Ach, wegen ihrer Schürze da? Sie ist... Aber ist das jetzt so wichtig? Wenn Sie doch gleich wieder wegwollen.» Ich trat nahe zu ihm hin, um ihn wenigstens noch einmal anzusehen. «Ich will Sie nicht halten. Ich kann Sie gut verstehen. Wirklich!»

Er rührte sich nicht vom Fleck, er sah mich nur an. Schließlich sagte er: «Ich werde Ihnen schreiben.»

«Schreiben?»

«Soll ich Ihnen hierher schreiben? Hierher?» Dabei blickte er sich wieder in der Halle um. «Und ich weiß ja nicht einmal, wie Sie heißen.»

«Wozu wollen Sie mir schreiben?»

«Um Ihnen alles zu erklären. Damit Sie nicht denken...» Er stockte und sah mich ratlos an.

Ich wußte mir auch keinen Rat. «Was ist mit Ihnen los?» fragte ich. «Warum sind Sie so anders?»

«Ich bin immer so», sagte er leise. Wir flüsterten beide, nicht wegen Fräulein Gerda, an die dachten wir nicht, sondern es ergab sich so.

«Vorhin waren Sie anders», sagte ich. Er schüttelte mit dem Kopf. «Doch! Ganz anders. Oder haben Sie Angst?» Es war mir, als ob er ein klein wenig zusammenzuckte, doch es kann auch eine Täuschung gewesen sein. «Wovor denn? Vor mir? Vor diesem Haus?» Das hätte ich vielleicht nicht fragen dürfen; denn sein Blick flackerte hin und her, als ob er nach einem Ausweg suchte. Und ich hätte es auch meinetwegen nicht fragen dürfen; denn ich hatte selber Angst, und nun merkte ich es und sie trieb mich weiter. Nur wovor ich Angst hatte, ja gerade das, was ich ihn fragte, wußte ich nicht. Ich bin sonst nämlich gar nicht ängstlich. Es war wohl seine Angst, die mich erfaßte, obwohl ich sie nicht kannte. Es war dies Auslöschende an ihm, was mich ängstlich machte. So wie er da in der Tür stand und nicht hereinkommen wollte, versuchte er sich selber auszulöschen, und damit hätte er auch mich ausgelöscht und das Haus und alles. Es konnte jeden Augenblick Schluß sein, und dann blieb nur die Erinnerung an... nicht an einen Traum; ein Traum verfliegt wie Rauch einer Zigarette oder wie Kopfweh... nein, an eine andere Möglichkeit, die versäumt wurde, die einzige andere Möglichkeit, und so etwas verfliegt nicht wie Kopfweh, so etwas bleibt bei einem, bis man daran zugrunde geht, und es macht alles, was noch hinterher kommt, zu gleichgültigem Ersatz.

Zu unerträglichem Ersatz, ja! Aber das hätte ich damals nicht so erklären können, wie jetzt. Und vielleicht ist es auch jetzt nicht die richtige Erklärung, sondern nur etwas Ausgedachtes. Muß man denn so etwas erklären? Damals wußte ich nur, daß es einzig von mir abhing, wenn noch etwas zu retten war, und daß ich nicht klug und nicht geschickt zu sein brauchte, ja, überhaupt, daß es nicht darauf ankam, ihn zu halten, sondern nur darauf, ganz so zu sein wie ich war, ganz ehrlich, ganz so, wie man sonst nie sein darf, weil es nicht üblich ist und die Leute schockiert.

«Kann ich Ihnen nicht helfen?» sagte ich, weil mir nichts anderes einfiel. Und da er den Kopf schüttelte: «Warum kann ich Ihnen nicht helfen? Liegt es an mir?»

Er schüttelte wieder den Kopf. «Nein, es hat nichts mit Ihnen zu tun. Ich werde Ihnen schreiben.»

«Warum denn schreiben? Ich will keinen Brief, ich will es jetzt wissen.»

«Schreiben ist besser», sagte er.

«Vorhin waren Sie ganz anders. Vorhin war alles selbstverständlich. Ich habe Sie sofort verstanden, ich bin ja auch sofort mit Ihnen weggegangen. Wissen Sie überhaupt noch, was Sie zu mir gesagt haben? Sie haben etwas zu mir gesagt, was noch nie jemand zu mir gesagt hat. So jedenfalls nicht. Und ich habe es sofort verstanden, ich habe mich nicht darüber gewundert, ich bin nicht empört gewesen, es war so als ob ich gerade auf das gewartet hatte, was Sie sagten, mein ganzes Leben lang, deshalb. Aber so etwas darf man doch nicht sagen, wenn man es nicht meint, das geht doch nicht, das ist gefährlich. Das müssen Sie doch wissen. Und Sie haben es auch so gemeint, wie Sie es gesagt haben; das habe ich gefühlt, sonst wäre ich gar nicht darauf eingegangen. Und nun? Nun bleiben Sie da einfach in der Tür stehen und lassen mich hier stehen, als ob nichts geschehen wäre, und wollen weglaufen und wollen mir schreiben. Was habe ich denn davon, daß Sie mir schreiben? Ich will... ich weiß nicht, was ich will, ich weiß nur, daß es so nicht geht. Oder war es nur ein dichterischer Ausdruck?»

«Ich habe mich gehenlassen», sagte er.

«Sagen Sie so etwas zu anderen Frauen auch? Zu der Riebow zum Beispiel?»

«Zu wem?»

«Ganz gleich. Nein, ich weiß ja, daß Sie es nicht zu ihr gesagt haben. Und ich hätte es auch gar nicht begriffen, sie hätte Sie ausgelacht. Aber ich... Wiederholen Sie mir doch den Satz.» Er schüttelte heftig den Kopf. «Bitte, bitte! Nur diesen einen Satz. Vielleicht habe ich mich ja verhört! Es war so laut da.

Das kann Ihnen doch keine Mühe machen, oder? Warum denn nicht? Denn wenn es nur ein dichterischer Ausdruck war ...»

«Bitte, hören Sie davon auf», flüsterte er.

«Nein, denn vielleicht will ich mich daran erinnern, wenn ich einmal traurig bin. Sie können es ja auch drucken lassen. Einen dichterischen Ausdruck kann man ruhig drucken lassen, davon fühlt sich niemand getroffen. Aber ich ... mit mir ist es anders. Ich will dann zu mir sagen, ein einziges Mal hat jemand zu mir gesagt ... Soll ich es für Sie wiederholen?»

«Nein, so etwas darf man nicht sagen.»

«Ach? Aber Sie haben es doch zu mir gesagt. Wie war denn das? Und weshalb soll ich es dann nicht auch zu Ihnen sagen dürfen?»

«Bitte nicht. Nicht jetzt.»

«Nicht jetzt? Ja, wann denn?»

«Ich habe es aus Versehen ... nein, bitte, Worte sind gefährlich. Worte sind viel gefährlicher als Sie denken. Ich muß es doch wissen, es ist doch mein Beruf. Bitte, lassen Sie mich jetzt gehen.»

«Gleich, mein Herr, gleich! Doch so kommen Sie mir nicht weg. Vorher will ich genau wissen, was Sie zu mir gesagt haben. Ich will es noch einmal hören und Sie sollen es auch noch einmal hören, damit keiner von uns es vergißt oder an einen verkehrten Satz denkt. Sie haben zu mir gesagt ...» Er hob die Hände hoch. Ich glaubte schon, er wollte mir den Mund zu halten, und das wollte er wohl auch, er wagte es nur nicht, er scheute die Berührung noch mehr als die Worte. Und wenn er es getan hätte, würde ich ihm in die Handfläche gesprochen haben, und das wäre sogar mehr gewesen, als es nur einfach so in die Luft zu sprechen. Ja, ich war meiner Sache zu sicher, daß ich noch näher zu ihm hintrat und ihm meinen Mund hinhielt, um es ihm leicht zu machen. Aber das wagte er doch noch nicht. «Sie haben zu mir gesagt ...» und dabei lächelte ich. Ich mußte lächeln, denn plötzlich war wieder alles so selbstverständlich, und auch sein Gesicht war wieder da, das richtige Gesicht. Er wehrte sich nicht mehr dagegen. «Mit Ihnen lohnt es sich zu sterben.»

Und dann war es wieder so still, genau wie vorhin in der Kunsthalle. Nur wir beide und nichts andres. Es läßt sich nicht erzählen.

In diesem Augenblick kam Günther oben aus dem Kinderzimmer gelaufen, barfuß und in seinem hellblauen Schlafanzug, und rief: ‹Mama!› Er war Fräulein Gerda entwischt, und sie kam hinter ihm her und nahm ihn bei der Hand, bevor er auf die Balustrade klettern konnte.

«Gleich, mein Herz, gleich!» rief ich. «Sei artig und geh zu Bett. Mama kommt gleich.»

Wir sahen den beiden nach, bis sie fort waren. Dann sahen wir uns an.

«Nun?» fragte ich.

«Das wußte ich nicht», sagte er.

«Nun wissen Sie es», sagte ich. «Ja, ich muß hinauf und ihm gute Nacht sagen. Sonst schläft er nicht ein. – Wann fährt Ihr Zug?»

«Mein Zug? Aber ...»

«Darüber können wir noch reden, wenn es nötig ist. Wir werden wohl noch genug Zeit dafür finden. Jetzt aber ... ja, also wie ist es mit dem Zug?»

«Elfeinviertel.»

«Haben Sie schon eine Fahrkarte?»

«Ja. Zweiter Klasse. Eine Rückfahrkarte. Man hat sie mir gestiftet.»

«Gut. Und zur Not kann man im Zug nachlösen. Was sehen Sie mich an? Elfeinviertel? Das bedeutet halb elf hier fort. Wir haben also viel Zeit. Haben Sie das Geld?»

«Welches Geld?»

«Das, was man Ihnen gegeben hat. Den Preis, meine ich.»

«Ja, hier», sagte er. Er klopfte auf seine Brusttasche.

Ich mußte lachen. «Es ist doch gut, daß wir gerade das Geld haben. Oder soll ich lieber nicht mitfahren?» Er wußte nicht, was er antworten sollte, er wehrte sich nicht mehr. «Kommen Sie, setzen Sie sich da irgendwohin. Sie können es sich ja noch überlegen. Jedenfalls müssen wir jetzt ganz vernünftig denken. Und machen Sie sich keine Sorgen meinetwegen. Das ist nicht nötig. Ich weiß genau, was ich tue. So, und jetzt ... Warten Sie, ich muß erst Blanck fragen.»

Ich ging zum Arbeitszimmer. Blanck saß am Schreibtisch, er hatte also nicht gelauscht. Er sprang sofort auf und kam heraus.

«Mein Mann hat angerufen?» fragte ich, ohne erst guten Abend zu sagen. Dann fiel mir ein, daß die beiden sich noch nicht kannten, und ich stellte vor: «Herr Blanck, die rechte Hand meines Mannes. Und das ist Herr Möncken. Berthold Möncken, Sie wissen schon. – Nun, wie ist es? Wann kommt mein Mann?»

Ich hatte Mühe, Blanck nicht ins Gesicht zu lachen, so leicht schien mir alles. Ich kann diesen Blanck nicht ausstehen, ich bin auch sonst immer sehr kurz mit ihm. Er hat mir nie etwas getan und er ist sehr tüchtig, behauptet Max, der große Stücke auf ihn hält, aber vielleicht reizt mich gerade das zum Widerspruch. Er ist mir von Anfang an zuwider gewesen. Ich vermeide sogar, ihm die Hand zu geben; es macht mir nichts aus, ihn zu beleidigen. Doch er merkt es nicht einmal oder er will es nicht merken. Er ist immer so korrekt, sein Anzug, seine Verbeugung und wie er spricht, wenn man ihn etwas fragt. Nichts eigenes, alles so, wie Max es haben will. Und diese aufmerksamen braunen Augen hinter der dunklen Hornbrille! Und der große Leberfleck an der Schläfe! Ich glaube, er braucht sogar das gleiche Rasierwasser wie Max, und das ist mir schon bei Max widerlich. Manchmal ist er mit seiner Frau bei uns zu Tisch, da Max es für richtig hält. Seine Frau paßt zu ihm; alles Nachahmung und Ehrgeiz. Hurtige Äuglein, denen nichts entgeht, und spitze mißgünstige Mundwinkel. Und welch eine übertriebene, süßliche Höflichkeit! Was werden die beiden wohl reden, wenn sie im Bett liegen! Von der nächsten Stufe, die sie erklimmen? So etwas durfte ich Max nicht sagen. Schon über die Bemerkungen seines Vaters ärgerte er sich immer. Fragen wir doch Herrn Blanck, sagt der, wenn von irgend etwas die Rede ist, er weiß ja über alles Bescheid. Dabei betont sein Vater das ‹Herr› und zwinkert mir mit den Augen zu. Und das, obwohl ich niemals mit meinem Schwiegervater über Blanck gesprochen habe. Was geht er mich auch an. Ich habe nichts mit ihm zu tun. Wenn er Max im Geschäft nützlich ist, so kann es mir nur recht sein. Es ist nicht meine Sache.

Blanck gab mir Auskunft, daß ‹mein Herr Gemahl› gegen acht hier sein wolle und daß er dann schon zu Abend gegessen haben würde. Er, Blanck, hätte sich erlaubt, das Personal entsprechend zu instruieren.

Gegen acht also. Ich sah auf meine Armbanduhr und dann auf die englische Standuhr. «Dann haben wir ja noch eine halbe Stunde Zeit. Würden Sie mich einen Augenblick entschuldigen, Herr Möncken. Ich muß meinen Jungen zu Bett bringen. Ich bin gleich wieder da. Herr Blanck wird Ihnen wohl solange Gesellschaft leisten.»

Fast hätte ich losgelacht. Die beiden standen so komisch da. Ich konnte mir nicht vorstellen, was sie miteinander reden wollten. Selbst für Blanck mußte es schwierig sein, etwas zu erfinden. Am liebsten hätte ich Blanck gefragt, ob er auch mit mir sterben möchte. Aber natürlich fragte ich das nicht, es wäre Unrecht gegen Berthold gewesen. «Und wenn Sie etwas trinken wollen, wird Herr Blanck Ihnen zeigen, wo es etwas gibt», sagte ich, als ich schon oben auf der Treppe war.

Alles in allem war es gut, daß dieser Blanck bei ihm blieb, während ich nicht da war. So konnte er mir nicht weglaufen.

Ich schickte auch Fräulein Gerda hinunter, ich wollte sie los sein. Sie fragte mich nämlich gleich ganz aufgeregt: ‹War das nicht Berthold Möncken?› Ich sagte ja und ließ mich auf nichts ein. Ihr Geschwätz wäre mir jetzt unerträglich gewesen. Ich mußte allein sein. Denn so lustig, wie ich unten getan hatte, war mir gar nicht zumute. Fräulein Gerda verließ mich auch nur zu gern. Sie wollte den berühmten Dichter kennen lernen, das durfte sie sich nicht entgehen lassen. Ach, wie dumm war das alles! Was würden sie und Blanck wohl für Gesichter machen, wenn sie wüßten, was dieser Dichter zu mir gesagt hatte. Wahrscheinlich würden sie es nicht einmal verstehen. Denn ich ... vielleicht hatte ja auch ich es falsch verstanden.

Aber Blanck war nicht so leicht in Verlegenheit zu bringen; dazu war er viel zu glatt und wendig. Er hatte eine Menge höflicher Redensarten bei der Hand. Er begann damit, daß er ...

Soll man das überhaupt erzählen? Jetzt hinterher kommt mir das alles so nichtig vor. Es waren ja wirklich nur Redensarten, die niemand interessieren. Für die beiden galt es, die Zeit hinzubringen, bis ich wieder herunterkam; sie konnten nicht stumm dastehen, es wäre auf dasselbe hinausgelaufen. Und womöglich denkt jemand, ich wolle mich über sie lustig machen, weil ich diese Albernheiten erzähle. Das will ich nicht, dazu habe ich nicht das Recht.

Damals, das heißt gleich danach und auch noch im Zug, war ich so aufgeregt, daß ich alles wissen wollte. Jedes Wort! Ich fragte Berthold aus, bis er ärgerlich wurde. Ich hatte ihn in Verdacht, daß er mir etwas verschwieg, um mich nicht zu beunruhigen. Er lenkte immer ab; er konnte nicht begreifen, wozu ich all die Kleinigkeiten wissen wollte. Für ihn war es ja tatsächlich ganz unwichtig, aber ich mußte wissen, woran ich war. Schließlich sagte Berthold: ‹Seien wir doch froh, daß wir das hinter uns haben›, und natürlich hatte er recht.

Blanck begann also damit, daß er Berthold wegen des Preises gratulierte. Er könne sich vorstellen, daß es eine große Genugtuung für einen Dichter sein müsse, wenn er seine Arbeit auf diese Weise endlich von der Öffentlichkeit anerkannt sehe. Oder ungefähr so. Ja, Blanck muß ‹endlich› gesagt haben, denn Berthold lachte, als er es mir erzählte. ‹Wie kommt der Kerl dazu? So alt bin ich nun auch wieder nicht.›

Alles in allem eine großartige Einleitung von Blanck, nur daß Berthold ihm nicht im geringsten dabei half. Er brummte nur: ja, so daß Blanck aufs Geratewohl weiterreden mußte. Der Herr Direktor – damit war Max gemeint – hätte sich sehr für den Preis eingesetzt, er betone immer wieder, daß es heutzutage die Pflicht der Industrie sei, die Kultur zu unterstützen. Die Industrie müsse die Rolle übernehmen, die früher die fürstlichen Mäzene gehabt hätten.

‹Wo hat der Kerl bloß diese verdammte Phrase aufgeschnappt?› schimpfte Berthold zu mir. Er meinte Blanck damit, nicht Max.

Und da Berthold nur mit dem Kopf nickte, sagte Blanck: es sei wirklich bewundernswert, daß ein so vielbeschäftigter und überbeanspruchter Mann wie der Herr Direktor noch Zeit finde, sich um solche Dinge zu kümmern. Das fand sogar Berthold bewundernswert, und Blanck fragte ihn, ob er etwas trinken möchte. Um seine Bereitwilligkeit zu zeigen und wohl auch deshalb, weil er nicht wußte, was er sonst noch reden sollte, lief er gleich zu dem Danziger Dielenschrank, in den Max einen Kühlschrank hat einbauen lassen, um immer etwas für Gäste bereit zu haben. Max tat sich viel auf diese praktische Erfindung zugute. Wenn man die schweren, geschnitzten Türen öffnete, ging drinnen von selber das Licht an. In der rechten Hälfte war der Kühlschrank und links Gläser von jeder Größe, Oliven, Salzkeks, Käsestangen und was sonst dazu gehört, alles sehr handlich.

Doch Berthold wollte nichts trinken und Blanck pflichtete ihm bei: auch ihm sei nicht danach; er müsse dem Herrn Direktor noch einige wichtige Akten vorlegen, und auch das Programm für morgen sei noch nicht durchgesprochen. Woraufhin Berthold ihn bat, sich doch ja nicht durch ihn stören zu lassen, aber Blanck beteuerte, das sei nicht der Fall, im Gegenteil, es sei ihm eine Ehre usw. Und Herr Möncken lege doch bestimmt Wert darauf, dem Herrn Direktor persönlich seinen Dank auszusprechen. Ja, das könne er tun, meinte Berthold und sah unhöflicherweise auf die Uhr. Hm ja, sagte Blanck, der Herr Direktor sei zwei Tage unterwegs gewesen. Eine Vorstandssitzung in Kassel und außerdem noch eine Fabrikbesichtigung. Überhaupt, der Herr Direktor habe kaum eine Minute frei für sich selber, und Herr Möncken müsse verstehen... Berthold versicherte seinerseits, daß es nicht seine Absicht sei, dem Herrn Direktor die kostbare Zeit zu stehlen, doch Blanck erklärte sofort, im Gegenteil, so sei es nicht gemeint, der Herr Direktor werde sicher hocherfreut sein, einem Vertreter des Geisteslebens die Hand schütteln zu dürfen.

Doch zum Glück für Blanck kam jetzt Fräulein Gerda die Treppe heruntergelaufen und fing auch gleich an zu reden. Und wenn Fräulein Gerda einmal ins Reden kommt, dann ist es schwer, sie zum Halten zu bringen. Sie ging auf Berthold zu und gab ihm burschikos die Hand. Das machte sie immer so, ganz ohne Unterschied. Dabei sieht sie einen so treuherzig und verständnisvoll an, daß man das erstemal erschrickt, wenn man es noch nicht gewöhnt ist. Sie erklärte Berthold ohne die kleinste Atempause, daß sie noch nie einen richtigen Dichter aus der Nähe gesehen hätte, und daß sie stolz darüber sei und daß sie es ihrem Verlobten erzählen wolle. Und daß Herr Möncken ganz anders aussehe, woher das wohl komme, ganz anders als auf dem Bild. Auf welchem Bild? fragte Berthold ganz entsetzt. Auf dem da in der Zeitung, sagte Fräulein Gerda und zeigte auf das Abendblatt, das auf dem Rauchtisch lag. Sie holte die Zeitung auch herbei und hielt Berthold das Bild hin, und Blanck wurde mit in die Debatte gezogen und gefragt, ob er sich Herrn Möncken nicht auch ganz anders vorgestellt habe, viel kleiner, ja, sehr viel kleiner und vor allem älter. Und Blanck mußte dazu Stellung nehmen, ob er wollte oder nicht. Berthold aber entschuldigte sich ernsthaft; es sei ein altes Bild, schon vor zwei Jahren, und er ließe sich nicht oft fotografieren. Die Leute von der Zeitung hätten es wohl irgendwo im Archiv gehabt. Aber so gefalle ihr Herr Möncken viel besser, sprudelte Fräulein Gerda heraus, und sie wolle ihrem Verlobten das Buch von Herrn Möncken zum Geburtstag schenken. Ach, was für ein wunderschönes Buch, sie wäre ganz mitgenommen davon! Aber der Geburtstag sei erst in sechs Wochen, und ob Herr Möncken ihr wohl etwas hineinschreiben möchte, einen Spruch und den Namen. Ihr Verlobter würde ... Ja, schon gut, versuchte Berthold sie zu unterbrechen, sie solle es nur hergeben. Aber sie habe es doch nicht bei sich, rief Fräulein Gerda, es liege in ihrem Zimmer auf dem Nachttisch, sie hätte noch gestern abend darin gelesen und gar nicht einschlafen können. So aufregend, und sie wolle es nur gleich holen, ob Herr Möncken auch bestimmt so lange warten würde, bis sie ...

Da passierte etwas, was ich nicht bedacht hatte. Mein Schwiegervater kam plötzlich die Treppe herunter. Alle drei sahen erstaunt zu ihm hin. Ich hatte es auch gar nicht bedenken können, denn mein Schwiegervater pflegt sonst abends nie mehr auszugehen. Er hat sein Zimmer im zweiten Stock, eines von den Gästezimmern, mit dem Blick auf den Garten. Er hat es sich selber ausgesucht und lebt dort für sich. Er hat uns das ganze Haus überlassen. Max war gar nicht damit einverstanden, daß sein Vater im zweiten Stock wohnte, wegen seines Alters und weil die Leute dächten, Max hätte seinen Vater auf Altenteil gedrängt. Aber mein Schwiegervater wollte es so haben, und so ist es seit ungefähr einem halben Jahr. Seit dem Streit, den er mit Max hatte.

Jetzt kam er langsam die Treppe herunter; er ging immer sehr langsam, nicht seines Alters wegen, er war erst etwas über siebzig, sondern das war schon immer so. Jedenfalls seitdem ich ihn kenne. Er spricht auch nicht viel, man wird nicht gleich klug aus ihm. Er äußert selten eine Meinung, aber ich glaube, er beobachtet alles sehr scharf. Ich habe auch nie ein herzliches Wort von ihm gehört, es ist nicht seine Art, aber trotzdem glaube ich, wir mögen uns ganz gern.

Fräulein Gerda gewann als erste die Sprache wieder. Ob der Herr Generaldirektor noch ausgehen wolle, fragte sie. Ja, Kindchen, das wolle er, wenn sie nichts dagegen habe. Wohl zum Briefkasten, fragte Fräulein Gerda. Nein, er könne sich nicht entsinnen, einen Brief geschrieben zu haben. Ach so, nur etwas spazierengehen, nicht wahr? Ja, ganz recht, einmal den Kanal entlang, bis zum Staubecken und durch die Anlagen zurück. Aber die Märzluft sei so trügerisch, gab Fräulein Gerda zu bedenken, ob sie dem Herrn Generaldirektor nicht lieber einen Schal von oben holen solle. Ja, Kindchen, das könne sie tun, wenn sie es für nötig halte.

Fräulein Gerda sah sich fragend nach Blanck um, dann rannte sie aufgeregt an meinem Schwiegervater vorbei und nach oben. Nun war die Reihe an Blanck. Ob er dem Herrn Generaldirektor den Dichter Berthold Möncken vorstellen dürfe. Herr Möncken sei der, der heute den Preis des Industrieverbandes bekommen hätte.

«Wieviel?» fragte mein Schwiegervater, indem er sich Berthold zuwandte.

«Fünftausend», sagte Berthold und lachte dabei.

«Ist das viel?»

«Es langt für einige Zeit, danke.»

«Ist es eine Liebesgeschichte?»

«Nein, wieso? Das kann man nicht sagen.»

«War meine Frage so komisch?»

«Das nicht, aber . . . sie kam etwas überraschend.»

«Hm.»

Die beiden müssen sich anscheinend vom ersten Augenblick an gut verstanden haben. Nein, das ist falsch ausgedrückt. Sie verstanden sich nicht, es waren so verschiedene Welten, aber sie mochten sich gern leiden. Auch das ließ sich nicht voraussehen. Sie sprachen, glaube ich, absichtlich so komisch miteinander, weil Blanck daneben stand.

«Zu meiner Zeit gab es einen bekannten Chirurgen Ihres Namens. In Frankfurt hatte er seine Praxis, wenn ich nicht irre», fragte mein Schwiegervater.

«Das war mein Vater.»

«Tot?»

«Ja, schon vor sechs Jahren.»

«Hm. – Ist mein Sohn noch nicht zurück?» erkundigte er sich plötzlich bei Blanck.

«Ihr Herr Sohn wird in einer halben Stunde hier sein», sagte dieser.

«Hm.» Und dann wieder zu Berthold. «Meines Wissen ist es das erste Mal, daß ein Dichter in diesem Haus ist.»

«Ich bin auch nicht als Dichter hier», gab Berthold zurück.

«Habe ich mich wieder falsch ausgedrückt?»

«Die Bezeichnung ist etwas peinlich, deshalb.»

«Hm. Ein unsicheres Gebiet. Nicht wahr, Herr Blanck?»

«Wie bitte?»

«Ich begreife das übrigens sehr gut, Herr Möncken. – Ah, das ist ja mein Schal.»

Fräulein Gerda hatte auch das Buch gleich mitgebracht und reichte es Berthold, der sich sofort an den Rauchtisch setzte und seinen Füllfederhalter hervorholte, um etwas hineinzuschreiben. Und vielleicht auch, weil er dort nicht nutzlos herumstehen wollte. Denn Fräulein Gerda plapperte ununterbrochen, während sie meinem Schwiegervater den Schal wie einem Kinde umlegte, was der sich gefallen ließ. Sie schwatzte von der Märzluft, die ihm schaden könne; von dem Bild in der Zeitung, das Herrn Möncken gar nicht ähnlich sehe, von dem Buch, das sie ihrem Verlobten schenken wolle und daß sie noch nie einen richtigen Dichter gesprochen habe und welch ein Erlebnis das für sie sei. Und was der Herr Generaldirektor dazu sage?

Keiner der drei Herren sagte etwas. Blanck hätte sich wohl am liebsten ins Arbeitszimmer zurückgezogen, doch es fand sich keine Gelegenheit dazu. Mein Schwiegervater schwieg und Berthold schrieb, und als er damit fertig war, klappte er das Buch ziemlich laut zu und gab es Fräulein Gerda, die sofort von dem Schal abließ und nach dem Buch griff, um, neugierig und taktlos wie sie war, nachzuschauen, was Berthold ihr hineingeschrieben hatte. Das brachte auch sie für einen Augenblick zum Schweigen. Vielleicht konnte sie die Handschrift von Berthold schwer lesen. Er hat wirklich eine unleserliche Handschrift. Berthold machte ein brummiges Gesicht und blickte auf den Teppich. Das alles war ihm sehr unangenehm. Und dann nach einer kurzen Stille brach das Geschrei los. Fräulein Gerda kreischte geradezu vor Vergnügen. Sogar ich hörte es oben, die Türen waren ja nur angelehnt, und wunderte mich. «Nein, wie herrlich ist das. Und wie wird sich mein Verlobter freuen. Ich bin Ihnen ja so dankbar, Herr Möncken. Sehen Sie nur, Herr Generaldirektor.» Damit reichte sie meinem Schwiegervater das aufgeschlagene Buch hin, der es nahm und nach einem flüchtigen Blick zu Berthold das Geschriebene las.

Berthold hatte hineingeschrieben:

> «Ich war dabei, als man die Welt erschuf.
> Manches dachte man anders, das ist wahr;
> Und doch . . .»

Sonst nur das Datum und sein Name. Ich fragte ihn später, warum er das geschrieben hätte, denn es paßte doch gar nicht zu Fräulein Gerda. Er sagte, er hätte zuerst schreiben wollen: «O Mutter, warum sind wir keine Tiere!» Und überhaupt sei das alles ziemlich gleichgültig; er hätte eine Menge Strophen aus alten Gedichten auf Vorrat, und wenn die Leute kämen und eine Widmung haben wollten, schrieb er einfach irgend etwas davon hinein. Ohne erst lange nachzudenken, ob es passe oder nicht. Es passe sowieso meistens nicht.

«Und doch?» fragte mein Schwiegervater, nachdem er gelesen hatte.

«Ja», sagte Berthold.

«Ist es nicht herrlich, Herr Generaldirektor?» rief Fräulein Gerda und machte ihre strahlenden Augen.

«Da müssen wir Herrn Blanck fragen», sagte mein Schwiegervater. «Darf ich es Herrn Blanck geben?»

Berthold machte eine wegwerfende Handbewegung, aber Blanck geriet in große Verlegenheit. Er mußte ein paar Schritte nähertreten, um meinem Schwiegervater das Buch abzunehmen, und er mußte so tun, als lese er die Widmung mit allergrößtem Interesse. Er stotterte irgend etwas über große Tiefe und von hintergründigem Sinn. Mehreremale räusperte er sich, aber niemand half dem armen Kerl. Es muß sehr komisch gewesen sein.

«Trotzdem, wenn ich etwas zu sagen hätte, würde ich einen Preis für eine Liebesgeschichte stiften», sagte mein Schwiegervater schließlich.

«Darüber ließe sich ja reden», fiel Blanck ihm sogleich ins Wort, froh, endlich über etwas andres sprechen zu können.

«Wie meinen Sie?» fragte mein Schwiegervater und zog die Augenbrauen hoch.

«Man könnte Ihren Herrn Sohn dafür interessieren», erklärte Blanck.

«O ja, wie fein. Eine Liebesgeschichte», rief Fräulein Gerda und klatschte in die Hände.

«Oder halten Sie Liebesgeschichten nicht mehr für ... sagen wir, nicht mehr für zeitgemäß?» fragte mein Schwiegervater.

«Ich habe noch nicht darüber nachgedacht», war Bertholds Antwort.

«Hm! Mit andern Worten, eine solche Frage gehört sich nicht für einen Mann wie mich?» Und da Berthold nicht darauf einging, sondern wie ein unartiges Kind dastand, fügte er hinzu: «Weil ich nicht dabei war, als man die Welt erschuf.»

Etwas in der Stimme meines Schwiegervaters mußte wohl Berthold stutzig gemacht haben. Er blickte auf, wollte zu sprechen anfangen, ließ es dann aber und wies mit dem Kopf kaum merklich auf Fräulein Gerda und Blanck.

Mein Schwiegervater lächelte. «Wer hat Sie in dies Haus gebracht? Meine Schwiegertochter?»

«Sie ist oben. Sie bringt Günther zu Bett», mischte Fräulein Gerda sich dazwischen.

«Hm! Dann wird sie wohl bald wieder hier sein und Ihnen Gesellschaft leisten. Also, Herr Möncken ...»

«Nein, bitte, verzeihen Sie», sagte Berthold plötzlich. Er ging sogar hinter meinem Schwiegervater her, der bereitwillig stehenblieb. «Sie dürfen nicht denken, daß ich besser Bescheid weiß, nur weil ich ein paar Bücher geschrieben habe.»

«Hm! Und sie dürfen nicht denken, daß ich besser Bescheid weiß, nur weil ich doppelt so alt bin wie Sie. Ja, dann sind wir uns ja einig. Bescheid weiß nämlich nur unser Herr Blanck. Also.»

Damit ging er weg. Fräulein Gerda machte eine Bewegung, als ob sie ihm nachlaufen wolle, doch vorher sah sie Blanck fragend an, und der schüttelte den Kopf und sagte: Nicht mehr nötig. Ach, sagte Fräulein Gerda.

Vielleicht war es gut so, daß ich nicht unten war. Es wäre alles noch viel unangenehmer für Berthold gewesen. Und auch für mich wäre es schwierig gewesen, die Unterhaltung zu lenken. Selbstverständlich, diesen Blanck würde ich gleich weggeschickt haben, aber wozu darüber nachdenken. Ich saß ja oben an Günthers Bett. Ich hörte das Gemurmel der Stimmen unten in der Halle, ich wußte, daß sie sich unterhielten und daß Berthold noch da war. Ich versuchte über mich nachzudenken, während ich darauf wartete, daß Günther einschlief.

Ich war noch nicht einmal dazu gekommen, den Pelz abzulegen, ich wollte keine Zeit vergeuden, ich war gleich ins Kinderzimmer gelaufen und wollte möglichst rasch wieder unten sein. Günther fragte mich, wo ich gewesen wäre, und ich erzählte es ihm. Dann fragte er, ob ich noch wieder ausgehen wolle, und ich sagte nein. Ich deckte ihn zu und ich deckte auch seinen Teddy zu, den er mit ins Bett genommen hatte, weil er ihn so sehr liebte. Der Teddy hieß Jubi. Ich sagte, Jubi schläft schon, so müde ist er. Aber ich wußte, daß Günther darauf wartete, daß ich ihm das Wiegenlied vorsang. Wie alle Abende, es war so Brauch, aber nur, wenn wir allein waren, ohne Max. Denn das kleine dumme Lied war aus meiner Kindheit. Und Günther hatte irgendwie begriffen, daß das Lied nicht gesungen werden konnte, wenn Max dabei war. Max hielt es für richtiger, daß Günther betete. Dazu ist noch Zeit genug, bis er zur Schule kommt, hatte ich entgegnet. Ich hatte Max sogar ausgelacht. Du betest ja auch nicht, hatte ich ihm geantwortet, nur bei Beerdigungen tust du so und hälst den Hut davor. Es war ein dummes Gespräch. Ich habe als Kind auch beten müssen, und es hat nichts genützt. Ich war immer froh, wenn meine Mutter endlich fort war, das war mir wichtiger.

Doch Günther bat mich zu singen. Ich sagte nein, heute nicht. Warum nicht? Weil Mama nicht mag. Warum mag Mama nicht? Darum. Aber er konnte ja nichts dafür, ich mußte doch singen. Ich sang leiser als sonst. Er paßte genau auf, ob ich auch nichts ausließ. Es machte mich sehr traurig. Ich mußte daran denken, daß morgen abend vielleicht niemand es ihm vorsingen würde. Sie konnten das Lied ja nicht einmal richtig aussprechen, es war plattdeutsch.

«Nun mußt du aber einschlafen, Jubi schläft schon längst.» Ich drehte das Licht aus, doch ich blieb noch bei ihm sitzen; dann ging es schneller mit seinem Einschlafen. Er merkte nicht, daß ich weinte.

Ich merkte es selber erst, als mir eine Träne auf die Hand fiel. Ich hatte schon seit vielen, vielen Jahren nicht mehr geweint.

Es war ja noch gar nichts geschehen, ich hätte noch alles rückgängig machen können. Ich war vielleicht nur aufgeregt, morgen würde ich mich schämen. Ich habe nie viel geweint, auch als Kind nicht. Ich wäre bockig, sagten sie. Doch die Leute brauchten es nicht zu wissen, wenn ich traurig war; den Spaß wollte ich ihnen nicht machen. Einmal erwarteten sie bestimmt, daß ich weinen würde, sie hofften es sogar. Das war, als unser Hund überfahren wurde und im Rinnstein lag. Aber ich tat ihnen den Gefallen nicht, ich machte ein kaltes Gesicht und wandte mich ab. Nachts aber weinte ich doch, und ich fürchtete mich auch eine Zeitlang, wenn ich die Treppe herunterkam, weil ich glaubte, der Hund könnte doch noch da sein und mir entgegenkommen wie sonst immer.

Und später nannte meine Mutter mich eine Kommunistin. Sie meinte damit nichts Politisches, nicht das, was man heute darunter versteht. Sie sagte, es würde kein gutes Ende mit mir nehmen. Max würde mich wohl auch eine Kommunistin nennen, wenn er wüßte, wie ich damals war. Ich habe es ihm natürlich nie erzählt, und meine Mutter wunderte sich, als ich ihn heiratete, obwohl es doch in ihrem Sinne war. Sie konnte es bis zuletzt nicht glauben, was wußte sie schon davon.

Nein, ich werde nicht nach Uelzen fahren, nie wieder. Auch mit Berthold nicht. Aber ich werde mit ihm über alles reden, mit ihm ja. Auch über Arnim. Und plötzlich weinte ich wegen Arnim. Ich holte es nach, denn damals hatte ich nicht geweint. Kein Mensch hat damals geahnt, wie es in mir aussah. Sie belauerten mich, alle wußten von der Geschichte, man flüsterte davon, und wenn ich durch die Stadt ging, brachen die Weiber ihr Gespräch ab und drehten sich nach mir um. Aus Neid, sagte ich bei mir, ihr dummen Puten. Sie hofften auf einen Skandal, die Eltern hatten Angst davor. Vor dem Skandal hatten sie mehr Angst als um mich. So ist es immer, alle sind sie so. Ich ließ sie bis zuletzt im Ungewissen, sollten sie nur zittern, ich zitterte ja auch. Und wie ich zitterte, ich konnte es kaum verbergen. Es wollte mich überkommen, wenn ich mit ihnen bei Tisch saß. Wie konnten sie nur essen, wie ekelhaft. Fast hätte ich mich erbrochen, aber dann hätten sie nur wieder gedacht, ich sei in anderen Umständen. Weiter als bis zu den anderen Umständen konnte meine Mutter nicht denken, was verstand sie schon davon. Sie schielte manchmal auf meinen Rock. Doch ich führte sie alle an der Nase, ich heiratete einfach. Sie waren froh, aber nun hielten sie mich für kaltschnäuzig. Und ich? Ich hatte es mir einfacher gedacht. Ich hatte nicht an die Nächte gedacht. Man gewöhnt sich allmählich daran, es muß ja sein. Vielleicht denkt Max, ich eigne mich nicht dafür. Aber etwas bleibt immer zurück, auch wenn man meint, man habe alles vergessen und sich an das Neue gewöhnt. Irgendwo bleibt ein Seufzer. Ich habe ja nicht einmal Arnim vergessen, und es ist doch schon über sieben Jahre her. Vor einigen Monaten sah ich ihn im Kino. Es war während der Wochenschau; ich saß mit einer anderen Dame dort, mit der Frau des Rechtsanwalts Behling. Ich reichte ihr im Dunkeln die Tüte mit den Pralinen hin, das Papier knisterte, da hörte ich den Namen ‹von Cismar› von der Leinwand, es war wie ein Stich, ein ganz scharfer Stich. Es handelte sich aber um seinen Bruder Carl, den Turnierreiter. Er hatte einen großen Pokal in der Hand, den er gewonnen hatte. Doch etwas hinter ihm stand Arnim. Dann war alles wieder weg; es geht im Film ja immer so schnell. Aber wie dick war Arnim geworden, und das Gesicht ganz verschwommen. Damals war er so schlank. Wenn ich am Grabenrand bei der Tannenschonung auf ihn wartete, immer war ich ungeduldig und ärgerte mich, daß er noch nicht kam. Hält ihn seine Frau wieder auf? Was hat er nur an dieser Person mit den langweiligen blassen Haaren? Doch dann sah ich ihn um die Ecke des Knicks auf dem Ackerweg kommen, ganz ruhige schlanke Bewegungen. Und auch wenn er sich in dem Café in Hannover durch die Tische durchwand; die Leute mußten ihn ansehen, ob sie wollten oder nicht. Und er war immer so leise und etwas traurig, so ganz anders wie ich. Vielleicht ist es meine Schuld, daß er dick geworden ist, ich hätte es verhindern können. Wenn wir zusammengeblieben wären, wäre es sicher nie geschehen. Aber es war ja nicht möglich. Und vielleicht kriegt man ein verschwommenes Gesicht davon, wenn man sich daran zu gewöhnen versucht, vielleicht werde auch ich so werden und es nicht einmal merken.

Ja, und wenn ich Berthold einfach fortgehen lasse? Noch ist es Zeit dazu, es ist noch nichts geschehen. Er muß ja sowieso in zwei Stunden fort, sein Zug fährt gegen elf; er muß die Fahrkarte ausnutzen. Ich werde ihm die Hand geben und ihm alles Gute wünschen. Was kann er denn von mir verlangen? Inzwischen wird Max kommen, ja, Max wird ja dabei sein, und hinterher werden Max und ich das Übliche miteinander reden. Er wird sich nach der Preisverteilung erkundigen, wer alles dagewesen sei und was die Leute gesagt haben. Ich brauche mir keine große Mühe zu geben. Wir werden noch eine Weile zusammensitzen und morgen früh, wenn ich zum Frühstück herunterkomme, hat Max große Eile und alles ist wie immer. Er geht in die Fabrik, und ich bin wieder allein mit meinen Gedanken.

Ich weinte gar nicht wegen Günther, das ist es. Wenn ich wegen Günther geweint hätte, wäre es recht gewesen. Ich weinte, weil ich immer gewußt habe, daß es eines Tages so kommen könnte. Ich habe mir so viel Mühe gegeben, nicht daran zu denken; ich bin mit allen Menschen, die ich kennenlernte, vorsichtig gewesen; ich hoffte, ich sei nun in Sicherheit. Ich habe immer gewußt: nur wenn ich sehr aufpasse und ganz großes Glück habe, komme ich darum herum. Dann bleibt alles so, wie es ist, und niemand braucht sich aufzuregen. Ich wollte Zeit gewinnen.

Aber ich will lieber davon erzählen, was unten geschah. ‹Euer Blanck verdrückte sich›, sagte Berthold lachend. Er brauchte oft solche Ausdrücke, obwohl er Schriftsteller ist. ‹Plötzlich konnte er sich nicht rasch genug verdrücken. Das geht mir oft mit diesen Leuten so. Sie blicken sich verstohlen um, sie gehen etwas rückwärts, und auf einmal sind sie irgendwo um die Ecke verschwunden. Als ob ich sie am Jackenknopf festhalten wollte!›

Berthold schilderte alles sehr anschaulich; er brachte auch mich zum Lachen. Blanck redete sich damit aus, er müsse noch die Post für den Herrn Direktor ordnen und in die Unterschriftenmappe legen. Berthold winkte ihm mit der Hand ab. ‹Ich entließ ihn gnädigst.› Blanck zog sich sofort ins Arbeitszimmer zurück und schloß die Tür hinter sich. Er glaubte seine Pflicht erfüllt zu haben, zumal da Fräulein Gerda da war, um dem Gast Gesellschaft zu leisten.

Berthold fragte sie sofort: «Sagen Sie, was ist mit dem alten Herrn los?»

«Wieso? Was soll mit ihm los sein?» Es sollte ganz verwundert klingen. Aber Fräulein Gerda konnte nicht lügen; Berthold hatte sie mit seiner Frage übertölpelt, darum verplapperte sie sich.

«Haben Sie denn etwas gemerkt?»

Berthold ging nicht darauf ein; es war ihm schon wieder gleichgültig. Und es war ihm auch zu dumm, mit Fräulein Gerda da herumzustehen. Er wäre am liebsten fortgegangen, er wußte nur nicht, wie er es anfangen sollte.

«Wolltest du wirklich fortgehen?» fragte ich ihn, als er mir das erzählte.

«Was sollte ich da denn noch?»

Ich gestand ihm, daß auch ich mir überlegt hatte, vielleicht in der gleichen Minute, ob ich ihn nicht einfach fortgehen lassen sollte.

«Na, siehst du.»

Aber Fräulein Gerda nutzte die Gelegenheit aus, ihm ihre halbe Lebensgeschichte zu erzählen und dazu noch alles, was sie über meinen Schwiegervater zu wissen glaubte. Berthold versuchte ihre Redeweise nachzuahmen, es war sehr komisch.

Sie sei eigentlich Krankenschwester, und ihr Verlobter wäre erst vor anderthalb Jahren aus russischer Kriegsgefangenschaft zurückgekehrt. Sie hätte über drei Jahre nichts von ihm gehört und schon gar keine Hoffnung mehr gehabt. Und aus Zufall, weil es da gerade an Schwestern fehlte, sei sie in die psychiatrische Abteilung der Klinik versetzt worden, und das sei jetzt ein großes Glück. Denn ihr Verlobter studiere ja noch, er wolle Ingenieur werden, und zu Anfang nach seiner Rückkehr wäre er ganz mutlos gewesen; er hätte sich gar nichts mehr zugetraut, aber jetzt sei es schon viel besser. Und der Herr Direktor habe ihr versprochen, ihn in der Fabrik einzustellen, wenn er mit dem Examen fertig wäre. Dann wollten sie auch gleich heiraten. Und hier im Haus verdiene sie auch viel mehr als in der Klinik, denn in Wirklichkeit sei sie ja gar nicht für Günther hier, das werde nur wegen der Leute so gesagt und damit der Herr Generaldirektor keinen Verdacht habe, daß sie ihn beobachte. Professor Meyerbrink habe sie hierher empfohlen, als der Herr Direktor ihn um Rat fragte. Wegen der Diskretion nämlich und weil alles unauffällig geschehen solle. Der Direktor hätte damals geglaubt, daß sein Vater ... ja, man nenne so etwas manisch-depressiv. Aber ihrer Meinung nach sei der alte Herr gar nicht krank, so ein netter alter Herr, immer so freundlich. Und sie glaube auch, Professor Meyerbrink denke ebenso, wenn er ihr das natürlich auch nicht verrate, doch sie fühle das. «Wissen Sie was?» platzte sie heraus. «Das sind reiche Leute, es handelt sich ganz einfach um Geld. Sie streiten sich um die Leitung der Fabrik, das ist alles. Auch die Köchin, die schon lange hier ist, meint es.» Offenbar erschrak sie selber über ihre Schwatzhaftigkeit. Sie bat Berthold, sie nicht zu verraten, denn sie dürfe ja nicht darüber sprechen, das sei Bedingung, und sonst verliere sie ihre Stellung, vorläufig sei sie sehr darauf angewiesen, wegen ihres Verlobten. Sie könne allerdings jederzeit in die Klinik zurück, das Versprechen habe sie von Professor Meyerbrink, doch wegen der Zukunft ihres Verlobten, ja ...

Und mit der Begründung, daß sie noch nicht zu Abend gegessen habe, verabschiedete sie sich von Berthold.

Günther war eingeschlafen. Ich ging in mein Zimmer und warf den Pelz aufs Bett. Ich machte nicht viel Licht, ich scheute mich vor der Helle. Mein Taschentuch war ganz naß, ich tat es in den Wäschepuff und nahm mir ein neues aus dem Schrank. Dann ging ich ins Badezimmer, dort mußte ich Licht über dem Waschtisch machen, und sah in den Spiegel. Ich sah ganz verweint aus, jeder konnte es sehen. Ich wusch mir die Augen mit heißem und mit kaltem Wasser. Dann machte ich mir das Gesicht wieder etwas zurecht. Ich war noch nicht alt, meine Haut war noch viel besser als bei den meisten Frauen, obwohl ich gar nicht soviel dafür tat. Aber man konnte immer noch sehen, daß ich geweint hatte. Doch vielleicht nur, wenn man ganz nah stand, wie ich vor dem Spiegel. Ich machte das Licht schnell wieder aus. Man würde es wohl nur für Müdigkeit halten oder für Kopfschmerzen. Ich hatte auch Kopfschmerzen, das kam sicher von den Cocktails. Oder vom Weinen.

Ich ging in mein Zimmer zurück und zum Kleiderschrank. Ich wollte schon ein paar Sachen packen, für alle Fälle, ja, um bereit zu sein. Wenn nichts daraus wurde, war ja alles schnell wieder ausgepackt. Ich wollte ja auch nicht viel mitnehmen, wozu? Nur das Notwendigste. Ich holte den leichten Handkoffer hervor, der hinter den Kleidern im Schrank stand, und stellte ihn auf einen Stuhl. Ich tat auch einiges hinein, Wäsche und dergleichen. Ohne genau zu überlegen, ich griff einfach in den Schrank, und alles im Halbdunkel. Doch dann fiel mir etwas andres ein. Ich suchte meine Handtasche; die, die ich vorhin in der Kunsthalle gehabt hatte. Sie lag auf dem Bett. Ich setzte mich dazu und zählte das Geld, das darin war. Und dann lief ich zum Frisiertisch und holte das Geld hervor, das in der linken Schublade war. Es waren mehrere hundert Mark, die steckte ich zu mir. Und der Schmuck? Ich faßte an die Kette, die ich um den Hals trug. Auch Ringe hatte ich auf den Fingern, und dann eine Nadel mit einem großen Brillanten. Ich kann doch den Schmuck nicht mitnehmen, es ist doch eigentlich nicht meiner, wenn er mir auch geschenkt ist. Es wäre unanständig.

Ich saß da vor dem Frisiertisch und war wieder ganz unentschlossen. Es wäre doch richtiger gewesen, gar nicht erst wieder hierher ins Haus zu kommen; wir hätten gleich wegfahren sollen, als wir es gar nicht anders wußten und alles selbstverständlich war. Berthold hat es auch so gewollt, es ist allein meine Schuld, ich mache alles verkehrt. Nun werde ich das alles auch allein entscheiden müssen. Ich kann niemand um Rat fragen. Überhaupt, so wird es jetzt immer sein.

Und natürlich konnte ich auch nicht in diesem ausgeschnittenen Kleid fahren. Wohin fahren wir denn eigentlich? In seine Stadt? Welches ist denn seine Stadt? Nicht einmal das weiß ich. Wir hatten noch keine Zeit, darüber zu sprechen, es war auch nicht so wichtig. Ich werde jedenfalls das graue Kostüm für die Reise anziehen, und den Pelz darüber. Ja, und auch andere Schuhe. In diesen Schuhen kann ich doch unmöglich reisen.

Ich wollte mich gleich umziehen; damit nachher nicht wieder Zeit damit verlorenginge. Ich holte das Kostüm aus dem Kleiderschrank. Da sah ich mich im Spiegel; ich sah wegen des Halbdunkels nur meine Figur und das Weiß der Schultern. Wozu denn jetzt umziehen! Das läßt sich in einer Minute machen, so viel Zeit ist immer noch. Und Berthold mochte das Kleid doch so gern, ich will ihn jetzt lieber nicht warten lassen, wir haben ja auch noch so viel zu besprechen, bis Max kommt.

Und wie still es unten plötzlich ist. Sollte er...?

Da lief ich auf die Treppe hinaus und beugte mich übers Geländer. Es war niemand mehr in der Halle, alles wie ausgestorben, so hell und leer. Nun habe ich es doch wieder verpaßt, durch mein Zögern, durch...

Aber die Tür zum Windfang stand offen. Ich rief leise: Hallo!

Wenn er weg gewesen wäre, ich weiß nicht, was ich dann getan hätte; es ist gar nicht auszudenken. Doch er war ja noch da, es war nur ein entsetzlicher Schreck. Er hörte mich auch sofort, obwohl ich nur ganz leise gerufen hatte. Es war beinahe wie das Spiel, das man auf der Straße mit den Kindern spielt. Man stellt sich hinter einen Baum oder tritt in einen Hauseingang, oder auch umgekehrt, das Kind ist es, das sich versteckt, und man tut so, als ob man sich verloren habe und sucht, obwohl man doch genau weiß, daß es nur Spiel ist und daß der andere nicht sehr weit weg sein kann, und wenn der Versteckte plötzlich aus seinem Versteck hervortritt, muß man ganz überrascht und sehr erfreut tun, das gehört zum Spiel. Nur daß ich diesmal wirklich erschreckt war.

Darum konnte ich auch nicht erfreut sein, als Berthold wieder in der Windfangtür stand. Ich versuchte es, ich versuchte zu lächeln, aber ich glaube, es gelang mir nicht. So schnell konnte ich mich nicht fassen. Er blickte zu mir hinauf; er zögerte dort in der Windfangtür, genau wie vorhin, er war weder ganz draußen noch drinnen; doch seinen Mantel hatte er sich noch nicht angezogen. Es ging ihm wohl wie mir, er konnte auch nicht gleich sprechen. Und es war doch eine fremde Umgebung für ihn, das darf man nicht vergessen. Sicher war es an mir, zuerst zu sprechen, aber ich konnte nicht, nein; mein Herz klopfte so sehr, daß er es hören mußte. Das Geländer zitterte davon, ich hielt mich daran fest.

«Wo sind Sie so lange gewesen?» flüsterte er endlich. Da gelang es mir zu lächeln, ich war wieder froh und sicher. Ich wußte, daß er mich vermißt hatte und ohne mich allein gewesen war. Es war alles wie vorher, wie in der Kunsthalle. Man brauchte nicht mehr nachzudenken, man brauchte nicht mehr vorsichtig zu sein, es war alles richtig, was wir taten.

Ich ging zur Treppe und zwei Stufen hinunter, und er kam mir von der Tür bis zum Fuß der Treppe entgegen, sehr langsam, beide waren wir langsam, wir hatten keine Eile mehr, nichts konnte uns stören, so groß war unsere Gewißheit. «Ich habe meinen Jungen zu Bett gebracht», sagte ich, «und dann habe ich ein paar Sachen zurechtgelegt, für die Reise. Ja, und ich habe mir das Gesicht gewaschen und das Haar gekämmt. Das Kleid... ja, das ziehe ich nachher um. Ich wollte Sie nicht länger warten lassen.» So ungefähr, denn vielleicht sagte ich auch etwas anderes; es kam nicht so darauf an, was ich sagte. «Ja, und nun, mein Herr . . .» dabei ging ich die Treppe weiter hinunter, Stufe für Stufe, ganz langsam; jede Stufe gelang mir, das fühlte ich. Denn ich spielte ein klein wenig Theater, das ist wahr, aber nicht, um ihn zu täuschen oder weil ich etwas verheimlichen wollte und eigentlich auch nicht seinetwegen, sondern weil es so gut zu dem Augenblick paßte, wenn ich ganz langsam und sicher die Treppe zu ihm hinunterging . . . «Und nun, mein Herr, stehe ich ganz zu Ihrer Verfügung.»

Und es war richtig so, das sah ich an seinem Gesicht. Ich stand ja eine Stufe höher, ich war jetzt genau so groß wie er. Ich hätte seinen Atem spüren müssen, so nah war ich ihm, aber ich spürte ihn nicht, er hielt wohl den Atem an. Er lächelte auch nicht, das war es; wenn er gelächelt hätte, wäre es nur mein Lächeln gewesen, das sich auf seinem Gesicht abspiegelte. Aber ich war nicht darin, es war nur ein einziges Staunen, ganz verloren von Staunen und so arglos, ach, so arglos, so durchsichtig und ungreifbar vor lauter Arglosigkeit, daß es nicht zu ertragen war, daß man es schnell an sich drücken wollte, um es nicht zu verlieren und um es nicht mehr sehen zu brauchen, und es doch nicht wagte, weil es einem unter den Händen wohl nur wie ein Rauch gewesen wäre. Es fehlen die Worte dafür. Es ist ein solches Erkennen, ohne Grund und Schwere, wie die Farben im Eise, nicht kalt, nicht kalt, so zart und flüchtig, oh . . . Das Pendel der Dielenuhr tickte schmerzhaft laut. Ich wich Berthold seitlich zum Geländer hin aus und dann die letzten Stufen hinab. Ich wollte ihn nicht berühren; ich wollte nicht, daß er mich berührte. Nicht jetzt! Nicht hier! Nicht in diesem Haus!

Ich setzte mich auf die unterste Stufe.

«Sitzen Sie auch so gern auf der Treppe?» fragte ich ihn. «Ich habe es schon als Kind gern gemocht und bin immer dafür gescholten worden. Meine Mutter sagte, es gehöre sich nicht. Vielleicht hatte sie auch nur Angst, daß ich mich erkälte; denn bei uns waren die untersten Stufen aus Stein. Und ich sollte auch mehr auf meine Kleider achten, sagte sie. Setzen Sie sich doch hier zu mir, es ist ja ein Teppich da, wir werden uns nicht erkälten, und der Teppich wird jeden Vormittag mit dem Staubsauger gesogen. Außerdem sieht uns niemand. Bei uns war es ziemlich dunkel auf der Treppe. Es war ein altes Haus, es roch auch alt und angenehm. Auf der Diele stand ein großer Mahagonischrank und obendrauf das Eingemachte. Einmal explodierte ein Glas mit Kirschen, davon blieb ein brauner Fleck an der Decke. Und wie sie jammerten! Es läge am schlechten Jahr und am Kunstdünger. Allmählich wurde der Fleck blasser. Es war auch wenig Licht dort; es kam nur welches durch das runde Fenster über der Haustür und von hinten durch die Tür, die zum Garten und zum Waschraum führte. Da auf der Treppe saß ich oft und niemand sah mich. Vorne waren die Amtsräume. Mein Vater war Landrat. Ich konnte alles sehen und hören, und ich konnte auch unbemerkt entwischen. An der Haustür pinkte oben eine Glocke, wenn sie aufgemacht wurde. Ich beobachtete die Leute; manchmal war ein Hund bei mir; er verhielt sich genauso still wie ich. Manche kamen dick und pustend und zornig herein und gingen gleich in die Amtsräume. Viele traten sich erst lange die Füße ab, räusperten sich und zögerten; am liebsten wären sie wohl wieder umgekehrt, ich konnte sie gut verstehen, aber dann entschlossen sie sich doch, ganz schüchtern anzuklopfen. Aber ich hörte auch die Leute, die draußen auf der Straße vorbeigingen, die Schritte und ein Wort aus ihrem Gespräch, und nie wie es weiterging. Das war sehr aufregend. Ich versuchte zu erkennen, wer es war; in einer so kleinen Stadt kennt man ja alle Leute. Aber meistens waren es Bäuerinnen, die zum Markt gekommen waren. Sie sprachen Platt. Können Sie Platt? Ich weiß ein hübsches Lied. – Nein, wir dürfen hier nicht sitzen bleiben, es geht nicht. Kommen Sie.» Ich stand auf und ging zu den Sesseln hin.

«Wollen wir nicht doch lieber im Wartesaal warten?» fragte er.

«Im Wartesaal?» Ich drehte mich erstaunt nach ihm um.

«Im Wartesaal Dritter Klasse wartet es sich gut. Man fühlt sich da wohl. Die Leute kommen und reisen ab, es kommen andere und auch die reisen ab. Und schließlich ist man selber an der Reihe. Der Zug wird im Lautsprecher ausgerufen.»

«Wir müssen auf meinen Mann warten», sagte ich.

«Ach so.»

«Er kommt ja bald, es dauert nicht mehr lange. Es geht nicht anders. Das müssen Sie verstehen. Ich mag nicht einfach so weglaufen.» Er stand immer noch an der Treppe, er war wohl enttäuscht. Aber es ging doch wirklich nicht anders. «Soll ich uns Kaffee machen lassen?» fragte ich. «Oder wenn Sie etwas trinken wollen. Nein? Kommen Sie, wir wollen uns dort aufs Sofa setzen. Sie müssen mir Gesellschaft leisten. Mein Mann ist nicht schlecht, das dürfen Sie nicht denken. Überhaupt, es ist doch nicht seine Schuld. Natürlich wird er es nicht verstehen und es wird sehr ärgerlich für ihn sein; er ahnt ja von nichts, er hält so etwas nicht einmal für möglich, denn ich ... Oder wollen Sie lieber auf dem Bahnhof auf mich warten?»

«Dann werden Sie nicht kommen.»

«Doch ich werde kommen. Bestimmt.»

«Wie Sie wollen.»

«Nein, nicht wie ich will, und womöglich sind Sie dann fort. Was soll dann aus mir werden? Nein, bitte, setzen Sie sich doch hierher zu mir. Ich muß mich nur noch umziehen. Dies Kleid habe ich heute zum erstenmal an. Es war eigentlich für eine andere Gelegenheit bestimmt, doch die wurde abgesagt wegen Grippe. Soll ich es mitnehmen, ja? Es nimmt ja nicht viel Platz weg. Warum sagen Sie gar nichts, Sie lassen mich ganz allein reden. Erzählen Sie mir etwas von sich.»

«Was soll ich Ihnen erzählen?»

«Ich erzähle Ihnen doch auch alles. Oder langweilt es Sie. Eine kleine Weile muß ich noch die Dame spielen, die einen Gast unterhält. Ich habe über sechs Jahre in diesem Haus gelebt, ja.»

«Wie haben Sie das nur ausgehalten?»

«Ich habe es gar nicht gemerkt. Ich habe nicht gewußt, daß es dabei etwas auszuhalten gab. Erst durch Sie . . .»

«Ich bin auch in so einem Haus groß geworden. Nicht ganz so pompös und etwas altmodischer, aber sonst genau dasselbe. Ich bin schon sehr früh weggelaufen.»

«Ach?»

«Ja.»

«Und dann?»

«Nichts. Ich hielt es nicht aus. Ich begreife auch nicht, wie die Leute es aushalten. Aber wozu darüber reden! Die Leute halten es für selbstverständlich.»

«Wie alt sind Sie?»

«Vierunddreißig.»

«Ach? Manchmal sehen Sie viel älter aus und dann wieder viel jünger.»

«Das ist gleichgültig.»

«Ich bin achtundzwanzig. Wirklich!»

Er sagte nichts, er sah mich nur an. Er hatte sich endlich zu mir gesetzt. «Glauben Sie mir nicht?» fragte ich.

«Was?»

«Daß ich achtundzwanzig bin?»

«Warum soll ich es nicht glauben?»

«Ich dachte nur. Weil die Frauen schwindeln. Was denken Sie eigentlich von mir? Ich meine, daß ich einfach so . . .?»

«Es ist doch nicht Ihre Schuld», sagte er. Er meinte damit, daß es seine Schuld sei, weil er mich zuerst angeredet hatte. Aber ich hatte darauf gewartet. Oder war es doch nur ein dichterischer Ausdruck gewesen. Ich seufzte aus Versehen.

«Manchmal», sagte er, als ob ich laut gesprochen hätte, «habe ich es satt, die Wirklichkeit immer nur in Dichtung zu übersetzen. Ich möchte selber auch . . .» Er stockte.

«Ja, ich verstehe.»

«Nein, es darf nicht sein. So etwas darf man nicht machen. Es ist nicht für mich bestimmt.»

«Was?»

«So etwas wie Sie.»

«Was für ein Unsinn. Kommen Sie nur nicht wieder mit Ihrem ‹vornehm›.»

«Es stimmt aber.»

«Nein, es stimmt nicht. Wenn ich vornehm wäre . . .»

«Doch. Man merkt es daran», sagte er und tippte mir mit dem Zeigefinger aufs Knie. Ich lachte.

«Sie haben aber genau aufgepaßt», sagte ich, denn ich dachte, er spräche von meinen Beinen.

«Ich habe gar nicht aufgepaßt. Man merkt es auch ohne Aufpassen. Wie Sie die Treppe herunterkamen und wie Sie durch die Halle gingen. Man merkt es am Gang und wie der Rock sich bewegt. Man braucht nicht einmal hinzusehen, man merkt es auch so. Es ist alles so natürlich. Sind Sie wirklich erst achtundzwanzig?»

«Sehe ich viel älter aus.»

«Das nicht. Das meine ich nicht damit.»

«Keine Frau ist vornehm», sagte ich. «Das ist nur Getue.»

«Sie wissen es nur nicht.»

«Ach, lassen wir das. Mein Mann sagt, man hält mich für hochmütig. Dabei bin ich schüchtern wie ein kleines Mädchen, ich kann es nur gut verbergen. Es ist so leicht den Leuten etwas vorzumachen. Und sie beneiden mich sicher noch alle. Sie denken, die hat es aber gut, in dem Haus und ... Wissen Sie, daß ich mit einem Blumenstrauß zur Trauung gegangen bin, den mir ein anderer geschickt hat? Er hatte ein Gut in der Nähe von Uelzen. Der Blumenstrauß lag auf der kleinen Spiegelkonsole im Flur, oben im ersten Stock. Noch in Seidenpapier gewickelt und ohne eine Karte daran. Wir hatten es so verabredet. Es waren rote Nelken. Die Leute wunderten sich, daß ich nicht mit weißen Blumen zur Trauung ging, wie es Sitte ist. Ich weiß nicht, ob Max etwas gemerkt hat. Und selbst wenn er es gemerkt hätte! Ich würde gelogen haben, daß die Blumen von ihm nicht zu finden gewesen seien, oder so etwas. Doch er fragte gar nicht. Vielleicht war es ihm gleichgültig. Ich nahm die Blumen, das Seidenpapier warf ich auf den Fußboden, und den richtigen Strauß legte ich statt dessen hin. Meine Mutter hat es bestimmt gesehen, aber wenn sie nur eine einzige Bemerkung gemacht hätte, wäre aus der Hochzeit nichts geworden. Das wußte sie auch, darum sagte sie nichts, und so kam es. Lachen Sie über mich?»

«Sie haben die Zähne auf die Unterlippe gebissen.»

«Ja, ich wollte es schaffen. Wieso? Andere schaffen es ja auch. Und ich würde es auch geschafft haben, es sah doch bis heute so aus. – Warum sind Sie nicht verheiratet?»

«Ich habe es versucht, aber es ging nicht, es hat nicht einmal ein Jahr gedauert.»

«Ach?»

«Ja, es ging nicht.»

«Ich habe gleich gesehen, daß Sie nicht verheiratet sind. Schon als Sie den Vortrag hielten. Ich saß in der neunten oder zehnten Reihe.»

«Man sieht niemand, wenn man oben steht, nur Köpfe.»

«Sind Sie ihr untreu gewesen?»

«Nein, das nicht. Sie ist jetzt wieder verheiratet. In Kanada. Es ging eben nicht. Ich eigne mich wohl nicht dafür.»

«Aber sicher haben Sie viele Freundinnen?»

«Nein, nicht so, wie Sie denken. Die sogenannten Freundinnen trauen mir nicht. Niemand traut mir, das ist schon seit jeher so gewesen. Ich bin es gewohnt und ich will niemand stören; besser man bleibt allein. Deshalb bin ich auch so früh von zu Haus weggegangen; ich wollte nicht, daß es viel Geld kostete, denn schließlich ... Aber wozu darüber reden.»

«Ich möchte alles von Ihnen wissen.»

«Da gibt es nicht viel zu wissen, es ist ziemlich eintönig. Ich habe Bücher geschrieben, zu meiner Unterhaltung, das ist alles.»

Wir schwiegen. Ich wußte nicht, was ich noch sagen sollte. Er blickte vor sich hin, er dachte an irgend etwas andres, nicht an mich. Er hatte vergessen, wo er war und daß ich neben ihm saß. Endlich fiel es ihm auf, daß keiner redete. Sein Blick glitt ganz langsam an mir hoch, bis wir uns ansahen. Zuerst war noch Mißtrauen in seinen Augen, aber dann verschwand es. «Ist es wirklich wahr?» fragte er erstaunt. Ich nickte mit dem Kopf. «Ich weiß nicht einmal, wie Sie heißen!»

«Marianne. Gefällt Ihnen der Name nicht?»

«Ich muß mich erst daran gewöhnen.»

«Mir gefällt er auch nicht. Wenn meine Mutter mich so rief, hatte ich immer etwas ausgefressen. Meine Schulfreundinnen mußten mich Marion nennen, das klang so französisch. Ich setzte es durch; wenn sie mich nicht so nannten, sprach ich einfach nicht mit ihnen. Ja, so war ich. Aber das ist Kinderkram. Er hat mich auch so genannt.»

«Wer?»

«Der mit dem Blumenstrauß.»

«Warum ist nichts daraus geworden?»

«Ich wollte es meinem Vater nicht antun. Wir lebten doch in der Provinz; es hätte einen Skandal gegeben; man redete sowieso schon über uns. Er war nämlich verheiratet und hatte zwei Kinder. Sein Gut lag neben dem Gut meines Onkels, da waren wir im Sommer immer. Ich war ja noch ein halbes Kind. Er sagte mir, ohne mich hätte das Leben keinen Sinn für ihn. Er wollte sogar das Gut aufgeben und alles. Wir wollten dann ins Ausland. Ich kannte auch seine Frau, so eine Blonde, Blasse, irgendwo aus Holstein. Ich glaube, sie wußte alles, dafür haßte ich sie. Weil sie so tat, als ob ich gar nicht zählte. Ja, wir trafen uns oft. Wenn wir uns nicht treffen konnten, war es ein verlorener Tag. Wir fuhren auch nach Hannover, getrennt natürlich, damit es nicht so auffiel, und trafen uns dort. Ich bin gar nicht vornehm, das ist Unsinn. Wenn sie mich zu Haus fragten, wo ich gewesen sei, log ich. Später, als ich mit der Schule fertig war, hatte ich eine Stellung in Hannover und ein Zimmer. Ich war Sekretärin in der Gummifabrik. Ich wollte selber Geld verdienen, genau wie Sie. Nicht von den anderen abhängig sein, ja. Aber in den Ferien kam Max zu uns. Er war schon früher einmal in Uelzen gewesen, mein Bruder und er haben zusammen studiert. Mein Bruder ist jetzt im Wirtschaftsministerium. Max war in Amerika gewesen, als Volontär, und eine Zeitlang auch in Schweden. Mein Vater sprach mit mir. Er sagte nicht ein einziges Wort über Arnim, doch ich wußte, was er meinte. Überhaupt, ich wußte ja selber nicht, was aus mir werden sollte; es war alles so unklar. Da gab ich nach. Ja, so ungefähr. Ich erzähle Ihnen alles von mir und ich weiß nichts von Ihnen.»

«Von mir ist nichts zu erzählen.»

«Aber Sie müssen doch etwas erlebt haben?»

«Das hat alles nichts mit mir zu tun. Ich bin nur zufällig dabei gewesen und habe es getan, als ob ich mitmachte, damit es nicht auffiel, aber es hätte ebensogut ein andrer sein können. Ich höre Ihnen lieber zu, das ist besser.»

«Wir haben jetzt keine Zeit mehr», sagte ich und sah auf die Uhr. «Ja, ich glaube, es ist gleich so weit.» Ich stand auf.

«Wo wollen Sie hin?» rief er und sprang auf. Er hielt mich sogar am Arm fest.

«Ich will mich doch nur umziehen», sagte ich. «Es ist besser, ich ziehe mich jetzt um und bin dann fertig. Ich will nur mein Kostüm anziehen, und dann der Koffer. Nachher die Unterbrechung ... ich möchte nicht, daß es nachher lange dauert.»

«Sie dürfen mich doch jetzt nicht allein lassen.»

«Aber ich lasse Sie doch nicht allein, ich bin doch gleich wieder da.»

«Nein, Sie werden da oben bleiben. Das weiß ich schon jetzt.»

«Nein, bestimmt nicht.»

«Doch.»

Da sah ich, daß er eifersüchtig auf Günther war; er dachte, ich würde bei Günther bleiben wollen und ihn vergessen. «Meinetwegen, kommen Sie mit», sagte ich. «Aber Sie müssen leise sein.»

Ich ging die Treppe hinauf und er folgte mir auf dem Fuß. Oben blieb ich stehen und wandte mich nach ihm um; da wären wir beinahe zusammengeprallt, so nah war er hinter mir. Ich wollte ihm nämlich noch etwas sagen. Ich wollte sagen: Aber bitte, nicht hier im Haus! Nicht hinter der Tür! Doch er machte ein Gesicht wie ein Kind, dem ich etwas verbieten wollte. Da schämte ich mich, daß ich überhaupt so etwas von ihm gedacht hatte, und sagte nichts.

Ich kam nicht gleich zum Umziehen; Berthold lief im Zimmer umher und sah sich alles neugierig an. Er roch in meinen Kleiderschrank hinein und sagte: Eine vornehme Frau! Er roch auch an den Flaschen auf dem Frisiertisch und sagte: Dies nehmen wir mit!, und ich sagte: Gut! und packte es ein, obwohl es gar nicht wichtig war, und dann fand er mein Nachthemd, das auf dem aufgedeckten Bett lag, hob es in die Höhe und wollte, daß ich es mitnehme. Aber ich sagte nein, ich habe ein noch schöneres, und als ich die Schublade herauszog, stand er schon wieder hinter mir und sah den weißseidenen Schlafanzug, so mußte ich den auch noch mit einpacken, lauter überflüssige Sachen; viel mehr als ich wollte, der Koffer wurde ziemlich voll.

Er hörte vor lauter Eifer nicht, wie draußen die Reifen des Autos im Sand knirschten und wie die Wagentür zugeschlagen wurde. Für ihn zählte ja Max gar nicht. Ich aber spürte sogar die Zugluft, als Max die Haustür öffnete. Doch ich sagte Berthold nichts davon; ich wollte ihm nicht den Spaß verderben, bei mir herumzukramen.

Max war sehr pünktlich, fast auf den Glockenschlag. Das ist er immer. Wenn er abends kommt, sagt er zu Gertig, dem Chauffeur: ‹Sie können den Wagen wegbringen. Und morgen früh um acht wie gewöhnlich.›

Sicher wird er das auch diesmal sagen. Früher in den ersten Jahren unserer

Ehe, wartete er, bis er mich gefragt hatte, ob wir noch etwas unternehmen wollten, aber da ich immer nein sagte, tat er es später nicht mehr. Denn wenn wir etwas vorhatten, eine Einladung oder dergleichen, war alles schon vorher geordnet; es stand auch in seinem Notizbuch.

Meistens war ich unten in der Halle, wenn er kam, oder ich ging ihm die Treppe herunter entgegen, um ihn zu begrüßen. Er mochte es gern; auch wenn er nur wenig Zeit und andere Sachen im Kopf hatte, fehlte ihm etwas, wenn ich es nicht tat. Er mußte das Gefühl haben, daß im Haus alles in Ordnung sei; das genügte. Er pflegte nach Günther zu fragen und wie es mir gehe; es waren beinahe immer dieselben Fragen.

Er wird sich bestimmt wundern, daß ich diesmal nicht herunterkomme. Ob er wohl gleich nachsehen kommt, was mit mir los ist? Ich achtete nur halb auf das, was Berthold zu mir sagte. Er bewegte sich in meinem Zimmer, als ob es sein Zimmer wäre und nichts Fremdes. Es würde nicht gut sein, wenn Max plötzlich hereinkäme und das sähe. Und ich mußte mich auch noch umziehen; Bertholds wegen hatte ich noch nicht damit anfangen können.

Ich hatte die Haustür nicht zuschlagen hören, sie blieb länger offen als sonst, und auch nachher, als sie zugeschlagen wurde, kam Max nicht herauf. Das hatte einen ganz lächerlichen Grund; es handelte sich um einen Boxkampf am nächsten Sonntag. Nein, nicht um Boxen, sondern um Fußball, um irgendein wichtiges Länderspiel. Es war schon seit ein paar Tagen davon die Rede gewesen, aber wie sollte ich jetzt an so etwas denken.

Max ging sonntagsnachmittags oft zum Fußball; manchmal fuhr er sogar mit Gertig in eine andere Stadt, wenn dort ein wichtiges Spiel war. Ich begleitete ihn nie, ich redete mich damit aus, daß ich mich dabei erkälten würde. Ich glaube, Max war sehr froh, daß ich nicht mitging; vielleicht schrie er ja zusammen mit den anderen Leuten, wenn ein Tor geschossen wurde, und wenn ich dabei gewesen wäre, hätte er sich geniert. Meistens nahm er Gertig mit; sie saßen dann nebeneinander auf der Tribüne. Man hielt es für sehr klug von Max, daß er das tat.

Es war ganz einfach so, daß Max erst noch Blanck fragen wollte, wie es mit den Karten für das Spiel wäre. Nur deshalb ließ er die Haustür offen stehen, um Gertig gleich Bescheid sagen zu können. Blanck aber wird wahrscheinlich gehört haben, daß Max angekommen war, und ihm entgegengegangen sein. Und Max würde wie üblich zunächst überrascht getan haben. ‹Wie nett von Ihnen, daß Sie noch auf mich gewartet haben.› Ich habe das hundertmal von Max gehört, obwohl es für ihn selbstverständlich war, daß Blanck auf ihn wartete. Ja, und wie es mit den Karten wäre? Und nachdem Blanck ihm Auskunft gegeben hat, daß er zwei Plätze reserviert hätte, wird Max nach draußen gerufen haben: ‹Haben Sie gehört, Gertig? Also dann bis morgen.›

So ähnlich wird es gewesen sein, weil es immer so war. Was Berthold wohl gesagt haben würde, wenn er gewußt hätte, daß Max nur wegen des Fußballspiels nicht zu uns heraufkam?

Dabei war der wirkliche Grund ein ganz anderer; das erfuhr ich erst viele

Wochen später. Das Fußballspiel war für Max und Blanck nichts als ein willkommener Vorwand, nicht gleich über das sprechen zu müssen, was sie viel brennender interessierte. So sind sie nämlich; wenn sie etwas so Aufregendes erfahren, daß sie kaum an sich halten können, dann reden sie über etwas Nebensächliches, Oh, ich kenne sie gut. Ausgerechnet an diesem Tag war eine Entscheidung gefallen, auf die Max monatelang gewartet hatte; eine Entscheidung, von der die Zukunft der Fabrik abhing, wie er meinte. Es hatte also nicht das geringste mit mir zu tun, für sie war es auch viel wichtiger als alles andere. Ein seltsamer Zufall! Oder vielleicht auch nicht; wenn man es hinterher in Ruhe überdenkt, scheint es, daß es gar nicht anders sein konnte. Ich weiß nicht, wie ich mich verhalten hätte, wenn mir das alles damals schon bekannt gewesen wäre; ich war viel zu sehr mit mir und Berthold beschäftigt. Aber es ist möglich, daß ich gar nicht erst zur Preisverteilung gegangen wäre, wenn man mich ins Vertrauen gezogen hätte, und dann wäre natürlich alles ganz anders gekommen. Es ist nicht meine Schuld, daß sie es vor mir geheimhielten. So waren sie; sie wollten nicht, daß ich ihnen hineinredete.

Jetzt, da ich das alles weiß, wundert es mich nicht, daß Max nicht zu mir heraufkam. Ich kann mir gut vorstellen, wie aufgeregt die beiden da unten waren; ist sehe sie direkt vor mir. ‹Ist meine Frau nicht da?› wird Max gefragt haben, und Blanck wird ihm gesagt haben, daß ich oben sei. Fein! wird Max gesagt haben. Vielleicht hat er sich die Hände dabei gerieben. Das tut er zuweilen, wenn er sehr zufrieden ist, und vor allem, wenn ich es nicht sehe; denn ich mag es nicht. Möglich, daß er diesmal wirklich kalte Hände von der Fahrt hatte. Ich darf nicht über ihn spotten. Ja, und dann wird er ein paarmal in der Halle auf und ab gelaufen sein. Am liebsten wäre er sicher sofort mit Blanck ins Arbeitszimmer verschwunden. Aber muß er mich nicht anstandshalber vorher begrüßen? Er wirft verstohlene Blicke nach oben, ob ich nicht endlich komme. Und Blanck steht die ganze Zeit auf einem Fleck; nur sein Kopf dreht sich in der Richtung von Max hin und her. Blanck wartet darauf, nach etwas Bestimmtem gefragt zu werden.

Die Sache war ihnen beiden so wichtig, daß sie Mühe gehabt haben werden, sich nicht gehenzulassen und sofort darüber zu tuscheln. Es handelte sich um meinen Schwiegervater.

Schließlich mußte Max den Anfang machen. Ja, es sei sehr recht von ihm gewesen, gleich anzurufen, wird er zu Blanck gesagt haben, und Blanck antwortete wohl, daß er es für richtiger gehalten habe, den Herrn Direktor sofort von dieser günstigen Wendung zu unterrichten. – Sein Vater hätte also unterschrieben? – Ja, der Herr Generaldirektor wäre heute früh gegen zehn beim Notar Melchior gewesen, ohne sich vorher anzumelden; er hätte sich dort die Akte noch einmal vorlesen lassen und am Schluß den Notar gebeten, den Paragraphen wegen des Stimmrechts im Vorstand zu streichen. Der Notar hätte ihn darauf aufmerksam gemacht, daß das doch gar nicht nötig wäre; der Herr Generaldirektor sei ja nicht gezwungen von seiner Stimme Gebrauch zu machen, wenn er keinen Wert darauf lege; das sei doch viel einfacher, und jedenfalls sehe die

Urkunde mit diesem Paragraphen viel besser aus. Nun, wenn es so besser aussehe, hätte der Herr Generaldirektor gesagt, und dann ohne weitere Einwände unterschrieben, ohne ein einziges Wort. Der Notar hätte daraufhin Blanck sofort telefonisch über die Unterzeichnung informiert. Inzwischen liege auch die schriftliche Bestätigung schon auf dem Schreibtisch des Herrn Direktors. – Schön! Sehr schön! (Diesmal wird Max sich bestimmt die Hände gerieben haben, ich kann es mir nicht anders vorstellen.) Ob Blanck eine Vermutung habe, was seinen Vater nach dem monatelangen Zögern veranlaßt haben könne, nun ganz unversehens zu unterschreiben? – Nein, auch der Notar Melchior hätte sich gewundert. Der Herr Generaldirektor wäre sehr freundlich gewesen, ja, beinahe fröhlich und zum Scherzen aufgelegt, mehr so, als ob es sich bei der Unterzeichnung um eine bedeutungslose Formalität handele; so jedenfalls hätte der Notar es empfunden, obwohl nicht allzuviel geredet wäre und das Ganze auch nicht lange gedauert hätte. – Na gut! Die Hauptsache sei ... Ja, wir haben eine schwere Krise überstanden, eine sehr schwere Krise; das dürfen wir wohl sagen›.

Ach, dies Wort Krise! Wie oft habe ich es gehört. Darum bin ich auch davon überzeugt, daß Max sich die Gelegenheit nicht entgehen ließ, es anzubringen. Und wenn man seinen Standpunkt einnimmt, war es tatsächlich eine schwere Krise gewesen.

Doch wenn ich mir das alles vorstelle, wie sie sich darüber unterhielten, scheint es mir, als könne Max trotzdem nicht ganz zufrieden mit dieser plötzlichen Lösung gewesen sein. Ob schon etwas davon bekannt geworden sei, wird er Blanck gefragt haben; vielleicht hat er sogar mit dem Kopf nach oben zu mir hingewiesen. Und Blanck wird ihm versichert haben, daß er sich nicht für ermächtigt gehalten hätte, etwas darüber verlauten zu lassen, nicht bevor der Herr Direktor ... – Schön, wird Max ihn unterbrochen haben, es bliebe also noch, eine kurze Formulierung für die Presse aufzusetzen. Das habe Zeit bis morgen, Blanck möge es sich jedoch schon einmal durch den Kopf gehen lassen. Ob sein Vater oben wäre? – Nein, der Herr Generaldirektor wäre spazierengegangen, vor einer halben Stunde etwa! – Spazieren? Allein? – Er, Blanck, wäre auch erstaunt gewesen, doch wegen der veränderten Situation hätte er kein Bedenken gehabt, den Herrn Generaldirektor allein weggehen zu lassen. Er hätte auch Fräulein Gerda zurückgehalten, selbstverständlich ohne ihr die Gründe zu verraten. – Nun, ganz gleich. Das werde sich finden. Auf jeden Fall sei es sein Wunsch – (hier wird Max bestimmt pathetisch geworden sein) –, daß sein Vater nach außen hin und hier im Haus nach wie vor – (dies ‹Nach wie vor› sehr betont) – als der Chef des Konzerns behandelt werde. – Jawohl, Herr Direktor. – Ob sonst noch etwas vorliege? Damit Blanck endlich nach Haus zu seiner Frau könne. – Nein, nichts Dringliches. Mittwoch nächster Woche sei die Konferenz in Brüssel – (oder war es Antwerpen?) –, woran Blanck erinnern möchte. – ‹Mittwoch? Schön! Belegen Sie für alle Fälle einen Platz im Flugzeug. Ja, und noch eins!› Dieses ‹Noch eins!› war, glaube ich, ein Trick von Max seinen Mitarbeitern gegenüber. Dadurch verwirrte er sie und brachte sie von dem Thema ab, das ihm nicht mehr paßte. Anscheinend hatte er stets einen Vorrat solcher ‹Noch eins!› auf Lager. Auch mit mir machte er es zuweilen. Ganz plötzlich, wenn wir uns über etwas Alltägliches unterhielten, hieß es: Noch eins! Er erreichte auch immer damit, was er wollte; man hielt ihn für einen Mann, der viele schwerwiegende Probleme zu wälzen hatte und den man daher nicht länger mit unnützem Kleinkram belästigen durfte. Zu Anfang unserer Ehe kam ich mir sehr dumm vor.

‹Noch eins!› wird Max etwa gefragt haben. ‹Wissen Sie zufällig, wie die Tiefenbacher Mühlen stehen?›

Es kann sich auch um eine andere Aktiengesellschaft gehandelt haben. Ich glaube aber, daß es die Tiefenbacher Mühlen gewesen sein müssen, weil später viel die Rede davon war, und damals gehörten sie uns noch nicht. Es ist ganz unwichtig.

Blanck wird natürlich gewußt haben, wie sie standen; er war immer auf dem laufenden. ‹Zweiundachtzig›, kommt es prompt heraus. Oder meinetwegen auch irgendeine andere Zahl.

‹Also zwei Punkte niedriger seit Mitte Februar?› fragt Max. Solche Gespräche habe ich sehr oft mit angehört.

‹Nein drei›, berichtet Blanck. Vielleicht erwartet er eine Anerkennung dafür, daß er so gut Bescheid weiß, aber Max läßt sich nichts merken.

‹Schön, behalten Sie die Entwicklung im Auge. Das Werk ist hochmodern eingerichtet und alles in Schuß, soweit sich das bei einer kurzen Besichtigung beurteilen läßt. Aber die Leute haben sich festgebaut, sie sind illiquide. Wahrscheinlich wird der Kurs noch weiter fallen.›

Wie das Gespräch auch gewesen sein mag, sie mußten es abbrechen, da Berthold die Treppe herunter kam.

Ich hatte es ihm schließlich doch sagen müssen, daß Max da sei. Er wollte sofort hinunter und mit ihm sprechen. Ich versuchte, ihn davon abzubringen, ich wollte lieber, daß wir zusammen hinuntergingen. Er kannte ja Max gar nicht. Und worüber sollte er mit Max reden? Über mich? Was sollte Berthold ihm denn sagen? Er war doch Max gar nicht gewachsen, das alles konnte doch nur ganz lächerlich auslaufen. Und ich wollte nicht, daß Berthold sich lächerlich machte. Aber er ließ es sich nicht ausreden, er hatte nun einmal diese jungenhafte Idee, daß es seine Sache wäre, mit Max zu sprechen. Es konnte ja auch nicht schlimm werden, da ich doch gleich hinterherkommen würde. Ich brauchte nur noch die Schuhe zu wechseln und dann den Hut aufzusetzen und den Mantel anzuziehen. Ja, und vielleicht wollte ich auch noch einmal nachsehen, ob Günther schlief. Das brauchte Berthold nicht zu wissen.

Doch er kam gar nicht dazu, mit Max über uns zu sprechen. Es war nicht seine Schuld, es lag an Blanck, der die ganze Zeit daneben stand. Berthold wußte nicht, wie er ihn loswerden sollte.

Max hatte Blanck fragend angesehen, und Blanck erklärte ihm flüsternd, daß es dieser Berthold Möncken sei, der heute nachmittag den Preis bekommen habe. Ach so, sagte Max, und ging mit einem verbindlichen Lächeln auf Berthold zu. «Welch eine Freude, mein verehrter Herr Möncken, daß ich Ihnen noch persönlich die Hand schütteln darf. Ich konnte leider heute nachmittag bei dem Festakt nicht dabei sein, ich hätte viel darum gegeben. Aber unsereiner ist nicht Herr seiner Zeit. Um so dankbarer bin ich meiner Frau, daß sie Sie hierhergebeten hat. Wirklich, ein großartiger Gedanke von ihr. Hoffentlich verlief alles würdig und zu Ihrer Zufriedenheit.»

«Ja, danke.»

«Kommen Sie, setzen wir uns. Ich nehme an, daß Sie die Nacht bei uns bleiben.»

«Mein Zug fährt um ...»

«Aber warum denn? Sie können doch ebensogut morgen fahren. Ich bin heute abend zufällig frei, das passiert gar nicht so oft. Welch eine willkommene Gelegenheit für mich, einmal mit einem Dichter zusammensein zu dürfen. Ich weiß, Sie halten uns für Banausen. Doch, doch! Ich meine nicht Sie, sondern die Künstler im allgemeinen. Und vielleicht sind wir Industriellen das ja auch. Jedenfalls etwas einseitig, ja. Doch auch Sie müssen Verständnis für uns haben ... Da fällt mir ein: Wenn es Ihnen Spaß macht, könnten Sie ja morgen früh das Werk besichtigen. Damit Sie einmal sehen, wie die Helldegen-Artikel entstehen. Das muß doch nicht nur die Hausfrau interessieren, die die Sachen in der Küche verwendet – Sie sind doch sicher verheiratet –, sondern auch einen modernen Schriftsteller. Ganz ohne Technik geht es nun einmal nicht. Wie ist es, Blanck, vielleicht können Sie Herrn Möncken herumführen? – Wo bleibt denn meine Frau?»

«Ihre Frau zieht sich um.»

«Ah. Na schön. Wollen Sie sich nicht setzen?»

«Ich bin Ihnen sehr dankbar, Herr Helldegen, aber ...»

«Sie haben mir gar nichts zu danken, mein lieber Herr Möncken. Ich habe nicht den geringsten Einfluß auf die Preisverteilung gehabt. Ich werde mich hüten, über etwas mitreden zu wollen, wovon ich nichts verstehe. Dazu ist die Jury da. Und was Ihr Buch betrifft ... Meine Frau hat es selbstverständlich gelesen, und ebenso Herr Blanck, nicht wahr, aber ich ... ich bin leider noch nicht dazu gekommen. Nehmen Sie mir das bitte nicht übel. Ich könnte ja so tun, als ob ich es kenne, doch ich halte es immer für richtiger, man spricht ganz ehrlich miteinander. Es ist nicht Mangel an Interesse bei mir, oh nein, denken Sie das nicht. Sie glauben nicht, was ich darum geben würde, auch einmal friedlich und ungestört ein Buch lesen zu können. Und natürlich, hier und da hätte ich auch eine Stunde Zeit dazu. An der Zeit allein liegt es nicht. Wer von sich behauptet, er hätte keine Zeit, der renommiert. Wieviel Zeit wird bei geschäftlichen Besprechungen und bei den Diners hinterher vertrödelt! Nein, Sie müssen das so verstehen: Ich, und das geht den meisten von uns so, wir können es uns einfach nicht leisten, uns ablenken zu lassen. Die Helldegen-Werke zum Beispiel beschäftigen schon heute dreitausend Leute. Mit den Angehörigen wären es also rund zehntausend Menschen, deren Wohl und Wehe davon abhängt, daß bei uns alles klappt. Sie werden sicher begreifen, daß einen auch zu Haus die Sorgen nicht loslassen. Es steht zu viel auf dem Spiel, als daß unsereiner sich noch ernsthaft mit andern Problemen befassen könnte, wie interessant sie auch sein mögen. Wie gesagt, man kann sich das einfach nicht leisten. – Ah, da kommt meine ...»

Max redete gern und hörte sich auch gern reden; es imponierte den Leuten. Es war genau das, was sie hören wollten. Doch Berthold gegenüber kam noch hinzu, daß Max nicht genau wußte, woran er mit ihm war. Berthold machte die Leute unsicher, nicht absichtich, sondern es lag an der Art, wie er dastand und zuhörte und doch wieder nicht zuhörte; man glaubte ihm manchmal nicht, daß er zuhörte und deshalb redete man mehr als man wollte und auch lauter. So ging es wohl auch Max; ich vermute, daß er sehr froh war, als er mich die Treppe herunterkommen sah. Nun konnte er Berthold mir überlassen. Deshalb rief er: ‹Ah, da kommt meine ...› Aber er brachte den Satz nicht zu Ende.

Alle drei blickten zu mir hin. Ich hatte mir den Mantel übergeworfen. Blanck faßte sich als erster, er machte eine Bewegung, als wolle er mir entgegenlaufen und den Handkoffer abnehmen, aber Berthold kam ihm zuvor.

Ich sah, wie die Dinge standen; Berthold hatte überhaupt noch nichts sagen können. «Würden Sie uns bitte einen Augenblick allein lassen, Herr Blanck», sagte ich. Er machte eine kleine Verbeugung, warf einen Blick zu Max hin, der mich anstarrte, und verschwand dann ins Arbeitszimmer. Was blieb ihm andres übrig. Ich ging ihm ein paar Schritt nach, um mich zu überzeugen, ob die Tür auch geschlossen sei. Dann sagte ich: «Also, Max, wie du siehst ...»

«Guten Abend», sagte er.

«Ach ja, entschuldige. Guten Abend.»

«Du willst noch fortgehen?»

«Ja, ich habe mich entschlossen ...»

Diesmal wurde ich von Berthold unterbrochen, der einen Schritt hinter mich trat und sagte: «Ich hatte leider noch keine Möglichkeit, mit Ihrem Mann zu sprechen.» Max sah ihn überrascht an, so als ob er Bertholds Existenz inzwischen vergessen hätte. Oder als ob er damit zum Ausdruck bringen wollte: Was machen Sie denn eigentlich hier? Vielleicht wollte er Berthold damit beleidigen.

«Ich weiß», sagte ich zu Berthold.

«Ich habe Gertig gerade eben mit dem Wagen weggeschickt», sagte Max. «Ich konnte nicht wissen, daß du ihn noch brauchen würdest.» Damit wollte er sicher nur Zeit gewinnen. Ja, ich glaube bestimmt, daß er bereits begriffen hatte, daß es um etwas andres ging, obwohl es für ihn doch ganz undenkbar sein mußte.

«Es handelt sich nicht um den Wagen», sagte ich so ruhig wie möglich und lächelte dabei sogar. «Nein, ich fahre mit Herrn Möncken fort.»

Wieder warf Max einen abschätzenden Blick auf Berthold, sogar zweimal, nachdem er mich zwischendurch kurz angesehen hatte. Berthold machte ein kleines Geräusch mit den Füßen; ich wollte mich nicht nach ihm umsehen; ich hoffte, daß er nicht eingriff. Ich wollte, daß Max zuerst redete.

«Davon konnte ich nichts wissen», sagte Max nach einer Weile. Er zog die Stirn amüsiert kraus, um das Ganze zu lappalisieren.

«Das konntest du auch wirklich nicht», sagte ich, «ich wußte es ja selber nicht.» Ich ging auf seinen Ton ein, ich tat gleichfalls so, als handle es sich um irgendeine kleine Laune.

Doch das schien Max zu ärgern. «Du kennst diesen Herrn da schon länger?» fragte er diesmal sehr viel schärfer.

«Nicht sehr lange. Erst seit heute nachmittag.»

«So, hm? Und der Zweck des Unternehmens?»

«Der Zweck?» Was sollte ich darauf antworten. Ich wurde nervös. «Der Zweck? Mein Gott, Max . . .»

«Und wohin soll es gehen, wenn ich fragen darf?»

«Irgendwohin.» Ich zuckte mit den Achseln. «Das wissen wir noch nicht.»

«So, hm? Und für wie lange?»

«Für immer.»

Da war es heraus. Etwas unglaubhaft, ich erschrak selber, als es nun plötzlich ausgesprochen war, doch immerhin. Ich ließ Max nicht aus den Augen, ich hatte keine Zeit, an Berthold zu denken. Ich vergaß Berthold sogar für einen Augenblick. Ich wollte wissen, wie Max es nahm; denn schließlich war er mein Mann, und was ich ihm antat, muß entsetzlich für ihn gewesen sein. Es war etwas, was für ihn doch gar nicht in Betracht kommen konnte. Und ich muß gestehen, er nahm es bewundernswert, so bewundernswert, daß ich mich schämte. Er stand mir ganz ruhig gegenüber und nichts in seinem Gesicht regte sich; es war ganz blank, es wurde nicht einmal blässer. Sie lernen so etwas wohl im Geschäftsleben; auch die unangenehmste Nachricht müssen sie hinnehmen, ohne zu zeigen, daß sie davon betroffen sind. Und hinter diesem blanken Gesicht suchen sie dann nach einem Ausweg. Nur ich, die ihn sehr genau kannte, sah, daß es ihn Mühe kostete, die Fassung zu bewahren. Seine Pupillen zogen sich etwas zusammen und wurden ganz hart und spitz.

«Es tut mir leid, Max», sagte ich, «aber du schätzest ja die Phrasen nicht.»

«Ist das dein Ernst?» fragte er mit einer Kopfbewegung zu Berthold hin, einer sehr geringschätzigen Kopfbewegung.

«Allerdings.»

«Komisch», meinte er. Das sollte wieder eine Beleidigung sein.

«Was ist komisch?»

«Etwas unüberlegt, wie?»

Ich war drauf und dran, die Geduld zu verlieren. «Das mag sein, doch das braucht nicht deine Sorge zu sein.»

«So, nicht meine Sorge? Darf ich wenigstens nach den Gründen fragen?»

Diese Frage verwirrte mich, weil ich sie nicht von Max erwartet hatte. Ich dachte, er sei viel zu überzeugt von sich selbst, als daß er so etwas fragen könnte, und noch dazu in Gegenwart eines anderen. «Die Gründe? Die Gründe?

Was kommt dabei heraus, daß wir uns hier noch über die Gründe unterhalten. Die Gründe spielen keine Rolle, vielleicht gibt es keine. Bleiben wir bei der Tatsache, wie du selbst immer sagst.»

«Ich begreife dich nicht», sagte Max mit einem gespielten Kopfschütteln. Er wandte sich sogar ein wenig ab, um sich eine Zigarette vom Rauchtisch zu nehmen; so als gehe ihn das alles ernstlich schon nichts mehr an und sei erledigt. Oder um damit anzudeuten, daß die Unterredung für ihn beendet sei. Doch er zündete die Zigarette nicht an, er klopfte sie nur lange auf seinem linken Handrücken. Und ganz plötzlich drehte er sich wieder zu mir hin, und seine Stimme klang viel drohender, als es zu seinem Spiel paßte. «Und du denkst also, ich soll dich einfach so laufen lassen?»

«Was kannst du schon dagegen tun?» fragte ich. Jetzt tat ich so, als überlegte ich seine Chancen.

Da hörte ich wieder eine Bewegung hinter mir. Offenbar war Berthold etwas näher gekommen und wollte etwas sagen.

«Was wünschen Sie?» fuhr Max ihn an. «Wenn Sie nur ein klein wenig Taktgefühl besäßen, würden Sie mich wohl allein mit meiner Frau sprechen lassen. Noch dazu in meinem Haus.»

Ich trat sofort einen Schritt zurück und neben Berthold. «Wir werden dein Haus gleich zusammen verlassen», sagte ich zu Max. «Wir haben sowieso nicht viel Zeit. Wir müssen zum Bahnhof und müssen noch Fahrkarten kaufen. Vor allem, Max, wollen wir hier keine Szene aufführen. Wir sind doch nicht im Kino. Wir sind doch vernünftige Menschen.» Ich fühlte, wie ich die Fassung verlor. Ich zitterte innerlich. «Und wenn du mich auch für unvernünftig hältst, ganz gleich. Ich sage dir, wie es ist, Max, mehr kann ich nicht tun. Ich weiß, es ist nicht angenehm für dich, ja, es tut mir leid, aber . . .»

«Du kennst ihn wirklich erst seit heute?» fragte er.

«Ja, warum? Ich schwöre dir . . .»

Aber Max machte eine abwehrende Handbewegung. «Ist das nicht etwas . . .?»

«Unüberlegt?» fiel ich ihm ins Wort. «Ja, das hast du schon einmal erwähnt. Was nützt das Überlegen! Und wenn du es genau wissen willst, so habe ich es sieben Jahre überlegt.» Das hätte ich nicht sagen dürfen und ich wollte es auch gar nicht sagen, ich bedauerte es sofort. Es war mir so herausgefahren, es war zu spät, es zurückzunehmen, denn nun sagte Max etwas, was mich so aufbrachte, daß ich die Kontrolle über mich verlor.

«Läßt sich das nicht einfacher regeln?» fragte er.

«Wie bitte?»

Er antwortete nicht, er warf nur einen verächtlichen Blick auf Berthold. «Ach, etwa so, wie mit deiner Dingsda?» fragte ich höhnisch. Ich hatte den Namen des Mädchens wirklich vergessen; irgendein blondes Fräulein, eine Sekretärin von Max, die ihn eine Zeitlang auf seinen Fahrten begleiten mußte. Ich hatte nie ein Wort über die Sache verloren, doch ich glaube, Max wußte, daß mir alles bekannt war; er hielt mich wohl für sehr großzügig, weil ich schwieg. Mir aber war es gar nicht wichtig gewesen; sie tun es ja alle, also warum nicht auch Max. Im Gegenteil, mir war es sogar sehr gleichgültig gewesen. Mochte er sich doch unterhalten, wie er wollte, was hatte das mit mir zu tun. Doch vor ein paar Monaten hatte er sich von ihr getrennt. Er hatte sie wohl satt. Oder es hing auch mit dem Streit zusammen, den er mit seinem Vater hatte; vielleicht wollte er keine Angriffsfläche bieten. Was ging mich das an!

«Ist das der Grund?» fragte Max rasch.

Ich versuchte, mich wieder in die Gewalt zu bekommen. «Nein, es ist nicht der Grund. Verzeih, daß ich es erwähnte. Ich habe mich gehenlassen. Du hast dir nicht das gerinste vorzuwerfen, Max. Ich bin es, die im Unrecht ist. Das wird dir jeder bestätigen, jede Frau wenigstens. Ich will gar nicht recht haben, das ist es. Du kannst morgen die Scheidungsklage einreichen, von meiner Seite brauchst du keine Schwierigkeiten zu befürchten. Ich werde nicht den kleinen Finger rühren, ich will an das alles nicht mehr denken, es geht mich nichts mehr an, deshalb. Wir wollen uns doch nicht streiten, Max. Wir haben uns doch nie gestritten. Warum also jetzt in der letzten Minute?»

«Und was ist mit Günther?»

«Günther schläft», sagte ich. Selbstverständlich hatte ich diese Frage erwartet, ich hatte sogar schon viel früher mit ihr gerechnet. Alle werden sie diese Frage zuerst stellen, das ist doch klar. Wenn ich so etwas, was mir jetzt selber passierte, in einem Buch las oder in einem Film sah, immer war es diese Frage, auf die es keine Antwort gibt. Das heißt, es gibt natürlich eine Antwort darauf, alle ordentlichen Menschen wissen sie, auch ich habe sie gelernt; es ist unrecht von mir, so zu tun, als ob es keine Antwort gebe. «Günther schläft. Er weiß von nichts. Du kannst ihm ja morgen erzählen, daß ich verreisen mußte. Später ergibt sich dann alles von selbst. Wenn ich stürbe, müßte er auch ...» Ich war am Ende meiner Kraft, beinahe hätte ich geweint. Ich durfte jetzt nicht weinen, dann wäre alles verloren gewesen. Meine Hand krampfte sich um den Riemen meiner Handtasche. Woran sollte ich mich halten? Berthold stand hinter mir, doch wie weit war er fort? Nur einen Schritt vielleicht, ja.

So standen wir wieder eine Weile herum, keiner wußte, was er noch sagen sollte; es war schon alles gesagt. «Ja, dann also ...» begann ich.

Max verzog den Mund spöttisch, dann machte er eine Wendung zum Arbeitszimmer hin. Er will wohl nicht zusehen, wie ich mit Berthold weggehe, dachte ich. Wirklich, es ist ja nicht leicht für ihn. Ich wollte auch schon zum Windfang hin, damit endlich Schluß sei, doch dann sagte Max ganz überflüssigerweise: «Daß dein Verhalten mir gerade jetzt große Ungelegenheiten schaffen kann, hast du wohl nicht bedacht?»

«Habt ihr schon wieder eine Krise?» fragte ich. «Ihr habt doch immer eine Krise im Geschäft, ich habe noch nie etwas andres gehört, und es wird wohl auch nie anders werden. Wenn ich bis dahin warten wollte ... Meine Abreise wird den Kredit des Helldegen-Konzerns kaum in Frage stellen. Ich werde meinen Mädchennamen wieder annahmen, damit ihr keinen Ärger durch mich habt. Im Augenblick ist das alles sehr lästig für euch, das sehe ich ein, doch nicht lange.»

Nein, das waren doch wirklich überflüssige Worte, nur Wiederholungen. Sie wurden nur gesagt, um wehzutun und um zu zermürben. Wir hatten einander nichts mehr zu sagen, das fühlten wir nun auch ganz deutlich, und doch war es schwer, einfach aufzuhören. Ich weiß nicht, worauf wir noch warteten, ich weiß nicht, was noch geredet worden wäre und wer sich zuerst entschlossen hätte, Schluß zu machen. Aber es kam anders. Wir hörten hinter uns die Haustür zuschlagen und drehten uns alle dorthin um. «Was ist das schon wieder?» fragte Max mit etwas schriller Stimme, doch da stand mein Schwiegervater schon in der Windfangtür. Niemand von uns hatte an ihn gedacht, wir waren überrascht, daß es ihn noch gab. Da er uns drinnen reden gehört hatte, und wohl auch, weil die Windfangtür nur angelehnt war, hatte er den Mantel nicht erst abgelegt. Auch den Schal hatte er noch um, den Fräulein Gerda ihm geholt hatte; er hing ihm ein wenig aus dem Mantelkragen. Er stand da und sah uns in seiner ruhigen Art an. Er sah wohl, daß wir uns gezankt hatten und daß Streit im Haus war. Jeder Fremde hätte es merken können, an uns, wie wir dastanden, am Licht, an der Luft in der Halle, an allem.

Da lief ich auf ihn zu und umarmte ihn. Ich mußte jemand haben, von dem ich Abschied nahm, deshalb umarmte ich ihn. Natürlich kamen mir die Tränen. Er schien sich gar nicht darüber zu wundern, er klopfte mir leise den Rücken. Jetzt plötzlich war er mir der Nächste. «Wie schön, daß ich dich noch treffe, Papa», sagte ich. «Sonst hätte ich dir geschrieben, bestimmt. Das heißt, vielleicht auch nicht. Das läßt sich nicht vorher sagen. Aber mir ist es lieber so. Ich fahre nämlich fort, mit Herrn Möncken zusammen. Ja, ich verlasse Günther und dich und Max. Ich möchte dir so gern alles erklären; dir könnte ich es vielleicht erklären. Aber es geht jetzt nicht, wir haben schon so viel geredet und es führt zu nichts. Es ist auch keine Zeit mehr, ich muß fort.»

«Schon gut, schon gut», sagte er, «das ist doch nicht nötig.»

«Nein, es ist nicht gut. Ich weiß, daß es schlecht von mir ist. Es ist auch unrecht gegen dich, ich bin nie so zu dir gewesen, wie es hätte sein müssen; es war keine Gelegenheit dazu. Ach, Papa, warum haben wir nicht früher zusammen gesprochen. Mit dir hätte ich über alles sprechen können, nur mit dir. Dann wäre alles anders gekommen, dann hätte ich es hier sicher ausgehalten. Man braucht doch einen Menschen, mit dem man reden kann. Aber ich wollte dich nicht belästigen. Ich dachte, daß du dich nur für die Fabrik interessierst, für nichts andres und daß du mich für eine Luxusfrau hältst. Sei nicht böse, Papa, nun ist es zu spät. Ich kann nicht anders. Es ist alles so unecht hier, so tot. Es ist meine Schuld. Ich hatte Angst vor dir.»

Ich konnte nicht weitersprechen. Mir fiel ein, daß seine Frau ihm auch weggelaufen war. Max muß damals etwas älter als Günther gewesen sein, sieben Jahre, glaube ich. Und es war auch nicht mit einem andern Mann, sondern nur einfach so. Sie soll dann zwei Jahre später in einem Sanatorium gestorben sein, ich weiß nicht woran. Ich habe nie ein Bild von ihr gesehen, es war, als ob keines existiere, doch sicher wurde irgendwo in einer Mappe eins aufgehoben. Max sprach auch nicht gern davon, und wenn er davon sprach, war es nicht ganz ehrlich, das merkte man, sondern nur das, was ich weitererzählen sollte, falls die Leute auf dies Thema kamen. Doch vielleicht wußte er den Grund selber nicht genau: so wie ich meinen Schwiegervater kenne, wird er das alles in sich verschlossen haben, auch vor seinem Sohn. Es hieß, die Frau wäre krank gewesen, doch ich vermute, daß sie sich umgebracht hat. Das sollte ich wohl nicht wissen, und sie selber wollten es auch nicht wahrhaben. Es war wie eine Lücke, wenn sie von früher redeten. Max war sehr stolz auf den Namen Helldegen und empfand dies alles wie einen Schandfleck. Es war ihm gar nicht recht, daß andere davon wußten; es machte ihn unsicher.

«Papa, ich kann nicht anders», sagte ich noch einmal.

«Schon gut, schon gut», sagte er, und sagte dann mit ganz andrer Stimme, damit ich es hörte und mich zusammenreißen sollte: «Ah, da ist ja unser liebes Fräulein Gerda.»

Ja, ausgerechnet in diesem unpassenden Augenblick kam sie aus der Küche, wo sie so lange zu Abend gegessen hatte. Sie hielt das Buch von Berthold in der Hand, wahrscheinlich hatte sie es der Köchin gezeigt, und sagte fröhlich: «Nun, wie war der Spaziergang, Herr Generaldirektor?»

Da richtete ich mich schnell auf und wandte mich an sie: «Ich muß leider ganz plötzlich verreisen, Fräulein Gerda. Sagen Sie Günther ... sorgen Sie unterdessen gut für Günther. Ich weiß ja, daß ich mich auf Sie verlassen kann. Mein Mann wird Ihnen alles weitere ... Am besten gehen Sie gleich nach oben und sehen nach, ob Günther auch schläft. Ich bin in großer Eile.»

Das alles sagte ich, um sie aus dem Weg zu haben. Diesmal begriff sogar Fräulein Gerda, daß ihre Anwesenheit nicht erwünscht war. Sie ging wortlos und ohne sich lange umzusehen die Treppe hinauf. Wir blickten ihr alle nach, als ob das das Wichtigste von der Welt sei. So bekam ich mich wieder in die Gewalt.

«Wir müssen jetzt gehen», sagte ich zu Berthold. Ich suchte nach dem Koffer, doch er hatte ihn schon in der Hand und ging damit voraus. «Ja», sagte ich zu Max; ich drehte mich in der Tür noch einmal nach ihm um, «du kannst ja den Leuten sagen, ich hätte dringend zur Erholung fort müssen, ich sei mit den Nerven herunter oder so etwas. Sie werden es dir schon glauben, und später ...» Da kam ein kalter Luftstrom von draußen, Berthold hatte die Haustür aufgemacht; ich sah ihn dort stehen und dachte, er würde ohne mich weggehen. Dann wäre alles aus gewesen. Ich lief schnell hinterher.

Und auch so kam ich mir verloren vor; ich wußte nicht, was Berthold von mir dachte. Ich hatte selber kaum mehr an ihn gedacht; er hatte die ganze Zeit hinter mir gestanden und sich sicher seine Gedanken gemacht. Vielleicht dachte er: Was soll ich mit so einer? Was drängt sie sich mir auf? Vielleicht gab er mir gleich den Koffer und sagte: Bitte, ich mache dies alles nicht mit. Ich erwartete so etwas, als wir die Auffahrt hinabgingen; ich würde es ihm nicht einmal übelgenommen haben, ich dachte ja beinahe selber so. Was ich dann getan hätte, weiß ich nicht. Ich wäre nicht zurückgegangen, nein, das auf keinen Fall.

Wie froh war ich, daß er überhaupt nicht sprach. Denn auch wenn er irgend etwas ganz andres gesagt hätte, würde ich herausgehört haben, daß er mich lieber los sein wollte. Er ging sehr rasch, ich hatte Mühe, mit ihm Schritt zu halten; ich trippelte halb hinter ihm her wie ein kleines Mädchen, das müde von einem Ausflug ist und nun rasch zum Bahnhof muß, um den Zug noch zu kriegen, der sie nach Haus bringt. Ja, so kam ich mir vor. Es war aber nicht wegen des Zuges, daß er so schnell ging, wir hatten Zeit genug; es war wohl, um möglichst schnell vom Haus fort zu sein, erst die Auffahrt hinab, dann rechts unsere Straße entlang und dann wieder links bis zur Hauptstraße, wo ein Taxenstand war. Und wenn keine Taxe dagewesen wäre, hätten wir auch mit der Elektrischen fahren können. Seltsam, doch das fällt mir erst jetzt ein, daß Berthold die richtige Straße nahm, er muß bei der Herfahrt gut aufgepaßt haben. Er blickte geradeaus, und auch ich sah ihn nicht an. Die Beleuchtung in unsern Straßen ist noch nicht wieder sehr gut seit dem Krieg; nur in der Hauptstraße ist sie besser.

Nur einmal sagte er etwas und schnupperte dabei in der Luft. Ich konnte es nicht ganz genau hören, er sprach mehr vor sich hin, doch ich glaube, er sagte: «Es riecht nach Schnee.» Ich fragte nicht nach und ich sagte nicht ja. Es war auch ganz gleich, was er gesagt hatte; ich wußte, daß er es nur meinetwegen gesagt hatte, nicht wegen des Schnees; er hätte ebensogut irgend etwas andres sagen können. Und es machte mich auch wieder zuversichtlicher.

Und zum Glück stand da eine Taxe. Zum Bahnhof, bitte.

Aber ich fühlte mich immer noch nicht sicher; das hat sehr lange gedauert. Und im Grunde habe ich mich auch später nicht sicher gefühlt; ich dachte nur nicht mehr so viel daran.

Ich wußte nicht, was sie gegen mich unternehmen würden. Sie standen da allein in der Halle, auch Blanck war noch im Arbeitszimmer, das war gefährlich. Ich hatte Angst, daß sie hinter mir herfahren könnten, um mich zurückzuholen. Ich hätte gern durch das Rückfenster der Taxe nachgesehen, ob uns jemand verfolgte. Nur Bertholds wegen tat ich es nicht.

Ich habe mich oft gewundert, auch früher schon, bevor sie sich wegen der Fabrik gezankt hatten, was Max wohl mit seinem Vater sprach, wenn sie beide allein waren, ohne mich. Ich hatte das Gefühl, daß sie sich dann gar nichts mehr zu sagen wußten, und daß es sehr peinlich für sie gewesen sein muß. Sie vermieden es auch nach Möglichkeit. Denn über ihre Geschäfte reden, wie sie es taten, wenn jemand dabei war, das ging dann nicht; es hörte ja niemand zu, und vor sich selber brauchten sie es nicht zu wiederholen. Doch ganz bestimmt werden sie dann nicht über mich geredet haben; das lag ihnen nicht, weder Max noch seinem Vater.

Nur daß es diesmal ganz anders war. Viel schlimmer für sie und viel schlimmer für mich; denn ich war ja der Anlaß, ich hatte sie da zusammen stehen lassen, es gab kein Ausweichen. Und was hatte ich ihnen angetan! Und noch dazu an einem Tage, an dem sie wegen ihres Streites sowieso ein paar Worte miteinander hätten reden müssen. Das war das Gefährliche.

Die Taxe war alt und sehr schlecht gefedert. Ich hielt mich an der Schlaufe fest; wenn es einen Stoß gab, dachte ich: Jetzt kommen sie!

Mit Berthold durfte ich nicht darüber sprechen; er nahm das alles nicht ernst. Und ihm konnten sie wohl wirklich nichts anhaben. Aber mir? Was hatten sie vor? Warum hörte ich wochenlang nichts von ihnen? Und wenn nicht von ihnen, dann von einem Anwalt wegen der Scheidung. Ich wartete Tag für Tag darauf. Die Ungewißheit war das Schlimmste. Wollten sie mich dadurch kleinkriegen?

Zum Teil war es auch so, jedenfalls was Max betrifft. Das hörte ich später von meinem Schwiegervater. Aber damals auf der Fahrt zum Bahnhof konnte ich das nicht wissen; ich war viel zu sehr in Angst. Ich versetzte mich in ihre Lage, ich malte mir alles genau aus, jede kleinste Möglichkeit; ich ließ auch Blanck und Fräulein Gerda nicht außer acht, Blanck ganz besonders nicht; denn Max konnte sich seiner bedienen, um uns etwas anzutun.

Berthold sagte einmal zu mir, ich hätte eine erstaunliche Phantasie, ich sollte doch schreiben. Aber das sagte er nur so. Es war auch keine Phantasie, es war Angst. Es ist mir schon immer so gegangen: ich male mir etwas aus, wenn ich allein bin, und nachher weiß ich nicht mehr, ob ich es mir nur ausgedacht habe oder ob ich wirklich dabei gewesen bin. Ich könnte es beschwören, und komisch!, es ist nicht einmal Lüge; es ist Wirklichkeit, auch die anderen müssen es zugeben. Wenn ich zum Beispiel Max und meinem Schwiegervater erzählte, was sie gemacht haben, nachdem ich sie verlassen hatte, würden sie erstaunt ausrufen: Woher weißt du denn das?

Ja, woher weiß ich das? Das werde ich ihnen nicht verraten. Es geht sie nichts an, daß ich es weiß, weil ich Angst hatte.

Wieso? Was ist denn schon dabei? Ihr steht in eurer Halle. Du, Max, bist vor allem verärgert, weil dein Vater es mitangesehen hat. Und du, Papa, bist traurig, weil sich nichts daran ändern läßt. Wer soll nun zuerst reden? Ihr habt ja beinahe ebenso große Angst wie ich.

Natürlich war es Max, der zuerst sprach. Er gab sich einen Ruck. «Es tut mir leid, ich hätte dir diesen Auftritt gern erspart», sagte er, und da sein Vater sich nicht dazu äußerte, fuhr er fort: «Ich bin selbst davon überrascht worden, sonst hätte ich schon Mittel und Wege gefunden...» Er sprach den Satz nicht zu Ende; es kam ihm wohl lächerlich vor, von Mitteln und Wegen zu prahlen. Und zu seinem Unglück hatte er ja auch seit Monaten kaum ein Wort mit seinem Vater gewechselt; nur das allernotwendigste, nur um die Form zu wahren, damit die Leute und vor allem die Angestellten und auch Günther nicht merkten, daß sie Streit miteinander hatten. Mein Schwiegervater aber war die ganze Zeit nur immer sehr höflich und etwas spöttisch gewesen, was Max übrigens gar nicht vertragen konnte. Vielleicht fürchtete Max, daß sein Vater sich auch jetzt über ihn lustig machen würde. Er kannte seinen Vater wenig; er fühlte sich ihm unterlegen, doch das hätte er nie zugegeben; er war sich dessen nicht einmal bewußt. Schon äußerlich, welch ein Unterschied zwischen den beiden.

Mein Schwiegervater war groß und hager mit langen Armen und Beinen und immer sehr ruhig in seinen Bewegungen und sehr schweigsam. Max war auch nicht klein, aber doch mehr untersetzt und mit einer Neigung dick zu werden, was ihm großen Kummer bereitete. Er stellte sich oft auf die Waage. Auch hatte er dunkles Haar und schon eine kleine Glatze, während mein Schwiegervater noch volles weißes Haar hatte. Max schlug wohl mehr seiner Mutter nach, doch ich kann das nicht beurteilen.

Jedenfalls erschwerte das die Aussprache sehr. Max war auch viel zu beweglich, als daß er es auf eine für ihn peinliche Bemerkung ankommen ließ. Er wechselte rasch das Thema. «Ja, und das gerade heute. Ich bin ja noch nicht einmal dazu gekommen, dir zu danken.»

«Wofür?» fragte sein Vater.

«Daß du den Vertrag unterzeichnet hast», sagte Max gereizt; denn er hielt die Frage seines Vaters für eine Finte, und außerdem bedankte er sich nicht gern. «Das erspart mir... Bitte, Vater, es geht mir einzig und allein um das Unternehmen. Es war keine Lieblosigkeit.»

«Müssen wir jetzt darüber sprechen», fragte sein Vater.

Max zog es vor, diese Frage zu überhören. «Selbstverständlich hat dein Verzicht für mich nur, sagen wir, nur eine interne Bedeutung. Nach außen hin soll sich nichts ändern. Ich werde nie vergessen, was ich dir schuldig bin. Ich hoffe, daß du nicht daran zweifelst. Ja, im Gegenteil, ich wünsche... verzeih, das ist der falsche Ausdruck, ich bin ein wenig abgespannt... ich werde dafür Sorge tragen, daß man sich in allen wichtigen Fragen zunächst an dich wendet. Ich werde darauf dringen, ja.» Max wurde pathetisch, er kam sich selber sehr großmütig vor. Sein Vater hatte Mitleid mit ihm. Er wußte, daß Max nichts andres übrigblieb, als solche Worte zu machen, und daß es zur Hauptsache auch nur geschah, um nicht über mich reden zu brauchen. Deshalb schwieg er.

«Willst du deinen Mantel nicht ablegen?» fragte Max und eilte sogar herbei, um seinem Vater dabei zu helfen.

«Dann dürfte es dir wohl angenehmer sein, wenn ich vorläufig hier wohnen bleibe», fragte sein Vater.

«Wieso? Warum denn nicht?» Max stutzte; er hatte das ‹vorläufig› gehört und sofort begriffen, um was es ging. Doch er lief erst einmal mit dem Mantel in die Garderobe.

«Wegen des Geredes», sagte sein Vater.

«Wegen was?» rief Max aus der Garderobe, obwohl er es genau gehört hatte; denn als er zurückkam, sagte er: «Ich möchte den sehen, der über uns zu reden wagt. Das laß nur meine Sorge sein.» Und wiederum, um das Thema zu wechseln, äußerte er wie beiläufig: «Ja, noch eins, ich habe die Tiefenbacher Mühlen besichtigt.»

«Hm», machte sein Vater.

«Die Idee stammt ja von dir.»

«Von mir?»

«Blanck hat eine Aktennotiz von deiner Hand gefunden.»

«Blanck entgeht nichts», sagte sein Vater.

«Eine großartige Idee, wirklich, ohne dich wäre ich nie darauf gekommen. Und sie ist auch durchführbar, wenn wir vorsichtig operieren. Es würde uns hier Erweiterungsbauten ersparen, wir könnten die Produktion gewisser Artikel ganz dorthin verlegen. Wie gesagt, ohne dich wäre ich nie ...»

«Gute Nacht», sagte sein Vater.

«Ja, das hat Zeit bis morgen. Gute Nacht.»

Max war, glaube ich, froh, daß er nun nicht mehr weiterzureden brauchte, aber sein Vater drehte sich auf halber Treppe wieder zu ihm um und fragte mit ganz ungewohnter Wärme in der Stimme: «Was willst du unternehmen, Max?»

«Wieso? Was meinst du?» Max wollte sogar fragen, ob sein Vater die Tiefenbacher Mühlen meine, doch es gelang ihm diesmal nicht auszuweichen.

«Ach so», tat er, «in dieser Angelegenheit, meinst du. Ja, was werde ich unternehmen. Ich würde mir an deiner Stelle keine Gedanken deswegen machen, Vater. Das läuft sich wieder zurecht.»

«Glaubst du?»

«Aber warum denn nicht. Du wirst schon sehen.»

«Wenn ich dir irgendwie helfen kann?»

«Helfen? Ja, aber das wird nicht nötig sein. Vielen Dank.»

«Wir haben kein Glück mit Frauen», sagte sein Vater leise.

«Müssen wir jetzt darüber reden», fragte Max.

«Es scheint mir besser.»

«Und noch dazu im Treppenhaus?»

Sein Vater gab es auf, er ging ein paar Stufen weiter nach oben. Sie waren es nicht gewohnt, über so etwas zu reden, es gelang ihnen nicht. Trotzdem, es schien auch Max so, als sei er zu schroff gewesen und daß er seinen Vater nicht so weggehen lassen dürfe. «Versteh mich recht, Vater, ich bedaure diesen Zwischenfall sehr, vor allem deinetwegen. Selbstverständlich denke ich auch an Günther, und wie gesagt, auch für mich ist das ein ... ein ... eine ärgerliche Sache. Doch vor allem nicht den Kopf verlieren, sage ich mir. Solche Dinge passieren auch in andern Familien. Na und? Die andern Familien müssen auch damit fertig werden. Gewiß, so etwas ist nicht schön, besser, es ließe sich vermeiden. Aber Frauen sind eben manchmal ... nun, meinetwegen unberechenbar oder wie du willst. Möglich, daß ich selber etwas Schuld daran habe; ja, ich gebe zu, ich habe mich in letzter Zeit wenig um sie kümmern können, ich hatte andre Sorgen, ja. Und Frauen ... doch ganz gleich, sie wird schon wiederkommen. Was will sie mit diesem ... diesem ... das ist Romantik, weiter nichts. Frauen sind nun einmal so. Jedenfalls wäre es ganz verkehrt, wenn auch wir uns deswegen großen Gefühlsausbrüchen hingeben würden. Nein, das haben wir nicht nötig. Und wem wäre damit gedient? Wir würden nur unsere Existenz in Frage stellen; ich würde den Überblick verlieren, und meine Arbeitskraft ... Ja, vor allem nüchtern bleiben. Ich habe dich schon als Junge bewundert, wie du dich immer sofort mit Tatsachen abfandest. Das ist das Geheimnis deines Erfolges. Zäh und nüchtern, ja. Gefühle haben keine lange Lebensdauer.» Sein Vater hatte ihm über das Treppengeländer gelehnt aufmerksam zugehört. Sehr aufmerksam, um alles genau zu verstehen, auch das, was Max nicht sagte und nicht nur das, was er vielleicht gar nicht sagen wollte. Aber anscheinend hörte er das, was er hören wollte, nicht, es kann an ihm gelegen haben oder an Max, das ist kaum zu entscheiden. «Also, dann gute Nacht», sagte er und ging nach oben.

Max strich sich über das Haar, zog den Schlips zurecht und klopfte die Zigarettenasche vom Anzug. Er war immer sehr sorgfältig gekleidet. Auch nur das geringste Gefühl der Unsauberkeit oder daß irgend etwas an seiner Kleidung nicht korrekt sei, raubte ihm die Sicherheit. Manchmal wechselte er das Oberhemd zweimal am Tag.

Er ging dann zur Tür des Arbeitszimmers, er war schon wieder wie immer, und rief Blanck heraus. «Es tut mir leid, daß Sie so lange warten mußten», sagte er. «Hoffentlich haben Sie wenigstens Ihre Frau angerufen, damit das Essen nicht verschmort. Ja, wir hatten eine private Besprechung, es ließ sich nicht vermeiden. Also! Ach, noch eins: Sagen Sie, haben wir eigentlich eine Auskunft über diesen ... na, wie heißt er doch gleich? ... diesen Schriftsteller von vorhin eingeholt?»

«Nein?»

«Nein? Aber wieso denn nicht?»

«Wir haben ja nichts Geschäftliches mit ihm zu tun.»

«Das ist ein Fehler. Ein schwerer Fehler. Es tut mir leid, daß ich Ihnen das sagen muß. Ich wünsche stets Auskünfte. Lassen Sie morgen sofort welche einholen. Und zwar dringend.»

«Jawohl, Herr Direktor.»

«Und zwar nicht die üblichen Phrasen, sondern ganz genaue Auskünfte. Die Kreditwürdigkeit interessiert weniger, aber das Vorleben. Ja, eine Auskunft über das gesamte Vorleben, hören Sie.»

«Jawohl, Herr Direktor.»

Wir saßen unterdessen im Wartesaal Dritter Klasse, so wie Berthold es gewollt hatte. An einem großen runden Tisch, weil kein andrer Platz frei war. Neben mir saß eine alte Frau mit einer jüngeren, die wohl ihre Tochter war. Sie hatten Pakete mit Brötchen vor sich liegen und aßen; dabei unterhielten sie sich leise. Uns gegenüber hatte ein junger Mann den Kopf auf die Arme gelegt und schlief; jedesmal wenn der Lautsprecher einen Zug ansagte, schreckte er hoch und sah mit verschlafenen Augen nach der Uhr über dem Eingang. Am Nachbartisch kreischte ein Kind, nicht älter als Günther; es war aus Übermüdung so laut, die Erwachsenen versuchten ihm gut zuzureden, aber es gelang ihnen nicht. Leute kamen und gingen, alle schleppten Gepäck. Wenn die Tür zu den Bahnsteigen aufging, hatte ich Angst, daß jemand kommen würde, mich zu holen. Doch wer sollte schon kommen. Der Ober hatte den Tisch flüchtig abgewischt und uns Kaffee gebracht. Aber es waren immer noch Flecke von Bier und Kaffee da. Ich hatte das Gefühl, daß der Ober mich frech anblickte wegen meines Pelzmantels, es war aber wohl nur Einbildung. Ich hatte gar keinen eigenen Willen mehr. Wie nach einem großen Schreck. Nur noch ein Zittern, das niemand sah, und nur, daß ich noch nicht wieder tief Atem zu holen wagte. Aber kein Schmerz und keine Gedanken, nur Abspannung. Ja, wie nach einer Operation.

Der Koffer stand zwischen uns an der Erde und darauf Bertholds Aktentasche. Ich berührte den Koffer mit dem Fuß und er wohl mit seinem Fuß auf der andern Seite, damit uns die Sachen nicht gestohlen würden. Berthold sah sehr blaß aus. Ich hatte ihn noch nicht ein einziges Mal mit seinem Namen angeredet, es war noch keine Gelegenheit gewesen. Wir sagten ja auch noch Sie zueinander. Vielleicht sieht er ja immer blaß aus, dachte ich. Und ich werde wohl auch blaß aussehen. Außerdem sahen alle Leute dort im Wartesaal blaß aus, es lag an der Beleuchtung und an der Müdigkeit. Natürlich war auch Berthold müde, er hatte ja sogar den Vortrag gehalten; so etwas strengt an.

Ich war froh, daß ich wenigstens sein Gesicht wieder sah, wenn es auch nicht das Gesicht war, das er manchmal hatte. Es war mehr das Gesicht eines, der gerade beim Weggehen ist und noch einmal über die Schulter zurückblickt. Und einem noch rasch zunickt. Jedesmal wenn unsere Augen sich trafen, versuchte ich zu lächeln; er sollte nicht denken, daß ich traurig sei und alles bereue. Ich weiß nicht, ob es mir gelang, er sah auch immer rasch wieder weg und in den Wartesaal, als gebe es dort etwas Interessantes. Das tat er, damit es mir nicht peinlich war und um nicht neugierig zu scheinen. Ich war ihm dankbar dafür; er wußte genau, wie es um mich stand und daß es besser war, jetzt nicht daran zu rühren. Aber ich wußte nicht, was er dachte. Was hatte er wohl gedacht, als ich mit Max redete und er hinter mir stand, ohne daß ich auf ihn achten konnte? Von draußen hörte man die Züge rangieren und das kindliche Hupen und das summende Geräusch der elektrischen Gepäckwagen, und eine Lokomotive pufften wichtigtuerisch.

«Nehmen Sie keinen Zucker?» fragte er.

«Nein, danke», sagte ich.

Da gab er mir die beiden eingewickelten Zuckerstückchen. «Stecken Sie sie in Ihre Handtasche. Für ein Pferd oder für einen Hund.»

«Hunden soll man keinen Zucker geben», sagte ich.

«Sie haben keinen Hund gehabt?»

«Nein. Mein Mann ... das heißt, wegen Günther nicht. Obwohl ...»

Er sah nach der Uhr. «Noch zwanzig Minuten», sagte er. Dann schlürfte er seinen Kaffee und dann suchte er umständlich nach Streichhölzern in seinen Jackentaschen, um sich eine Zigarette anzuzünden. Ich hätte gern mehr mit ihm gesprochen, irgend etwas, doch es war noch zu früh dazu; selbst wenn wir über Hunde oder Zuckerstückchen redeten, kamen wir auf etwas, was wir nicht wollten. Vielleicht nachher im Zug. Wir hatten eine Fahrkarte für mich gekauft, er trug sie bei sich. Eine Fahrkarte nach D., das war die Stadt, wo er wohnte. Es war gar kein Zweifel gewesen, daß wir dorthin fuhren, und daß ich mitfuhr.

Er war zum Schalter gegangen und hatte die Fahrkarte verlangt. Ich stand gedankenlos daneben und ließ ihn alles machen; ich ließ ihn sogar bezahlen. Die Fahrkarte kostete 60 Mark und etwas. Erst jetzt fiel es mir ein. Ja, die Fahrkarte war da, aber man konnte sie verfallen lassen und natürlich mußte ich ihm das Geld zurückgeben; ich mußte es ihm anbieten, möglichst jetzt gleich, doch wie sollte ich das anfangen? Ich horchte auf das Gespräch der Frau neben mir. Die jüngere bat die Mutter, die Verwandten zu grüßen. Sie waren wohl aus einem Dorf oder aus einer sehr kleinen Stadt; ich konnte nicht verstehen, wie der Ort hieß, es war ein fremder Dialekt. Die Mutter fuhr wieder zurück und die Tochter hatte hier Arbeit oder sie war hier verheiratet. Für die beiden war alles selbstverständlich, auch wenn sie sich jetzt trennen mußten und etwas traurig waren, weil sie sich so bald nicht wiedersehen würden. Doch mit mir stand es anders. Es war kein Zwang, daß ich fortging, keine Notwendigkeit; ich hätte ganz gut bleiben können, genau wie all die Jahre. Ein einziges Wort hatte mich herausgerissen. Wenn man das jemand erzählt, lacht er einen aus. Und wegen dieses einen Wortes saß ich jetzt im Wartesaal Dritter Klasse neben ... neben ihm, ja. Er hatte nicht einmal zu mir gesagt, daß er mich liebe. Einen Augenblick lang war er sehr verliebt gewesen, doch das sind andere auch, das zählt nicht, deswegen läuft man nicht von allem fort.

«Das da drüben», sagte er und wies mit dem Kopf auf einen Tisch an der andern Seite, an dem mehrere junge Menschen saßen, die etwas verdächtig aussahen, besonders die Mädchen. Eine mit einem verquollenen Gesicht und einer aufgestülpten Nase lehnte an der Schulter eines jungen Mannes. «Das sind kleine Schwarzhändler oder dergleichen. Oder auch Polizeispitzel, wenn nicht beides.»

«Woher wissen Sie das?»

«Das gibt es auf allen Bahnhöfen. Es sind nette Leute.»

«Ja?»

«Wenn man erst mit ihnen bekannt ist, fühlt man sich wohl bei ihnen.»

«Ja», sagte ich. Ich verstand nicht, was er meinte und weshalb er mir das erzählte. Vielleicht wäre er lieber zu denen da drüben hingegangen, statt neben mir zu sitzen und auf den Zug zu warten. Die beiden Frauen an unserm Tisch standen auf, nahmen ihr Gepäck und gingen fort. Der Ober kam sofort und räumte das Geschirr ab. Nun war es ganz leer auf meiner rechten Seite. Ich muß irgend etwas finden, worüber ich mit ihm rede, dachte ich, sonst ... «Können Sie plattdeutsch?» fragte ich ihn.

«Nein», sagte er und sah mich an. «Das heißt, ich kann es lesen. Warum?»

«Ach, nichts. Nur wegen eines Liedes. Es ist nicht wichtig. Ich kenne es nur auf plattdeutsch. Ein ganz dummes Lied. Ein Kinderlied.»

«Aus Uelzen?» fragte er.

«Ja. Von einer alten Frau, sie kam immer am Waschtag zu uns.»

«Ja, ich verstehe.»

«Es ist weiter nichts. Ein Wiegenlied oder so. Ich habe es sonst nie gehört. Sie war aus der Heide, die alte Frau, meine ich, doch damals wohnte sie in einer Kate in Uelzen. Es gibt dort kleine Straßen mit Katen, da wohnen die Arbeiter von der Zuckerfabrik. Ich war auch manchmal bei ihr; sie hatten in der Kate noch offnes Herdfeuer, darüber hing der Kessel an einer Säge. Es roch so gut nach Kornkaffee, ja; alles roch anders als bei uns. Wenn Waschtag war, war ich immer bei ihr in der Waschküche. Sie hatte eine rissige, braune Haut und ganz dürre Arme, so dürr wie Heidekraut. Wenn sie wusch und ruffelte, sang sie manchmal das Lied. Meine Mutter wollte nicht, daß ich in der Waschküche bei ihr war, sie hielt es für ungesund. Doch die alte Frau verriet mich nicht. Ich half ihr bei der Wäsche und beim Aufhängen.»

«Ja, ich verstehe.»

«Nein, das ist gar nicht wahr. Ich half ihr gar nicht, ich war viel zu klein; ich konnte noch nicht an die Leine reichen. Ich reichte ihr nur die Wäschestücke zu und die Klammern. Hinten in dem kleinen Garten. Und wenn es ihr zu viel wurde, schlug sie mich mit einem nassen Handtuch an die Beine.»

«Und das Lied?» fragte er.

«Es fiel mir vorhin nur so ein», sagte ich; ich wollte ihn wieder davon abbringen.

«Sie können es mir ja ein anderes Mal aufsagen», sagte er.

«Ja, es ist nicht wichtig. Ich muß Ihnen übrigens noch das Geld für die Fahrkarte wiedergeben», sagte ich und griff schnell nach meiner Handtasche. Ich hätte nämlich beinahe geweint; wegen dessen, was er sagte und wie er es sagte, so selbstverständlich. Nicht wegen des Liedes und nicht wegen Uelzen. Doch ich durfte jetzt nicht weinen, darum griff ich nach der Handtasche.

Er hinderte mich aber daran; er legte seine Hand auf meine. «Wenn ich ein nasses Handtuch hätte, würde ich es Ihnen jetzt um die Beine schlagen», sagte er.

«Es war nicht schlimm», sagte ich, «es tat nicht weh. Es war nur kalt und eklig. In der Kate war auch eine Katze, eine graue, getigerte; sie lag auf dem Herd, die Arme untergeschlagen, und starrte ins Feuer.»

Dann mußten wir auf den Bahnsteig hinaus und warteten dort. Es hatte tatsächlich zu schneien begonnen. Einzelne sehr große Schneeflocken wehten auf die Schienen und den Schotter herab und schmolzen gleich.

Wir blickten in die Richtung, aus der der Zug kommen sollte, und plötzlich kamen die gelben Augen um die Ecke und rasch näher. «Bitte von der Bahnsteigkante zurücktreten!» rief es aus dem Lautsprecher. Ich sah Berthold an, er lächelte und ich lächelte auch. Dann nahm er meinen Koffer und seine Tasche auf.

II

Daß wir doch irgendwann einen Fehler gemacht haben müssen, wurde mir erst bewußt, als der Brief von meinem Schwiegervater kam. Vorher wollte ich es nicht wahrhaben, ich dachte, es ist nur ein Übergang und wird noch alles gut werden.

Aber was war der Fehler?

Ich hatte ja Zeit genug, darüber nachzudenken, vielzuviel Zeit. Doch das Nachdenken führte zu nichts, es machte nur irre. Wenn man nachdenkt, scheint alles so klar und einfach. Kein Wunder, sagen die Leute und man sagt es auch selbst, wenn du deinen Mann und dein Kind verläßt, kannst du nichts andres erwarten. Das ist gegen alle Ordnung und sogar gegen die Natur. Manche werden sagen, es sei ein Verbrechen oder auch eine Sünde. Dafür wird man bestraft.

Das weiß ich selbst, das habe ich immer gewußt. Ich weiß, daß ich unrecht habe. Ich brauche ja nur mit dem zu vergleichen, was andere tun. Mit meinen Eltern zum Beispiel. Oder mit den Leuten, die ich auf der Straße sehe. Ich habe auch von vornherein damit gerechnet, daß ich manchmal sehr traurig sein würde, unendlich traurig. Meinetwegen, zur Strafe, wenn sie es so haben wollen. Die Traurigkeit hätte mir nichts ausgemacht. Aber ...

Es ist schwer, darüber zu reden, vielleicht ist es unmöglich. Die Leute denken, man will trotzdem recht behalten, und darum geht es doch gar nicht. Es geht nicht um Recht, ich will ja nicht streiten; deswegen bin ich nicht mit Berthold von allem fortgegangen. Nein, mögen wir unrecht haben, das ist nicht der Fehler, das fühle ich, wenn ich es auch nicht erklären kann. Unser Fehler, wenn wir einen gemacht haben, ist etwas ganz andres, etwas, was nur mit uns beiden zu tun hat, und nichts mit Recht und Sünde und Strafe, wie sie es nennen. Denn wenn es das wäre, brauchte ich es ja nur hinzunehmen, das ist nicht schwer, das tun alle, es ist keine große Sache, es wird vielzuviel Wesens davon gemacht. Es ist das Einfachere, es reicht mir nicht aus.

Ja, meine Eltern zum Beispiel, sie lebten so, wie es sein muß. Etwas andres kam gar nicht für sie in Frage. Meine Mutter hat nie auch nur versucht, meinen Vater zu verlassen; es ist komisch, sich so etwas überhaupt nur vorzustellen; sie wird nicht einmal die Sehnsucht gehabt haben. Aber nicht weil sie so glücklich war; glücklich waren meine Eltern nicht. Sie waren auch nicht unglücklich, ich weiß nicht, was sie waren; es war alles so tot und gleichmäßig, heute wie gestern und morgen wieder so und immer so weiter. Wenn ein Krieg kam, waren sie erschreckt, und wenn jemand aus der Verwandtschaft starb, waren sie etwas traurig; und sie waren etwas erfreut, wenn es eine Zulage für meinen Vater gab, doch nicht sehr, alles wurde gleich Gewohnheit und in den Schrank gehängt. Auch die Sonntage ... Jedesmal dachte ich – und ich glaube, unser

Hund dachte es auch: Heute ist Sonntag, es wird etwas ganz Besonderes passieren. Doch schon beim Frühstückstisch war alles nur Vorschrift und langweilig.

Sie wußten es nicht anders; sie wußten so wenig davon, daß sie gar nicht unglücklich werden konnten, das war ganz unmöglich, sie waren im Recht. Manchmal, wenn ich ganz verzweifelt bin, beneide ich sie. Warum kann ich nicht auch so sein? Es ist so viel einfacher. Sie wissen, was Recht und Unrecht ist und abends beten sie. Mehr wollen sie nicht, das genügt ihnen zum Leben.

Nein, beim Nachdenken kommt nichts heraus, und mit Berthold läßt sich nicht darüber sprechen. Er macht eine wegwerfende Bewegung und geht nicht darauf ein. Oder er lacht und dabei steht eine zornige Falte zwischen seinen Augen. Es ist von jeher so gewesen, sagt er, es hat keinen Sinn, darüber zu sprechen. Man gehört nicht dazu und damit gut. Einmal fand ich unter seinen alten Papieren einen Vers... Ich habe inzwischen alles gelesen, was er geschrieben hat; vieles habe ich nicht verstanden, aber man möchte doch gern Bescheid wissen. Vor allem möchte ich gern wissen, weshalb er das schreibt und warum er wieder angefangen hat zu schreiben. Er hat es nicht gern, daß ich seine Sachen lese; es macht ihn nervös. Lies doch etwas Vernünftiges, sagt er, das alles ist überholt und taugt nichts.

Der Vers lautete:

Daß wir vom Glücke träumen und es kennen
und doch nicht haben, das ist unser Unglück.

Mir schien es ein guter Vers zu sein. Ja, so ist es, sagte ich zu ihm; denn wenn ich auch nicht wußte, von welchem Glück er träumte, das Unglück kannte ich, sein Unglück, das auch meines war. Doch er wurde wütend und riß mir das Papier aus der Hand. Es sei ein ganz miserabler Vers, sagte er, und zwar wegen des Wortes ‹Glücke›, es müsse ‹Glück› heißen. Das aber war mir gleichgültig, es war wohl auch nur eine Ausrede von ihm.

Und dabei waren wir glücklich gewesen, auch er, das weiß ich genau. Wenn auch nicht lange und wenn es auch ein ganz anderes Glück war, als ich jemals gedacht hatte, doch es war Glück. Oder sogar mehr als Glück, wenn es so etwas gibt. Es war eine völlige Abwesenheit, keine Vergangenheit und keine Zukunft. Und nur weil es wirklich das Glück war, sind wir jetzt so unglücklich geworden; sonst würden wir es gar nicht wissen. Denn was vorher gewesen war, bei Max, das war nur ein Dahinleben und Warten, das war kein richtiges Unglück.

Ich wollte, ich wäre damals gestorben. Auch alles, was die Leute Strafe nennen, wäre eine Wohltat gegen das, was jetzt war. Niemand sah es uns an, wie es mit uns stand; sie hielten uns wohl für ganz zufrieden, sie merkten keinen Unterschied. Aber es gab für uns kein Zurück, wie wir uns auch mühten, wir blieben außerhalb. Dort wehten wir um die Dinge herum, wir berührten sie, um uns daran zu halten, doch schon wurden wir wieder fortgeweht, ganz sanft, wie von einem sanften Wind, aber unwiderstehlich, und wie weh es trotzdem tat. So ohne Hoffnung und ohne Halt. Und keiner ließ es den anderen merken, um ihm nicht noch weher damit zu tun. Oft dachte ich: wenn mir nun auch Berthold weggeweht wird, nachts vielleicht, wenn ich schlafe, oder wenn ich ausgehe, weil ich ihn bei seiner Arbeit allein lassen will, ja, und er weht mit seiner Arbeit weg, ich aber nach der andern Seite, langsam, es nützt nichts, die Arme auszustrecken, und rufen darf man nicht... Deshalb sage ich, obwohl man mich dafür tadeln wird, eine Strafe, die die Leute so schlimm finden, wäre eine Erlösung. Eine Belohnung sogar.

Der Brief meines Schwiegervaters kam Ende Juni. Genau am 21. Juni. Ich habe das Datum behalten, weil ich nachher immer zurückrechnete: am 21. Juni habe ich ihn zum letztenmal gesehen, jetzt sind es also schon soundso viele Tage, soundso viele Wochen, soundso viele Monate. Ich gewöhne mich daran, bestimmt, ich werde mich bald daran gewöhnt haben.

Berthold war noch im Badezimmer, als der Brief kam, und ich war in der Küche, um das Frühstück für uns zu holen. Ich unterhielt mich mit Frau Viereck über das Wetter und daß es wieder ein warmer Tag werden würde. Auch im Wetterbericht der Zeitung stand, daß das gute Wetter noch anhalten würde; das Morgenblatt lag auf dem Küchentisch. Es war auch irgendein Unglück passiert; ein Güterzug war aus den Schienen gesprungen; es hatte Tote gegeben. Das stand auf der Vorderseite der Zeitung. Ich las es nur oberflächlich, solange der Kaffee noch durchfilterte. Ja, und in der Nacht hätte der eine Mieter wohl einen Albdruck gehabt; Frau Viereck entschuldigte sich, weil er um Hilfe geschrien habe. Und ob wir davon aufgewacht wären?

Frau Viereck war eine nette Frau; sie redete nicht über ihre Mieter. Es war ihr gleichgültig, was sie taten, solange die anderen nicht gestört wurden. Auch unsretwegen machte sie sich keine Gedanken. Sie war aus dem Osten hierher verschlagen, sie lebte erst seit ein paar Jahren hier. Die Etage gehörte ihr, eine von diesen altmodischen Etagen mit sieben oder acht Zimmern und einem endlos langen Gang von vorne nach hinten. Alles war vermietet, sie selbst hauste in einer Kammer ohne Fenster. Und auch die Möbel waren so altmodisch, irgendwo auf einer Auktion zusammengekauft. Trotzdem ging es ihr nicht gut, sie hatte Schulden. Die Mieten waren auch nicht hoch, es war keine feine Gegend. Wir wohnten dort, seit wir aus Ludwigshof gekommen waren. Jemand hatte Berthold die Pension empfohlen, weil sie billig war, und zufällig war auch ein Zimmer frei. Es gefiel ihm gleich. Das heißt, er sah es sich gar nicht erst an; er ging bis zum Fenster, blickte auf die Straße und sagte: ‹Ja, hier ist es richtig. Was meinst du?› Ich sagte natürlich, daß es mir recht sei. Er war froh, daß wir gleich eine Unterkunft hatten und nicht weiter zu suchen brauchten, alles andere war ihm gleichgültig. Es war nämlich ein scheußliches Zimmer, so hoch und ungemütlich und alles so vollgestellt mit überflüssigen Möbeln. Auch der Blick auf die Straße war trostlos, eine alte Vorstadtstraße, auf der andern Seite nur rote Mietshäuser mit schmutzigen Balkons und unten Läden. Und es regnete. Das war Anfang Mai. Seitdem wohnten wir dort.

Frau Viereck ging zur Wohnungstür, es hatte geläutet, auch die Klappe des Briefkastens hatte geschlagen. Dann kam sie mit der Post in die Küche zurück, studierte die Aufschriften und reichte mir einen der Briefe. Der sei wohl für mich, sagte sie.

Ich erschrak, ich hatte die ganze Zeit keine Post bekommen. Wer sollte mir auch schreiben? Es wußte ja niemand, wo ich war, und ich selber hatte auch an niemand geschrieben. Nicht einmal eine Ansichtskarte. Ich wollte niemand stören, ich hielt es für besser, daß ich ganz von ihnen vergessen würde. Vielleicht war ja noch Post für mich nach Haus gekommen, die Leute wunderten sich wohl, daß sie keine Antwort kriegten. Was hätte ich auch antworten sollen? Ich mußte es Max überlassen. Mir war es nicht wichtig.

Die Handschrift kannte ich nicht. Ja, seltsam, daß ich nicht einmal die Handschrift meines Schwiegervaters kannte. Aber sein Name stand auf der Rückseite des Umschlags. ‹Zur Zeit München› stand da. Und vorne stand: Frau Marianne Helldegen bei Herrn Berthold Möncken, Pension Viereck, und die richtige Straße und Hausnummer.

Ich steckte den Brief ungeöffnet in die Tasche meines Morgenrocks. Ich hatte mir gleich damals in D. einen Morgenrock kaufen müssen, wegen der Leute, bei denen ich untergebracht war; kein großartiges Stück, doch er genügte. Dann sprach ich weiter mit Frau Viereck, als ob nichts Besonderes wäre. Ich fragte sie, wann die Wäscherei heute kommen würde, um die Wäsche abzuholen; ich wollte noch ein paar Hemden von Herrn Möncken mitgeben. Dann nahm ich das Tablett mit dem Frühstück und ging in unser Zimmer. Drinnen machte ich die eine Seite des Tisches frei, deckte eine Serviette auf und stellte die Tassen hin. Den Brief wollte ich erst später lesen, wenn ich allein war. Ich probierte, ob er auch nicht in der Tasche knisterte; der Brief war nicht dick, das fühlte ich. Aber Berthold durfte jetzt nicht abgelenkt werden. Er ging morgens immer gleich an seine Arbeit; ich glaube, schon im Badezimmer dachte er nur daran. Sofort nach dem Frühstück setzte er sich an die Schreibmaschine; er blätterte dann zwar noch in seinen Papieren und redete auch ein paar Worte mit mir, doch es war das Zeichen, daß er allein gelassen sein wollte. Er hatte das nie gesagt, im Gegenteil, er sagte, bleib doch hier, wozu läufst du weg, doch ich wußte es besser. Und Frau Viereck durfte nicht das Zimmer und die Betten machen, alles blieb unordentlich; erst mittags, wenn wir zum Essen gingen, durfte sie aufräumen. Auch sonntags war es nicht anders, Tag für Tag das gleiche.

Als er aus dem Badezimmer kam, tranken wir Kaffee. Viel Zeit brauchten wir nicht dazu; er schlang hastig ein Brötchen hinunter, das war alles. Er konnte es nicht abwarten. Die Arbeit hatte ihn ganz und gar verändert. Sie hatte ihn ganz verzerrt, und ich war überflüssig.

«Ich werde einkaufen gehn», sagte ich.

«Ja», sagte er. Vielleicht hatte er gar nicht zugehört.

«Und nachher gehe ich ins Museum.» Ich ging oft ins Museum. Nicht der Sachen wegen, die kannte ich schon alle, auch die Museumsdiener kannten mich, sondern weil ich dort auf den Bänken sitzen konnte; es kostete nichts, und so ging die Zeit hin. Bei gutem Wetter saß ich auch im Park und versuchte ein Buch zu lesen. Im Museum konnte ich nicht lesen, das wäre aufgefallen. Mittags bei Tisch fragte mich Berthold dann, was ich solange gemacht hätte; ich erzählte ihm dann allerhand, von den Bildern im Museum, von chinesischen Figuren oder von den Kindern und den Hunden im Park. Er fand das alles ganz in Ordnung. Er war froh, daß ich nichts andres verlangte. Ich glaube, es ging mit seiner Arbeit nicht recht voran. Ich fragte natürlich nicht danach, das wäre falsch gewesen, aber er tat mir leid. Ich hätte ihm doch nicht dabei helfen können, das war es.

Den Brief las ich in der Straßenbahn. Er war nur kurz, er lautete:

«Liebe Marianne! Ich werde am 21. d. in Eurer Stadt übernachten und am nächsten Morgen weiterfahren. Wenn es Euch recht ist, besuche ich Euch für ein Stündchen, so gegen sechs oder halb sieben abends. Sollte es Euch jedoch nicht passen, so schadet es auch nichts. Hinterlasse dann bitte Nachricht beim Portier im ‹Europäischen Hof›. Herzlichst, Dein Schwiegervater.»

Ich las den Brief mehreremal. Er war ja nicht lang, mein Schwiegervater schrieb nicht gern lange Briefe; es hätte auch nicht zu ihm gepaßt. Und was hätte er auch schreiben sollen? Ja, nichts über Günther. Natürlich, aus Zurückhaltung nicht; er wußte ja nicht, wie ich darüber dachte. Und wenn man genau hinsah, stand doch etwas über Günther in dem Brief; die Bemerkung ‹es schadet auch nichts› konnte nur bedeuten, daß alles in Ordnung sei und daß es sich bei dem Besuch nicht um Günther handle. Ich studierte jedes Wort. Alles in allem war der Brief sehr freundlich; es hieß ‹Liebe Marianne› und ‹herzlichst›, ja, und mein Schwiegervater schrieb ‹Euch›. Das fiel mir besonders auf. Er schrieb also eigentlich auch an Berthold.

Aber was wollte er von uns? Vielleicht wollte er ja gar nichts, vielleicht war es wirklich nur Zufall, doch... woher kannte er unsere Adresse? Ich sah mir den Poststempel an, der Brief war tatsächlich aus München, er kam also nicht von zu Haus, mein Schwiegervater war auf Reisen. München? Wieso München? Wir hatten keine Bekannten in München. Oder war es eine Geschäftsreise? Da durchzuckte mich ein Schreck. Das Datum! Welches Datum hatten wir denn? Ich sah zum Fenster der Straßenbahn hinaus und suchte an den vorbeigleitenden Häusern. Überall sind Uhren, auf den Verkehrsinseln, an den Kirchen und über den Juwelierläden, die Zeit kann man überall feststellen, aber nirgends steht, welcher Tag es ist. Schließlich fragte ich die Frau, die neben mir saß, sie sagte, es sei der Einundzwanzigste.

Also schon heute, und es war schon nach zehn. Ich hätte den Brief doch zu Hause öffnen sollen und gleich mit Berthold darüber sprechen. Es hing ja von ihm ab, ob er meinen Schwiegervater sehen wollte oder lieber nicht. Und wenn ich den Brief gleich gezeigt hätte, wäre es auch leichter gewesen, mit ihm darüber zu sprechen. Doch womöglich hätte er sich aufgeregt, und dadurch wäre ihm der Vormittag für die Arbeit verdorben. Oder sollte ich besser sofort zurückfahren und es ihm sagen? Ja, wenn ich nur wüßte, weshalb mein Schwiegervater uns besuchte; Berthold würde mich bestimmt danach fragen. Wahrscheinlich würde er auch nur sagen, er überlasse es mir. Und wenn ich dann sage, wir wollen es lieber lassen, wird er möglicherweise meinen, daß ich nur seinetwegen darauf verzichte. Und wenn ich sage, ja, wollen wir ihn ruhig kommen lassen, denkt er wiederum, ich sei erfreut, etwas von zu Hause zu hören, und daß ich mich zurücksehne.

Nein, ich muß das alles selber entscheiden; ich muß vorher einen Entschluß fassen, an dem es dann nichts mehr zu ändern gibt. Am besten richte ich es so ein, daß Berthold überhaupt nichs davon erfährt. Es ist schließlich nicht seine Sache, wozu also ihn aufregen. Es ist ganz allein meine Sache.

Am Bahnhofsplatz stieg ich aus und wartete, bis das grüne Licht kam. Ich wollte gleich zum ‹Europäischen Hof› hinübergehen und beim Portier einen Zettel für meinen Schwiegervater schreiben. Doch vielleicht würde der Portier mich wiedererkennen? Ich hatte vor drei oder vier Jahren dort einmal mit Max gewohnt. Diese Portiers haben ein so gutes Personengedächtnis. Das alles will bedacht sein.

Darum ging ich zuerst zur andern Seite des Platzes hinüber und blieb vor den Schaufenstern des Modehauses Weyhe stehn. Es war das beste Modehaus der Stadt, es hatte sogar einen Ruf über die Stadt hinaus. Ich sah mir die Auslagen an. Ich hatte auch schon mit Berthold dort gestanden, gleich zu Anfang, als wir in die Stadt kamen. Ich dachte damals noch, nun ist es beinahe so, wie er es gesagt hat: wir stehen vor den Läden und besehen uns die Auslagen und berühren uns dabei. Es lag ein Abendkleid aus Silberlamé im Schaufenster, es fiel mir in die Augen und Berthold merkte es.

«Komm, kaufen wir das Ding», sagte er sofort und zog mich zum Eingang hin.

«Nein. Es ist ein Modellkleid, es wird sehr teuer sein.»

«Ganz gleich. Was sollen wir mit dem Geld. Wir haben es doch.»

«Und was sollen wir mit dem Kleid? Wir können gar nichts damit anfangen.»

«Wir werden es im Herbst brauchen.»

«Ach, bis dahin», sagte ich. Immer hieß es, daß wir im Herbst aus allem heraus wären. Berthold schrieb etwas fürs Theater. Er meinte, daß ich das Kleid bei der Premiere tragen sollte. Ich sollte in der Loge sitzen, während sein Stück aufgeführt würde. Er malte mir das alles genau aus; er wollte eine Verbeugung zu mir hin machen, wenn er am Schluß hervorgerufen würde; alle Leute sollten es sehen, daß ich dort saß und daß ich dazugehörte. Er hatte eine kindliche Freude daran.

Nur mit großer Mühe brachte ich ihn von dem Kleid ab. Aber so war er. Wenn ich traurig war, dachte ich zuweilen, er will mich nur für alles entschädigen, er meint, wenn er mir schöne Sachen kauft, dann bin ich zufrieden und alles ist gut. Doch so war es nicht, es lag daran, weil ihn das Geld beunruhigte. Er hätte es lieber ausgegeben und irgend etwas Schönes dafür gekauft, obwohl ihm die Sachen nachher sofort wieder ganz gleichgültig waren und gar nicht gebraucht wurden. Wenn dann kein Geld mehr da war, machte es ihm auch nichts aus; im Gegenteil, dann war die Unruhe geringer. Ich tat daher immer sehr uninteressiert, wenn wir an Schaufenstern vorbeigingen. Oder ich hatte an allem etwas auszusetzen. Er hatte mir alles Geld zum Aufbewahren gegeben, es war noch genug da, aber einer mußte doch vernünftig sein. Er war froh, daß er sich nicht mehr darum zu kümmern brauchte.

Ja, zum Beispiel die Geschichte mit dem Hund, die auch in den ersten Tagen passiert war, als wir hierher kamen. Es war ein junges Tier, kaum zehn Wochen alt, ein grauer Schnauzer, nicht einmal ganz echt, glaube ich. Nur weil ich ihn auf der Straße gerufen hatte und das Hündchen gleich angetorkelt kam, um mit mir zu spielen, wollte Berthold ihn kaufen, ohne auch nur einen Augenblick zu überlegen. Die Frau, die mit dem Hund zusammen war, wollte ihn gar nicht hergeben; jedenfalls tat sie so. Berthold redete auf sie ein und wurde sogar wütend: es nützte nichts, daß ich zu ihm sagte: ‹Laß doch›. Die Leute blieben sogar schon stehen und hörten zu. Wahrscheinlich gab Berthold der Frau viel zuviel. Er sagte, es seien nur hundert Mark, doch ich glaube, das stimmte nicht. Und was sollten wir mit einem Hund? Es war doch vorauszusehen, daß wir nichts mit ihm anfangen konnten. Frau Viereck zog ein Gesicht, als wir damit ankamen, wegen der andern Mieter natürlich. Der Hund war doch noch ein Kind und wollte spielen; ich mußte mich dauernd mit ihm beschäftigen, damit er nicht herumtollte und vor Lebenslust kläffte, dann wäre Berthold bei seiner Arbeit gestört worden. Wir hatten das Tier keine acht Tage, dann verschenkten wir es. Und welche Mühe wir noch damit hatten, jemand zu finden, der ihn nahm; denn wir wollten, daß er zu netten Leuten kam und es gut hatte. Schließlich kam er zu Landsleuten von Frau Viereck, die in der Vorstadt wohnten; sie hatten kein Geld, deshalb bezahlte Berthold noch die Hundesteuer für ein Jahr im voraus. Ich weinte, als der Hund abgeholt wurde, ich hatte mich schon an ihn gewöhnt. Auch Berthold war traurig; er hob das Hündchen hoch und sagte: ‹Na also, mein kleiner Bruder.› Er war so traurig, weil es für uns unmöglich war, einen Hund zu haben. Jeder Hanswurst hat einen Hund, und wir? sagte er. Dann setzte er sich an die Schreibmaschine und verlor kein Wort mehr deswegen. Es war hohe Zeit, daß der Hund fortkam. Wir waren bereits so einsam, daß man es einem Tier nicht zumuten durfte.

Aber eines wußte Berthold nicht: ich war schon ein paar Mal drauf und dran gewesen, in das Modehaus Weyhe hineinzugehen, um mit dem Geschäftsführer oder mit der Direktrice zu sprechen. Ich wollte ihnen vorschlagen, mich als Empfangsdame einzustellen. Ich sehe ja noch gut aus und habe gute Manieren; und Geschmack habe ich auch. Ich würde selbstverständlich meinen Mädchennamen annehmen; wenn dann die Frauen, die etwas kaufen wollen, zufällig das ‹von› in meinem Namen hören, imponiert es ihnen, und das Geschäft hat seinen Vorteil davon. Das wollte ich den Leuten vorschlagen. Nicht des Geldes wegen, das war noch nicht nötig, und man würde mir zunächst ja sowieso nicht viel bezahlt haben; aber ich hätte etwas zu tun gehabt, ich hätte nicht nur zu

Wem Geld nichts gilt . . .

... der kann geldlos glücklich sein, der nimmt Geld ein, wie es geht und gibt es aus, wie es kommt. Hat er Geld, gut, hat er keins, auch gut. Aber wer kann sich so eine Ansicht schon leisten!

Wer sein Geld zusammenhält, wer am Geld festhält, der muß ja nicht gleich am Geld hängen; er tut's vielleicht nur, weil er weiß, daß er vom Geld abhängt.

warten brauchen, ich hätte das Warten leichter ertragen. Doch ich ließ den Plan immer wieder fallen, aus Angst, daß sie nein sagen würden, und auch Bertholds wegen. Er hätte es falsch aufgefaßt, er war sehr empfindlich. So vertröstete ich mich auf den Herbst, das hatte ich mir von Berthold angewöhnt. Alles wurde bis zum Herbst verschoben, länger brauchte man nicht auszuhalten, weiter lohnte es sich nicht zu denken. Als wir den Hund fortgaben, hieß es: Im Herbst werden wir uns bestimmt einen anschaffen. Auch ein Volkswagen sollte dann gekauft werden.

Ich ging langsam um den Platz herum an all den Läden vorbei zum ‹Europäischen Hof›. Neben dem Portal war ein Friseurgeschäft, im Schaufenster lagen teure Seifen und Parfüms. Ich war erst letzte Woche beim Friseur gewesen, mein Haar war in Ordnung. Ich beobachtete die Leute, die im Hotel ein- und ausgingen, und die Autos, die vorfuhren. Alle Menschen wußten, wohin sie wollten, sie hatten alle etwas Bestimmtes vor und manche waren sogar in Eile. Die Hotelboys winkten nach einer Taxe oder wenn ein Wagen vorfuhr, stürzten sie herbei, rissen die Tür auf und nahmen das Gepäck. Und die Gäste suchten in ihren Taschen nach einem Trinkgeld.

Früher hätten sie das auch so mit mir gemacht, wenn ich angekommen wäre. Der Portier hätte gedienert. Ich hatte noch denselben Namen, ich war für sie im Grunde nichts andres als damals, und trotzdem scheute ich mich, in die Hotellhalle zu treten und mit dem Mann hinter dem Empfangstisch wegen meines Schwiegervaters zu sprechen. Sicher wären sie sehr höflich gewesen, Gnädige Frau hier und Gnädige Frau dort, aber ich fürchtete, daß man mir alles gleich ansehen würde; ich würde mich vielleicht sogar verhaspelt haben und hätte gestottert, das würde ihren Verdacht erst recht erregt haben.

Ich ging ein paar Mal vor dem Portal auf und ab, ich tat so, als wartete ich auf jemand. Doch schließlich kam ich mir selber lächerlich vor, auch zitterten mir seltsamerweise die Knie. Ich dachte: mein Schwiegervater ist ja doch noch nicht da, ich kann mir das alles noch gründlich überlegen, es hetzt mich ja nichts. Darum ging ich wieder zurück, um den ganzen Platz herum, und dann rechts die Bahnhofstraße entlang bis zum Café Blüthner. Sie hatten dort Tische und Korbstühle auf der Straße stehen und darüber eine rotweißgestreifte Markise. Am Vormittag war es dort nicht so voll wie nachmittags. Ich setzte mich an einen der Tische und bestellte mir ein Glas Sherry.

Ich ging sonst vormittags nicht ins Café. Wir hatten zwar noch Geld, aber ich wollte sparen. Bei gutem Wetter ließ sich die Zeit ebensogut im Park auf der andern Seite der Bahnhofstraße hinbringen. Es war dort schattig und es gab einen großen Springbrunnen und die Bänke waren nicht überfüllt. Und wenn es regnete, war das Museum da.

Ich bezahlte meinen Sherry gleich, denn die Kellnerinnen hatten dort die Angewohnheit, nach fünf Minuten zu kommen und zu erzählen, daß sie abgelöst würden, und ob sie wohl um Bezahlung bitten dürften. Vielleicht hatten sie schlechte Erfahrungen gemacht; es waren wohl Gäste einfach ohne Bezahlung aufgestanden und hatten sich unter der Menschenmenge auf der Straße verloren. Ich hatte auch schon mit Berthold hier gesessen; als es uns zum zweitenmal passiert war, daß die Kellnerinnen um Bezahlung baten, regte er sich auf und wollte sich beschweren. Um dem aus dem Weg zu gehen, bezahlten wir lieber sofort.

Ja, wir hatten nachmittags ein paarmal dort gesessen, wenn wir nicht ins Kino gingen. Nur um uns abzulenken, es gab sonst nichts andres. Wenn aber kein Tisch an der Straße frei war, gingen wir weiter und waren enttäuscht. Mit andern Leuten wollten wir auf keinen Fall an einem Tisch zusammensitzen. Doch wenn wir einen Platz für uns erwischt hatten, saßen wir manchmal zwei Stunden da. Wir brauchten nicht viel zu reden. Wir beobachteten den Verkehr auf der Straße, die Menschen und die Frauen und die Autos. Durch die Bäume sah man die braunen Figuren oben auf dem Giebel des Opernhauses. Wenn wir dann aufstanden, um in die Pension zurückzugehen, war mir jedesmal schwer zumute, so als ob ich ein schlechtes Gewissen hätte. Ich glaube, Berthold ging es nicht anders; wir waren dann sehr vorsichtig mit unsern Worten; wir taten möglichst selbstverständlich.

Es kam wohl auch vor, daß Leute auf der Straße vorbeigingen, die Berthold kannte. Wenn sie außer Sicht waren, sagte er, das war der und der oder die und die, Schriftsteller oder Künstler oder Leute vom Theater. Er kannte sehr viele Leute, schien mir, wenigstens von Ansehen. Es war schwer herauszufinden, wieweit er persönlich mit ihnen bekannt war. Wenn ich ihn fragte, ob er nicht mit ihnen sprechen möchte, sagte er: ‹Um Gotteswillen, es läuft nur auf Geschwätz hinaus.› Dabei wäre es gut gewesen, wenn er auch einmal mit jemand andrem zusammengewesen wäre, nicht immer nur mit mir. Auch für mich wäre es sicher ganz unterhaltsam gewesen. Aber es war nichts zu machen, er wollte es nicht anders. Er versteckte sich sogar, damit seine Bekannten ihn nicht zufällig entdeckten. So menschenscheu war er, ich weiß nicht weshalb. Es war nicht etwa meinetwegen, es war etwas andres, was ich nicht begreifen konnte; und wenn ich fragte, wich er aus, darum fragte ich lieber nicht mehr. Er war sehr geschickt im Ausweichen; ehe man sich's versah, war er einem entwischt und ganz fern, und es klang so, als sei alles in Ordnung; man kam sich selber albern vor, weil man solche Fragen gestellt hatte, bis man merkte, daß man ganz allein war und daß das die Absicht war. Natürlich, ich dachte auch, daß er mich satt habe und es nur nicht sagen wolle, daß er mich gern los wäre. Und daß er nur darauf warte, ich solle den ersten Schritt tun. Aber er tat mir auch wieder leid; er hatte es ja nicht leichter als ich. Er tat mir so leid, daß es nicht zu sagen ist. Er hatte doch sonst niemand. Ich weiß nicht, wie eine andre Frau sich verhalten hätte.

Das alles fiel mir schon in D. auf, wenn auch nicht so klar wie später. Wir waren uns damals ja eigentlich noch ganz fremd. In D. hatte Berthold vorher gewohnt, deshalb mußten wir zuerst dorthin fahren; um den Scheck einzulösen und weil das Zimmer gekündigt werden mußte und wegen Bertholds Sachen.

Wir packten alles zusammen, und was er nicht mitnehmen wollte, wurde zu Bekannten von ihm zur Aufbewahrung gebracht. Berthold besaß ja nicht viel. Ein paar Anzüge und Wäsche, eine Reiseschreibmaschine und viele bunte Mappen mit Manuskripten. Sonst nichts, keine Möbel und nichts Persönliches; nicht einmal Bücher, worüber ich mich am meisten wunderte. Ich dachte, alle Schriftsteller hätten viele Bücher. Aber Berthold sagte, man könne sie sich ja leihen, wenn man sie durchaus lesen müsse. Und ein andres Mal sagte er: Besitz macht traurig.

D. ist eine langweilige Stadt. Es lebten viel Künstler dort, sie kannten sich alle untereinander. Ich meinte, das sei gut für sie, doch Berthold behauptete, das sei gerade das Schlimme. Es war schwer für mich, das alles zu verstehen.

Wir mußten beinahe zwei Wochen in D. bleiben, es ließ sich nicht schneller erledigen. Es war eine sehr schlimme Zeit für mich, ich wußte von der ersten Minute an nicht, wozu ich eigentlich da war; wenn ich zu Haus geblieben wäre, dann ... Ich hatte mir alles so ganz anders vorgestellt. Ich hatte mir überhaupt nichts vorgestellt, es war gar keine Zeit dazu gewesen, und nun ... Doch so deutlich konnte ich in D. noch nicht darüber nachdenken, es war mir noch alles zu fremd. Ich ging nur umher und sagte zu mir: Das kann doch nicht sein! Das kann doch nicht sein! Vielleicht morgen ... Ich nahm mir vor, bis morgen zu warten. Es war alles nur ein Hinziehen, auch jetzt wieder.

Berthold hatte mich bei Bekannten untergebracht; bei ihm ging es nicht, es war alles zu eng in seinem Zimmer, nur eine Art Feldbett, ein Schrank und ein Tisch, an dem er arbeitet. Ich hatte angenommen, daß es nur für einen oder zwei Tage sein würde, als es dann länger dauerte, wollte ich in ein Hotel ziehen, um den Leuten nicht zur Last zu fallen. Doch das durfte ich nicht, ich hätte sie beleidigt; ich mochte sie auch sehr gern, sie waren so natürlich. Ich mußte in dem Bett der Frau schlafen; sie schlief auf der Couch ihres Mannes, und er stellte sich jede Nacht ein Ziehharmonikabett auf. Sie sagten, es mache ihnen nichts aus; sie lachten über meine Bedenken. Sie waren beide noch sehr jung. Er arbeitete für Zeitungen und für den Rundfunk, und sie übersetzte Bücher. Immer, ja, auch schon damals in D., hatte ich das Gefühl zu stören. An manchen Abenden, wenn auch Berthold dabei war, sah es so aus, als ob wir alle sehr vergnügt seien; ich gab mir Mühe, alles mitzumachen, und es gelang mir wohl auch, doch wenn ich dann im Bett lag, wußte ich, daß ich nicht dazugehörte. Ich weiß nicht, was Berthold den beiden über mich erzählt hatte, ich glaube, es war ihnen ziemlich einerlei; sie waren nicht neugierig. Ich achtete sehr darauf, was sie wohl von Berthold hielten; ich hätte gern mit der jungen Frau über ihn gesprochen, aber ich schämte mich, danach zu fragen; es kam mir wie ein Unrecht gegen Berthold vor. Oft war er brummig und wortkarg, auch gegen andere Bekannte, die wir trafen; ich fürchtete, daß sie gekränkt sein würden. ‹Das sind wir bei ihm gewohnt›, sagten sie lachend, als ich mich für ihn entschuldigen wollte, und ein andres Mal sagte der junge Mann: ‹Er steht sich selbst im Weg.› Wenn ihm die Leute wegen des Preises, den er in unserer Stadt erhalten hatte, gratulierten, war es am allerschlimmsten; dann schimpfte Berthold und drehte sich weg. Ich glaube aber, die Leute hielten es für Ziererei von ihm. Und gern hätte ich auch gewußt, ob sie ihn für einen großen Schriftsteller hielten oder was sonst; denn das konnte ich ja nicht beurteilen. Doch danach zu fragen, wäre Verrat gewesen.

Ich hatte schon jede Hoffnung aufgegeben. Ich lebte dort in D. wie irgendeine Verwandte von Berthold, die ihn für vierzehn Tage besuchte; das war das Entsetzliche. Tagsüber, wenn wir zusammen waren, gingen wir ein paar Sachen für mich einkaufen, ich hatte ja kaum etwas mitgenommen. Das machte noch am meisten Spaß; Berthold kümmerte sich um alles, und ich brauchte nur aufzupassen, daß wir nichts Überflüssiges kauften. Im Schuhgeschäft wollte er gleich fünf Paare nehmen, weil sie ihm alle gefielen. Für sich selber brauchte er nichts, doch ich sollte alles haben. Ich hätte ihm gern etwas geschenkt, aber ich wußte nicht, was; ich hatte Angst vor dem Gesicht, das er machen würde, wenn ich mit irgend etwas angekommen wäre; man konnte ihm keine Freude machen. Wozu hatte er mich überhaupt mitgenommen? Nur aus Mitleid und weil ich mich ihm aufgedrängt hatte? Warum sprach er nicht mit mir über das, was uns wirklich anging?

Und doch war es ihm selbstverständlich, daß wir zusammen irgendwohin fahren würden. Oft, wenn ich bei ihm in seinem Zimmer war ... auch das war alles so anders und nicht so, wie man es sich vielleicht denkt ... Meistens hatte er etwas zu tun, keine große Arbeit wie jetzt, doch es mußten Briefe beantwortet werden und dergleichen. Wenn er damit fertig war, hieß es jedesmal: Und was machen wir nun? Dann holte er eine Landkarte hervor, und wir beratschlagten, wohin wir fahren wollten. Es lag mir auf der Zunge zu fragen: Willst du nicht lieber allein fahren? Denn was hatte er von mir. Wir waren vielleicht übereilt gewesen, er sollte nicht darunter leiden, denn es war meine Schuld. Frauen haben immer schuld, sie müssen mehr überlegen als Männer, und ich hatte gar nichts überlegt, ich war einfach in alles hineingeraten. Wenn wir noch wie ein Liebespaar gewesen wären und wenn auch nur für einen Tag oder für eine Nacht. Doch wenn ich ihn dann über die Landkarte gebeugt sah und wie er mit dem Finger darauf herumfuhr und diesen und jenen Platz vorschlug, war ich zu feige, mit ihm darüber zu reden.

Ich hielt ihn für viel sicherer, als er war; er konnte so gut den Sicheren spielen, auch andern Leuten gegenüber, immer tat er alles leichthin ab. Dadurch ließ ich mich täuschen. Ich fragte ihn später, warum er so gewesen sei. Er machte sich über mich lustig; er sagte, er hätte doch eine vornehme Dame nicht so behandeln können wie ein zufälliges Mädchen. Damit wollte er mich nur ärgern, es war ein Ausweichen. Immer wich er mir aus, ich konnte es mir gar nicht erklären; als ob er etwas gegen mich hätte. Morgens, wenn ich auf meinem Bett saß, dachte ich darüber nach; ich vergaß das Anziehen; und nur weil ich Bertholds Bekannte in der kleinen Wohnung rumoren hörte und ihre Hausordnung nicht stören wollte, tat ich es doch; denn am liebsten hätte ich mich wieder hingelegt und wäre gar nicht aufgestanden. Es war mir auch furchtbar, die vergnügten Gesichter der anderen am Frühstückstisch zu sehen; das war kaum auszuhalten. Wie jung und sorglos sie waren; selbst wenn sie sich stritten, war es alles natürlich.

Ich erkannte erst später, wie scheu Berthold war und wie unsicher. Ich weiß das heute, und ich lasse es mir nicht merken, ich liebe ihn sogar deswegen noch mehr; doch warum er so scheu ist, weiß ich auch jetzt nicht. Ich wußte nicht, daß es solche Männer gibt; ich dachte, Männer wären anders; die, mit denen ich zu tun gehabt habe, waren alle aufdringlich und plump, man hatte Mühe, sie von sich fernzuhalten. Keiner wich aus, keiner war wie Berthold. Und dabei sagte mir mein Gefühl, daß er viel zärtlicher war als diese Männer. Oft wollte ich ihn umarmen; ich sehnte mich danach, ihn einfach zu umarmen, so ging es doch nicht weiter. Aber jedesmal entglitt er mir wie absichtslos. Er suchte nach irgend etwas oder er sprach über etwas andres, als fiele ihm das gerade ein; darin war er sehr geschickt. Und dann war der Augenblick verpaßt, die Arme waren mir wie gelähmt. Ich wollte ihm ja nicht weh tun, und es war wirklich so, als ob er Angst davor hatte, von mir berührt zu werden. Das alles wußte ich damals noch nicht.

Und sicher dachten seine Bekannten, daß wir ein richtiges Liebespaar wären. Wenn wir uns in ihrer Gegenwart trafen oder verabschiedeten und uns nur ganz obenhin die Hand gaben, meinten sie wohl, wir wollten uns nur nicht verraten; das sah ich an ihrem verständnisvollen Lächeln. Oh, wie entsetzlich waren diese zwei Wochen! Berthold und ich haben uns nicht ein einziges Mal richtig umarmt. Wir haben uns nicht geküßt, wir haben nicht zusammen geschlafen. Das glaubt mir niemand, wenn ich das erzähle. Im Zug, auf der Fahrt nach D., damals in der ersten Nacht, hatte er seinen Arm lose um mich gelegt, und das war gut. Ich schlief sogar ein, ich war müde von all der Aufregung. Und morgens, bevor wir nach D. kamen, brachte er mir eine Tasse Kaffee aus dem Speisewagen. Doch in D. wurde gleich alles anders. Wir kamen bei Morgengrauen an. Berthold war nicht mehr derselbe, der zu mir gesagt hatte, daß er gern mit mir sterben wolle. Ich durfte ihn nicht einmal daran erinnern, so unglaubhaft schien es mir selbst. Ich wagte es nicht einmal zu denken, es war gefährlich.

Doch ich hätte gar nicht geweint, das erscheint mir nur hinterher so. Ich habe niemals viel geweint, selbst dann nicht, wenn andere Frauen geweint haben würden. Zu Haus hielten sie mich deswegen für herzlos. In D. aber war ich wie gelähmt; so wie manchmal im Traum, wenn man weiß, daß man nur träumt, und sich qualvoll abmüht aufzuwachen, damit die Not und Ungewißheit ein Ende hat, doch es gelingt einem nicht. Das ist schlimmer als weinen.

In Wirklichkeit war das alles vielleicht ganz anders; als ich es erzähle. Ich würde mich dieser vierzehn Tage in D. auch gar nicht mehr erinnern, sie sind es nicht wert, wenn es jetzt nicht so ähnlich wäre. Nur noch viel schwerer, da dazwischen eine kurze Zeit liegt, in der wir glücklich waren. Ich sollte auch besser gar nicht davon sprechen, da ich es falsch erzähle und falsch verstanden werde. Und das wäre Unrecht gegen Berthold, ja, vor allem gegen ihn. Es gibt so vieles, für das es an Worten fehlt, und gerade das ist das Wirkliche. Es ist da, bestimmt, doch man muß selber dabei gewesen sein, mitteilen läßt es sich nicht. Die Leute bekommen nur eine falsche Vorstellung.

Und wem erzähle ich es denn? Ich erzähle es meinem Schwiegervater, und mein Schwiegervater ist gar nicht da; er wird nicht einmal im ‹Europäischen Hof› sein. Ich sitze allein vor dem Café Blüthner, vor meinem Tisch gehen die Menschen vorbei, manche schnell und manche langsam, sie unterhalten sich, sie lachen, auf der Straße fahren ununterbrochen Autos und Straßenbahnen, weiterhin am Eingang zum Café lehnt eine Kellnerin mit einer kleinen koketten Schürze und paßt auf die Tische auf, und ich ... ja, ich sitze hier allein und tue so, als säße mein Schwiegervater mir gegenüber. Habe ich etwa laut gesprochen? Aber nein, die Leute an den Nebentischen nehmen keine Notiz von mir, es ist ihnen also nicht aufgefallen, sie meinen, ich sei wie sie. Das alles kommt nur daher, weil ich seit Monaten mit niemand gesprochen habe, seit Jahren schon nicht. Ich möchte jemand mein Leben erzählen, nicht um mich zu rechtfertigen, nein, nur erzählen, weiter nichts, um es loszuwerden. Und es ist wieder niemand da, wie immer. Selbst wenn mein Schwiegervater mir gegenübersäße, würde ich ihm dies nicht erzählen. Wir sind uns viel zu fremd, er würde mich nicht verstehen, er würde gewiß nur glauben, ich wolle mich bei ihm dafür entschuldigen, daß ich Günther und Max verlassen habe.

Er würde mir auch nicht glauben, daß wir trotzdem noch glücklich geworden sind, er würde es nur für Gerede von mir halten; aus Höflichkeit würde er so tun, als glaube er mir, doch bei sich würde er denken, was redet sie von Glück, wo sie doch so unglücklich ist. Ja, es sind auch dumme Worte, das gebe ich zu, ganz unbrauchbare Worte. Kein Mensch weiß, was Glück ist, auch ich nicht; denn als es da war, war mir alles so selbstverständlich, daß ich es gar nicht für Glück hielt, sondern ... ich weiß nicht für was; ich dachte nicht darüber nach. Aber was Unglück ist, das weiß jeder genau.

Es ist eine große Leere hinter den Gesichtern und allem, was geschieht, die fragt und fragt. Tagsüber vermag man sie zu überhören, es passiert ja so viel, und da sind die Gewohnheiten, nach denen man sich richten muß. Aber abends, wenn man sie aus Versehen gewahr wird – oft ist es nur ein dummes Lied im Radio –, dann wird die Angst groß und man kann nicht einschlafen. Warum ist diese Leere da? Denn vorher war es dort doch nicht leer.

Es ist, als ob das Glück nicht erlaubt sei. Das predigen sie ja auch alle, auch mir hat man es gepredigt; man hat statt dessen von Pflichten geredet. Ich habe es ihnen nie geglaubt; ich dachte immer, sie reden von Pflichten, weil sie das Glück nicht haben und verärgert sind; sie wollen, daß andere es auch nicht haben.

Und ich glaube es auch heute noch nicht, obwohl es so um mich steht, daß sie mich als Beweis in ihren Predigten nennen können.

Auch Berthold ist glücklich gewesen. Ich darf ihm das heute nicht sagen, er würde sich nur ärgern, und außerdem wäre es ganz nutzlos. Aber daß er glücklich war, weiß ich genau, sonst wäre ja auch ich nicht so glücklich gewesen.

Es kam über uns, als es eigentlich schon zu spät und alles ganz hoffnungslos war. Ganz unmerklich, ohne daß wir etwas dazu taten und ohne daß wir es merkten. Plötzlich war es da, plötzlich war Berthold so, wie er wirklich war, und all meine Not war wie nicht gewesen. Denn ich wußte ja von Anfang an, wie er wirklich war, gleich vom ersten Augenblick an; er war mir nur abhanden gekommen.

Ach, es läßt sich nicht darüber reden.

Wir fuhren eines Tages von D. ab. Die jungen Leute, bei denen ich gewohnt hatte, brachten uns an die Bahn und winkten. Dann fuhr der Zug los, und sofort wurde auch das Wetter schön. Es wurde sogar sehr warm, viel wärmer als sonst um diese Jahreszeit. Es war erst Mitte April, doch als wir über den Rhein kamen, blühten schon überall die Obstbäume. Berthold lachte, weil ich einen Pelz anhatte. Es war wie eine andere Welt. Er half mir aus dem Pelz, dabei berührten wir uns. Wir waren allein im Abteil. Plötzlich war sein richtiges Gesicht wieder da. So begann es. Wir fuhren auch gar nicht weit, nur zwei oder drei Stunden, es hätte ruhig länger dauern können, denn wir waren nicht müde, wir brauchten uns nur anzusehen. Wir fuhren bis Olmheim. In D. hatte man uns gesagt, daß es dort ruhig sei, aber der Ort gefiel uns gar nicht. Nur Erholungsheime und alles so eng und etwas spießig. Sollen wir etwa barfuß im taufrischen Gras herumspringen, spottete Berthold. Olmheim war nämlich ein Kneippkurort. Wir setzten uns in einen kleinen gelben Postautobus, der gerade auf dem Marktplatz stand, und fuhren weiter. Durch enge Waldtäler mit sumpfigen Wiesen und einem Bach in der Mitte. Wir waren die einzigen Fahrgäste. Das Auto hupte mit fröhlichem Doppelklang, wenn wir uns einem Flecken näherten. Bis wir nach Ludwigshof kamen, da war Schluß; denn da ist die Grenze.

«Weiter geht es nicht», sagte Berthold vergnügt, «und hier ist es gut.» Wir hatten keine Pässe. Ich hatte meinen in der Eile zu Haus vergessen, und Berthold besaß gar keinen; er reiste nicht gern. Er siedelte zuweilen von einer Stadt in eine andere um, das war alles. Wenn wir Pässe gehabt hätten, wären wir vielleicht doch noch weitergefahren. Auch wenn es sich jenseits der Grenze gar nicht anders lebte als hier, wir hätten es doch gern gewußt. Aber der Gedanke kam uns erst später. Ludwigshof ist nicht einmal ein Dorf, nur eine winzige Grenzstation mitten im Gebirge. Es stehen nur drei oder vier Häuser längs der Straße, in denen die Grenzwächter und Waldarbeiter wohnen. Eines davon war im letzten Krieg zerschossen und noch nicht wieder aufgebaut. Und ein Sägewerk. Man hörte die Sägen kreischen und die Stämme donnern, wenn sie von den Wagen herabrollten. Und dann natürlich der Gasthof, zweihundert Meter vom Schlagbaum, an dem nachts ein rotes Licht brannte. Wir sahen es von unserm Fenster.

Ich möchte das alles genau beschreiben, weil wir dort glücklich waren. Ich möchte gern erklären, warum wir glücklich waren, damit man nicht denkt, es sei nur deswegen gewesen, weil wir nun endlich zusammen schliefen. Nein, das war es nicht, das war mehr eine Flucht vor dem, wofür es mir an Worten fehlt, und beinahe tat es mir leid, wenn wir uns umarmen mußten, da wir das, was ich meine, nicht mehr ertragen konnten. Ich kam mir feige und schlecht vor, ich fürchtete, daß sein Gesicht dadurch ganz für mich ausgelöscht werden könnte. Niemand wird es glauben, man wird es als Einbildung belächeln; sobald man davon spricht, ist es, als ob es nie gewesen sei, und doch läßt es sich nicht vergessen und hat mich mehr gewandelt als alles, was ich sonst erlebte. Es hat mich unfähig zu irgendeiner anderen Freude gemacht.

Oft wunderte ich mich bei mir, daß seine Frau ihn verlassen hatte, denn ich glaubte, daß keine Frau es ertragen kann, so angesehen zu werden. Doch vielleicht war sie blind dafür oder Berthold hatte sie nicht so angesehen wie mich. Ich weiß nicht viel davon; ich habe nicht mit ihm darüber gesprochen, es geht mich nichts an.

Und wie still die Nächte waren. Nur das Rauschen des Wassers am Wehr bei der Sägemühle und manchmal ein Uhu, der hoch in den Wäldern wehklagend lachte. Draußen schien der Mond in den Talkessel und auf die weißen Apfelbäume längs der Straße. Die Hügelkette jenseits der Grenze verschwamm in einem zärtlichen Dunst. Oft traten wir ans Fenster und staunten hinaus, bis uns kalt wurde.

Auch am Tage war es sehr ruhig. Wenn wir in unserm Zimmer waren, hörten wir die nörgelnde Stimme der verwachsenen Magd unter uns in der Küche und das Brummen des Wirtes. Davon wurde man müde. Es war nicht viel Verkehr auf der Straße vor dem Gasthof und zur Grenze hin. Nur drei oder vier Wagen am Tag, sonntags etwas mehr. Doch man hörte jeden, der draußen vorbeiging; die Straße war mit frischem Kies beworfen, so daß die Schritte knirschten. Wir stürzten jedesmal ans Fenster, als ob wir jemand erwarteten, der uns besuchen kam. Es war nur Spaß, wir hatten sonst nichts zu tun. Meistens war es einer der Grenzwächter, der vom Dienst nach Haus ging, und neben ihm sein Schäferhund, den wir riefen und der zu uns hinaufschaute und dann seinen Herrn fragend ansah. Wir kannten sie bald alle, die Grenzwächter und die Hunde. Abends gingen wir zum Schlagbaum und unterhielten uns mit den Leuten. Sie hatten nicht viel mit dem Zoll zu tun, auf der andern Seite der Hügelkette gab es eine größere Straße, wo mehr Betrieb war, unsere war zu abgelegen. Auch Schmuggler gab es hier nicht, es war nicht lohnend. Die Grenzwächter machten ihre Runden durch die Wälder und Berge, um auf junge Leute aufzupassen, die illegal über die Grenze wollten, um dort in die Fremdenlegion einzutreten. ‹Das kann doch nicht schwer sein›, meinte Berthold, ‹man braucht ja nur durch den Bach zu waten; wenn man schon hinüber will, kommt es auf nasse Füße nicht an.› Aber die Grenzwächter erklärten ihm, daß ja die meisten nicht wüßten, welches der richtige Bach sei.

Alle mochten sie Berthold gern, er war auch ganz anders als in D. So jung, es war nicht so, daß ich mir das nur einbildete. Auch die Hunde kamen sofort zu ihm, und selbst die weißen Ziegen, die am Abhang angepflockt waren, ließen sich gern von ihm streicheln. Und die ganzen vierzehn Tage hatten wir schönes Wetter. Der warme Frühling wehte von Westen her über die Grenze zu uns ins Tal. Um die Obstbäume lag ein schneeweißer Kranz von Blütenblättern. Eines Morgens waren die Schwalben da; sie saßen auf dem Telefondraht, der vom

Gasthof zur Sägemühle führte, genau bei unserm Fenster. Wenn wir nach Tisch auf dem Bett lagen, hörten wir, wie sie sich unterhielten. Und jeden Nachmittag kam das kleine gelbe Postauto. Schon lange, bevor es um die Ecke des Berges bog, war das Tatütata zu hören. Niemand wußte, wo wir waren, niemand konnte uns Briefe schreiben, und trotzdem freuten wir uns über das Auto, es tat sich so wichtig.

Berthold sprach auch mit allen Leuten, mit dem Wirt, mit der Wirtin und mit dem blassen schwangeren Hausmädchen; er war gar nicht mehr menschenscheu und ungeschickt. Er unterhielt sich sogar mit den Leuten, die außer uns im Gasthof wohnten. Es war nur ein Ehepaar, beide ziemlich dick; sie hatten ein kleines Auto und machten viele Ausflüge, auch über die Grenze. Ich dachte, Berthold würde sie nicht mögen; sie waren so ganz anders, der Mann war Abteilungsleiter in einer Versicherungsgesellschaft. Doch Berthold hörte sich alles interessiert an und lachte mit ihnen; er war wie ausgewechselt. Es fiel mir gleich in der ersten Nacht auf, wie jung er war, nicht an Jahren, er war ja sieben Jahre älter als ich, sondern seinem Wesen nach. Sehr, sehr jung. Ich merkte es an seinen Bewegungen und seinen Händen, an allem. So arglos und schüchtern, und so erstaunt. Es rührte mich, ich kam mir viel älter vor. Es war alles ganz anders, als ich es mir vorgestellt hatte. Es machte uns auch gar nichts aus, daß wir keine Pässe hatten. Solange das Wetter schön war, genügte es uns da, wo wir waren. Auf der anderen Seite gleich hinter den Bergen sollte es eine hübsche alte Stadt geben, sagte man uns, doch wir brauchten die Stadt nicht. Man konnte sie von uns aus nicht sehen, wir waren wirklich wie in einem Kessel, das Tal war rings von Bergen abgeschlossen, so als ob es hier nicht weiterginge. Gleich hinter dem Schlagbaum machte der Bergrücken eine scharfe Wendung, so daß er alles zusperrte, und ebenso die Straße, die unten entlanglief. Man konnte ihr nur eine ganz kleine Strecke mit den Augen folgen, denn sie verschwand schon sehr bald um die Ecke, wohl durch eine enge Schlucht, und der Bach immer neben ihr. Genau an der Ecke aber war ein großer roter Steinbruch und davor eine Wallfahrtskapelle, ein winziges Ding, wie ein Spielzeug. Manchmal sah man einen hellblauen Autobus dort stehen, der die Wallfahrer gebracht hatte, und man sah auch die kleinen Figürchen, die in die Kapelle gingen. Es gab dort eine heilende Quelle, hieß es. Doch wir durften ja nicht hinüber. Ab und zu kam ein Mönch von drüben mit einem schwarzen Bart und mit nackten Füßen in Sandalen. Er sprach unsere Sprache, wenn wir ihn begrüßten. Der Steinbruch aber sah von unserm Fenster wie eine Wunde im Berge aus, wie rohes Fleisch. Einmal früh morgens sprengten sie dort, und ich fuhr aus dem Schlaf hoch. «Es war kein Schuß», sagte Berthold. Über dem Steinbruch am Morgenhimmel stand eine rote Staubwolke.

Auf der Straße vor dem Café kreischten die Reifen eines Wagens vom scharfen Bremsen und dann gab es einen Krach. Die Leute rannten hin, auch ich stand erschrocken von meinem Stuhl auf. Aber es war nicht schlimm, es waren nur die Kotflügel. Ich sah zur Kellnerin und dann auf meine Uhr. Ich saß noch gar nicht so lange da, es war mir nur so vorgekommen. Niemand konnte mir etwas sagen, weil ich zu lange dasaß und nur einen Sherry bestellt hatte. Ich hatte noch viel Zeit, über alles nachzudenken, ich brauchte nicht sofort einen Entschluß zu fassen.

Vielleicht machte ich mir auch ganz unnötige Sorge. Wir waren glücklich gewesen, und es ist doch klar, es konnte nicht ewig so bleiben. Jeder würde mich auslachen, dem ich das erzählte. Auch mein Schwiegervater. Berthold mußte doch arbeiten, es lag nur an mir, ich war zu ungeduldig. Und zu meinem Schwiegervater durfte ich überhaupt nicht davon reden; er würde es vielleicht nicht sagen, aber er würde denken: Was will sie denn eigentlich, eine Frau, die ihr Kind und ihren Mann verlassen hat, und das nur, weil jemand etwas Verrücktes gesagt hat. Es geschieht ihr ganz recht. Doch davon, was Berthold zuerst zu mir gesagt hatte, wußte mein Schwiegervater ja gar nichts. Er hätte es auch nicht verstanden. Oft, wenn man träumt, sagt auch irgendeine Gestalt etwas zu einem, was tagsüber nie jemand sagen würde; doch man versteht es sofort, und es trifft so tief, weil es für keinen anderen bestimmt ist. Morgens beim Aufstehen und wenn man zum Frühstückstisch geht, hat man Angst, sie könnten es alle merken, daß man ein ganz anderer Mensch geworden ist.

Ich glaube, Berthold hat nicht ein einziges Mal zu mir gesagt, daß er mich liebe. Auch ich gab mir Mühe, es nicht zu ihm zu sagen, denn ich fühlte, daß er es nicht gern mochte. Es war ja auch nicht nötig, wir wußten es so. Einmal nahmen uns die Leute, die mit uns im Gasthof wohnten, in ihrem Wagen mit auf einen Berg. Wir waren ihnen sehr dankbar dafür, denn wir konnten nicht viel gehen; ich hatte nicht das rechte Schuhzeug. Wir gingen immer nur ein wenig die Straße entlang, und schon das tat mir weh wegen des Schotters, der durch die dünnen Sohlen drückte. Und die Waldwege waren zu steil und um diese Jahreszeit so matschig, daß ich ausrutschte. Es war eine steile Auffahrt auf den Berg, immer ganz nah am Abgrund, ein ausgefahrener Weg. Oben war es kahl, nur Gras und Gebüsch, und eine Radarstation. Ach, und welch einen Umblick man dort hatte, so weit, so weit. Hinter uns im Osten lag die Ebene, aus der wir kamen, ohne Horizont, nur Dunst. Und im Westen jenseits der Grenze nur Wälder und eine blaue Bergkette hinter der anderen, und dazwischen dunkle Täler mit grünen Flecken, und wo die Sonne hinkam, weiße Dörfer und alte Burgen und dann wieder blaue Berge. Und unser Berg war höher als die anderen, wir konnten alles sehen. Da faßte Berthold mich am Ellbogen an, ich merkte, daß er glücklich war, weil er nichts sagen konnte, denn die Stimme hätte ihm wohl gezittert. Auch ich konnte nichts sagen.

So etwas kann man doch nicht vergessen! Auch Berthold wird es nicht vergessen. Man kann es nicht wollen, es ist nur ein Augenblick, der mehr ist als das ganze Leben; man kann nur darauf warten. Auch Berthold wird sich danach zurücksehnen, bestimmt. Und wenn er mit seiner Arbeit fertig ist, wird es wieder so sein.

Allerdings, zuweilen wurde ich auch damals schon unruhig. Besonders zu Anfang. Oder habe ich das schon erzählt? Ich möchte immer wieder davon sprechen, bis ich das richtige Wort finde, und ich finde es nicht. Es war so anders als mit Max und Arnim. Ich wußte nicht, was es sein sollte, wenn er mich anschaute. Er konnte mich stundenlang anschauen, es schien ihm das Liebste zu sein. Oder auch nicht stundenlang, das kam mir vielleicht nur so vor, da es kaum zu ertragen war. Er saß im Bett neben mir auf und schaute und schaute, ohne zu sprechen, ohne mit den Wimpern zu zucken, und immer in die Augen. So als ob ich gar nicht mehr da sei, als ob ich es gar nicht sei, die er anschaute. Und ich sah nichts als sein Gesicht über mir, alles andere war wie verloren. Ich dachte, was sucht er, doch er suchte gar nichts. Ich dachte auch, vielleicht ist er unzufrieden, vielleicht hat er etwas auszusetzen, an meinem Körper, an mir. Vielleicht bin ich zu dumm für ihn. Dann wollte ich fragen: Was ist? und als ob er es merkte, wehte ein kleines Lächeln über sein Gesicht, gar nicht wie sein Lächeln, sondern von irgendwoher, ein kindliches Staunen, ich weiß nicht worüber, das Staunen ergriff mich, es war wie ein Schweben, ich meinte zu schwer dafür zu sein, darum ertrug ich es kaum.

Später wollte ich es gar nicht mehr anders, ich wollte nur dies Gesicht und das Staunen. Ich konnte es nicht genug sehen, ich hätte es ganz in mich aufsaugen mögen, ich wollte ihm gleichen und manchmal schien es mir auch so. Wenn er lächelte, mußte ich lächeln; ganz ohne Grund. Es war wie in einem Spiegel; nein, nicht wie in einem Spiegel, nicht das Glas dazwischen. Es war wie ein einziges Gesicht, das lächelte. Ach, ich wußte doch, daß er mich liebte, auch wenn mir alles fremd war. Einmal sagte er es auch beinahe, ich glaube jetzt, es war sogar mehr, als wenn er es wirklich gesagt hätte. Wir sprachen über seine Bücher oder eigentlich über sein Schreiben, und er sagte: «Ich habe schon sehr früh damit anfangen müssen.»

«Warum denn?» fragte ich.

«Was blieb mir denn andres übrig?»

Er sprach nicht gern über seine Bücher. Es tat mir leid, daß ich gefragt hatte, denn wenn ich auch nicht wußte weshalb, ich fühlte immer, daß es ihn traurig machte. Er sah mich lange an, und dann sagte er: «Vielleicht, wenn ich dir rechtzeitig begegnet wäre, hätte ich mich gar nicht erst damit abzugeben brauchen.» Die Leute werden sagen, daß alle, die sich lieben, so sprechen und daß man es nicht ganz ernst nehmen dürfe. Und man meint ja auch immer, daß man sich schon längst gekannt hat, und nur durch Zufall daran gehindert war, sich wirklich zu treffen. Doch wenn Berthold so etwas sagte, war es so, daß ich mich schämte und es wiedergutmachen wollte. Ja, was wird aus ihm, wenn ich ihn verlasse? Das ist nicht ausdenkbar. Niemand sieht sein Gesicht. Es weht über die Heide wie ein Mond, nirgends ein Halt für ihn und ein Ausruhen, und ich bin weit fort und schuld daran.

Ich dachte nämlich manchmal... und ich denke es auch jetzt, noch in diesem Augenblick, während ich vor dem dummen, lauten Café Blüthner sitze und auf die Straße seh, und niemand ahnt, was ich denke..., ja, und obwohl es beinahe lächerlich ist, so etwas zu denken; denn die Leute würden höhnisch aufschreien, wenn sie es ahnten oder hörten: ‹Was? Dieser Kerl mit dem verkniffenem Gesicht und hochmütigen Benehmen!› Und ich müßte ihnen recht geben, denn das, was ich meine, ist nicht zu sehen und nicht zu zeigen. Und doch...

Ich wollte gern wissen, wie er als Kind gewesen ist. Es gab keine Erinnerungen und keine Bilder davon, alles war wie ausgelöscht oder wie hinter einem undurchsichtigen Schleier; nur manchmal bewegte sich der Vorhang, als sei doch noch etwas da; vielleicht war es nur Zugluft und sonst kein Hintergrund. Ich fragte ihn danach. ‹Wie jedes Kind›, sagte er, ‹wozu darüber reden.› Aber das stimmte nicht, er wollte nur nicht daran denken. Es muß wie eine Gefahr für ihn gewesen sein. Ich versuchte es herauszufinden, ich wollte ihm helfen, doch es gelang mir nicht.

Er hatte noch eine Mutter. Sie lebte in einer andern Stadt. Berthold hatte sie schon seit langem nicht mehr besucht. Er schrieb ihr zum Geburtstag und zu Weihnachten eine Postkarte, das war alles. Auch sie schrieb ihm zuweilen. Als wir in D. waren, kam ein Brief von ihr. Berthold las ihn in meiner Gegenwart, dann zerriß er ihn sofort und warf ihn in den Papierkorb. Was schreibt sie, fragte ich. Nichts besonderes, sagte er, sie hat in der Zeitung gelesen, daß ich den Preis bekommen habe und gratuliert mir. Aber sie ist natürlich stolz auf dich, meinte ich. Das ist ihre Sache, antwortete er, es geht mich nichts an; sie hat Geld, es fehlt ihr an Beschäftigung, ich will nichts von ihr, sie soll mich gefälligst in Ruhe lassen, ich störe sie ja auch nicht. Es tat mir weh, daß er so redete, obwohl ich selber nicht gut mit meiner Mutter stand. Ich dachte, wie ist er hart, warum kann er ihr nicht verzeihen. Aber es war nicht Härte. Er hatte auch Geschwister. Ein Bruder war gleich zu Anfang des Krieges gefallen, und seine Schwester war verheiratet. Er wußte kaum etwas von ihr. Wenn die Rede aus Versehen darauf kam, wischte er alles gleich wieder aus, wie auf einer Schiefertafel. So war es mit allem, deshalb ist es so schwer mit ihm. Ich weiß nie, wie er in der nächsten Minute sein wird, und ob er dann überhaupt noch da ist. Er läßt sich nicht halten, das ist es.

Da fiel mir etwas ein, was mich froh machte. Berthold mochte nämlich meinen Schwiegervater sehr gern. Er fragte mich oft nach ihm, ich erzählte ihm, was ich wußte. Er war geradezu in Sorge um ihn, was mich sehr wunderte; die beiden hatten sich doch kaum gesehen, und mein Schwiegervater war ein überlegener Geschäftsmann, sie waren so verschieden. Doch es konnte nichts schaden, wenn die beiden sich wiedersahen; es war eine Abwechslung für Berthold, wir hatten ja sonst keinen Umgang. Vielleicht war es eine Ausspannung für Berthold und gut für seine Arbeit. Es würde ja auch nur eine kurze Unterbrechung sein; mein Schwiegervater wollte morgen weiterfahren. Es war also nur für heute abend, für zwei oder drei Stunden. Ich würde die beiden sich unterhalten lassen und nur zuhören. Ich war froh, daß ich noch keinen Zettel im Hotel hinterlassen hatte. Berthold hätte mir vielleicht sogar Vorwürfe gemacht, wenn ich meinem Schwiegervater abgesagt hätte. Wie kannst du den alten Mann fortschicken, würde er gesagt haben. Dabei würde ich es ja nur Bertholds wegen getan haben, damit er nicht dächte, ich hätte noch Verbindung mit zu Haus. Nur deshalb vermied ich es, davon zu reden. Ich sprach wohl mit ihm von Uelzen und von meiner Kindheit, aber nicht von meiner Ehe. Auch als ich ihm das Wiegenlied vorsagte und aufschrieb, verriet ich ihm nicht, daß ich es Günther jeden Abend vorgesungen hatte. Vielleicht ahnte er es; er mochte das Lied sehr gern, er konnte kein Plattdeutsch; es klang so witzig in seinem Mund, wir lachten viel.

Und wenn das Zusammensein mit meinem Schwiegervater mißlingt, was dann? Über was sollten denn die beiden sprechen? Und Berthold war jetzt so mißtrauisch. Ich durfte ihn nicht fühlen lassen, daß ich wußte, wie unzufrieden er mit seiner Arbeit war. Ich mußte immer gleichmäßig vergnügt tun, das war gar nicht leicht; ich konnte nicht immer auf der Hut sein, und er war so hellhörig, daß ihn das geringste Schwanken in meiner Stimme beunruhigte. Würde mein Schwiegervater nicht sofort merken, wie sehr ich mich zusammennahm und wie unnatürlich wir lebten? Und wie sollte ich ihm das erklären?

Ich war ja auch noch nie mit Künstlern zusammengewesen. Woher sollte ich wissen, daß sie so hart sind, wie sonst kein Mensch. So unmenschlich hart! Vielleicht ist es nötig für ihre Arbeit, doch wenn sie diese Arbeit so haßten, wie Berthold sie haßte, und so davon gequält wurden, daß man sie nicht wiedererkannte, wie sollte ich damit fertig werden. Außerdem sagte mir Berthold immer wieder, daß er kein Dichter sei; man durfte ihn nicht so nennen, dann verzerrte sich sein Gesicht vor Ekel. Er nannte mir auch Namen von einigen, von Toten und Lebenden, die Dichter seien, aber mit ihm sei es anders; daß er schreibe, sei ein Zufall, eine Beschäftigung, um nicht vor Langeweile zu verzweifeln, mehr nicht. Es sei nur ein Hinziehen, sagte er. Er meinte es wirklich so, aber er tat nichts dagegen; er hätte es ja lassen können. Vielleicht haben die, deren Namen er mir nannte, auch so geredet, das weiß ich nicht und ich fragte auch nicht danach. Ich sah nur, wie er gequält wurde, und wie überflüssig ich war.

Manchmal war er wie einer, der ein Verbrechen begangen hat und es zu verheimlichen trachtet, vor der Welt und vor sich selber auch. Und darum weicht er immer aus, damit ihn niemand anrührt und alles offenbar wird. Natürlich wußte ich, daß er kein Verbrechen begangen hatte, er war gar nicht fähig dazu, aber auch das kann ja gewesen sein wie manchmal im Traum, wenn man meint, daß man etwas verbrochen hat und möchte weglaufen und kann es nicht. Und ich stehe da und rufe: Komm doch, ich bin doch hier!, aber er sieht mich nicht, er hält den Atem an vor Angst und wartet gebannt auf den Verfolger.

Das alles sind Worte, wie ich sie sonst nie gebraucht habe und wie sie eigentlich nicht erlaubt sind, doch über Berthold kann ich nicht anders denken. Ich fühle nur, daß ich nicht ausreiche, deshalb quält er sich mit seiner Arbeit und schiebt mich beiseite. Mein Schwiegervater würde sagen, jeder Mann müsse arbeiten und könne sich nicht nur um seine Frau kümmern, aber das ist es nicht, das kann mein Schwiegervater nicht verstehen. Es ist keine Arbeit, wie er sie kennt, es ist etwas Sinnloses, und selbst wenn ein schöner Vers entsteht, bleibt es nur wie das, was einer im Schlaf spricht, wenn die Qual zu groß wird.

Ich möchte nicht, daß mein Schwiegervater Max erzählt, ich sei unglücklich geworden. Berthold hat keine Schuld daran. Ich brauche nur daran zu denken, wie er auf jener Brücke stand, in Heidelberg, glaube ich; er studierte dort, er war noch sehr jung. Ich sehe, wie er dort steht, allein, und begreife alles, ohne daß ich es in Worte bringen kann. Ich möchte zu ihm hinlaufen und alles gutmachen. Und dann hält mich etwas zurück, alles zögert in mir; denn vielleicht ist gerade das Hinlaufen das Gefährliche.

Als er mir davon erzählte, war es zuerst nicht so, als sei ihm das wirklich passiert, sondern mehr, als habe er es von Erwachsenen gehört oder im Kino gesehen; so beiläufig sprach er davon, um mich zu täuschen; ich sollte es nicht ernst nehmen, und fast hätte ich es auch nicht ernster genommen wie alle Dinge, die man als Kind erlebt hat und die längst überwunden sind. Er sprach auch nur aus Versehen davon; ich hatte ihm eine dumme Frage gestellt. Doch plötzlich erschrak ich; ich sah ihn dort auf der Brücke stehen und sah, daß es heut noch genauso war wie damals.

Ich schäme mich davon zu reden; ich hatte ihn nur aus weiblicher Neugier gefragt. Ich wollte wissen, ob ich ihm mehr war, als die andern Frauen, mit denen er vorher zusammen gewesen war. Wozu brauchte ich das zu fragen! Ich wußte doch, ich sah es an seinem Gesicht, daß er sich mir ganz anvertraute, was wollte ich denn mehr. Ich hatte nie geglaubt, daß ein Mensch sich einem anderen so anvertrauen kann, wie er es tat. Ich hätte nur zu sagen brauchen: Jetzt machen wir dies und jetzt das, und es wäre ihm recht gewesen.

Aber was denn? Was hätte ich ihm sagen sollen? Ich habe ihm doch nichts zu bieten als mich.

Ich hatte ihm ja schon an dem Abend, als wir uns kennenlernten, gefragt, ob er viele Freundinnen gehabt hätte; das war mehr aus Verlegenheit und Koketterie geschehen. Doch in D. paßte ich auf, ob da nicht irgendwelche Frauen waren, die ihn haben wollten. Ich konnte es mir nicht anders vorstellen, als daß alle Frauen ihn mir nicht gönnten. Nicht weil er besonders gut aussah, aber wegen seiner Art und weil jede dachte, es sei leicht, ihn zu kriegen. Ich hatte es ja auch gedacht.

Diesmal aber fragte ich ihn aus einem andern Grunde; ich wunderte mich über ihn. Es war ihm alles nicht so selbstverständlich wie sonst den Männern, er war ganz anders. Es schien mir, als sei er nicht viel mit Frauen zusammen gewesen. Danach fragte ich ihn. Warum er keine Freundinnen habe? Und weshalb sie nicht bei ihm geblieben wären? Oder so ähnlich.

«Sie sind mir immer ausgerissen», sagte er.

«Ausgerissen?»

«Ich wollte sie immer gleich heiraten. Das hat sie wohl erschreckt.»

«Warum soll sie das erschreckt haben?»

«Ich weiß es auch nicht. Es heißt immer, daß sie alle gern geheiratet werden wollen. Wie viele Witze werden darüber gemacht! Aber es scheint nicht zu stimmen, in meinem Fall wenigstens nicht. Es hat auch nichts mit Geld zu tun oder mit einer gesicherten Position, wie man das nennt. Wenn ich sie kennenlernte waren sie ganz nett und zu allem bereit, aber sowie ich ihnen das mit dem Heiraten vorschlug, kriegten sie es mit der Angst. Einige lachten mich einfach aus, als ob ich verrückt wäre, und andere ließen mich stillschweigend fallen, wenn sie merkten, daß ich es wirklich so meinte. Sie trauten mir wohl nicht.»

«Hättest du sie wirklich geheiratet?»

«Ja, sofort. Ich wäre gleich mit ihnen zum Standesamt gelaufen. Ich dachte gar nicht erst darüber nach, ich wollte, daß alles seine Ordnung hatte. Aber sie nahmen mich nicht für voll.»

Es sei wohl tatsächlich etwas kindisch gewesen, meinte er, er könne auch die Mädchen gut verstehen. Aber wenn man jung sei, begänne man an sich zu zweifeln. Man hielte sich nicht für einen richtigen Mann, wenn einem so etwas immer wieder passiere. Jetzt sei er es gewohnt, es mache ihm nichts mehr aus, aber früher... Einmal hätte er sogar einer Prostituierten vorgeschlagen, ihn zu heiraten. Einer richtigen Nutte, wie er sagte. Er sei noch nicht einmal zwanzig gewesen, er hätte also noch gar nicht heiraten dürfen. Erst hätte sie gedacht, er wollte von ihrem Geld leben, sie hätte furchtbar geschimpft. Aber dann begriff sie, daß er es ernst meinte; sie hätte die andern Mädchen in dem Haus zusammengerufen und es ihnen erzählt. «Die ganze Zeit saß ich auf ihrem Bett und ließ mich anstaunen. Sie gaben mir gute Ratschläge, sie sind ja vernünftiger als andere Menschen. Und sie waren auch sehr gerührt, sie heulten beinahe. Und schließlich bestellten sie Kuchen und Schlagsahne. Das alles ist sehr komisch.»

«Und du hättest sie geheiratet?» fragte ich wieder.

«Bestimmt. Sie hätte nur ja zu sagen brauchen, und ich wäre sehr glücklich gewesen, wenn sie es getan hätte. Natürlich wäre es schiefgegangen, aber darüber machte ich mir keine Gedanken. Weiß du, ich hatte sonst niemand, ich wollte jemand haben, zu dem ich immer wieder zurückkehren konnte, so ungefähr. Alles andere war mir gleichgültig, ich meine, daß sie eine Nutte war. Es ist mir auch heute nicht wichtig, was man darüber redet, stimmt vielleicht, aber es zählt für mich nicht. Nur daß ich heute etwas klüger geworden bin und weiß, daß es nicht geht. Aber damals waren die Mädchen klüger. Ich wollte ja nur in ihrer Freizeit mit ihr zusammen sein. Allerdings, wie ich mir das vorstellte... sie im Nebenzimmer mit andern Männern und ich warte, bis sie frei ist... das alles ist unmöglich. Ich kam mir manchmal so verloren vor, damals; man muß das erst gewohnt werden, später lacht man darüber und versucht es gar nicht erst. Soll ich dir etwas sagen? Ich bin noch nie eifersüchtig gewesen. Wenn mich jemand verläßt, werde ich etwas traurig, weil ich nun wieder allein bin und von vorn anfangen muß; und auch, weil mir all das nicht gelingt, was anderen selbstverständlich ist. Man fällt nämlich immer wieder darauf hinein, man probiert es immer wieder; man sieht wie die anderen leben und denkt, das muß mir doch auch gelingen, es kann doch nicht schwer sein. Das ist der Fehler; er ist schwer einzusehen, besonders wenn man müde ist, macht man ihn immer wieder. Und deshalb schreibe ich, um mich dem nicht erst auszusetzen. Aber eifersüchtig? Mir fehlt wohl irgendein Sinn dafür. Schon als Kind ärgerten sie sich über meine Gleichgültigkeit. Und im Kriege hielten sie es für Mut, dabei bin ich feige. Ich habe viel darüber nachgedacht, ich habe ja Zeit, da ich meistens allein bin. Die andern Leute sind in der Mehrzahl, sie sind wichtiger für dies Leben als ich, also sind sie im Recht. Aber begreifen kann ich es nicht, wie ihnen das ausreicht. Und wie sie sich deswegen abrackern! Aber ich kann ihnen nichts besseres bieten, darum halte ich den Mund und bleibe abseits. Es ist besser, sie sind so wie sie sind, mit all ihren Spielereien und mit ihrem Ehrgeiz, dann merken sie die Traurigkeit nicht. – Bist du schon mal eifersüchtig gewesen?»

«Ja, sehr.»

«Ach.»

«Ich würde auch deinetwegen eifersüchtig sein.»

Er schüttelte den Kopf und sah mich verwundert an. «Das hast du doch nicht nötig. Es paßt auch nicht zu dir.»

«Ich möchte dich nicht verlieren.»

«Warum solltest du mich verlieren. Ich bin so treu, daß es vielleicht langweilig ist. ‹Treu› ist ein dummes Wort; es ist kein Verdienst dabei, ich kann doch gar nicht anders. Und selbst wenn du mich verlassen solltest ... nein, ich sage das ja nur, weil ich es gewohnt bin ... selbst das würde nichts ändern. Ich würde warten und würde unterdessen schreiben, um mir die Zeit zu verkürzen. Eine Frau kann doch gar nicht untreu werden.»

«Das ist doch Unsinn, Berthold. Sie tun es doch dauernd.»

«Ach, das ist nur äußerlich. Was hat das damit zu tun, was wir meinen. Manchmal ist es nur ein Irrtum. Aber ein Mann ... ja, das ist schlimm für euch. Manchmal geht wirklich einer verloren und vergißt alles. Es muß furchtbar für euch sein, ihr tut mir leid.»

«Es ist doch genau umgekehrt.»

«Nein, daß weiß ich besser. Und du weißt es nur deshalb nicht, weil man es dir von jeher anders erzählt hat. Es ist eine Gewohnheit geworden, und niemand wagt mehr, selbst darüber nachzudenken. Sie können es sich gar nicht anders vorstellen, so weit ist es gekommen; man darf nicht daran rühren, sonst fangen sie an zu schreien und bringen einen um. Aber ich habe es schon sehr früh erfahren. Eigentlich schon zu Haus; ich dachte immer, das stimmt doch nicht, was sie sagen und wie sie es wollen, daß man es macht. Ich gab mir auch Mühe, ihnen gefällig zu sein, ich wollte nicht auffallen, aber sie merkten es doch. Ich beobachtete meinen Vater, ich mochte ihn gern. Es kann doch nicht möglich sein, dachte ich, daß er sich mit all dem zufrieden gibt. Weshalb redet er nicht mit mir und erklärt mir alles, dann will ich stillhalten wie er. Aber er war ein vielbeschäftigter Mann; auch nachts wurde er zuweilen in die Klinik gerufen wegen irgendeiner Operation, und zu Haus ließ er die Dinge gehen, er war wohl zu müde. Einmal kam ich in den Ferien nach Haus; ich studierte damals schon, es war wohl nach dem ersten Semester. Ich hatte mich wirklich gefreut nach Haus zu kommen, ich dachte, auch sie würden sich freuen. Aber beim ersten Mittagessen sagte meine Mutter: Komisch, wenn wir allein sind, ist alles so gemütlich, und kaum daß Berthold wieder hier ist, gibt es Streit. Wir hatten aber gar nicht gestritten, ich schwöre es dir. Mein Vater saß am Tisch und meine Geschwister, wir aßen und redeten über dies und das. Nein, es war etwas andres. Heute weiß ich, was es ist. Die Leute werden ärgerlich, wenn ich dabei bin, auch wenn ich den Mund halte und genau dasselbe tue wie sie. Aber es macht sie unzufrieden, und sie wollen nicht gern unzufrieden werden. Damals begriff ich das noch nicht, ich kämpfte dagegen an, denn ich wollte nicht anders sein, aber eines Tages überkam es mich. Auf der Brücke in Heidelberg. Es hätte ebensogut auf irgendeiner anderen Brücke sein können, mit Heidelberg hat es nichts zu tun. Es war kurz nach Dunkelwerden; ich stand da und sah ins Wasser, nur so, aus keinem besonderen Grunde. Die Straßenlaternen waren gerade angezündet und die Fenster in den Häusern erleuchtet. Die Menschen aßen wohl zu Abend, und es war gemütlich für sie; sie dachten, es sei alles gut und so wie sie es sich wünschten. Da kam es über mich; da fand ich es heraus. Ich war noch viel zu jung für den Gedanken; ich wollte ihn nicht wahrhaben, ich wehrte mich dagegen, solche Angst hatte ich davor. Und deshalb lief ich auch wie ein dummes Kind zu Mädchen und Weibern, weil ich den Halt nicht verlieren wollte. Doch es war keine Hilfe bei ihnen, sie mochten mich nicht; sie merkten, daß es schon zu spät war, sie konnten nichts mehr mit mir anfangen. Ja, es ist seltsam, daß sie so etwas sofort merkten, viel eher als man selbst. Auch wenn man ihre Sprache spricht, merken sie es. Ich sehe es an ihren Augen, ein kleines Flackern, eine Unsicherheit im Blick. Was will er von mir? Macht er sich über mich lustig? Und dann ist es auch schon aus, es ist nicht mehr ihr Geschäft. Heute ist mir das nicht mehr wichtig, ich sage mir, es muß auch ohne das gehen. Aber damals ... es hätte mich beinahe umgeworfen. Nur das Schreiben hat mich gerettet. Es war nämlich die Erkenntnis, daß man mir alles, was man mir beigebracht hatte, verkehrt beigebracht hatte. Dieser Gedanke überkam mich dort auf der Brücke, während ich ins Wasser sah und auf die Lichter, die sich im Neckar spiegelten. Ein entsetzlicher Gedanke! Plötzlich steht man ganz ratlos da, ohne festen Grund, in der Schwebe zwischen Gestern und Morgen, und unten fließt das Wasser, fließt irgendwohin, ohne nachzudenken, als ob es so sein müsse. Warum hatten sie es mir verkehrt beigebracht? Aus Absicht? Um mich an ihrem Ufer festzuhalten? Doch es war keine böse Absicht; sie wußten es ja selber nicht anders. Es war mein Unglück, daß ich dort auf die Brücke gegangen war, die Leute haben keine Schuld. Es ist ein großes Unrecht, ihnen Vorwürfe zu machen. Ich habe ihre Sehnsüchte und ihre Drüsen, deshalb verstehe ich sie sehr gut und möchte sie nicht stören. Nur ... ich bin von diesem Gedanken wie vergiftet und weiß, daß das alles nicht mehr für mich bestimmt ist.»

«Was?»

«So etwas wie du», sagte er und tippte mir mit seinem Zeigefinger auf den Magen.

«Was für ein Unsinn.»

«Weißt du noch, wie du die Treppe herunterkamst?»

«Welche Treppe?»

«Da bei dir zu Haus. Es war so, wie ich es mir manchmal ausgedacht hatte, wenn ich allein war, aber ich hatte nie wirklich daran geglaubt, daß es so kommen könnte. Es genügte mir, es zu denken. Und nun kamst du plötzlich die Treppe herunter. Ich wollte weglaufen; ich wollte nicht wieder aufwachen und allein dastehen. Allmählich wird man mürbe von den Enttäuschungen, ich meine davon, daß es nie so ist, wie es sein könnte. Und die Kraft so zu leben wie alle anderen, hat man auch nicht mehr. Du aber ...»

In jener Nacht, als er davon sprach, kam mir das Wort, das mir alles erklärte und das ich mich auszusprechen scheue, weil es nicht üblich ist und so gar nicht zu den Vorstellungen der Leute paßt. Ich sah ihn auf der Brücke stehen, so wie er es mir schilderte, und es war dasselbe Gesicht, das mich immer ganz ratlos machte, wenn ich es sah, dies abwesende Staunen, das so schwer zu ertragen ist. Es nützt nichts, die Augen zu schließen, denn es ist noch da, man spürt es durch die Lider hindurch, man spürt es auf dem Leib. Und man weiß nicht, was es will und was es sucht und was ihm gut tut. Man hat nur die Arme und diesen Leib, um es an sich zu drücken und zu verbergen, doch dadurch geht es vielleicht verloren, und nachher sieht man es nie wieder. Es bleibt ein Mann zurück wie alle anderen Männer, nicht viel anders als sie, und man glaubt sich getäuscht zu haben, man versucht sich damit abzufinden, man lächelt über sich. Und doch weiß man, es wurde etwas verloren und verspielt. Ich habe das Gesicht eines Engels gesehen, es schaute mich an und wollte etwas von mir, ich aber konnte es nicht ertragen, und so entschwand es wieder. Man wagt nicht einmal mehr das Wort zu denken.

Es war der Regen, der uns aus Ludwigshof vertrieb. Es veränderte sich alles, keiner konnte etwas dafür. Der Regen löschte die vierzehn glücklichen Tage aus. Der Bach spülte sie fort, über die Grenze hin. Und wie kalt es wurde. Das alles sei ganz natürlich, sagten die Leute, es sei viel zu früh warm gewesen, auch für ihre Gegend dort. In der großen Gaststube wurde der Sägemehlofen geheizt, für unser Zimmer genügte ein elektrischer Heizofen. Daran also lag es nicht.

Die ersten Tage war es auch nicht so schlimm. Berthold freute sich sogar über den Regen, der vor unserm Fenster und auf die Wälder niederrauschte, so gleichmäßig, daß man alles vergaß und eine große Stille um uns herum war. Nun erst waren wir wie abgeschlossen von allem, nichts von dem, was hinter dem Regen war, ging uns etwas an. Außerdem dachten wir immer, daß am nächsten Morgen wieder schönes Wetter sein würde, doch es regnete ununterbrochen weiter; es schien nicht aufhören zu wollen. Davon wurde Berthold unruhig, und auch ich wurde seinetwegen unruhig.

Die Berge wurden ganz schwarz vor Nässe, und der Bach bei der Sägemühle wälzte sich lehmig dahin. Die Wäsche auf dem Hof unter unserm Zimmer klatschte auf der Leine, und die Hühner saßen zusammengeduckt unter dem Vorsprung des Daches.

Berthold wühlte in den Papieren, die er mitgenommen hatte. Ich weiß nicht, was es für Papiere waren, doch ich freute mich und dachte, es ist gut, wenn er sich beschäftigt. Ich hatte immer gedacht, daß er eines Tages wieder schreiben müsse, es ist ja sein Beruf. Ich hatte keine Ahnung, wie Schriftsteller es machen; ich stellte es mir so vor: sie schreiben jeden Tag ein paar Stunden, bis ein Buch daraus geworden ist, dann bekommen sie Geld dafür und schreiben das nächste Buch und so weiter. Ich meinte auch, sie hätten es leichter als andere Leute; sie brauchten nicht acht Stunden am Tage zu arbeiten, sie konnten es sich einrichten, wie sie wollten. Berthold sagte manchmal, er würde am liebsten gar nicht mehr schreiben, es sei eine zu große Quälerei; er wolle lieber ein kleiner Angestellter sein; wenn er dann abends nach Haus komme, brauche er nicht mehr an seinen Beruf zu denken, das sei beneidenswert. Aber ich hatte es ihm nicht geglaubt. Ich dachte, er sagt das nur, weil er verliebt ist; denn einmal hatte er gesagt, nun brauche er nicht mehr zu schreiben, da er mich habe.

Er packte seine Papiere auch gleich wieder fort, nachdem er sie flüchtig gesehen hatte. Er sprach nicht darüber mit mir, er schien sehr unzufrieden, doch ich sollte es nicht merken. Dann klappte er seine Schreibmaschine auf und schrieb einen Brief an eine Zeitschrift oder an seinen Verleger. Ich fragte nicht, ich fühlte, daß er es nicht gern hatte, wenn ich fragte. Er konnte eine halbe Stunde und länger am Fenster stehen, ohne ein Wort zu reden. Er starrte in den Regen hinaus. Dann trommelte er mit den Fingern aufs Fensterbrett, drehte sich mit einem Ruck um und ging unter einem Vorwand aus dem Zimmer. Nach kurzer Zeit war er wieder oben und es war wie vorher. Er hatte nur an das Barometer geklopft, das unten in der Gaststube hing. Oder er hatte Zigaretten gekauft, obwohl er mich doch nur hätte zu fragen brauchen. Oder er warf sich aufs Bett und tat so, als ob er müde wäre. Dabei schlief er nachts schlecht. Er schlief erst gegen Morgen ein, und wenn ich dann aufstand, weil die Wirtin uns gebeten hatte, wir möchten doch bis zehn Uhr Kaffee trinken, dann blieb er liegen. Einmal sagte er sogar: Es lohnt nicht.

Wenn er doch mit mir über das gesprochen hätte, was ihn unruhig machte. Aber vielleicht ist es gar nicht möglich, über so etwas zu sprechen. Mir gegenüber bemühte er sich so zu sein, wie vorher, als es noch nicht regnete. Doch es fiel ihm schwer, und auch mir fiel es schwer; es war nicht mehr echt. Wenn ich klug gewesen wäre, hätte ich gleich gesagt: Reisen wir doch ab. Aber das wagte ich nicht, und so quälten wir uns acht Tage lang.

Die gelbe Kuh war es, die uns endlich den Entschluß fassen ließ. Wir gingen in unsern Regenmänteln die Straße vor dem Gasthof auf und ab, um etwas Luft zu haben; weit konnte man nicht gehen, da alles zu naß war. Auf der Wiese unten beim Bach weidete das Vieh. Es war eine hellgelbe Kuh darunter, die uns schon vorher aufgefallen war. Sie stand da und blickte zu uns herüber, während die andern Kühe Gras rupften und nicht auf uns achteten. Nur die gelbe Kuh war neugierig. Das Wasser troff von ihr herunter. Wenn wir weitergingen, drehte sich ihr Kopf, uns langsam nach und wenn wir zurückgingen, drehte er sich nach der andern Seite. Und wenn wir stehen blieben, hielt sie ihren Kopf auch ruhig und starrte nur. Als ob sie sich über uns wunderte und herausfinden wollte, was wir wohl tun würden.

Da sagte Berthold: «Wollen wir nicht abreisen?» und sofort hastig hinterher: «Das heißt, wenn du nichts dagegen hast.»

Ich sagte, daß es mir nur recht sei, und fragte: Wohin? Und er meinte: Versuchen wir es mit... Er nannte die Stadt, in der wir jetzt sind, fügte aber gleich hinzu: «Übrigens ist das ganz gleichgültig. Es kann auch eine andere Stadt sein, wenn du eine bessere weißt.»

Wir gingen sofort zum Gasthof zurück, wie neu belebt, sagten den Wirtsleuten Bescheid und packten unsere Sachen. Wir wollten gleich am Nachmittag mit dem kleinen Autobus fahren. Nur fort!

Unterwegs im Zug fragte Berthold: «Bist du auch nicht böse?»

«Weshalb soll ich böse sein?»

«Wegen des Regens.»

«Dafür kannst du doch nichts.»

«Doch, ich hätte es voraussehen können.»

Er blickte zum Zugfenster hinaus, um mich nicht ansehen zu brauchen. Trotzdem hoffte ich, daß hier in der Stadt alles von selber besser würde. Aber nun weiß ich, daß es falsch von mir war, mit ihm hierher zu fahren; ich hätte ihn allein fahren lassen müssen, wir hätten uns gleich trennen sollen, ganz gleich, wie schwer es mir geworden wäre. Er darf sich nicht gebunden fühlen, dabei kommt nur Unglück heraus. Ich war ihm nur nötig für eine Pause zwischen zwei Arbeiten, aber die Pause ist vorbei und nun störe ich.

Ich hinterließ keine Nachricht im Hotel, ich war zu feige dazu. Ich redete mir ein, daß es nichts schaden könne, wenn mein Schwiegervater eine Stunde oder zwei mit uns zusammen sein würde. Ich war froh, die Entscheidung noch etwas hinauszuschieben; denn welche Entscheidung hätte ich auch treffen sollen? Ich wußte ja nicht, wohin mit mir, ich war so mürbe von all dem Nachdenken.

Ich sagte Berthold auch nicht gleich etwas von dem Brief meines Schwiegervaters. Wir trafen uns wie immer in dem kleinen Restaurant bei der Vorortsbahn, nicht weit von unserer Pension. Man aß dort billig, und es wurde auch schnell bedient. Ich war meistens zuerst da, um einen Platz für uns zu belegen; wenn man später kam, war kein Platz mehr frei oder wir mußten mit anderen Leuten am Tisch sitzen.

Als Berthold hereinkam, sah ich, daß ich nicht sofort mit ihm darüber reden durfte; er sollte erst essen. Er gab mir die Hand und fragte: Wie geht's? Dann nahm er gleich die Speisekarte und studierte sie mit verkniffenem Gesicht. Daran merkte ich, daß er mit seiner Arbeit wieder nicht zufrieden war. Er sah dann immer ganz alt und erschöpft aus; von der Nase über die Mundwinkel bis zum Kinn liefen tiefe Falten, als ob er sich vor etwas ekle. Oder wie bei einem lasterhaften Menschen. Es sei auch ein Laster, hatte er mir einmal gesagt und dabei gelacht. Er meinte das Schreiben. Doch über so etwas wagte ich schon seit langem nicht mehr zu sprechen.

Er fragte mich, wie ich den Vormittag verbracht hätte und ich erzählte ihm, daß ich im Café Blüthner gesessen hätte. Er fand das alles sehr schön und freute sich, daß ich das gute Wetter ausnutzte. Dann kam die Suppe, und wir löffelten sie schweigend aus. Ich hatte Angst, mich zu verraten; je länger ich es hinauszögerte, um so weniger wußte ich, wie ich damit anfangen sollte. Besser nicht in diesem Lokal, lieber erst, wenn wir allein sind. Ich fragte ihn, ob Post gekommen sei; er sagte erst nein und dann: Doch, vom Bühnenvertrieb und auch eine Anfrage vom ‹Sirius›. Das war eine Zeitschrift, die eine Erzählung von ihm haben wollte. Solche Anfragen kamen öfters; Berthold schickte den Leuten manchmal auch etwas und erhielt Geld dafür. Das Geld gab er immer gleich mir, ich legte es zu dem, was wir hatten.

Berthold war jetzt immer so zu mir wie zu andern Leuten, ich begriff, warum sie ihn für hochmütig hielten. Er war sehr höflich, aber wie beleidigend war diese Höflichkeit, so als ob er einen mit beiden Händen von sich fortschob. Und wenn ich ihn nach etwas fragte, worüber er Bescheid wissen mußte, über Bücher und solche Dinge, dann gab er zwar immer Auskunft, doch es klang so, als sage er: Wozu davon reden. So oder so, das ist doch ganz gleichgültig. Daran starb jede Unterhaltung, denn im Grunde hatte er ja recht, es war gar nicht das, worüber wir hätten reden sollen. Er schien gar nicht zu fühlen, wie sehr er mich dadurch kränkte, daß alles nur eine lästige Pflicht für ihn war. Ja, es war eine Kränkung, mit ihm allein zu sein, in einem Zimmer mit ihm zu wohnen und neben ihm zu schlafen. Das ist doch nicht der, mit dem ich von allem fortgegangen bin, dachte ich. Das ist schlimmer als Verheiratetsein. Man erfriert.

Auch auf dem Weg zur Pension sagte ich nichts von dem Brief. Ich wollte, daß Berthold erst schliefe; er sah so müde aus. Wir legten uns nach Tisch immer gleich hin; wir lebten wie nach der Uhr, obgleich wir das nicht nötig gehabt hätten. Ein Tag war wie der andere, auch die Sonntage; Berthold sagte, sonst kommt man zu nichts. Er schlief auch nachmittags sofort ein, kaum daß er sich hingelegt hatte. Das Geschrei der Kinder auf der Straße und die vorbeifahrenden Lastautos störten ihn nicht. Er schlief wie ein völlig Erschöpfter, eine halbe Stunde und zuweilen auch länger, und hinterher war er wie gelähmt. Ich konnte nur selten schlafen, aber ich tat so, weil er es so haben wollte. Er dachte wohl, wenn sie schläft, dann ist alles in Ordnung, darum tat ich ihm den Gefallen. Wenn er gewußt hätte, daß ich fast niemals schlief, würde auch er sich nicht hingelegt haben.

Doch hinterher die Nachmittagsstunden waren die allerschlimmsten. Wir gaben uns beide die größte Mühe, sie zu bestehen. Man durfte nicht viel reden, am liebsten gar nichts, das war die Hauptsache. Keiner ließ es sich anmerken, wir taten so, als ob es überall in der Welt so sei. Die Stunden waren so grauenhaft, daß jede Klage verstummte und jeder Versuch, ihnen zu entrinnen, vergeblich war. Wenn man hätte weinen wollen, wären keine Tränen gekommen. Erst bei Dunkelwerden wagte man wieder aufzuatmen.

Und gerade in diesen toten Stunden sollte ich mit Berthold über den Brief meines Schwiegervaters reden?

Ich stand zuerst auf und kochte eine Tasse Kaffee für Berthold. Wir hatten einen kleinen elektrischen Kocher, damit wir nicht immer in die Küche zu laufen brauchten. Ich kochte diesmal nur für Berthold eine Tasse, weil kein Kaffee mehr in der Büchse war. Ich hatte morgens welchen kaufen wollen, doch über den Brief hatte ich es vergessen. Berthold merkte es gar nicht, daß ich keinen Kaffee trank. Jedenfalls sagte er nichts.

Dann ließ ich ihn allein im Zimmer und ging in die Küche, um ein paar Strümpfe auszuwaschen. Ich wollte auch eine Bluse aufbügeln. Ich durfte das Plätteisen von Frau Viereck benutzen.

Sie kam auch bald in die Küche und berichtete mir von dem Eisenbahnunglück, bei dem zweiunddreißig Menschen ums Leben gekommen waren. Sie hatte es im Radio gehört. Ich fragte sie, wo es passiert sei. Es war aber in einer anderen Gegend, es war nicht der Zug, mit dem mein Schwiegervater fuhr. Frau Viereck jammerte, daß heute so viel Unglücke passierten und daß die Menschen so leichtsinnig geworden wären. Ich sagte zu allem ja. Während sie sprach, horchte ich nach vorn ins Zimmer, ob die Schreibmaschine zu hören sei. Aber Berthold schrieb nachmittags nie. Vielleicht ahnt er etwas, dachte ich. Es war nämlich so mit ihm: man meinte, daß er für nichts Interesse hätte, für keinen andern Menschen, aber er hatte trotzdem ein sehr feines Gefühl dafür, wenn etwas los war. Ich blickte alle fünf Minuten auf die Uhr, die in der Küche hing, und jedesmal schob ich es noch wieder etwas hinaus. Es war eine Küchenuhr aus Porzellan mit einer blauen Windmühle und einem Segelschiff darauf. Sie tickte sehr laut.

«Es kann sein, daß wir nachher Besuch kriegen», sagte ich zu Frau Viereck. Sie wunderte sich, denn wir hatten noch nie Besuch gehabt, doch ich verriet ihr nicht, wer kommen würde. Sie fragte, ob sie etwas vorbereiten solle, Tee vielleicht und Geschirr, und ob ich eine weiße Tischdecke für den kleinen Tisch haben möchte. Ich dankte ihr und sagte, daß der Besuch wahrscheinlich nicht lange bleiben würde. Und vielleicht würden wir auch zum Essen mit ihm fortgehen, das stehe noch nicht fest.

Es ließ sich nicht länger hinziehen, ich mußte mich aufraffen. Berthold stand am Fenster und sah auf die Straße; er drehte sich nicht nach mir um, als ich ins Zimmer kam. Doch sicher hatte er mich gehört. Wie schwer er es mir doch machte! Alles mußte von mir ausgehen, er kam mir nicht einen Schritt entgegen. Und wenn ich dann einen Fehler machte, war es alles meine Schuld.

Seine Arbeit hatte er nicht angerührt, es lag alles noch so wie vorhin. Der Bogen in der Schreibmaschine war noch genau so eingespannt.

Ich legte die Bluse, die ich aufgebügelt hatte, aufs Bett, damit die Feuchtigkeit abzog. Dann strich ich für alle Fälle sein Bett glatt; er hatte es zwar schon wieder zugedeckt, aber sehr unordentlich. Die ganze Zeit blieb er am Fenster stehen, als ob ich gar nicht im Zimmer sei. Dann setzte ich mich auf den Stuhl neben meinem Bett und nahm das Zeug aus der Nachttischschublade, mit dem ich meine Fingernägel pflegte. Es war ganz still im Zimmer, nur draußen der

Lärm auf der Straße und dann und wann ein Geräusch aus der Küche, wo Frau Viereck umherwirtschaftete. Wenn auf der Straße ein Lastwagen vorbeifuhr, klirrten die Glaskuppeln an dem häßlichen Kronleuchter.

Plötzlich zog Berthold die dünne Gardine mit einem scharfen Ruck vors Fenster. Dadurch wurde es dunkel in meiner Ecke, es war ja ein großes Zimmer, und ich drückte auf den Knopf der Nachttischlampe.

«Ach, verzeih», sagte Berthold und wollte die Gardine wieder aufziehen.

«Laß doch, es blendet nur», sagte ich. Es war wieder eine Weile still. Ich weiß nicht, was er machte. Ich blickte absichtlich nicht auf, ich feilte meine Nägel.

«Möchtest du ins Kino?» fragte er.

«Wir haben doch schon alles gesehen. Es ist erst morgen Programmwechsel.»

«Ach so, ja. Na, wir können es auch lassen.»

«Geh lieber an deine Arbeit», sagte ich. Vielleicht klang es etwas verächtlich, ich weiß es nicht. Es tat mir sofort leid, daß ich das gesagt hatte. Berthold ging langsam zu seiner Schreibmaschine und blickte auf den eingespannten Bogen. Er setzte sich nicht hin.

«Möchtest du noch Kaffee?» fragte ich.

«Nein, danke. Das heißt, ich mach ihn mir selber. Möchtest du nicht auch eine Tasse?»

Ich schüttelte den Kopf. Ich wollte ihm vorlügen, daß ich draußen mit Frau Viereck eine Tasse getrunken hätte, doch es kam mir nicht über die Lippen. Berthold war auch schon zum Waschtisch gegangen und hantierte dort mit dem Kocher. Alles nur, um sich zu beschäftigen. Ich konnte vor lauter Verzweiflung nicht mehr an mich halten. «Wann hat dies eigentlich angefangen?» fragte ich. Ich versuchte so zu sprechen, als ob wir uns über etwas Gleichgültiges unterhielten.

«Was?» fragte er hinten vom Waschtisch her.

«Dies alles.»

Da ließ er den Blechdeckel der Kaffeedose auf den Fußboden fallen; der Dekkel rollte ein Stück fort und kam dann zur Ruhe. «Verflucht!» rief Berthold.

«Was ist?»

«Der Kaffee ist alle.»

«Ich habe vergessen, welchen zu kaufen. Nicht einmal das ...»

«Unsinn! Ich laufe eben zum Vorortbahnhof hinüber und hole welchen.»

Er ging auch sofort zum Kleiderschrank, wo wir das Geld aufbewahrten. Die Unterbrechung kam ihm nur zu willkommen, aber ich durfte ihn jetzt nicht fortlassen.

«So geht es doch nicht weiter?» sagte ich.

«Was?» fragte er und blieb bei der offenen Schranktür stehen, so als ob er Deckung dahinter suchte.

«Warum hast du die Vorhänge vorgezogen?»

«Aus Versehen. Ich kann sie ja wieder aufziehen.»

«Laß nur. Ich möchte wissen, was du denkst, wenn du auf die Straße starrst.»

«Ich? Wieso? Gar nichts. Jedenfalls nichts Besonderes. Ich sehe den Leuten auf der Straße zu, das ist alles.» Anscheinend hatte er mich in Verdacht, daß ich ihm das nicht glaubte, deshalb begann er von dem, was auf der Straße vor sich ging, zu erzählen. «Die Frauen laufen zum Einkaufen, bevor die Läden geschlossen werden. Manchmal bleiben sie auch zusammen stehen und klatschen rasch noch etwas. Und alle fünf Minuten kommen Männer durch die Straße. Man merkt genau, wann wieder ein Zug eingelaufen ist. Es ist jeden Nachmittag dassselbe um diese Zeit. Tag für Tag. Komisch.»

«Wieso komisch?»

«Ach, ganz gleich. Es ist nicht meine Sache.»

«Wir gehen ins Kino, es reicht für zwei Stunden und wenn wir Glück haben, noch für den Nachhauseweg. Das ist auch komisch.»

«Fühlst du dich schlecht?»

«Ach, Berhold.»

«Es ist ziemlich schwül heute.»

«An irgend etwas muß es ja liegen. Also meinetwegen am Wetter.»

«Sag doch, wenn du etwas möchtest.»

«Was möchtest *du* denn gern?»

«Ich?»

«Ja.»

«Wieso ich? Gar nichts. Das heißt, ich richte mich nach dir.»

Er stand immer noch an der offenen Schranktür und ich saß in meiner Ecke beim Bett. Ich hatte die Nachttischlampe ausgeknipst. Ich brauchte kein Licht; ich konnte meine Fingernägel auch im Dunkeln feilen. Es war ja nur ein Vorwand. Ich wollte nicht aufsehen; ich wußte, wie er dastand und darauf wartete, daß ich das Thema fallenließ.

«Vielleicht ist das das Verkehrte», sagte ich.

«Was?»

«Daß du dich nach mir richtest, wie du behauptest.»

«Nach wem soll ich mich denn sonst richten? Ich habe doch niemand.»

«Es stört dich nur.»

«Unsinn.»

«Willst du nicht mal mit deinen Freunden zusammen sein?»

«Mit welchen Freunden? Ich habe keine.»

«Mit deinen Kollegen oder wie ihr das nennt. Was soll die Wortklauberei, du verstehst mich ganz gut. Du mußt nicht denken, daß ich mir keine Gedanken darüber mache. Vielleicht wäre es gut für deine Arbeit.»

«Mit Kollegen? Wie kommst du darauf? Entweder geht es ihnen wie mir, und das sind die besten, oder sie reden eine andere Sprache, und es kommt nur Geschwätz dabei heraus. Kollegen! Dann lieber . . .»

«Was?»

«Ach, nichts.»

«Es gibt sicher auch hier einen Wartesaal Dritter Klasse und sonst irgendein zweifelhaftes Lokal. Warum, wenn es dir Spaß macht! Und vielleicht ist es gut für deine Arbeit da.»

«Ach, Unsinn.»

«Du sagst immer nur ‹Unsinn›.»

«Ich bin etwas in Gedanken, das ist alles. Aber das wird nicht immer so bleiben. Wenn ich mit der Arbeit fertig bin . . .»

Er stockte. Ich wollte fragen, wann das sein würde, und dann fiel mir ein, daß dieser Zustand ja erst sechs Wochen dauerte, und in sechs Wochen kann man so eine Arbeit sicher nicht fertig schreiben. Es lag also nur an mir, weil ich keine Geduld hatte. So ging es mir immer, wenn ich mit Berthold sprechen wollte. Ehe man zu dem kam, was man eigentlich sagen wollte, fühlte man sich schuldig und gab es auf.

«Ich möchte so gern mit dir sprechen, Berthold.»

«Bitte?»

«Nein, nicht so, das hat doch keinen Sinn. Nicht so auf dem Sprung. Du brauchst doch keine Angst zu haben, daß ich mich beklage.»

«Ich weiß, daß es schwer für dich ist. Aber wozu darüber reden. Es läßt sich nicht ändern.»

«Läßt es sich wirklich nicht ändern? Wie hältst du das nur aus?»

«Wieso? Was ist dabei auszuhalten? Es ist immer so, es gehört zum Beruf.»

«Glaubst du, daß du die Arbeit da fertigkriegst?»

«Wieso? Was ist mit der Arbeit? Warum nicht?»

«Was verstehe ich schon davon!»

«Zweifelst du daran?»

«Nein, das ist es nicht. Verzeih.»

«Ich werde sie bestimmt fertigkriegen. Ich muß.»

«Du mußt?»

«Ja, sonst ist es aus mit mir.»

Ich bereute, daß ich ihn nach seiner Arbeit gefragt hatte. «Gut, wir wollen nicht mehr davon reden», sagte ich. «Verzeih, daß ich davon anfing.»

«Soll ich jetzt den Kaffee holen?»

«Ja, wenn es so wichtig ist.» Ich überlegte tatsächlich, ob ich ihn nicht einfach weggehen lassen sollte, und wenn er mit dem Kaffee zurückkam, war mein Schwiegervater vielleicht schon da, und alles ergab sich dann von selbst.

«Der Kaffee ist nicht wichtig», sagte er.

«Wenn du noch fünf Minuten Zeit für mich hast, Berthold.»

«Bitte?»

«Nein, nicht so. Warum machst du es mir so schwer? Ich möchte noch ein einziges Mal so mit dir sprechen, wie wir vor zwei Monaten miteinander gewesen sind. Damals brauchten wir allerdings gar nicht zu sprechen, es war alles selbstverständlich. Ich stehe auch manchmal am Fenster wie du und starre auf die Straße. Ich beneide die Frauen, die zum Einkaufen gehen und klatschen. Ich beneide sogar die Hunde.»

«Wir gehören eben nicht dazu, Marion, das ist das Ganze. Aber natürlich, für dich ist es neu.»

«Ich glaube, ich gehöre doch dazu. Zu den Frauen da unten.»

«Nein.»

«Aber darüber wollte ich gar nicht sprechen. Nein, es handelt sich um etwas ganz andres. Ich habe einen Brief bekommen.»

«Ach? Von zu Haus?»

«Nein, nicht von zu Haus. Aus München. Von meinem Schwiegervater.»

«Und?»

«Er ist heute auf der Durchreise hier. Er wird im ‹Europäischen Hof› übernachten. Wahrscheinlich ist er schon da. Ich weiß nicht genau, wann der Zug ankommt. Ja, er wird sicher schon da sein. Ich könnte ihn noch anrufen. Warte, ich will dir den Brief zeigen. Er ist nicht lang. Sieh mal in der Tasche von meinem Staubmantel nach.»

«Was will er denn hier?»

«Er will uns zwischen sechs und sieben besuchen.»

«Aber warum hast du das denn nicht gleich gesagt?»

«Ich wollte nicht, daß ... Lies doch lieber den Brief. Ich möchte nicht, daß du denkst, ich habe Geheimnisse vor dir. Ich schwöre dir, Berthold, es ist das erste, was ich von zu Haus höre.»

Er winkte mit der Hand ab. «Nein, bitte, Berthold, lies den Brief. Das ist ein Beweis, daß ich dir nichts vorlüge. Ich habe auch niemals dorthin geschrieben; nicht einmal eine Ansichtskarte an Günther, ganz gleich, ob sie sie ihm gegeben hätten oder nicht. Ich wollte nicht, daß du denkst ... ich wollte nicht hinter deinem Rücken ...»

«Ich habe doch nur deshalb nie danach gefragt, weil ich dir nicht weh tun wollte.»

«Und du solltest nicht denken, daß ich mich zurücksehne. Aber du hättest ruhig fragen können, auch wenn es etwas weh getan hätte. Vielleicht wäre es besser gewesen. Hast du gelesen?»

«Er kann ja schon in einer Viertelstunde hier sein.»

«Wir können ihn noch anrufen. Du brauchst es nur zu sagen. Es ist mir alles recht. Oder wir können auch weggehen, und Frau Viereck sagt ihm, daß wir nicht da seien. Ich wollte schon heute vormittag im ‹Europäischen Hof› absagen, aber dann ließ ich es, ich wollte erst mit dir sprechen. Hast du den Brief genau gelesen? Er schreibt ‹euch›. Und er schreibt ‹falls es euch nicht paßt›. Nein, hör zu, wenn es dir nicht paßt, dann lassen wir es einfach. Er kann ja denken, wir hätten seinen Brief nicht rechtzeitig erhalten.»

«Aber wozu das alles?» fragte Berthold verwundert.

«Es macht dir also nichts aus?»

«Nein, warum? Und es hängt doch nicht von mir ab.»

«Du scheinst dich sogar zu freuen?»

Ich hatte wirklich den Eindruck, daß er sich über den Besuch freute. Ich war sehr gekränkt.

«Hast du denn irgendwelche Bedenken?» fragte er.

«Nein, gar nicht», sagte ich und stand auf. «Laß mich jetzt bitte an den Kleiderschrank.»

Der Platz zwischen dem Kleiderschrank und dem Fußende der Betten war so eng, daß man nicht vorbei konnte, wenn die Schranktür offen stand. Berthold lehnte am Bettpfosten, den Brief in der Hand, und ich wartete auf der andern Seite der Schranktür, daß er wegging. Ich konnte mich im Schrankspiegel sehen.

«Was er nur will?» fragte Berthold.

«Das werden wir ja sehen. Vielleicht will er gar nichts. Er ist auch ein einsamer Mensch. Komm, laß mich jetzt dahin.» Ich schob die Schranktür langsam zu, um ihn nicht zu klemmen, und drängte mich dann an ihm vorbei. Er ließ alles mit sich geschehen; ich öffnete die Schranktür wieder, so daß er auf die andere Seite gedrängt wurde.

«Hätten wir ihn nicht besser im Hotel getroffen?» fragte er.

«Warum das?»

«Wir haben ihm gar nichts anzubieten.»

Ich mußte lachen. «Er wird uns wohl kaum besuchen, um sich etwas von uns anbieten zu lassen.»

«Aber wenn er sieht, wie du hier lebst?»

«Wie ich hier lebe? Wieso? Was hast du plötzlich gegen das Zimmer? Es ist doch ein schönes großes Zimmer. Keine Angst! Ich habe dir doch erzählt, daß er aus sehr ärmlichen Verhältnissen stammt. Sein Vater war Krämer oder Grünwarenhändler irgendwo unter Bergarbeitern. So leicht wird ihn nichts erschrecken. Und außerdem läßt er sich nichts vormachen.»

Ich warf die Schranktür zu. Ich wollte die Bluse, die ich geplättet hatte, holen. Ich war ja noch im Unterkleid. «Trotzdem, er braucht natürlich nicht gleich zu merken, wie es um uns steht. Gib dir bitte Mühe.»

«Du ziehst dich um?» fragte Berthold erstaunt.

«Wie Sie sehen, mein Herr.»

«Er kann doch jeden Augenblick hier sein.»

«Na und? Wenn er mich wirklich halbangezogen sieht, wird er glauben, daß wir es selbst nachmittags vor Liebe nicht aushalten können.» Ich war sehr ärgerlich. Doch im Grunde war ich traurig.

«Möchtest du auch lieber allein mit ihm sein?» fragte Berthold nach einer Weile.

«Warum meinst du?»

«Vielleicht ist es dir peinlich, wenn ich dabei bin.»

Seine Frage machte mich noch trauriger. Ich wußte nicht, was ich ihm antworten sollte. Ich wollte mich ja nicht mit ihm zanken, und wenn man traurig ist, zankt man sich leicht, damit der andere auch traurig wird. Ich wollte ihn auch nicht ansehen, dann hätte ich gleich die Fassung verloren. Ich zog mir schweigend die Bluse an, dann nahm ich das Kostüm aus dem Schrank und zog den Rock an. Ich tat sehr beschäftigt, ich tat so, als ob er gar nicht im Zimmer wäre. Dann ging ich an ihm vorbei zum Waschtisch, um mich zu kämmen und um mir das Gesicht zurecht zu machen. Ich beachtete ihn überhaupt nicht.

«Ich habe dich etwas gefragt, Marion», kam es leise von der andern Seite des Zimmers.

«Ja?»

«Ich habe dich gefragt, ob du lieber allein mit ihm sein möchtest.»

«Bist du wirklich so naiv oder ... oder nur gleichgültig? Ich werde nicht klug aus dir. Ich glaube, man könnte dich betrügen, und du würdest es gar nicht merken. Du würdest dich an deine Schreibmaschine setzen.»

«Das ist doch keine Antwort, das ist doch Unsinn.»

«Warum sollen wir nicht auch einmal Unsinn reden. Eine Frau braucht so etwas, wirklich. Und obendrein vertreibt es die Zeit. Im Ernst, es interessiert mich, was du wohl für ein Gesicht machen würdest.» Ich war so traurig und so wütend auf mich, daß ich mit dem Lippenstift einen falschen Strich machte und alles wieder fortwischen mußte. «Ich meine dein Gesicht, wenn du wieder allein bist. Wegen dieses Gesichtes würde ich dich wahrscheinlich nicht betrügen können.»

«Es liegt dir auch nicht.»

«Es liegt mir auch nicht?»

«Müssen wir jetzt davon reden?»

«So? Es liegt mir also nicht? Vielen Dank.» Ich ging zu meinem Nachttisch hin, um mir das Uhrarmband umzubinden. Berthold stand irgendwo in der Ecke des Zimmers wie ein gescholtenes Kind, das darauf wartet, daß man wieder gut mit ihm ist. «Ich wüßte nicht einmal, mit wem auf dieser verfluchten Welt ich dich betrügen sollte», sagte ich, während ich ihm den Rücken zukehrte. Ich hatte meinen Fuß auf den Stuhl gestellt und zog den Strumpf zurecht und befestigte ihn am Strumpfband. Und dann den anderen Strumpf. «So, das hätten wir. Und wie ist es mit dir? Willst du dir nicht wenigstens einen Schlips umbinden? Und rasiert bist du auch nicht.»

«Warum hast du das Kostüm angezogen», fragte er.

«Wieso? Steht es mir nicht?»

«Es ist doch zu warm dafür.»

«Nein, und außerdem, groß ist die Auswahl ja nicht.»

«Du mußt dich bis zum Herbst gedulden, Marion. Sowie ich mit der Arbeit da fertig bin, kann ich Vorschuß nehmen. Ich könnte ihn schon jetzt kriegen, man hat es mir sogar angeboten, aber ich will mich nicht binden. Ich bin abergläubisch.»

«Wenn es mir darum ginge ... Meinst du im Ernst, daß es mir darum geht? Dann hätte ich ja dort bleiben können, wo ich herkomme. Da hatte ich ja alles. Du verstehst nicht viel von Frauen, Berthold, du hast dir etwas vorschwatzen lassen; das, was in den Witzblättern über uns steht. Du glaubst nicht, mit wie wenig eine Frau auskommt. Mit noch viel weniger als ein Dichter. Doch, doch! Das kannst du dir ruhig merken. Für den Fall, daß du einmal eine Frau schildern mußt. Da in deinem Stück zum Beispiel.»

«In welchem Stück?» Seine Stimme klang plötzlich sehr wachsam.

«Es ist doch etwas fürs Theater, nicht wahr?» Ich fragte nur ganz beiläufig; ich hätte nicht davon anfangen dürfen. «Seltsam, ich dachte, du würdest wieder einen Roman schreiben.»

«Ich habe jetzt nicht die Ruhe für einen Roman», sagte er unwirsch.
«Braucht man dazu mehr Ruhe?»
«Hast du das Zeug da gelesen?»
«Ich habe nur mal so hineingeguckt, und auch nur auf die Seite, die gerade in die Maschine eingespannt war. Durfte ich das nicht?»
«Ach, ganz gleich.»
«Beim Aufräumen. Oder beim Staubwischen. Es ließ sich gar nicht vermeiden. Irgendwohin muß man doch sehen.»
«Es macht nichts.»
«Woher sollte ich das auch wissen.»
«Was?»
«Daß ich das nicht durfte.»
«Es ist nicht gut, wenn ein Fremder etwas Unfertiges ansieht. Das verfälscht die Arbeit. Man denkt dann bei jedem Satz: Was wird sie dazu sagen? Das darf nicht sein.»
«Ich wollte doch nur sehen, womit du dich so abquälst.»
«Ich quäle mich nicht ab. Es ist wie in jedem Beruf, weiter nichts. Ich muß das Ganze sowieso wieder umschreiben.»
«Meinetwegen? Weil ich es angesehen habe?»
«Weil es nichts taugt.»
«Du hast doch schon fünf- oder sechsmal neu angefangen.»
«So? Ich habe nicht gezählt.»
«Es war immer dieselbe Seitenzahl.»
«Und wenn es hundertmal dieselbe wäre! Oder tausendmal! Das ist meine Sache», fuhr es ihm heraus.
«Ja, es ist deine Sache, verzeih. Ich mache alles falsch.»
«Reg dich nicht auf», versuchte er mich zu beruhigen. «Es hat nichts mit dir zu tun. Hör doch zu, Marion. Das ist doch kein Grund zum Weinen.»
«Wer weint denn?»
«Ich wußte gar nicht, daß du weinen kannst.»
«Ich wußte es auch nicht. Es liegt am Wetter.»
«Der alte Herr kommt doch gleich.»
«Warum ist er noch nicht hier. Er war sonst immer so pünktlich. Vielleicht hat er sichs anders überlegt. Wenn er nun nicht kommt, was dann?»
«Es kann ihm doch etwas dazwischen gekommen sein. Oder er findet unsere Straße nicht. Soll ich im Hotel anrufen?»
«Erzähl mir lieber etwas, während wir warten.»
«Was soll ich erzählen?»
«Ganz gleich. Etwas Schönes. Damit ich auf andere Gedanken komme. Im Herbst, meinst du?»
«Was ist im Herbst?»
«Daß du mit der Arbeit fertig bist?»
«Glaubst du es nicht?»
«Warum soll ich es nicht glauben. Wenn du es doch sagst.»

«Spätestens im November.»
«Und dann?»
«Im November soll schon die Premiere sein.»
«Hast du es den Leuten versprochen?»
«Das auch, aber das ist nicht das Wichtigste. Es ist meinetwegen, ich will die Sache vom Halse haben.»
«Und dann?»
«Wieso? Dann werden wir zur Premiere fahren.»
«Darf ich dabei sein?»
«Was für eine Frage. Du bist doch die Hauptperson. Du wirst in der Loge sitzen. Alle werden dich anschaun. Auch ich, wenn ich hinterher auf die Bühne komme. Wir werden ein neues Kleid für dich kaufen.»
«Trägt man dafür ein langes Abendkleid?»
«Das weiß ich auch nicht. Es kommt wohl darauf an, welches Theater es sein wird.»
«Vielleicht genügt das Kleid von damals. Es ist ja noch ganz neu.»
«Aber warum denn nicht ein neues Kleid?»
«Und dann?»
«Wieso und dann? Dann sind wir wieder frei.»
«Und dann?»
«Wir werden irgendwohin fahren. Wozu heute darüber nachdenken, das hat ja Zeit. Wenn es ein Erfolg wird, können wir uns einen Volkswagen kaufen; dann sind wir ganz ungebunden.»
«Und dann?»
Ich versuchte zu lächeln, während ich ‹Und dann?› fragte. Aber Berthold wußte nicht weiter. Dies alles bis zum Volkswagen hatte er mir schon oft erzählt, doch darüber hinaus kam er nicht. Wir schwiegen eine Zeitlang ratlos. Unsere ganze Unterhaltung war nur eine kindische Spielerei gewesen. Ich glaubte nicht mehr daran.
«Denkst du noch einmal an die gelbe Kuh?» fragte ich.
«An welche gelbe Kuh?»
«An die in Ludwigshof. Die, die uns nachschaute. Und wie die schwarzen Berge weinten.»
«Man darf nie zurückdenken», sagte er rasch, «es führt zu nichts. Übrigens können wir dann ja auch wieder hinfahren, wenn es dir dort so gefallen hat.»
«Hat es dir nicht gefallen?»
«Doch, sicher, aber das zweite Mal ist man meistens enttäuscht.»
«Nein, ich möchte auch nicht wieder dorthin fahren. Es würde mich nur traurig machen. Erzähl mit etwas andres.»
«Wovon soll ich dir erzählen. Du weißt doch alles.»
«Ich möchte das Gesicht noch einmal sehen, das du machtest, als du mich anredetest. Damals auf der Gesellschaft.»
«Woher soll ich wissen, wie ich aussah. Mir stand der ganze Tamtam bis hier.»

«Nein, noch lieber das Gesicht, als ich bei uns zu Haus die Treppe herunterkam. – Setz dich doch zu mir, Berthold. Weshalb bist du immer so auf dem Sprung, als ob ich dir etwas tun will. Es dauert ja nicht mehr lange. Der alte Herr kann jeden Augenblick hier sein. Wirklich, wenn du wieder einmal eine Frau haben willst, dann brauchst du nur so ein Gesicht zu machen wie damals.»

«Was für ein Unsinn.»

«Nein, ganz im Ernst! Das hält keine Frau aus, es ist ein guter Trick. Ich verrate dir das nur, weil du mir nichts Schönes erzählst. Soll ich dir das Lied vorsingen?»

«Nein, jetzt nicht. Was soll das alles?»

«Hat deine Mutter dir nie etwas vorgesungen, als du klein warst?»

«Nein, sie sang nicht.»

«Meine Mutter auch nicht. Sie hörte es nicht einmal gern, wenn jemand von uns sang. Sie hielt es wohl für leichtfertig. Mein Vater sang manchmal im Badezimmer, beim Rasieren. Aber nur selten und auch nur, wenn er nicht daran dachte. Denn wenn meine Mutter es hörte, nörgelte sie nachher am Kaffeetisch mit ihm herum. Vielleicht war sie eine sehr unglückliche Frau, ich bin ihr nicht böse. Und sie hat ja auch recht gehabt, ich bin ganz mißraten. – Warum schreibst du eigentlich, wenn es dich so unglücklich macht?»

«Fang doch nicht immer wieder davon an. Es macht mich nicht unglücklich.»

«Es hat dich ganz verzerrt. – Es ist keine Neugierde, Berthold. Wirklich nicht. Ich möchte den Grund gern wissen, den wirklichen Grund. Es ist mir alles so fremd, das mußt du doch verstehen.»

«Es ist meine Schuld, aber ich kann es nicht ändern.»

«Du hast es selbst vorhin gesagt, daß ich nur eine Fremde bin. Doch, und du hast recht, ich weiß es selber. Aber warum ist das so? Und es ist doch nicht immer so gewesen.»

«Es ist eben meine Art zu leben.»

«Was?»

«Das Schreiben.»

«Ich kann es nicht begreifen. Ich bin zu dumm.»

«Wenn ich nicht schreiben würde, wäre ich schon nicht mehr da. Dabei ist nichts zu begreifen, es ist immer so gewesen, und damit gut. Je weniger man davon spricht, um so besser.»

«Ich habe leider nicht zu schreiben gelernt.»

«Danke deinem Schicksal dafür.»

«Wieso? Vielleicht wäre es gut, wenn ich es könnte.»

«Nein, das hast du nicht nötig.»

«Wirst du auch einmal über mich schreiben?»

«Nein.»

«Warum denn nicht? Eigne ich mich nicht dafür? Du kannst mir ja einen andern Mann und einen andern Namen geben, damit niemand merkt, daß ich es bin.»

«Nein, das geht nicht.»
«Warum denn nicht?»
«Darum.»
«Wenn ich es dann lese, denke ich an unsere Zeit zurück.»
«Aber du bist doch da.»

Er machte ein so bockiges Gesicht, daß ich beinahe gelacht hätte. So komisch erschienen mir Bertholds Worte und so nervös war ich. Doch in diesem Augenblick klopfte es an der Tür. Wir sprangen beide erschrocken auf; wir standen wie zwei Ertappte da. Wir hatten das Klingeln an der Wohnungstür überhört. Dann rief ich: Herein!

Ich hatte keinen bestimmten Plan, das darf man nicht denken. Nachträglich sieht es so aus, als ob ich genau gewußt hätte, was ich tun wollte, doch in Wirklichkeit hätte ich nicht sagen können, was ich von meinem Schwiegervater erhoffte. Ich hatte mir nur vorgenommen, ihn nicht gleich merken zu lassen, wie es mit uns war. Aber als er in der Tür stand, vergaß ich alles.

Er sah so viel besser aus, als ich ihn in Erinnerung hatte; braun gebrannt und in einem hellgrauen Sommeranzug. Unter seinen langen weißen Augenbrauen blickte er mich freundlich an. Da konnte ich mich nicht halten; ich lief auf ihn zu und umarmte ihn. Vielleicht merkte er gleich in der ersten Sekunde alles.

«Das ist rührend von dir, daß du uns besuchst», sagte ich.

Er sagte: Aber warum denn nicht? Wo er doch auf der Durchreise hier sei, wäre das doch selbstverständlich. Und dann begrüßte er Berthold und sagte sofort etwas ganz Persönliches zu ihm. Das machte mein Schwiegervater immer so. Max hielt es für einen Trick von ihm, um die Leute in Verlegenheit zu bringen und dadurch gleich die Oberhand zu haben. Wenn Herren zu uns kamen, die etwas Geschäftliches mit ihm besprechen wollten, redete er zuerst über ganz andere Dinge, über private Dinge, und da mein Schwiegervater ein gutes Gedächtnis hatte, wußte er beinahe immer etwas zu erwähnen, was nur den Besucher interessieren konnte. Max saß dann wie auf Kohlen; er wollte lieber sofort über das Geschäft reden. Doch ich glaube, mein Schwiegervater meinte es wirklich so und hätte sich gefreut, wenn die anderen darauf eingegangen wären. Das geschah aber selten; sie hatten viel zuviel Respekt vor ihm und vor seiner Stellung.

«Wir haben uns damals ja nur ein paar Minuten gesehen», sagte er zu Berthold, «und noch dazu unter etwas verworrenen Umständen. Ich hatte an dem Tage gerade eine recht schwere Entscheidung zu treffen. Das wird Ihnen wohl aufgefallen sein.»

«Nein. Das heißt . . .» stotterte Berthold.

«Um so besser. Inzwischen habe ich mein Gleichgewicht wieder gefunden. Ich habe übrigens zwei Ihrer Bücher gelesen.»

«Berthold schreibt jetzt etwas Neues», warf ich schnell dazwischen, da ich nicht wollte, daß er über Bertholds Bücher sprach. «Setz dich doch, Papa.»

«Ja, bitte, nehmen Sie doch Platz», sagte Berthold.

Wir setzten uns alle hin. Es entstand eine Verlegenheitspause. Es gab für uns alle so viel zu erzählen, doch wir wollten uns nicht weh tun. Mein Schwiegervater sah sich unauffällig im Zimmer um. Es kann sein, daß er es nur tat, um keinen von uns ansehen zu müssen.

«Ja, hier wohnen wir», sagte ich. «Vorläufig, bis Berthold mit seiner Arbeit fertig ist. Dann werden wir hier wegziehen. Berthold meinte, du würdest über das Zimmer schockiert sein.»

«Ich? Warum denn? Was ist denn mit dem Zimmer?»

«Berthold hat immer in solchen Zimmern gewohnt. Wie hast du denn unsere Adresse herausgefunden?»

«Ich bin doch nicht umsonst ein alter Fuchs. Doch Scherz beiseite, es war gar nicht so schwer. Ich bin in München in eine große Buchhandlung gegangen, und der Chef war so freundlich, für mich bei einem der Fachverbände anzurufen. Und siehe da, die Leute wußten Bescheid.»

«In München?» fragte ich.

«Ich bin fünf Wochen in Berchtesgaden gewesen.»

«Allein?»

«Ja, ganz allein.»

«Du siehst gut aus.»

«Wir hatten auch ganz gutes Wetter.»

«Und wann fährst du weiter?»

«Morgen früh. Dann bin ich gegen Mittag zu Haus. In meinem Alter fährt man nicht mehr gern nachts. Außerdem, wozu soll ich mich hetzen, nicht wahr?» sagte er zu Berthold. «So unentbehrlich bin ich nicht mehr.»

«Weiß jemand . . .» fragte ich.

«Nein. Aber es ist gut, daß du fragst, damit wir diesen Punkt gleich klarstellen können. Ich versichere dir, daß niemand es weiß. Und es braucht auch niemand zu erfahren, daß ich bei euch gewesen bin. Schweigen wenigstens habe ich gelernt», sagte er lächelnd zu Berthold. Und dann wieder zu mir: «Und nun, Kind, will ich dir die Frage beantworten, die du mir ruhig hättest stellen können; denn das ist ja wohl das, was du gern wissen möchtest, nicht wahr. Doch, doch! Wir brauchen nicht Versteck voreinander zu spielen. Also: Günther geht es gut. Ich habe jede Woche Nachricht erhalten. Die letzte Karte ist vier Tage alt. Hier, da ist sie, wenn du sie lesen willst. Von Fräulein Gerda. Sie paßt gut auf Günther auf, nur auf ihn, denn ich bin aus ihrer Aufsicht entlassen. Ja, so ist das. Und sonst? Mehr oder weniger ist alles beim alten. Mein Sohn hat Erfolg. Sehr großen Erfolg sogar. Er gibt mir regelmäßig einen kurzen Geschäftsbericht, der Form halber. Max ist ja sehr korrekt in diesen Dingen. Es macht ihm wohl auch Spaß, seinem Vater zu beweisen, daß er es richtig macht und daß ich im Unrecht war.» Mein Schwiegervater erzählte das alles lächelnd, mehr zu Berthold hingewandt als zu mir. Ich wagte Berthold nicht anzusehen. «Ja, das wäre das. Sonst noch Fragen?»

Ich schüttelte den Kopf.

Er schwieg eine Weile, als ob er überlege. «Ich wohne übrigens noch zu Haus», sagte er dann.

Ich begriff nicht, was er damit sagen wollte. «Wolltest du denn ...?» fragte ich. Ich war ziemlich verwirrt.

Ja, er hätte damals mit dem Gedanken geliebäugelt, sich zurückzuziehen, bestätigte mein Schwiegervater. Aber er hätte inzwischen eingesehen, daß das nicht das Richtige für ihn gewesen wäre. «Und wohin soll unsereiner verschwinden? Können Sie mir das sagen?» fragte er Berthold geradezu.

Berthold antwortete nicht, er verzog nur den Mund.

«Ja, ich habe Ihre Bücher gelesen, um das herauszufinden», sagte mein Schwiegervater, nachdem er eine Weile gewartet hatte. «Ich habe es auch dadurch nicht herausgefunden. Das mag an mir liegen. Die Bücher sind wohl auch kaum für mich geschrieben.»

«Sie würden mir einen Gefallen tun, wenn Sie von meinen Büchern schwiegen», sagte Berthold. Seine Worte klangen so beleidigend, daß ich erschrak. Auch mein Schwiegervater war ganz überrascht, er sah mich ratlos an.

«Ich kann mir auch nicht vorstellen», fuhr Berthold fort, «daß Sie uns besuchen, um über meine Bücher mit mir zu reden.»

«Aber Berthold!» rief ich.

«Wieso? Es scheint mir richtiger, daß wir diesen Fall gleich klarstellen. Sie mögen es für Ziererei halten, Herr Generaldirektor, doch es ist nun einmal so: es ekelt mich vor allem, was ich geschrieben habe. In unserm Beruf kann man sich niemals auf irgendeine Leistung berufen; diesen Trost kennen wir nicht. Wer sich bei uns auf etwas Gestriges beruft, der ist erledigt. Doch genug davon, ich denke, wir sprechen lieber über den Zweck Ihres Besuches.»

Ich hätte dem Gespräch gern eine andre Wendung gegeben, aber es war zu spät. Mein Schwiegervater sah Berthold aufmerksam an und sagte lange nichts. «Ich bitte um Verzeihung. Ich hatte mir das alles ganz anders gedacht», meinte er schließlich. Er sprach sehr leise und vorsichtig, seine Stimme klang traurig. «Und weswegen, glauben Sie denn, daß ich gekommen bin?»

Berthold zuckte mit den Achseln. «Das ist Ihre Sache. Übrigens bin ich in einer schiefen Lage Ihnen gegenüber.»

«Nein, das sind Sie nicht», sagte mein Schwiegervater sehr bestimmt.

«Sehr gütig, Herr Generaldirektor, aber ich pflege mir nichts vorzumachen.»

«Zum mindesten bin ich in einer ebenso schiefen Lage.»

«Sprechen wir doch ehrlich.»

«Ja, gewiß. Ich bitte darum.»

«Sie wollen sehen, wie es mit Marion steht. Das ist alles.»

«Allerdings.»

«Und ob sie vielleicht bereit ist ...»

«Aber Berthold!» rief ich wieder.

«Nein, laß nur, Kind. Herr Möncken hat ganz recht. Er irrt sich nur in einem. Selbstverständlich interessiert es mich, wie es Marianne geht. Und sogar auch, wie es Ihnen geht, obwohl Sie mir das nicht abnehmen werden. Doch um das herauszufinden, hätte es nicht meines Besuches bedurft. Dafür gibt es Auskunfteien und dergleichen. Es tut mir leid, daß wir uns so mißverstehen. Hat Marianne Ihnen nichts von mir erzählt?»

«Doch, Papa», sagte ich, «das heißt, nicht viel. Ich wußte ja gar nicht alles.»

«Es ist auch nicht so wichtig», sagte er lächelnd zu mir. «Nur, weil Herr Möncken der Meinung ist, ich sei nicht ehrlich. Damit hatte ich nicht gerechnet.»

«Laß doch, Papa.»

«Nein, ich möchte Ihnen wirklich gern erklären, weswegen ich Sie besuche. Es wird mir nur deshalb etwas schwer, weil ich nicht gewohnt bin, über mich zu reden. Glauben Sie im Ernst, daß wir uns in unserm Beruf auf eine gestrige Leistung berufen können, wie Sie es nennen? Vielleicht nach außen hin, ja, aber... Immerhin, mein Sohn hat mich entmündigen wollen, weil ich eine Zeitlang mit dem Gedanken umging, meine sogenannte Leistung zu widerrufen. Das alles spielte gerade damals, als Sie bei uns waren. Genauer gesagt, an jenem Tage hatte ich mich sozusagen selber entmündigt. Mein Sohn ist nämlich im Recht; ich vermag mich gar nicht mehr von meiner sogenannten Leistung loszusagen, wie ich mich auch drehe und wende; weder durch Geld, noch durch Verschenken, noch durch Vernichten. Ich weiß nicht, ob ich mich verständlich ausdrücke. Mir steht nur ein nüchternes Geschäftsdeutsch zur Verfügung; sowie ich über Privates reden soll, fühle ich mich unsicher. Ich habe als Kind nur die Volksschule besucht, das werden Sie wohl schon längst an meiner Aussprache bemerkt haben. Doch um es kurz zu machen; denn ich möchte Ihnen ja nur erklären, weshalb ich hier bin: ich habe eingesehen, daß es keinen Ausweg für mich gibt, mit andern Worten: daß ich das sein muß, was diese Leistung von mir verlangt. Ich muß die Rolle zu Ende spielen, es bleibt mir nichts andres übrig. Ist das klar?»

Berthold antwortete wieder nicht, aber diesmal war es nicht Hochmut, sondern eher Verlegenheit; er sah meinen Schwiegervater nicht an, sondern auf den Fußboden.

«Aber damit habe ich immer noch nicht erklärt, weshalb ich hier bin», fuhr mein Schwiegervater nach einer Weile fort, da keiner von uns etwas sagte. «Offen gesagt kommt es mir erst jetzt zum Bewußtsein, daß mein Besuch einer Erklärung bedarf. Als ich den Entschluß faßte, schien es mir das Selbstverständlichste von der Welt zu sein. Vielleicht war das etwas unüberlegt von mir, das sehe ich jetzt ein. Ich fühlte mich sogar zu euch hingezogen, so komisch das klingen mag. Hoffentlich haben Sie die Reportage nicht gelesen, die anläßlich meines siebzigsten Geburtstags in einer Illustrierten stand. Ich habe sie auch nicht gelesen, aber ich habe davon gehört. Ein erfolgreicher Mann und so weiter. Einer, der sich durch seine Tüchtigkeit aus dem Nichts zu einem führenden Industriellen emporgearbeitet hat. Mein Sohn meinte, ich solle mich nicht darüber ärgern, auch wenn alles nicht stimme, was dieser Kerl geschrieben hatte – übrigens stammt wohl das meiste von dem famosen Blanck –, kurz, mein Sohn meinte, es wäre so oder so Reklame und käme dem Unternehmen zugute. Natürlich hat er recht; es ist ziemlich gleichgültig, was geschrieben wird; Hauptsache, daß der Name Helldegen genannt wird. Aber davon wollte ich gar nicht reden. Es hat im Grunde nichts mit mir zu tun. Ja, das ist der springende Punkt. Belästige ich Sie auch nicht mit diesen unerwünschten Bekenntnissen, die sich eigentlich für einen Mann meines Alters nicht gehören? Eine Ihrer Romanfiguren ... Verzeihen Sie, es ist Ihnen unangenehm, wenn ich Ihre Bücher erwähne, es handelt sich auch nur um einen Ausspruch, um einen einzigen Satz, der mir auffiel; ja, auffiel und ein wenig ratlos machte. Oder traurig, wenn Sie wollen. Sie lassen eine Ihrer Personen sagen ... ich habe den Namen vergessen ... ein junger Mensch, glaube ich ... er sagt: ‹Es fehlt uns ganz an alten Leuten.› Er sagt es mehr aus Versehen, es fährt ihm im Gespräch so heraus. Vielleicht wollen Sie ja auch gar nichts Besonderes damit sagen, aber ich ... fühlte mich betroffen davon. Ich halte mich nicht für alt, trotz der weißen Haare; ich glaube, es ist nicht einmal die übliche Eitelkeit, die mich nicht zugeben läßt, daß ich noch gar nicht so alt bin. Doch das mögen andere beurteilen. Übrigens ist es mir passiert, daß ich meinen Sohn für älter gehalten habe als mich, jedenfalls für vernünftiger. Aber das nur nebenbei. Ich selber habe mich nie nach alten Leuten umgesehen. Mein Vater war arm und erfolglos, seine Lage erbitterte mich so, daß ich mir vornahm, reich zu werden. Das ist das ganze Geheimnis meines Erfolgs, keinerlei große Ideen und nicht einmal eine überragende Tüchtigkeit, sondern Neid und Haß gegen die Armut. Alte Leute zählten für mich gar nicht, sie standen mir eher im Wege. Ich mußte ihre Schwächen ausnutzen, um sie beiseite zu schieben. Ja, ihre Schwächen! Und das habe ich getan. Das ist meine ganze Leistung. Davon steht in der Reportage nichts. Schön, nehmen wir an, daß ich ein alter Mann bin. Wollen Sie wissen, wie ein alter Mann denkt, wenn er da in einem Kurort allein spazierengeht, und alle Kellner und Portiers sagen mit einer tiefen Verbeugung: Jawohl, Herr Generaldirektor? Nun, ich kann nur für mich sprechen; ich weiß nicht, wie andere Generaldirektoren denken. Mir jedenfalls kam der Gedanke, während ich dort in Berchtesgaden promenierte, daß mich irgendein armer Bengel von sechzehn Jahren beobachtet, hinter einem Zaun versteckt oder von seiner Arbeit aufblickend, genau so, wie es mir vor mehr als fünfzig Jahren passiert ist, und voller Neid und Haß meint: Da geht ein reicher Mann. Ich will auch so werden. Nun gut, das ist immer so, werden Sie sagen, aber ich? Was ist mit mir? Soll ich dem Jungen sagen, es lohnt sich nicht? Erstens stimmt das nicht, und zweitens wird er mir nicht glauben. Er wird der idiotischen Reportage glauben. Und vielleicht wird er auch von seiner Pflicht gegen die Allgemeinheit reden, wie mein Sohn das tut. Ganz gleich, ich rede jetzt nur von mir und von der Unmöglichkeit, sich zu verständigen. Wenn es daher auf mich ankäme, würde ich eher sagen: Es fehlt uns ganz an jungen Menschen. Und dazu kommt noch, daß ich kaum das Recht habe, mich darüber zu beklagen, denn ich bin in diesem Sinne auch niemals jung gewesen. Tüchtig, ja, aber jung? Nein! Ich hätte nie den Mut gehabt, einen so einfachen Satz zu sagen wie den, den Sie Ihre Romanfigur sagen lassen, dies: Es fehlt uns ganz an alten Leuten. Ich kann nicht beurteilen, ob es Ihnen möglich ist, sich von Ihren Büchern loszusagen, und ob Sie das Recht dazu haben. Entschuldigen Sie, daß ich noch einmal darauf zu sprechen komme. Was mich anlangt, so darf ich keine Verwirrung stiften. Ich darf nicht einmal merken lassen, daß ich meine völlige Machtlosigkeit kenne. Als alter und reicher Mann kann ich mir einige Beschäftigungen leisten; ich kann zum Beispiel den Mäzen spielen, ich kann soziale Stiftungen ins Leben rufen und ich kann auch fromm werden. Man würde mich dafür loben und man würde es mir sogar glauben; das alles würde zu dem Bilde, das man sich von mir macht, passen; es würde dem Generaldirektor zugute kommen. Und wenn Sie zum Beispiel das, was ich Ihnen hier erzähle, berichten, dann würde man Ihnen antworten: So einen Generaldirektor gibt es nicht. Und zwar deshalb nicht, weil es ihn nicht geben darf. Und wenn es ihn geben sollte, muß man ihn entmündigen. – Das ist mehr oder weniger der Grund meines Besuches. Sie sehen, Herr Möncken, daß kein Anlaß vorliegt, von den alten Leuten etwas zu erwarten. Selbstverständlich war es ein schwerer Schlag für mich, als ich plötzlich erkennen mußte, daß die jüngere Welt ihrer Sache genauso unsicher ist wie ich. Diese jüngere Welt, der zuliebe ich mich gerade entschlossen hatte, darauf zu verzichten, etwas andres zu sein, als man von mir erwartete. Ich bildete mir ein, daß es ein guter Abschluß meiner kleinen Erholungsreise sein würde, zwei Menschen zu sehen, die es anders machen, als man es gewohnt ist. Und vielleicht richtiger. Aber das werdet ihr mir nicht glauben. – Nein, laß mich ausreden, Kind. Ich habe früher nie viel über dich nachgedacht. Ich meinte, deine Ehe wäre eine Ehe wie alle anderen Ehen um uns herum, nicht besser und nicht schlechter, und ganz vorteilhaft für alle Teile. Es ist mir nie der Gedanke gekommen, daß es schwer sein muß, mit solchen Leuten wie uns zu leben. Ich sehe das heute ein, wenn ich auch nichts daran ändern kann. Natürlich macht es mich traurig, das ist wahr; aber: andrerseits imponiert es mir auch wieder, daß jemand den Mut findet, außerhalb dieser ... dieser Leistung zu leben. Dies Außerhalb ist ein verschlossenes Gebiet für mich.»

«Aber du darfst doch jetzt nicht fortgehen, Papa», rief ich, da er aufstand und Anstalten machte, sich zu verabschieden.

«Ich habe lange genug von mir geredet», sagte er lächelnd. «Ja, und ich habe dir nicht einmal Blumen oder eine Schachtel Pralinen mitgebracht, aus Angst, einen falschen Eindruck zu erwecken.»

«Aber das ist doch nicht nötig. Wir wissen doch auch so ...»

«Also dann ...»

«Wir haben dir gar nichts anzubieten, Papa. Soll Berthold schnell zum Bahnhof hinüberlaufen?»

Berthold stand sofort auf und wollte fortgehen.

«Was hättet ihr denn getan, wenn ich nicht gekommen wäre?» fragte mein Schwiegervater.

«Wir? Ach, nichts Besonderes. Vielleicht wären wir ins Kino gegangen. Wir gehen öfters ins Kino, nur um auszuspannen. Berthold wollte sich gerade Kaffee kochen. Aber wir waren beide froh, daß du kamst. Wir leben ja ganz für uns.»

«Und was werdet ihr tun, wenn ich fort bin?»

«Wir? Ja, auch nichts anderes. Berthold wird an seine Arbeit gehen. – Wo willst du hin?» fragte ich.

«Ich will nur eben den Kaffee kaufen. Und ein paar Zigaretten.»

«Du kommst doch gleich wieder?»

«Ja, was denn sonst.»

«Wir können ja auch irgendwo zusammen Kaffee trinken», sagte mein Schwiegervater.

Ich sah Berthold an, doch er blickte weg und sagte nichts.

«Oder wie wäre es, wenn wir bei mir im Hotel zu Abend essen?»

Berthold zog die Schultern hoch. «Wenn Marion es gern möchte.»

«Nein, sag du, was du möchtest. Es richtet sich nach deiner Arbeit.»

«Sag doch einfach ja, wenn es dir Spaß macht.»

«Willst du denn nicht lieber arbeiten?»

«Das eilt jetzt nicht.»

«Aber du verlierst doch den Abend.»

Er stand unschlüssig an der Tür und blickte auf den Fußboden.

«Aber dann lassen wir es doch lieber», sagte mein Schwiegervater.

«Nein, Herr Helldegen», sagte Berthold. «Sie dürfen jetzt wirklich nicht fortgehen. Und wenn ich mich falsch benommen habe . . .», er machte eine Handbewegung. «Verabreden Sie etwas mit Marion. Ich laufe nur zum Bahnhof hinüber. Ja, bitte! Mir ist alles recht.»

«Berthold!» rief ich, als er schon halb aus der Tür war.

«Ja?»

«Sei vorsichtig auf der Straße.»

Er lächelte zu meinem Schwiegervater hin. Dann ging er hinaus. Ich horchte auf das Zuschlagen der Etagentür.

Und dann erzählte ich meinem Schwiegervater alles, wie es war. Es hatte keinen Sinn, ihm etwas zu verheimlichen.

Ich fing sofort an zu reden; ich wollte nicht, daß mein Schwiegervater zuerst redete, und ich wollte auch nicht, daß er schwieg. Trotzdem versuchte ich zuerst, von etwas andrem zu reden, aber es lief alles auf dasselbe hinaus. Ich versuchte mich zu entschuldigen, daß ich Berthold gesagt hatte, er solle vorsichtig auf der Straße sein; wie zu einem kleinen Kind. Mein Schwiegervater sollte nicht denken, daß ich Berthold wie ein kleines Kind behandelte. So sei er immer, sagte ich, und daß er sich für unangreifbar halte. Aber mein Schwiegervater verstand mich natürlich nicht, darum mußte ich ihm erklären, daß Berthold behaupte, es lohne sich für das Schicksal nicht, deshalb sei er unangreifbar. «Man kann ihm alles nehmen, er würde sich sofort damit abfinden», sagte ich. Doch das war wieder etwas, was ich gar nicht sagen wollte, und um meinen Schwiegervater abzulenken, sprach ich über das Eisenbahnunglück, von dem mir Frau Viereck erzählt hatte, und von den vielen Verkehrsunfällen, die täglich passierten. Und daß es bei Berthold immer so sei, wenn er wegginge, so wie jetzt, als ob er gar nicht dagewesen wäre und schon alles vergessen hätte. Darum hätte ich auch immer Angst, daß er nicht wiederkomme. Nein, nicht so. Nicht als ob er mich im Stich lassen würde, das nicht, das würde er niemals tun. Aber als ob sie ihn mir eines Tages ins Haus bringen würden. Und neulich wäre es schon beinahe so weit gewesen. Es war nur Einbildung, ja, aber... «Ich stand da am Fenster und wartete auf ihn. Genau wie jetzt; er machte nur eine kleine Besorgung. Da sah ich ihn drüben auf der andern Straßenseite an der Hauswand liegen. Sie hatten ihn dort hingelegt, mit dem Gesicht auf dem Boden. Es standen Leute und Kinder um ihn herum. Es ist nicht zu sagen, wie mir zumute war. Einer der Männer beugt sich zu ihm hinab und fragte ihn etwas; ich kann es ja von hier oben nicht hören. Und ich sehe, wie er den Kopf zu heben versucht, und es gelingt ihm nicht. Wie furchtbar das war! Aber warum holt man denn nicht die Polizei, wollte ich hinunterrufen, aber ich hatte keine Stimme. Kannst du dir so etwas vorstellen? Ja, und da sehe ich Berthold die Straße entlangkommen. Er geht über den Fahrdamm zu dem, der dort liegt. Er richtete ihn auf und lehnte ihn an die Hauswand, und dann kommt auch ein Polizist. Es war nämlich gar nicht Berthold gewesen, es war jemand, der einen Anfall gehabt hatte. Sie hatten nur die gleichen Regenmäntel an, deshalb. Du mußt mich nicht für hysterisch halten, Papa.»

Mein Schwiegervater antwortete nicht; er sah mich nicht einmal an, er blickte zum Fenster hin an mir vorbei. Ich wußte nicht, was er dachte, ich hatte eine wahnsinnige Angst, daß er etwas sagen könnte, und dann wäre alles aus.

«Es war nicht einmal Traum», redete ich weiter, «Berthold lachte mich aus. Ja, er ist fest davon überzeugt, daß ihm nichts passieren könne. Dabei träumt er selber so entsetzliche Dinge. Er stöhnt im Schlaf, und ich muß ihn wecken. Meistens sagt er dann nur: Verzeih! und erzählt mir nichts davon. Er sagt, es liege am Essen oder am Wetter, aber das sagt er nur, um nicht davon zu reden. Ich weiß nichts von ihm, ich weiß nichts von dieser anderen Welt, die ihn quält und umbringen will. Seine Arbeit da, sein Schreiben, ist nur ein Vorwand, sagt er. Ich dachte zuerst, er sagt das nur, weil ich neugierig bin und um mich davon fernzuhalten. Neulich wäre er beinahe aus dem Bett gefallen. Bitte lache nicht, Papa. Natürlich ist es komisch, das weiß ich selber, aber wenn du dabei gewesen wärest... Er wollte sich aus dem Bett werfen, um sich zu retten. Ich mußte ihn festhalten, und er sagte: Danke! Aber er war ganz außer Atem. Ich machte Licht an, er lag still da und dann lächelte er und sagte: Wenn man das doch malen könnte. Dies alte Backsteinhaus, dies tote Rot. Und das listige Grinsen des Bildhauers, der auf der Treppe des Eingangs stand und zusah. Berthold nannte mir auch den Namen des Bildhauers, ich habe den Namen vergessen. Berthold muß ihn von früher her gekannt haben. Sein Mund war mir immer schon widerlich, sagte er, so schmierig und lauernd. Aber von woher kommt nur die Beleuchtung, wenn man so etwas sieht? Es ist keine Sonne da und kein Mond, es läßt sich nicht sagen, ob es Tag ist oder Nacht, und doch sieht man alle Farben viel deutlicher als sonst. Ich lag nämlich auf den Schienen. War das rote Haus ein Bahnhofsgebäude? Ich weiß es nicht mehr, ich war vorher darin gewesen und kam von dort. Ich war dort... ja, dieser blasse Bildhauer hatte mir doch gesagt, daß mir gar nichts passieren könnte, da ich ja ermordet wäre. Mit einem Messer, glaube ich, und es machte mir auch nichts aus, ich fand es ganz interessant. Warum ich plötzlich auf den Schienen lag, weiß ich auch nicht mehr. Vielleicht war ich gestolpert und lag nun da. Nicht quer zu den Schienen, sondern der Länge nach auf den Schwellen. Mein Kopf hing abwärts über die eine Schwelle, ich wollte ihn heben, weil mir der Schotter wehtat, doch es wurde mir schwer. Es waren drei Schienenstränge da, ich lag auf dem mittelsten. Und dann kamen die Züge auf den Schienen links und rechts von mir. Aber was für komische Züge! Die Lokomotiven wie vor hundert Jahren mit solchen trichterförmigen Schornsteinen und so einer wichtigtuerischen Rauchwolke. Und dann die Wagen, ganz bunt, alles wie Kinderspielzeug, die Räder wie aus Blech, viel zu dünn und leicht, blaue und grüne Räder, und hingen nur noch lose daran, sie eierten furchtbar, so daß der Zug jeden Augenblick aus den Schienen springen konnte. Doch es ging alles gut, sie fuhren vorbei, aber es war mir doch bedenklich. Ich dachte, es würde auch auf meinen Schienen bald ein Zug kommen können, darum wollte ich mich mit einem Ruck seitlich hinabwälzen. Obwohl ich die ganze Zeit wußte, daß mir gar nichts passieren könnte, auch wenn ein Zug über mich hinwegführe, denn ich war ja tot. Aber die Farben!»

Da sagte mein Schwiegervater: «Wir wollen jetzt nicht von Träumen reden. Wir haben keine Zeit dazu.»

«Ja, verzeih, Papa.»

«Er ist nämlich fortgegangen, damit wir allein reden können.»

«Ach so, wegen des Abendessens, ja.»

«Lassen wir das doch, Kind. Er wird gleich wieder hier sein, und dann sind wir um nichts weitergekommen. Willst du mir eine Frage beantworten?»

«Ja, bitte?»

«Eine ganz banale Frage. Aber du darfst nicht böse sein.»

«Bitte?»

«Hat es mit Geld zu tun?»

«Ach, Geld!»

«Wir beide können das doch vernünftig besprechen.»

«Wir haben noch Geld genug», sagte ich. Es lagen da in der Schublade, glaube ich, noch über zweitausend Mark. Wir brauchten ja nichts. Und hin und wieder kam auch etwas Geld von Zeitschriften oder so, wenn auch nicht viel. Wenn Berthold mit mir fortging, nahm er etwas von dem Geld, er zählte nicht nach, und auch ich konnte mir nehmen, was nötig war. Er kümmerte sich gar nicht darum, er verließ sich auf mich. Und wir konnten auch gut damit auskommen, bis November und auch länger, wenn wir so weiterlebten wie jetzt. Und bis dahin erwartete Berthold ja neues Geld für seine Arbeit. Wir geizten auch nicht, wir aßen gut, ich paßte schon auf.

Das alles erzählte ich meinem Schwiegervater.

«Nein, am Geld liegt es nicht.» Ich glaube, es wäre sogar besser gewesen, wenn es nur am Geld gelegen hätte und wenn keines mehr dagewesen wäre, aber das sagte ich nicht.

«Nun gut», sagte mein Schwiegervater, «es war nur eine Frage. Das Ärgerliche ist, daß ich nicht weiß, wie ich euch sonst helfen soll. Ich kann nur Geld vorschlagen, und da es das nicht ist ... Du mußt nicht denken, daß ich etwas gegen ihn habe, etwa ... weil, nun, weil du mit ihm fortgegangen bist. Ich mag ihn sogar sehr gern, nur ... es ist mir alles sehr fremd; ich wage nicht, mich dazwischenzumischen. Ich möchte nichts zerstören. Es war wohl ein Fehler, daß ich euch besucht habe.»

«Nein, im Gegenteil, Papa. Dein Brief war wie ein Fingerzeig für mich.»

«Ein Fingerzeig?»

«Ich habe niemand, mit dem ich mich aussprechen kann. Ich habe alles mit mir allein ausmachen müssen. Kannst du mir nicht einen Rat geben, Papa?»

«Nein, das kann ich nicht.»

«Doch, Papa, das kannst du. Wer denn sonst?»

Und dann erzählte ich ihm, daß ich mir schon überlegt hätte, ob ich nicht Empfangsdame in dem Modehaus werden sollte. Nicht des Geldes wegen, sondern nur um Berthold allein zu lassen.

Ob ich es denn für richtiger halte, ihn allein zu lassen, fragte mein Schwiegervater.

«Braucht er mich denn? Du bist doch älter als ich, Papa, und viel vernünftiger. Ich bin so durcheinander, daß ich nicht mehr klar sehe. Kannst du mir nicht sagen, ob er mich braucht? Manchmal glaube ich es und manchmal wieder nicht. Manchmal glaube ich, ich störe ihn nur, und er braucht mich nicht. Er braucht überhaupt keinen andern Menschen, sie sind ihm nur lästig. Er braucht mich nicht zum Essen und nicht zum Schlafen und nicht zum Knopfannähen. Ich weiß nicht, wozu ich da bin. Es ist schlimmer als Verheiratetsein. Es ist schlimmer als Totsein. Woher sollte ich wissen, daß es solche Menschen gibt, die nichts brauchen. Und zu Anfang sah es doch so aus, als ob er mich brauchte, es war gar kein Zweifel. Und nun ... man erfriert dabei. Weißt du, was ich ihn neulich gefragt habe. Aber du mußt nicht böse sein, Papa. Ich habe es ihn auch nur gefragt, weil ich es nicht mehr aushalten konnte, und weil er mir so leid tat. Ich fragte ihn, ob er ein Kind haben wolle. Ich weiß nicht, was ich mir dabei gedacht habe, wahrscheinlich gar nichts. Ich konnte es nur nicht mehr mit ansehen, ich meine, die Unsicherheit; ich wollte ... Ach, wozu davon reden.»

«Und?»

«Ich hätte es niemals fragen dürfen. Ich habe ihn so damit erschreckt. Du hättest sein Gesicht sehen sollen. – Und wenn er mich nun doch braucht? Vielleicht liegt alles nur an mir. Ich kann mir gar nicht vorstellen, Papa, daß er hier wieder allein lebt. Hier in diesem Zimmer. Plötzlich braucht er mich dann vielleicht, so wie damals, und dann bin ich nicht da. Was dann, Papa?»

Aber er sagte nichts, er seufzte nur. Da schämte ich mich, daß ich ihm das alles erzählte und ihn mit meinem Kummer belästigte.

«Vorhin, ehe du kamst, war ich fest entschlossen», sagte ich.

«Und jetzt?»

«Ich habe mich sogar schon fertig angezogen. Berthold ahnt nichts davon, er weiß nicht, warum ich das Kostüm angezogen habe.»

«Meinst du?»

«Es geht ihm nur um seine Arbeit.»

Mein Schwiegervater schüttelte den Kopf. «Nein, du irrst dich sehr. Er ist sich völlig darüber im klaren, daß du ihn verlassen willst. Das habe ich ihm angesehen, als er dort in der Tür stand. Vielleicht denkt er, es geht noch einmal gut, das tun wir alle, doch er weiß genau, daß er nichts daran ändern kann. Er überläßt die Entscheidung dir. Nein, unterbrich mich nicht; so viel Zeit haben wir nicht. Ich möchte nicht, daß wir alle drei nachher wieder herumsitzen und den Mund nicht aufzutun wagen, aus Angst, etwas Verkehrtes zu sagen. Außerdem bin ich nicht in der Absicht hierhergekommen, euch einen Rat zu geben. Wie komme ich dazu? Ich bin ein schlechter Ratgeber in solchen Dingen. Was versteht ein Geschäftsmann davon! Aber vielleicht hat dein Berthold recht. Ich halte es sogar für möglich, daß er ebenso nüchtern ist wie ich. Ich meine damit, wenn er von sich behauptet, daß er unangreifbar sei, wie er es nennt. Auf jeden Fall ist er weniger angreifbar als du. Doch! Bitte, laß mich ausreden. Diese Tatsache ist das einzige, woran ich mich halten möchte. Und wenn ich dir überhaupt einen Rat geben soll, muß ich vorher von dir wissen, ob du einen Plan hast; dann kann ich unter Umständen sagen, ob er ausführbar ist oder nicht. Also bitte.»

Er wartete geduldig auf meine Antwort, es gab keinen Ausweg mehr für mich.

«Können wir nicht irgendwo zusammen wohnen?» fragte ich schließlich, obwohl ich vorher nie an so etwas gedacht hatte.

«Wer: *wir*?»

«Du und ich, Papa. Ich würde dich nie verlassen.»

«Nein, das geht nicht.»

«Du denkst, weil ich schon zweimal versagt habe ...»

«Nein, das nicht. Ich danke dir sehr für den Vorschlag. Wirklich, ich bin dir sehr dankbar. Aber es geht nicht; ich habe mich anders entschlossen, ich versuchte das ja schon vorhin zu erklären. Doch um von mir ganz abzusehen, ich glaube auch nicht, daß das für dich die richtige Lösung wäre.»

«Es gibt keine richtige Lösung für mich.»

«Dann muß man das tun, was einem noch möglich ist. Wir wollen hier doch nicht großtun, Marianne; das hat doch keinen Sinn. Wir haben einen Schritt außerhalb getan, aus Zufall oder warum auch sonst, und wir haben erfahren, daß wir uns nicht dafür eignen. Das ist sehr bitter, ja, aber ... ja, so jedenfalls sehe ich die Sache. Natürlich ist es für mich sehr viel leichter, so etwas zu sagen und mich damit abzufinden. Ich brauche mich nur noch ein paar Jahre ruhig zu verhalten und die anderen nicht zu stören; mehr wird von mir nicht verlangt. Aber dafür hast du noch viele andere Möglichkeiten vor dir. Doch! – Also, willst du mit mir fahren?»

«Wohin?»

«Du weißt doch genau, was ich meine. Warum fragst du erst.»

«Nein, das ist unmöglich.»

«Weshalb soll es unmöglich sein. Ich bin fest davon überzeugt, daß du selber schon daran gedacht hast.»

«Nein. Es gibt kein Zurück.»

«Was sollen denn die großen Worte, Kind!»

«Nein, Papa, das würde ich nicht aushalten.»

«Das sagt sich so. Man hält viel mehr aus, als man denkt.»

«Nein, es ist unmöglich. Und es wäre schmutzig von mir. Lieber würde ich ... Nein, für eine Frau ist so etwas unmöglich. Das kannst du nicht verstehen.»

«Schön, lassen wir das», sagte er. Es sei ja auch nur ein Vorschlag gewesen. Und es bleibe ihm dann nur noch der andere Vorschlag, daß er mir Geld gebe, solange ich es nötig habe. Das heißt, bis ich mich wieder zurechtgefunden habe. Er sei ja selbst nach Berchtesgaden gefahren, um sich zurechtzufinden und ein wenig Abstand zu gewinnen. Er sei also der Letzte, der mir Vorwürfe machen dürfe. Es habe auch für ihn Tage gegeben, an denen er geglaubt habe, es sei alles sinnlos, und in seinem Alter sei das viel beschämender als für mich. Die Leute pflegten bei solchen Gelegenheiten zu sagen: Das Leben geht weiter. Wenn man es höre, denkt man: Was für eine Phrase! Sie haben gut reden. Und trotzdem stimmt es. Man brauche nur auf die Straße zu gehen. Selbstverständlich rufe man, wenn man Pech gehabt habe: Was geht mich diese Art Leben an! Es reizt mich nicht! Trotzdem ist es da. «Doch lassen wir die Phrasen. Wir wollen ganz sachlich reden.» Da sei zum Beispiel Günther. Nein, bitte, er verlange von mir, daß ich ihn ausreden lasse. Er wolle nicht behaupten, daß Günther mich nötig habe. Gewiß, er werde auch ohne mich groß werden. Ich sehe also, wie unsentimental er die Dinge betrachte. Er selber habe niemals eine rechte Kindheit gehabt, und Max habe ja auch ohne Mutter aufwachsen müssen. Das sei also nicht der springende Punkt. Es gehe auch nicht darum, ob es anders – mit einer Mutter – besser sei, wie es immer behauptet werde. Es handle sich eigentlich weniger um Günther als um mich. Doch! Ich solle es ihm doch durch meine Bockigkeit nicht noch schwerer machen, davon zu sprechen. Es sei sowieso mehr oder weniger angelerntes Zeug; er habe es so hingenommen, da es ihn direkt nichts anginge. Oder jedenfalls ... «Nun gut, schweifen wir nicht ab.» Er stelle sich immer vor, daß ein Kind für eine Frau etwas andres sei als beispielsweise die Fabrik für ihn. Als Mann denke er sich das so: sie hat doch wenigstens etwas, wenn man nicht weiter weiß. Etwas was keine Lüge ist. Doch wie gesagt, das könne eines der landläufigen, männlichen Vorurteile sein, und er plappere es nur nach. Die Erfahrung, die er selber gemacht habe, spreche ja auch gegen dies Vorurteil. Was wisse er schon davon, wie eine Frau wirklich darüber denke. Eines aber würde ich wohl bemerkt haben: er rede nicht von Pflicht und solchen großartigen Dingen, die nachträglich in einem Geschäftsbericht sehr schön klingen. Er habe selber bei seinen Geschäften niemals an Pflicht gedacht, es sei gar keine Zeit dafür gewesen, sondern immer nur an den Erfolg, und das, was Pflicht genannt werde, habe sich nebenher ergeben. Aber das brauche niemand zu wissen, außerdem würden sie es einem nicht mehr glauben. «Ja, was machen wir mit dir?»

Plötzlich wechselte er das Thema. «Was mich an diesem Möncken stutzig macht: daß er gar keinen Wert auf seine Arbeit zu legen scheint. Er tut sie dauernd mit einer wegwerfenden Handbewegung ab. Ein Vorwand, sagt er? Ein Vorwand wofür? Wie kann man so leben? Alles andere kann ich verstehen, ich meine, daß er auf das Alltägliche keinen Wert legt und sich nicht davon binden lassen will. Darum beneide ich ihn sogar. Aber ... ja, das alles ist mir auch in dem aufgefallen, was ich von ihm gelesen habe.»

«Meinst du, daß er nichts kann?»

«Wie soll ich das beurteilen. Vielleicht kann er mehr als andere, das ist nicht meine Sache. Aber ich habe manchmal das Gefühl, daß er nicht sagt, was er sagen müßte, und daß er viel mehr weiß, als er sagt. Zuweilen klingt es durch und man denkt, nun kommt es, doch dann wischt er es rasch wieder aus. Wenn man so leben will wie er, muß man auch sagen, was man weiß, ganz gleich, ob jemand es hören will und ob es ärgerlich ist. Das ist doch der Vorteil, den er unsereinem gegenüber hat. Oder ist es auch ihm zu gefährlich? Jedenfalls verheimlicht er uns etwas.»

«Es liegt an seiner Kindheit, Papa», sagte ich.

«Ach so. Ja, davon weiß ich ja nichts.» Mein Schwiegervater sah auf seine Uhr. «Also, was Max betrifft: ich habe nie mit ihm darüber gesprochen, wir vermeiden alles Persönliche. Doch praktisch liegen die Dinge so: er rechnet damit, daß du zurückkommst. Das hat mich immer etwas gewundert, denn ich meinerseits habe nicht damit gerechnet. Aber Max ist anders, wenn du willst, primitiver. Doch ganz gleich, es kommt jetzt nicht darauf an, ob seine Motive uns gefallen, und selbst, wenn das alles nur deshalb sein sollte, weil es ihm besser in den Kram paßt. Verzeih, daß ich mich so ausdrücke. Ja, vielleicht sind es tatsächlich nur rein geschäftliche Erwägungen; du bist eine Art Wertpapier für ihn, das zwar im Augenblick auf Verlust steht, das aber bei einiger Geduld und wenn man es einfach im Geldschrank liegen läßt, doch eines Tages wieder einen höheren Kurs bekommt. Das ist eine bekannte geschäftliche Erfahrung. Wie dem auch sein mag, ich habe nicht das Recht, Max zu kritisieren. Er hat von Anfang an daran festgehalten, daß du nur vorübergehend abwesend wärest, nach außen hin wenigstens. Es heißt, daß du zur Erholung fort seist, in einem Sanatorium. Das hat Max allen Leuten erzählt. Und was bleibt ihnen andres übrig, als es zu glauben? Sie wollen ja mit dem Helldegen-Konzern Geschäfte machen. Das also wäre keine Schwierigkeit. Wir könnten übrigens auch sagen, daß du zur Nachkur mit mir nach Berchtesgaden gefahren wärest, oder daß wir uns dort getroffen hätten. Wer will das schon kontrollieren.»

Ich kam mir so erniedrigt vor, daß ich nichts dazu sagen konnte. Vielleicht erwartete mein Schwiegervater das auch gar nicht. Er überlegte eine Weile und fuhr dann fort: «Die Schwierigkeit liegt einzig bei dir. Ich weiß nicht, ob du es ertragen wirst, und darum wage ich auch nicht, dir dazu zu raten. Ja, die äußeren Umstände werden leichter zu ertragen sein als hier, aber das waren sie schließlich auch vorher schon. Nein, bitte, richte dich nicht nach mir», sagte er plötzlich; seine Stimme war sehr bewegt. «Es ist unrecht von mir, dies alles so nüchtern und geschäftlich zu betrachten. Das kann ich mit mir machen, aber für dich gilt es nicht. Vergiß alles, was ich gesagt habe.»

«Nein, es ist ganz richtig so, Papa. Es ist das einzig Richtige.» Ich wollte auch noch sagen, daß ich es nicht wert sei, daß er sich so viel Gedanken um mich mache, doch ich ließ es; es war zu albern, es verstand sich von selbst. «Wann fährst du?» fragte ich statt dessen.

«Wir könnten natürlich auch mit dem Nachtzug fahren», meinte er.

«Ja, wenn ... dann so schnell wie möglich.»

«Er fährt gegen elf. Wir werden sicher noch Schlafwagenplätze bekommen. Und ich könnte auch vorher zu Haus anrufen, damit wir vom Bahnhof abgeholt werden.»

«Nein, das nicht.»

«Ich schlage das nur für den Fall vor, daß du dich so entscheiden solltest.»

«Ich werde es nicht ertragen, Papa.»

«Ja, da liegt die Gefahr.»

«Die Gefahr ist mir gleich, Papa. Es liegt am Glück. Sie werden es merken, daß ich glücklich gewesen bin, auch wenn ich davon unglücklich wurde. Max wird es merken und alle. Auch Günther. Wenn ich lache, werden sie es mir nicht glauben und mich beleidigt ansehen. Ich kann mir noch so viel Mühe geben, es wird neben mir stehen, immer, und ich werde mich danach umsehen. Auch wenn ich nicht wirklich glücklich gewesen bin, es war doch eine Ahnung, wie kann man das vergessen. Nein, nein, und auch wenn es mißlungen ist, Papa, das zählt nicht, nein. Man kann davon verrückt werden. So gut kann kein Mensch schauspielern. Eine Frau nicht, Papa. Bei einer Frau ist das anders.»

«Ja, ich weiß.»

«Nein, das kannst du nicht wissen. Warum hat deine Frau dich verlassen?»

Erst als mir das so herausgefahren war, wurde mir bewußt, daß ich es nicht hätte fragen dürfen. «Entschuldige, Papa. Mein Gott, wie bin ich rücksichtslos geworden.»

«Wieso? Warum sollst du das nicht fragen.»

«Nein, ich habe nicht das Recht. Es geht mich auch nichts an.»

«Ich dachte, du wüßtest Bescheid.»

«Ich habe es nur aus Versehen gefragt, Papa. Bitte, sei nicht böse. Und vielleicht auch, weil ... ja, weil ich dich nie verlassen hätte.»

«Doch, wahrscheinlich hättest du mich ebenso verlassen wie ... Die Ärzte sagten, es hätte schon in ihr gelegen; sie starb ja anderthalb Jahr später in einer Klinik. Es gibt für alles eine medizinische Erklärung, und wenn man will, kann man sich damit zufriedengeben.»

«Bitte, rede doch nicht davon, Papa.»

«Auch ich habe mich damit zufriedengegeben; ich habe meine Frau als Fehlleistung abgeschrieben, so wie man das im Geschäft tut. Und zwar je rascher man das tut, um so geringer ist der Verlust. Man kann sich dann wieder positiveren Dingen zuwenden. Der Gedanke daran, daß sie mich verließ, hätte mich gehemmt. Ich bin um nichts anders als Max, damals jedenfalls war ich nicht anders. Ich weigerte mich, ihren Abschiedsbrief zu verstehen; ich hielt sie schon damals für krank, auch ohne ärztliches Attest. Sie schrieb mir ... ich kann dir den Brief einmal zeigen, wenn du willst; komischerweise habe ich ihn nicht zerrissen, ich glaube, ich hob ihn auf, um ein Beweisstück gegen sie in der Hand zu haben. Ja, sie schrieb, daß ich ihr unendlich leid täte, weil ... den genauen Wortlaut kenne ich nicht ..., kurz, weil ich gar nicht lebte, wie sie es nannte. Und dann schrieb sie, daß sie sich zu schwach fühle, mir zu helfen; sie klagte sich dessen sogar an. Aber sie möchte vermeiden, daß sie mich auch noch verachten und hassen müsse ..., so ungefähr. Es kam für mich wie aus heiterem Himmel, aber ich machte es mir einfach: ich hielt sie für hysterisch. Ich hatte sie aus Ehrgeiz geheiratet; ich war ein kleiner Hochkömmling mit einigem Geld, es war günstig für mich. Sie stammte aus einer alten Gelehrtenfamilie. Manchmal geht so etwas gut, warum nicht auch bei mir. Ich war so überzeugt von mir und meiner Tüchtigkeit, daß ich gar nicht daran zweifelte. Außerdem hatte ich von Tag zu Tag mehr Erfolg, weshalb also sollte meine Frau nicht zufrieden sein. Wenn ich merkte, daß sie unzufrieden war, schenkte ich ihr irgend etwas, das man mit Geld kaufen kann. Wenn ich merkte, daß sie die Fabrik haßte und die Methoden, die im Geschäft notwendig sind, lachte ich sie aus. Wozu den Ast absägen, auf dem du sitzt, sagte ich. Ich nahm das alles nicht ernst. Schließlich ekelte sie sich vor mir. Ich habe keine guten Manieren, sie sind mir nicht angeboren, und wenn ich mich gehenlasse, falle ich zurück. Sie ekelte sich bei Tisch vor mir; sie konnte mich nicht mehr essen sehen. Wenn ich kaue, dann knacken meine Kiefer; vielleicht nehme ich auch zu große Bissen, das kann sein. Ich hatte das nie für etwas Besonderes gehalten, doch dann fiel es mir selber auf, ich wagte kaum mehr zu kauen. Doch auch das nahm ich nicht allzu ernst; ich dachte: Nun gut, das ist wohl überall so, wenn man etwas länger verheiratet ist. Und im übrigen hatte ich meine Arbeit. Krank oder nicht krank, das ist nicht der springende Punkt. Daß sie mich verließ, wunderte mich mehr, als daß es mich traf. Ich schickte Max in ein Internat, und das Unternehmen nahm einen solchen Aufschwung, daß ... Ich will mich nicht anklagen, das ist eine feige Art, sich nachträglich zu rechtfertigen. – Doch um auf Max zurückzukommen: er wird es dich niemals fühlen lassen. Dafür glaube ich die Hand ins Feuer legen zu können. Es ist nicht seine Art. Ja, und was das andere betrifft, das, was du wohl meinst ... er wird dir auch sonst nicht lästig fallen, als Mann, meine ich. Nein, laß mich ruhig davon reden. Ich verstehe zwar nichts davon, ich habe es mir ja selber zu einfach gemacht. Aber ... ja, es kann doch kein Kunststück sein, ihn von dir fernzuhalten. Weißt du was? Wir sind wohl etwas tapsig, und obendrein hat man uns eingeredet, daß Frauen es so haben wollen, aber im Grunde sind wir schüchtern. Doch genug davon. Ich will ja nur deine Bedenken zerstreuen.»

«Ich muß erst mit Berthold darüber sprechen», sagte ich.

«Ja, das mußt du wohl.»
«Das mußt du doch einsehen, Papa.»
«Ich sehe es auch ein.»
«So etwas läßt sich doch nicht einfach aus der Welt schaffen. Und was wird aus Berthold? Ach, wenn es sich nur um mich handelte. Ich bin eben ein Versager, und damit gut. Und wenn ich es überhaupt aushalten soll, dann nur deinetwegen, Papa, nur weil du da bist und weil ... Nein, es wird nicht gehen, und wenn ich die Zähne zusammenbeiße. Das ist doch ... Kannst du mir nicht sagen, was ich tun soll, Papa. Ich bin zu allem bereit, ich will für alles bezahlen. Ich habe doch auf alles verzichtet, was andere Leute gern haben. Wird man denn dafür bestraft?»

Da klopfte es an der Tür, und ich rief: Herein! Es war Berthold, der angeklopft hatte, und es war doch sein eigenes Zimmer. Er hatte angeklopft, weil er uns nicht überraschen wollte. So als ob er schon nicht mehr dazugehöre. Und dann stand er in der Tür, nur ein paar Meter von uns entfernt, und doch so weit fort, mit einem Raum dazwischen, mit leerem Raum, ohne jede Nähe, damit wir ihn nicht zu beachten brauchten, wenn es uns nicht paßte, und damit es weiter keine Mühe machte, wenn wir ihn wieder wegschicken wollten, und er selber war auch nur halb da und wie auf dem Sprung, und wir sollten uns ja nicht durch sein Kommen in Verlegenheit bringen lassen, er sei überhaupt nur gekommen, um uns den Kaffee zu bringen, und wo er ihn hinlegen solle? ... Ja, er hatte die Dose in der Hand, die Dose war in braunes Papier eingewickelt, und er hielt sie etwas zu uns hin, damit wir sie auch gleich sahen und fragen konnten: Ach, der Kaffee? Das ist ja fein, daß du ihn gekriegt hast ...

So stand er da, und ich sah sofort, daß er alles wußte, was wir besprochen hatten, und daß er genau wußte, warum ich das Kostüm angezogen hatte, und daß ich entschlossen war, ihn ...

Und wenn ich jetzt daran zurückdenke, wußte ich auch genau, daß es mir ganz unmöglich war, ihn zu verlassen. Es würde ein solcher Verrat sein, wie er nie wieder in der Welt gutzumachen wäre. Denn wenn ich irgendwohin gehörte, dann gehörte ich zu ihm. Denn er stand genauso da, wie damals auf dem Podium bei der Preisverteilung und nachher in dem Saal zwischen all den Leuten, so allein, daß man es nicht aushalten konnte. Und ganz gleich, was die Menschen predigen, weil sie es nicht wahrhaben wollen oder aus Angst, er hätte nur ein kleines Wort zu mir zu sagen brauchen ... ach, nicht einmal das, eine kleine Bewegung, nur ein winziges Zucken mit den Augen hätte genügt, denn wir kannten uns ja, es bedurfte nicht mehr der Worte, so genau kannten wir uns ... dann wäre ich zu ihm hingelaufen und vielleicht wären wir zusammen gestorben und endlich von all der Not erlöst gewesen.

Statt dessen blieb ich sitzen, wie gelähmt, unfähig, mich aufzurichten und das zu tun, was ich hätte tun müssen. Ich wartete ab; so mürbe war ich von dem allen, daß ich nur noch abwarten konnte. Oder es kann sein, daß ich mich vor meinem Schwiegervater schämte, ich weiß das heute nicht mehr, es ist mir sogar unverständlich, daß ich etwas so Einfaches nicht tat. Es gab doch nur dies eine, und ich verspielte es. Ich muß ganz ohne Vernunft gewesen sein.

Ich ließ meinen Schwiegervater zuerst aufstehen, der es auch sicher nur deshalb tat, weil ich mich nicht rührte; denn er hat mir lange genug Zeit gelassen, mich zu entscheiden. Ich glaube auch, daß er alles ebenso bemerkt hatte wie ich und daß er wußte, es war gar nichts mehr zu entscheiden, und daß alles andere hoffnungslos war. Wahrscheinlich hielt er mein Stillsitzen für die Entscheidung.

Er ging zu Berthold hin und reichte ihm die Hand, um sich zu verabschieden. Und da erst rief ich: «Du willst doch nicht schon gehen, Papa?» Vielleicht kam es falsch heraus, vielleicht klang es wirklich so, als ob ich mit ihm gehen wollte und mich für ihn entschieden hätte. Dadurch kam alles anders, als es hätte sein müssen.

«Ich will jetzt ins Hotel», sagte mein Schwiegervater; «ihr könnt mich ja noch anrufen, wenn es nötig ist.»

Und Berthold sagte in seiner hastigen Art: «Unten gleich an der nächsten Straße rechts ist ein Taxistand.»

«Ja, danke. – Ich weiß nicht, ob wir uns wiedersehen werden, Herr Möncken.»

«Das ist nicht wichtig. Das Wiedersehen ist niemals wichtig. Es tut mir leid, daß ich Sie beleidigt habe.»

«Sie haben mich nicht ...»

«Doch. Oder meinetwegen: enttäuscht. Ich enttäusche alle Menschen. Ich habe maßlose Wünsche, das ist es. Deshalb probiere ich es gar nicht erst mit dem Üblichen; es reicht nicht aus; es hat alles zu wenig Wirklichkeit. Ich möchte so weise sein wie Sie.»

«Weise?» fragte mein Schwiegervater erstaunt.

«Stoßen Sie sich doch nicht an dem Wort. Ja, weise ist altmodisch, vielleicht meine ich: wunschlos. Nein, auch das nicht, ganz gleich. Ich habe über Sie nachgedacht, während ich über die Straße ging. Ich habe es verlernt zu reden, wahrscheinlich werde ich in zehn Jahren überhaupt nicht mehr reden. Wozu denn? Wozu sich verständlich machen wollen, es läuft nur auf Schwindel hinaus. Ja, ich habe über Sie nachgedacht. Man kann Ihnen nicht helfen, ich am allerwenigsten, lassen Sie bloß die Finger von mir. Wissen Sie, daß es das Positivste ist, was es gibt, wenn jemand es so weit gebracht hat, daß ihm niemand mehr helfen kann? Doch! Früher dachte man zwar anders, das ist wahr, aber heutzutage ... Ja, ich möchte so weit sein wie Sie, aber manchmal überfällt mich noch die Sehnsucht, daran liegt es. Doch wozu davon reden! Lassen Sie sich bitte nicht durch mich aufhalten.»

Diesen letzten Satz sprach Berthold so, als ob er meinen Schwiegervater nicht schnell genug loswerden könnte. Dabei sah er zu mir hin, zum erstenmal, seitdem er wieder ins Zimmer getreten war. Er sah mich eiskalt an, er zog sogar die eine Augenbraue erstaunt in die Höhe, um damit auszudrücken: Wer ist denn da noch? Ach so, die! Mein Gott, kann sie mich nicht endlich in Frieden lassen? Das ist doch wirklich nicht mehr zum Aushalten! Keine Minute ist man allein.

Ich weiß nicht, ob mein Schwiegervater es sah. Ich glaube ja; denn er wandte sich kurz nach mir um. Dann sagte er: «Ich möchte keine Heimlichkeiten vor Ihnen haben, Herr Möncken. Mein Besuch ist etwas anders verlaufen, als ich es mir vorgestellt hatte; vielleicht hätte ich meinem Wunsche nicht nachgeben und nicht kommen dürfen. Doch das ist nun einmal geschehen. Marianne und ich haben manches durchgesprochen. Zu einem Ergebnis sind wir nicht gekommen. Was mich betrifft, so wage ich ihr keinen Rat zu geben. Und Ihnen natürlich noch weniger. Bitte, seien Sie mir nicht böse, daß ich im Bilde bin, wie es steht. Und seien Sie auch Marianne deswegen nicht böse. Möglicherweise hilft es Ihnen beiden, daß sie sich ausgesprochen hat; manchmal geht es so. Ja, darum sagte ich, daß Sie und ich uns vielleicht nicht wiedersehen werden. Es gibt so hübsche Redensarten für solche Gelegenheiten, doch ich denke, wir verzichten lieber darauf, nicht wahr. Wir meinen es doch alle viel zu ernst. Also!»

Er nickte mir zu und ging hinaus. Berthold brachte ihn zur Wohnungstür. Sollte ich aufspringen und hinterherlaufen und rufen: Nimm mich doch gleich mit, Papa! Es dauert nur ein paar Minuten. Ich bin gleich fertig. Und wenn du dabei bist ...

Ja, dann hätte ich nicht mit Berthold zu reden brauchen. Ich hätte meinen Koffer gepackt und ihm dann die Hand gegeben, wie ein Besucher, und dann wäre ich neben meinem Schwiegervater hergegangen.

Mir tat die Brust so weh. Ich stand auf, aber ich kam nur bis zum Kleiderschrank. Als ich ihn öffnete, um meine paar Sachen herauszunehmen, war Berthold schon wieder im Zimmer.

Was sollten wir denn noch reden? Und wer sollte anfangen? Wir sahen uns nicht an, das war nicht nötig, wir wußten ja, daß wir noch da waren. Ich nahm meine Wäsche aus dem Schrank und legte sie aufs Bett. Ich lief hin und her, ich wollte beschäftigt sein. Und Berthold setzte sich auf den Stuhl vor seiner Schreibmaschine und las das, was er geschrieben hatte. Er drehte sogar den eingespannten Bogen zurück, um besser lesen zu können.

Ich wollte keinen Fehler machen. Ich sagte mir, du mußt ganz nüchtern mit ihm sprechen, ganz selbstverständlich. Wir sind eine Zeitlang zusammengewesen, nun gut, aber jetzt ist es wohl höchste Zeit, daß wir uns wieder trennen, nun gut, wir sind uns sonst nur im Wege und das ist immer so, nun gut, also, behalten wir uns in guter Erinnerung, ja, und so weiter. Aber ich hatte Angst, daß es verkehrt herauskommen würde, und wenn ich dann meine eigene Stimme gehört hätte, wie sie anders sprach, als ich wollte, würde ich es nicht ausgehalten haben und wäre bestimmt zu ihm hingelaufen. Und dann hätte er geglaubt, daß er mich nicht im Stich lassen dürfe, und daß ich ohne ihn nicht leben könne, und er hätte sich verpflichtet gefühlt, mit mir zusammenzubleiben. Und vielleicht, das wäre noch gefährlicher, würden wir uns auch lieben; denn das geschieht ganz gegen den eigenen Willen, wenn man sich vor Kummer umarmt; man darf sich nicht berühren, wenn man traurig ist. Vielleicht reicht es für eine Stunde oder zwei oder auch für eine Nacht, man gewinnt eine kleine Müdigkeit, doch wenn die Dämmerung anbricht und die ersten Schritte auf der Straße zu hören sind, ist man ärmer als vorher; man hat auch den Kummer fortgezahlt, nun hat man gar nichts mehr.

Deshalb konzentrierte ich mich auf das Kofferpacken. Plötzlich hörte ich, wie Berthold den Bogen mit einem Ratsch aus der Schreibmaschine riß und ihn zusammenknüllte. Darüber erschrak ich so, daß ich stehenblieb.

«Papier!» sagte er und stand vom Stuhl auf. «Verzeih, es hätte Zeit bis nachher gehabt. Soll ich dir packen helfen?»

«Danke! Es ist ja nicht viel», sagte ich. Aber er holte meinen Handkoffer vom Schrank herunter und schlug mit dem Taschentuch darauf wegen des Staubes.

«Vergiß dein Nachthemd nicht.»

«Nein.»

«Man vergißt es leicht, man muß es lieber zuerst einpacken. Komisch, sie legen es immer unters Kopfkissen. Auch in den Hotels. Bei uns zu Haus lag es immer am Fußende. Möchtest du lieber allein packen? Soll ich solange hinausgehen?»

«Nein, bleib nur hier. Bitte.»

«Nun gut. Aber nimm dir Zeit. Vergiß nichts. Denn sonst... Natürlich kann ich es dir zur Not auch nachschicken. Aber... Gibt es sonst noch etwas zu besprechen? Etwas Sachliches, meine ich.»

«Ich wüßte nicht.»

«Nun gut.»

«Das Geld liegt in der Schublade», sagte ich.

«Was? Was hast du gesagt?»

«Das Geld. Nimm es lieber an dich, sonst kommt es weg.»

«Wer soll es schon nehmen? Frau Viereck?»

«Nein, natürlich nicht. Aber schließ es wenigstens ab.»

«Na schön, ich werde es abschließen. Wie denkst du dir das eigentlich?»

«Was?»

«Dies alles?»

«Ach, Berthold.»

«Ein prächtiger Mann, dein Schwiegervater.»

«Bitte?»

«Im Ernst. Man kommt sich etwas beschämt vor. Wir haben unsre kleinen Sorgen, die schließlich jeder hat, und er... Fast hätte ich ihn gebeten, bei uns zu bleiben. Aber was können wir ihm schon bieten. Und es würde auch nicht gut gehen. Tag und Nacht mit dem Bewußtsein, daß man überflüssig ist, eine leere Hülse, die man wegpusten kann, nein, das würde nicht gut gehen. Doch wozu das viele Gerede! Ihr fahrt morgen früh?»

«Vielleicht auch schon mit dem Nachtzug. Es fährt einer.»

«Hm, ja, das wäre besser. Deinetwegen, meine ich. Man muß solche Dinge nicht lange hinziehen. Vielleicht werde ich dann ins Kino gehen. In die Nachtvorstellung.»

«Ja, tu das.»

«Wo haben wir bloß die Zeitung mit dem Kinoprogramm hingelegt? Immer ist sie fort, wenn man sie braucht.»

«Liegt sie nicht unter deiner Post?»

«Unter meiner ...? Ach, das ist nicht so wichtig. Vielleicht hat auch Frau Viereck eine Zeitung.»

«Was wirst du ihr sagen?»

«Wem?»

«Frau Viereck. Ich möchte mich nicht gern von ihr verabschieden.»

«Das ist doch ganz gleichgültig. Was geht uns Frau Viereck an.»

«Sie ist eine nette Frau.»

«Ich werde ihr sagen, daß du Hals über Kopf hättest fort müssen. Wegen deines Schwiegervaters. Oder weil jemand krank geworden ist, ganz gleich. Das ist alles nicht wichtig. Komm, ich helfe dir.»

Er bückte sich und holte ein paar Schuhe von mir unter dem Kleiderschrank hervor. Wir hatten nicht viel Platz, deshalb standen sie dort neben Bertholds Schuhen. Und ein Schuh war ganz nach hinten gerutscht, wohl beim Fegen oder Bohnern.

Berthold wog den Schuh in der Hand und lächelte. «Wie leicht.»

«Ja, es sind hübsche Schuhe», sagte ich.

«Sie machen sich auch gut an deinen Füßen. Ich war immer stolz, wenn du sie ... Willst du sie nicht lieber anziehen?»

«Nein, sie sind nichts für die Reise.» Ich nahm ihm den Schuh fort und stopfte ihn in seinen Strumpf. Berthold sah mir zu.

«Gibt es keine Laufmasche?»

«Es sind alte Strümpfe.»

«Wie praktisch du bist.»

«Ich habe es von meiner Mutter, aber sie hielt mich für unpraktisch. Sie schalt immer. Sie hielt mich für eine Verschwenderin.»

Ich mußte daran denken, daß Berthold schon einmal dabei gewesen war, als ich packte, damals in meinem Zimmer zu Haus, und das war ganz anders gewesen. Es war halbdunkel im Zimmer, nur die Nachttischlampe und die Beleuchtung an meinem Frisiertisch brannte. Auch in Hannover, vor vielen Jahren, das Hotel hieß, glaube ich, ‹Luisenhof›. Ein vornehmes Hotel. Arnim war sehr für solche Hotels. Ich hatte nicht viel zu packen, nicht viel mehr als eine Aktentasche. Ich hatte mich entschlossen, Max zu heiraten. Immer muß ich meine Sachen packen und fortgehen. Immer ist alles vergeblich.

Berthold hatte meine Gedanken erraten. «Du mußt nicht glauben, daß ich nicht über alles nachdenke.»

«Und was wird damit?» fragte ich schnell und zeigte auf die Schreibmaschine.

«Was? Ach so! Das ist nicht wichtig. Darüber brauchen wir kein Wort zu verlieren.»

«Ich wüßte aber gern, daß wenigstens ... Ist es meinetwegen?»

«Was?»

«Daß du es herausgerissen hast?»

«Was hat das mit dir zu tun. Nein, es ist Papier, nichts weiter.»

«Es war also alles umsonst?»

«Nein, wieso? Das hat nichts zu sagen. Papier, das ist nur so ein Ausdruck bei uns. Papierne Sprache! Papierne Probleme! So nennen wir das. Es ist nichts Besonderes, es passiert jedem, damit muß man rechnen. Mach dir nichts daraus! Überhaupt, man darf so etwas nur anfangen, wenn man von vornherein damit rechnet, daß es mißlingen kann. Und ich habe mich wohl etwas zu sicher gefühlt. Der verfluchte Preis, ja, und die Routine. Doch wenn man es rechtzeitig merkt, ist es nicht weiter schlimm.»

«Wirst du es nicht zu Ende schreiben?»

«Das da? Den Dreck?»

«Und aus der Aufführung im Herbst wird nun nichts?»

«Aus der was? Warum denn nicht. Ich kann doch etwas andres schreiben. Man kann es in acht Tagen schreiben, wenn man Glück hat. Es hat nichts mit Zeit zu tun. Außerdem ist das alles ganz unwichtig, es kommt nicht auf den Erfolg an, es kommt nicht darauf an, ob jemand es hören oder lesen will. Was hat das damit zu tun! Ich bin deinem Schwiegervater sehr dankbar. Ich meine, daß er gekommen ist. Mir ist das vorhin auf der Straße klar geworden, als ich den Kaffee kaufte. Soll ich dir nicht eine Tasse kochen? Ja, ich werde eine kochen. Am besten, ich fange gleich mit etwas Neuem an, ohne erst lange zu fackeln. Wenn diese Techniker ihr Raumschiff schon fertig hätten, würde ich mich als Freiwilliger melden. Ich habe oft darüber nachgedacht. Denn selbstverständlich brauchen sie Freiwillige für das erste Mal, weil die Sache wahrscheinlich schiefgeht. Aber welch ein Genuß, diese einzige Sekunde da draußen, und das alles sehen dürfen! Doch diese Stümper kriegen das Ding ja nicht zustande. Seit vierzig Jahren trödeln sie damit herum. Eines Tages werde ich zu alt dafür sein, denn sicher untersuchen sie einem vorher das Herz und alles andere. Na, vorläufig bin ich noch gesund. Viel zu gesund! Was soll unsereiner mit dieser Gesundheit anfangen.»

«Nehmen sie auch Frauen mit?»

«Was?»

«In dieser Rakete.»

«Das ist nichts für Frauen. Außerdem ist das alles Quatsch. Bist du fertig mit Packen?»

«Nein, das heißt . . .»

«Du mußt nicht denken, daß ich Geheimnisse vor dir habe, Marion.»

«Das denke ich auch nicht.»

«Doch. Alle denken es. Aber ich habe kein Geheimnis, ich habe nie eines gehabt. Ich kann nur nicht darüber reden, deshalb denken die Leute es. Wenn du fort bist . . .»

«Ja, was dann?»

«Nichts! Ich werde etwas schreiben, irgend etwas. Ich weiß noch nicht einmal was. Ich habe allerhand Ideen, doch darauf kommt es nicht an. Die Ideen sind unwichtig, die Geschichte ist unwichtig, alles das sind nur Nebensachen. Im Grunde ist es ganz gleichgültig, über was ich schreibe, es kann dies oder das sein. Die Hauptsache ist ... Mein Gott, was ist denn schon dabei, sich irgendeine traurige Geschichte auszudenken und sie hinzuschreiben, das kann jeder. Dazu braucht man dies alles nicht durchzumachen. Die Hauptsache ist ... na, lassen wir das, es läßt sich nicht aussprechen. Ich rede nur davon, damit du nicht denkst, ich hätte irgendein Geheimnis. Im Gegenteil, es ist die einfachste Sache von der Welt, und wenn sie gelingt, reicht es für eine kleine Weile. Weißt du, daß ich mich sehr nach dir sehnen werde?»

«Aber schreibe nicht über mich, Berthold.»

«Wieso, warum nicht?»

«Ich möchte nicht Papier werden.»

«Hör nicht auf mich. Es handelt sich überhaupt nicht um mich. Ich werde mich nach dir sehnen, weil ich manchmal bei dir vergessen habe, daß ich da bin. Das ist etwas sehr Seltenes. Manchmal, wenn ich dich ansah, wußte ich, daß ich nichts war, du alles und ich nichts. Ich brauchte mich gar nicht mehr anzustrengen, etwas zu sein. Und auch du wußtest es und warst damit zufrieden. Danach werde ich mich sehr sehnen. Aber ... am Tage ist es nicht gut, man beginnt sich zu hassen und man haßt den anderen, weil er es weiß. Ich erzähle dir das nur, damit du nicht denkst, ich sei so hart. Ich sehe das alles ein.»

«Ich denke das doch gar nicht.»

«Ich bin wohl nicht ganz ausgeboren, das ist es. Ich tue nur so, aber manche merken es. Sprich nicht darüber. Vor Männern geniere ich mich. Ich werde nie so werden wie dein Schwiegervater. Wartet er auf dich?»

«Ja, im Hotel. Und wenn ich nicht komme, sollen wir anrufen.»

«Hm, ja. Ich freue mich, daß du wenigstens ihn hast. Laß ihn nicht warten.»

«Ich muß noch das Waschzeug einpacken.»

«Soll ich dir nicht dabei helfen?»

«Es ist doch nichts dabei zu helfen.»

«Da, der Waschlappen auf der Handtuchstange.»

«Danke, ja.»

«Nimm auch das Stück Seife mit, bitte. Es riecht zu stark.»

«Ja, gib her.» Ich riß ihm die Seife aus der Hand. Wir hatten das Stück zusammen gekauft. Berthold hatte lange in dem Parfümerieladen herumgesucht, bis wir das Richtige gefunden hatten.

Ich machte den Koffer zu. «So, ich glaube, ich habe alles. Es wird auch Zeit.»

«Wartet er auch wirklich auf dich?»

«Was soll er denn sonst tun.»

«Wir könnten ihn ja noch anrufen.»

«Weshalb denn noch?»

«Ich bringe dich dann morgen früh rechtzeitig ins Hotel. Oder auch direkt an die Bahn. Ich meine nur, weil dein Schwiegervater ja sowieso Fahrkarten für den Frühzug hat. Dann braucht er sie nicht erst umzutauschen. Aber wie du willst, mir ist es gleich.»

«Es geht nicht, Berthold.»

«Nun gut, sprechen wir nicht weiter davon.»

«Du mußt von mir nicht denken, daß ich hart bin.»

«Wer denkt denn so etwas. Es war doch nur ein Vorschlag.»

«Es geht wirklich nicht. Ich würde gern noch mit dir zusammensein, aber . . .»

«Wozu, wir haben ja alles beredet.»

«Ich bin zu feige dazu. Wahrscheinlich bin ich wirklich nur eine vornehme Dame, wie du immer gesagt hast.»

«Ach, dummes Zeug. Hast du auch Geld bei dir?»

«Geld? Ja, ich glaube. Mein Gott, diese Hitze. Das Kostüm ist zu warm.»

«Zeig mal her.» Er nahm mir die Handtasche fort und sah nach, ob ich auch Geld bei mir hatte.

«Nimm lieber mehr mit. Du brauchst etwas für die Taxe und dann . . .»

«Für die Taxe genügt es. Und nachher . . . Papa hat ja genug Geld.»

«Nein, nein, nimmt lieber etwas mit. Für alle Fälle. Und es liegt hier doch nur herum. Was soll ich damit. Außerdem, vielleicht kommt dir noch ein anderer Gedanke. Man darf nie ohne Geld sein.»

«Das ist doch Unsinn, Berthold. Wir machen es uns nur schwer. Mir wird kein anderer Gedanke kommen. Ich habe alles bedacht.»

«Nun, dann ist ja alles gut. Sprechen wir nicht mehr davon. Ich hasse die Abschiednehmerei. Das ist etwas fürs Kino.»

«Wirst du ins Kino gehen?»

«Ich? – Ach so, ja. Vielleicht. Vielleicht auch nicht. Nein, wahrscheinlich nicht. Es ist nur Zeitverschwendung. Ich werde mir eine Tasse Kaffee kochen und dann werde ich mich etwas hinlegen. Ich kann ja jetzt schlafen, wann ich will, und ich kann nachts aufstehen, wenn es mir Spaß macht, und arbeiten.»

«Denke an die andern Mieter.»

«Es braucht ja nicht die Schreibmaschine zu sein, es geht auch mit der Hand. Na, und du? Was wirst du machen?»

In diesem Augenblick läutete draußen auf dem Flur das Telefon. Wir fuhren beide zusammen und standen wie erstarrt. Wenn ich jetzt an dies Telefonläuten zurückdenke, scheint es mir, als hätte ich niemals einen furchtbareren Schreck bekommen. Wir wagten uns nicht zu bewegen, wir lauschten hinaus. Wir hörten, wie Frau Viereck ohne Hast auf ihren Pantoffeln heranschlurfte und den Hörer abnahm. Ich biß die Zähne aufeinander.

Aber der Anruf war gar nicht für uns; wer hätte uns auch anrufen sollen. Wir waren die ganze Zeit niemals angerufen worden. Der Anruf war für Frau Viereck, es war auch nur ein ganz kurzes Gespräch. Vielleicht war es ein Anruf für einen der Mieter, und Frau Viereck hatte gesagt, daß er nicht da sei. Einer der Mieter wurde nämlich öfters angerufen; er war Vertreter.

Auch nachdem Frau Viereck den Hörer wieder aufgelegt hatte und in die

Küche zurückgegangen war, blieben Berthold und ich noch eine ganze Weile wie zwei Diebe stehen, ohne uns zu rühren. Ich weiß nicht, wie es mit ihm war, aber ich fürchtete nichts mehr, als daß das Telefon noch einmal läuten würde. Oft ist das nämlich so: den ganzen Tag ruft niemand an, und dann fällt es plötzlich jemand ein anzurufen, und wie auf Verabredung ruft dann gleich darauf noch ein zweiter und dritter an; sie beschweren sich sogar über die langen Gespräche, die man führe, und daß die Leitung immer besetzt sei.

«Ich muß jetzt lieber gehen», sagte ich sehr leise zu Berthold. Als ob jemand am Schlüsselloch horchte! Dabei hätte ich ruhig laut sprechen können; denn das Fenster stand offen und der Lärm, der von der Straße hereindrang, war ziemlich groß. «Ich möchte jetzt gehen, Berthold. Ich . . . ja, ich habe Angst.»

Er griff stillschweigend nach meinen Koffer.

«Nein, gib ihn mir. Laß mich lieber allein . . . er ist nicht schwer. Ja, und grüße Frau Viereck. Sie braucht nichts zu merken. Also, Berthold.»

Ich hatte ihm den Koffer wieder abgenommen. Den Pelzmantel trug ich über dem Arm. So stand ich an der Tür. Ich wollte den Türdrücker mit dem Ellbogen niederdrücken.

«Soll ich dich nicht bis zur Taxe bringen?» fragte er ebenso leise wie ich.

«Nein, bitte nicht. Ja, bis zur Wohnungstür meinetwegen, damit niemand es hört. Mach sie leise hinter mir zu. Aber nicht bis auf die Treppe. Wir könnten jemand treffen. Und bitte, sieh mir nicht nach, aus dem Fenster, meine ich. Auch ich werde mich nicht nach dir umdrehen. Also. Ach ja, und noch eins.»

«Ja?»

«Schreib mir nicht. Bitte! Schreib mir niemals. Versprich mir das. Sonst werde ich verrückt.»

«Was soll ich dir auch schreiben?»

«Nein, bitte, versprich es mir.»

Berthold nickte kaum merklich mit dem Kopf und öffnete mir die Tür, langsam und geräuschlos. Ich mußte etwas beiseite treten. Berthold sah auf den Flur hinaus, dann winkte er mit der Hand und flüsterte: «Schnell!» Er ging voraus und ich folgte ihm; wir gingen beide auf Zehenspitzen. Weiter hinten stand die Küchentür offen, das gelbe Licht der Abendsonne fiel dort auf den Flur. Frau Viereck rumorte in der Abwasch mit Geschirr, eine Gabel oder ein Kochlöffel fiel ihr aus der Hand. Sie redete ein paar Worte mit sich selbst. Es gelang Berthold, auch die Wohnungstür ohne Geräusch zu öffnen, aber nur einen Spalt, nur so viel, daß ich mich seitlich mit meinem Koffer hindurchzwängen konnte, ohne damit anzustoßen. Den Türgriff hielt Berthold in der Hand, damit er nicht quietschte. Ich hatte keine Hand frei, um auf den Knopf für das Dreiminutenlicht zu drücken. Es war dunkel im Treppenhaus, aber es war ja nur eine Treppe. Ich merkte nicht einmal, daß Berthold die Tür hinter mir zumachte, so leise war er.

Auf der Straße war es noch viel wärmer als oben im Zimmer, die Mauern strahlten die Glut vom Tage aus. Meine Füße gingen wie von selber, ohne daß ich mich anzustrengen brauchte. Als ob mich jemand angestoßen hätte, und nun mußte ich gehen, ob ich wollte oder nicht. Und das war gut so. Oder als ob die Straße bergab ging. Aber sie ging gar nicht bergab, sie war ganz eben. Ich blieb auf unserer Straßenseite, damit Berthold mich nicht aus dem Fenster sehen konnte oder nur, wenn er sich weit hinausbeugte, doch das würde er nicht tun. Zu Anfang hatte ich Angst, daß er mir nachrufen könnte; denn vielleicht hatte ich ja oben etwas vergessen. Oder daß er hinter mir herlaufen würde, um es mir zu bringen. Darum ging ich schneller, immer wie von selbst. Aber was sollte ich schon vergessen haben? Etwas Wichtiges konnte es nicht sein. Über die Straßenkreuzung rannte ich sogar, und erst als ich hinüber war, fühlte ich mich ein wenig sicherer. Und dann sah ich auch schon eine Taxe und schwenkte meinen Pelzmantel und sagte zu dem Fahrer: ‹Europäischer Hof›.

III

Ich las irgendwo, auf einem Kalenderzettel oder in der Zeitungsbeilage, man solle sich zu einem Fehler bekennen, dann höre er auf, ein Fehler zu sein.

Ich weiß nicht, von wem der Satz stammt; vielleicht habe ich ihn auch falsch verstanden. Ich will mich auch nicht rechtfertigen; ich gebe alles zu.

Nur ...

Beinahe wäre es mir auch gelungen, das mit dem Fehler, meine ich. Es wäre mir sogar bestimmt gelungen, ich glaube, daß ich das sagen darf. Nur drei Tage, ganze drei Tage! Ja, wenn Max mit mir statt erst am Dienstag schon am Freitag nach Mailand gefahren wäre, dann würde alles anders gekommen sein. Aber die Konferenz, die er mit italienischen Fabrikanten hatte, fand erst am Donnerstag der nächsten Woche statt. Dafür kann ich nichts. Und auch Max kann nichts dafür. Von was für Kleinigkeiten doch alles abhängt, sie lassen sich nicht vorher berechnen. Alles Wichtige bedenkt man und macht sich darauf gefaßt, damit man nicht davon überrascht wird. Aber die Kleinigkeiten ...

Ich hatte mich sogar auf die Reise gefreut. Ich war immer froh, von zu Haus weg zu sein; dann brauchte ich nicht zu grübeln. Max glaubte, es mache mir Freude, mit ihm zusammen zu verreisen; ich ließ ihn dabei; es war in Ordnung, daß er das dachte. Aber das war nicht der wirkliche Grund. Ich fühlte mich sicherer, wenn ich unterwegs war. Zu Haus, da konnte es mich jederzeit überfallen, aus irgendeiner unbeachteten Ecke. Selbst wenn die Fenstervorhänge sich etwas aufblähten, weil das Fenster nur übergehakt war, fuhr ich zusammen. Oder das Radio. Ich stellte es schon gar nicht mehr an. Entweder senden sie etwas, das einen nichts angeht, und davon wird man niedergedrückt, weil alle Welt es so für richtig hält und sich nichts anderes wünscht. Oder man hört plötzlich einen Satz oder nur ein Wort, das vielleicht gar nicht so gemeint ist; es kommt einem so bekannt vor, und das ist noch unerträglicher, weil es nur aus dem Radio kommt und kein wirklicher Mensch da ist, der es spricht. Nur wenn ich in Gesellschaft war, hatte ich mich in Gewalt; sie konnten zu mir sagen, was sie wollten, niemand sah mir etwas an. Aber sobald ich allein war, und wenn ich müde war und meinte, daß ich mich gehenlassen könne, war es gefährlich.

Manchmal, wenn ich in meinem Zimmer war und mich umzog und sogar, wenn ich mich badete, so komisch das klingt, fragte es in mir, ohne daß ich es wollte: Wozu das alles noch? Für wen? Dann mußte ich mich rasch beschäftigen, um den Gedanken zu verscheuchen. Ich habe laut mit mir geredet, nur um mich dagegen zu wehren. Ich wußte das selber nicht; erst als Günther, der nebenan spielte, fragte: ‹Was hast du gesagt, Mama?› erschrak ich.

Es war wie ein Gift, das sich jederzeit in mir ausbreiten konnte. Ja, wirklich wie ein Gift! Ich merkte es in den Knien und in den Unterarmen und in den

Fingerspitzen. Ein fremdes Gefühl, weich und lähmend, die Bewegungen wurden unbestimmt davon, so als ob sie nicht allein von mir ausgingen. Manchmal war es so weit, daß ich die Lüge selber glaubte, die sie über mich verbreitet hatten. Daß ich in einem Sanatorium gewesen sei, wo man mich gesund gemacht habe. Aber doch nicht ganz gesund, ich bedurfte noch der Schonung. Die Krankheit war zwar in die Enge getrieben, so daß man sie nicht mehr wahrnehmen konnte, doch in irgendeinem Winkel lag sie noch auf der Lauer, Tag und Nacht. Das wußte nur ich, niemand sonst.

Am wenigsten Max. Ich war immer zu allem bereit und war vergnügt, wenn sie es haben wollten. Ich machte alles mit, ich sagte niemals nein. Das war ich Max schuldig; ich wollte so sein, wie er mich brauchte, für sein Haus, für das Geschäft und für die gesellschaftlichen Verpflichtungen. Er war auch sehr zufrieden mit mir. Sie sollten alle denken, es sei überstanden, das half auch mir, wenn sie das dachten. Auf die Weise nämlich hätte ich es nach und nach wirklich überstanden, durch Gewöhnung.

Zuweilen hatte ich das Gefühl, daß ich leiser spräche als vorher, dann bekam ich es mit der Angst. Haben sie es gemerkt? Ich glaube, ich sprach tatsächlich leiser, aus Vorsicht und um nichts zu überhören und so, als ob ich auf etwas horchte. Dann bemühte ich mich sofort, lauter zu werden oder zu lachen. Sie merkten es wohl nicht. Nicht einmal mein Schwiegervater. Ich war ja auch selten allein mit ihm.

Denn das hatten wir gleich von Anfang an vermieden, ohne daß wir uns verabredet hätten. Ich wollte nicht, daß er mich fragte. Ich wollte nicht einmal, daß er mich fragend ansah. Ich fragte ihn ja auch nicht nach seinen Sachen und ob es ihm schwer wurde, auf alles zu verzichten und nur als repräsentative Figur dazusein. Ich weiß nicht, was er machte. Er ging lautlos durchs Treppenhaus. Wenn wir uns begegneten, lächelten wir uns freundlich zu. Wie Nachbarn auf der Treppe eines Mietshauses. Manchmal ging er mit Günther spazieren. Und abends bei Tisch gab es genügend Gesprächsthemen zwischen ihm und Max. Ich glaube, mein Schwiegervater vermied es auch deshalb, mit mir zusammen zu sein, damit Max nicht denken sollte, wir hätten ein Komplott miteinander.

Oder wußte mein Schwiegervater doch, wie es um mich stand. Vielleicht wäre es besser gewesen, ich hätte mit ihm gesprochen. Für uns beide besser; denn wir gehörten zusammen. Zuweilen war ich drauf und dran, wenn ich hörte, wie er unten in der Garderobe seinen Mantel vom Bügel nahm, ihm zuzurufen, ob er nicht ein wenig zu mir heraufkommen wolle. Aber dann ging die Haustür, und ich ließ es. Ich weiß nicht einmal, ob ich mit ihm über Berthold gesprochen hätte; sicher hätte ich mich geschämt, davon anzufangen, aber alles, was wir sonst geredet hätten, würde sich im Grunde doch nur um Berthold gehandelt haben. Möglicherweise hätte er auch selber davon angefangen. Vielleicht hätte er mich gefragt, ob ich etwas von ihm gehört habe. In den ersten Wochen hatte ich große Angst, daß ein Brief kommen würde, trotz Bertholds Versprechen. Wenn ich die Post unten in der Halle auf dem silbernen Tablett liegen sah, wagte ich kaum, sie durchzusehen. Und was hätte ich mit einem Brief von Berthold gemacht? Würde ich ihn geöffnet haben? Aber es kam kein Brief. Um so besser! Allmählich verlor sich wenigstens diese Angst, wenn auch nicht ganz. Warum sollte er übrigens an mich schreiben? Er hatte seine Arbeit und vielleicht längst einen anderen Trost. Das war sein gutes Recht; er hatte mich ja gar nicht nötig; ich hatte ihn aus freien Stücken verlassen, weil ich zu feige gewesen war, bei ihm auszuhalten. Ja, es war sein gutes Recht, mich zu verachten. Ich überschätzte mich, das war es.

Ich hätte gern mit meinem Schwiegervater darüber gesprochen, ob alles nur Einbildung von mir gewesen sei. Ob ich in Berthold etwas hineingesehen hätte, was er gar nicht war. Als ich ihn zuerst bei der Preisverteilung traf, war ich müde und unzufrieden, und Berthold war so ganz anders als Max und all die Leute, mit denen wir umgingen. Dadurch hatte ich mich täuschen lassen. Es hatte vielleicht gar nichts mit Berthold zu tun. Ich versuchte oft mir vorzustellen, wie er gewesen war, aber es gelang mir nicht. Es gibt wohl keine Erinnerung an die Seligkeit; es ist eine Lücke da, von der man weiß, daß es dort gewesen sein muß, wo man glücklich war, aber wenn man sie mit Bildern auszufüllen versucht, paßt alles nicht hinein, und man zweifelt, ob man es jemals erlebt hat. Die Lücke aber bleibt.

Mein Schwiegervater hätte mir das alles ganz nüchtern erklären können. Ob es richtig gewesen war, daß ich hierher zurückgefahren bin, oder ob Berthold mich doch vielleicht brauchte und sich nach mir sehnte. Denn vielleicht kam ja meine ganze Ungewißheit nur daher, weil er viel an mich dachte. Ich hatte immer das Gefühl, daß er gar nicht weit weg von mir sei, nur im nächsten Zimmer oder nur um die nächste Straßenecke, und daß ich nur seinen Namen zu rufen brauchte. Wenn ich in der Stadt war und von weitem einen Mann von Bertholds Größe sah, der genau solchen Regenmantel anhatte – diesen Regenmantel mit dem speckigen Kragen und den durchgescheuerten Ärmeln, den Berthold nicht reinigen lassen wollte –, dann mußte ich vor Schreck die Zähne zusammenbeißen und konnte kaum weitergehen. Aber es gibt viele Männer von Bertholds Größe, und auch sein Regenmantel war nichts Besonderes. Wenn es wirklich Berthold gewesen wäre, würde alle Mühe umsonst gewesen sein. Ich wäre ohne jeden Widerstand gewesen. Ich hätte nicht einmal sprechen können. Doch wie durfte ich meinen Schwiegervater danach fragen! Ich hätte ihn beleidigt, denn er glaubte ja an meine Kraft. Er hätte mir auch nur antworten können, daß ich zu Günther und zu Max gehöre, und nicht zu Berthold. Das hätte mir jeder geantwortet, und ich selber sagte es mir auch dauernd. Es gibt keine Rechtfertigung.

Alles andere aber war von Anfang an ganz leicht; es ergab sich wie von selber. Max war bewundernswert und ist es auch heute noch. Welcher andere Mann wäre wohl so wie er. Ja, ich bin tief in seiner Schuld, ich habe viel Unrecht gutzumachen.

Er holte uns von der Bahn ab; mein Schwiegervater hatte mit ihm telefoniert. Und auch Günther war dabei, Max hatte ihn an der Hand, als der Zug einfuhr, und Günther winkte. Als wir auf dem Bahnsteig waren, konnte ich Günther gleich auf den Arm nehmen, und alles war so, als ob ich tatsächlich von einer Erholungsreise zurückkehrte. Max fragte, ob die Fahrt anstrengend gewesen wäre, und sagte zu seinem Vater, daß er gut erholt aussähe. Vor dem Bahnhof stand der Wagen, Gertig riß die Mütze herunter und ich gab ihm die Hand, und dann fuhren wir alle vier nach Haus und redeten mit Günther. Und zu Haus stand das Frühstück bereit und Fräulein Gerda war da und plapperte genausoviel wie früher, über Günther und wie er immer nach mir gefragt hätte und wie sie sich alle freuten, daß ich wieder da sei, und alles war gut. Ich hatte Günther nichts mitgebracht, es war ja keine Zeit dazu gewesen, doch mein Schwiegervater hatte in Berchtesgaden oder in München ein paar Sachen gekauft, die er mir im Zug zugesteckt hatte, und die gab ich Günther. Max aber hatte sich frei gemacht und ging an diesem Tag später in die Fabrik.

Oben in meinem Zimmer und in meinen Schränken war noch alles wie vorher. So als ob ich gar nicht fortgewesen wäre. Ich war ja auch nur etwas über zwei Monate fortgewesen. Ich brauchte nur wieder darin zu wohnen, es bedurfte keiner Anstrengung. Ich glaube, sie freuten sich sogar wirklich, daß ich wieder da war. Es war nicht nur Getue. Ja, das ist es, daß sie sich wirklich freuten, auf ihre Art. So als ob ich ihnen gefehlt hätte. Wie soll ich ihnen nur helfen.

Ich nahm mir gleich vor, als ich mein Zimmer wieder sah, nun viel zu lesen, und überhaupt, ich wollte mich mit ernsthaften Dingen beschäftigen. Was war ich denn?

Und auch sonst war es günstig, daß ich gerade jetzt zurückgekommen war. Eine Woche später nämlich begannen die großen Ferien für die Kinder, und alle unsere Bekannten verreisten. So brauchte ich nicht viele Leute zu sehen und ihnen etwas vorzulügen. Die, die ich noch sah, waren viel zu beschäftigt mit den Reisevorbereitungen, als daß sie Zeit gehabt hätten, sich Gedanken über mich zu machen. Selbst wenn sie einen Verdacht hatten, war ihnen das jetzt gleichgültig.

Schon nach einer Woche war alle Welt fort, und auch ich reiste mit Günther für vier Wochen nach Kampen. Max schlug mir das vor, das war sehr taktvoll von ihm, als Nachkur an der See, sagte er. Und welches Vertrauen hatte er zu mir! Ich sagte, daß es schön wäre, wenn er mit uns fahren würde, und er sagte, daß er sehen wolle, uns über ein verlängertes Wochenende zu besuchen.

Fräulein Gerda ging unterdessen auf Urlaub. In Kampen aber waren nur Fremde um mich; tagsüber waren wir mit den Kindern am Strand, und abends saß man noch eine Weile beisammen. Es war alles so, wie es immer in den Ferien ist. Ich hielt mich absichtlich zu den Fremden, obwohl ich lieber allein gewesen wäre; ich wollte Max diese Fremden vorstellen, wenn er uns besuchte, damit er nicht von mir dachte, ich hielte mich von den Leuten fern und sehnte mich anderswohin.

Er besuchte uns auch und blieb sogar eine ganze Woche da. Max war sehr zufrieden mit mir, ich machte ihn mit einem Bankdirektor bekannt, dessen Frau am Nebentisch saß, und Max war viel mit ihm zusammen. Wir fuhren auch nach Westerland, und ich gewann ein paar hundert Mark in der Spielbank. Max spielte selber nicht; ich weiß nicht, ob er tatsächlich nicht gern spielte oder nur nicht wollte, daß ich ihn spielen sah. Aber er drängte mich, daß ich spielen sollte, und gab mir Geld. Er sagte mir auch, wie ich es machen müsse, denn ich verstand nichts davon; ich machte es auch sofort falsch. Max war ganz verärgert, doch ich gewann trotzdem, obwohl ich falsch setzte. Und wie Max sich freute! Nicht wegen des Geldes, aber weil er nicht verlieren mochte. Ich glaube, er hätte sich maßlos geärgert; es wäre ihm wie eine Schande vorgekommen. Ich gab ihm das gewonnene Geld, doch er wollte es nicht haben, ich mußte es behalten, ich hätte es ja selbst verdient. Da lud ich ihn aus Spaß im Kasino zum Essen ein und bestellte auch Sekt. Das war eine große Freude für ihn, er erzählt es noch jetzt allen seinen Freunden.

Aber mich machte es traurig. Das Klappern der Teller und von Messern und Gabeln, die Gespräche der Leute um uns herum, die Musik und das Aufpassen des Obers, der an dem kleinen Beisetztisch stand und darauf wartete, ob er noch einmal auffüllen oder nachschenken solle, machte mich nervös. Es war alles so unwirklich, auch das Geld, das ich gewonnen hatte und daß ich Max eingeladen hatte, wie in einem Film; es wurde mir schwer, die Rolle zu Ende zu spielen. Und wenn ich aus dem Fenster sah, war unten die Brandung, eine Welle nach der anderen, unermüdlich, und man hörte das Rauschen. Dadurch wurde alles noch unwirklicher. Ich wäre gern allein gewesen, an der anderen Seite der Insel beim Wattenmeer, wo es ruhiger war.

Ich sagte zu Max daß ich müde sei; so fuhren wir nach Kampen zurück.

Und als die Ferien vorbei und alle Leute wieder zu Haus waren, sprachen sie über nichts, als über ihre Reise; wo sie gewesen waren und wie das Hotel war und das Essen und wieviel es gekostet hatte und über das Wetter und die Ausflüge, die sie gemacht hatten. Und sie zeigten Fotografien. Wie üblich. Sie sagten zu mir: Wie sehen Sie gut erholt aus, und ich sagte das gleiche zu ihnen. Alles andere war längst vergessen. Es war, als ob nichts passiert sei. Niemand dachte mehr daran.

Ich weiß nicht, was Fräulein Gerda eigentlich dachte. Sie war eine gute Seele, auch wenn sie durch ihr vieles Reden lästig fiel. Und Günther hing sehr an ihr. Trotzdem beunruhigte es mich, daß sie immer noch da war. Ich hätte sie gern entlassen; sie mußte doch genau Bescheid wissen, daß ich damals mit Berthold weggefahren war. Auch wenn sie nicht sehr klug war, konnte sie doch unmöglich glauben, daß alles nur Zufall gewesen war und daß ich damals wirklich nur zur Erholung wegfuhr. Sie wußte doch auch, daß ich nur ganz wenig Sachen mitgenommen hatte. Sie war doch eine Frau.

Vielleicht hatte Max sie so erschreckt, daß sie nichts anderes zu glauben wagte. Sie tat jedenfalls immer so, als sei nichts gewesen; das ärgerte mich, obwohl ich gerade mit ihr am allerwenigsten über meine Angelegenheiten gesprochen hätte. Manchmal kam es mir vor, als ob sie mich wirklich wie eine Kranke behandle, und sie sei angestellt, um auf mich aufzupassen und mir alles aus der Hand zu nehmen, damit ich mich nicht überanstrengte. Ähnlich so, wie sie vorher auf meinen Schwiegervater aufgepaßt hatte. Mir kam sogar der Verdacht, daß Max sie nur darum noch hielt, weil er mir nicht traute. Aber es ist unrecht von mir, so etwas anzunehmen. Ich fühlte mich unsicher, ich meinte, jeder müsse es mir ansehen, daß ich nicht ganz zu ihm gehörte, und das machte mich mißtrauisch.

Schließlich sagte ich eines Abends zu Max, daß wir Fräulein Gerda nun doch nicht mehr brauchten und sie ruhig entlassen könnten. Da zog er die Augenbrauen hoch, und ich merkte, daß er hinter meinem Vorschlag etwas vermutete. Deshalb lenkte ich gleich ein und erklärte ihm, daß ich nun doch selber für Günther sorgen könnte, sonst käme ich mir ganz überflüssig vor. Das sah Max ein; es gefiel ihm wohl auch. Doch er sagte, es wäre undankbar, wenn wir Fräulein Gerda jetzt entließen. Und sie ginge ja sowieso in einigen Monaten von selbst, da ihr Verlobter im Examen stehe, und sie nachher gleich heiraten wollten; bis dahin müßten wir sie wohl behalten. Dagegen war nichts zu sagen, und so blieb sie. Ich schenkte ihr von meinen Sachen; sie hatte ungefähr die gleiche Figur wie ich.

Auch Blanck war natürlich noch da. Er war sogar öfter im Haus als früher. Max hatte große Pläne, das hörte ich aus den Gesprächen. Das Unternehmen wurde immer größer; es gelang ihm alles. Aber ich hatte ja nichts mit Blanck zu tun, ich sah ihn immer nur im Vorübergehen. Ich wußte, wenn er im Zimmer von Max saß, und wenn ich ihn traf, gab ich ihm freundlich die Hand. ‹Guten Tag, Herr Blanck. Wie geht es Ihnen? Und was macht Ihre Frau?› Und er machte eine korrekte Verbeugung: ‹Vielen Dank, gnädige Frau!›; er war nur zu froh, das fühlte ich, wenn ich dann sofort sagte: ‹Lassen Sie sich bitte nicht stören.› Er trug immer noch diese dunklen Anzüge mit einem feinen Streifen und mit scharfen Bügelfalten. Auch der große Leberfleck auf seiner linken Backe unterhalb des Brillenbügels war noch da.

Ein paarmal war ich auch in der Fabrik und holte Max dort ab. Die Leute waren sehr aufgeregt und rissen mir die Türen auf. Das alles tat ich Max zu Gefallen. Auch als die neue Kantine eingeweiht wurde, nahm ich daran teil. Max war sehr stolz auf diese Kantine und auf das, was er für die Leute tat. Ich mußte die Wandmalereien bewundern. Eine Frau mit einem Ährenbündel im Arm und ein Mann mit einer Sense. Und auf der anderen Wand eine Wassermühle und ein Bach, und auf der Schmalseite ein alter Backofen und ein Brett mit mehreren Brotlaiben. Das alles, weil wir eine Nährmittelfabrik waren. Die Bilder waren blaß und langweilig, doch natürlich sagte ich nichts, denn sie hatten viel Geld gekostet, und Fotografien davon waren in der Zeitung erschienen. Überhaupt, der Name Helldegen wurde oft in der Zeitung erwähnt. Max hatte die Arbeiter am Gewinn beteiligt, man nannte ihn einen ‹unserer modernsten Wirtschaftsführer›.

Hin und wieder fuhr ich mit, wenn Max in einer anderen Stadt zu tun hatte. Meistens waren es langweilige Städte, und da Max in Konferenzen war, wußte ich dort nichts anzufangen. Doch es machte ihm Spaß, daß ich mitfuhr; er fragte mich jedesmal vorher, ob ich wohl Lust hätte. Vielleich wollte er mir auch zeigen, daß er nicht mit einer Sekretärin fuhr und daß er lieber mit mir zusammen war. Abends fanden Diners statt mit den andern Herren und ihren Damen; Max war stolz, wenn ich gut angezogen war und repräsentierte. Alle hielten uns für sehr glücklich.

Einmal hätte ich mich fast verraten. Das war auf der Autobahn bei einer Abzweigung. Ich hatte gar nicht auf die Straße geachtet. Gertig fuhr, und Max und ich saßen hinten. Ich glaube, Max sah irgendwelche Papiere durch, um sich auf die Konferenz vorzubereiten. Da sah ich plötzlich ein großes gelbes Schild vor mir, und darauf der Name der Stadt, in der ich mit Berthold gelebt hatte, und darunter 178 km. Ich begann zu zittern. Es waren nur drei Stunden Fahrt bis dahin, nicht viel mehr. Dann war das Schild schon wieder vorbeigeflogen; Gertig fuhr geradeaus. Das Zittern kam so plötzlich, daß ich es nicht vor Max verbergen konnte. Er hatte das Schild gar nicht gesehen; er fragte, was mit mir sei, und ich sagte: Nichts! Ich könne wohl das Fahren nicht vertragen. Wir waren schon viele hundert Meter an dem Schild vorbei. Auch sonst hätte Max sich wohl kaum Gedanken über das Schild und die Stadt gemacht. Er ließ Gertig am nächsten Parkplatz halten, dort machten wir zehn Minuten Pause, und dann war alles wieder in Ordnung.

Ich hatte keine Ahnung, ob Berthold überhaupt noch in jener Stadt wohnte.

Dann kam der Herbst; es gab viele Gesellschaften und Einladungen. Es war alles so, wie es sein sollte. Ich war müde, immer war ich müde von all diesen Zerstreuungen, doch ich nahm mich zusammen, und Max war sehr zufrieden mit mir.

Er ließ mich ja auch sonst in Ruhe. Selbstverständlich hätte ich mich ihm nicht verweigert; das hätte ich nicht tun dürfen, ich mußte die Rolle ganz echt spielen, das war ich ihm schuldig. Doch es war gut, daß er nichts von mir verlangte. Vielleicht hatte mein Schwiegervater mit ihm gesprochen? Aber nein, das war unmöglich; über so etwas sprachen die beiden nicht miteinander. Max tat es also aus sich heraus, ich war ihm sehr dankbar dafür. Doch jeden Abend, wenn wir uns trennten, hatte ich Angst, daß es anders werden könne. Ich wollte ihm meine Dankbarkeit beweisen; ich dachte oft, daß ich etwas wärmer zu ihm sein müsse, und überlegte, wie ich es anfangen solle. Es gelang mir nicht, im letzten Augenblick stockte ich immer wieder, und so blieb alles wie bisher. Ich hoffte darauf, daß es mir mit der Zeit vielleicht nichts mehr ausmachen würde. Jeder Tag war ein Gewinn.

Im Grunde wußte ich genau, daß die andern Leute dachten, es sei bei uns genau wie bei ihnen. Und es ist möglich, daß es in anderen Häusern wirklich genauso ist, von außen läßt sich das nicht beurteilen. Aber einen Unterschied gab es doch. Von den Männern will ich nicht reden, sie haben ihren Beruf, und das genügt ihnen. Man kann es sich nicht vorstellen, daß es ihnen wichtig ist, ob zu Haus alles so ist, wie es sein sollte. Es ist doch nur ein Nebenbei für sie, eine Art Luxus. Doch bei den Frauen schien es mir, daß ihnen alles viel selbstverständlicher war als mir und daß es ihnen nichts ausmachte, wenn beide Teile für sich lebten. Es nahm ihnen nichts von ihrer Sicherheit; die meisten waren sehr ehrgeizig, nur ihre Stellung war ihnen wichtig, und natürlich die Kinder, die auch zu dieser Stellung gehörten. Der Unterschied war, daß sie damit zufrieden waren, ich aber konnte mich nicht hineinfinden. Doch was weiß ich denn von ihnen; vielleicht ging es ihnen genauso wie mir, nur daß sie geschickter waren. Einige waren wohl auch nur oberflächlich, das waren die glücklichsten.

Ich kam mir wie bestraft vor, so als ob ich in Verbannung lebte und es fiele mir schwer, die Sprache des Landes zu sprechen. Alle waren sie nett zu mir und ließen es mich nicht fühlen, daß ich eine Fremde unter ihnen war; sie machten es mir so leicht, mich einzugewöhnen, ich hätte nur zu vergessen brauchen, was hinter mir lag, und daß es mir nicht gelang, war allein meine Schuld. Sie schonten mich, sie lobten mich als Gastgeberin, sie lobten mein Kleid und alles, vielleicht taten sie es nur, weil Max daneben stand und es hören sollte; es war alles wie abgekartet. Sie müssen es ja merken, dachte ich, daß ich nur zufällig dabei bin und nur so rede, wie es sich gehört. Und darum war das alles auch so anstrengend für mich. Wenn wir nachts nach Haus fuhren, war ich wie erledigt und konnte lange nicht einschlafen. Habe ich es richtig gemacht, fragte ich mich, und wiederholte mir alles, was geredet worden war und meine Antworten. Oder habe ich mich irgendwo verraten? Machte nicht Frau X. ein ganz erstauntes Gesicht, als ich sagte ... Und dann wieder sagte ich mir, daß es doch auch vorher niemals viel anders gewesen war; ich habe auch damals nie ganz dazugehört, ich machte nur alles mit, weil ich mit Max verheiratet war, und wie oft beschwerte er sich, daß ich mich nicht richtig gegen die Leute benähme. Das tat er jetzt nie mehr, insofern war es sogar besser geworden, aber einen großen Unterschied gegen die Zeit vorher gab es doch. Damals dachte ich, es müsse so sein, ich war noch nicht außerhalb gewesen und wußte nicht, daß es auch anders sein konnte. Ich machte mir dieselben Vorwürfe, die meine Mutter mir gemacht hatte. Wie anders leben doch meine Eltern; auch wenn sie nicht sehr glücklich waren, zweifelten sie doch nie daran, daß es richtig war, wie sie lebten, und das Glücklichsein war ihnen nicht wichtig. Nun aber, wo ich erfahren hatte, daß es noch etwas andres gab, wenn ich es auch nicht hatte ertragen können, tat es mir manchmal schon weh, wenn jemand auf mich zukam, um mir die Hand zu reichen. Es war beinahe, als ob er mich verletzen wolle, so empfindlich war ich und so schutzlos. Und wenn ich sie am andern Tischende lachen hörte, war es wie ein Schock für mich. Sie lebten in einer dickeren Luft, die trugen sie wie eine Hülle um sich, darum konnte ich alles nicht berühren. Wenn sie ins Haus kamen, brachten sie diese Lufthülle mit; man merkte es schon, wenn man ein paar Meter von ihnen entfernt stand, ja, dann stieß man an diese Hülle. Mich aber umgab nur eine ganz dünne Luft, ich kam mir viel zu leicht vor, wenn ich mit ihnen zusammen war. Irgendein Wind hätte mich wegwehen können, das fürchtete ich, und darum hielt ich mich oft an den Stuhllehnen fest oder am Treppengeländer, um etwas Festes zu haben.

Aber was will ich denn eigentlich? Hier sind alle nett zu mir, ich bin umhegt und in Sicherheit, und trotzdem beklage ich mich. Und als ich außerhalb war, bin ich wieder zurückgelaufen, weil ich fürchtete, daran zugrunde zu gehn. Ich tauge zu nichts.

Oft saß ich vor dem Spiegel in meinem Zimmer und vergaß die Umgebung ganz. Dann starrte ich mich an. Nicht aus Eitelkeit oder um mich zu putzen. Ich saß bewegungslos da. Ich sah mich im Spiegel und sah mich auch nicht. Es saß jemand da, der ich war, das wußte ich, doch das war mir gleichgültig. Ich wollte mich so sehen, wie Berthold mich gesehen hatte, wenn er mich ansah und staunte, oft stundenlang, wie es mir damals vorkam. Ich wollte herausfinden, was ich war und dann so sein, für immer; denn in diesen wenigen Stunden muß ich doch wirklich so gewesen sein, wie ich bin, sonst wäre ich nicht so glücklich gewesen. Doch man kann sich selber nicht sehen, nicht mit eigenen Augen, es ist vergeblich; man kann sich nur in den Augen eines anderen sehen, und dann wird man so, wie er einen sieht, und wünscht sich nichts anderes.

Ich zermürbte mich damit nur unnütz. Ich war froh, wenn auf dem Flur oder nebenan ein Geräusch war. Ich lief dann schnell hin und spielte mit Günther.

Wir hatten ein kleines Kätzchen zu uns genommen, nur fünf oder sechs Wochen alt. Die Mutter hatte es verlassen oder war überfahren worden; wir fanden es im Gebüsch zum Nachbargarten. Es hatte noch ganz blaue erstaunte Kinderaugen. Fräulein Gerda und ich zogen es mit einem Lutscher oder einer Pipette groß; Günther stand dabei und wischte dem Kätzchen den Bart ab, wenn er mit Milch beschmiert war. Wir mußten sehr aufpassen, daß wir nicht darauf traten, wenn es durchs Zimmer stolperte. Am liebsten schlief es auf schmutziger Wäsche.

Aber davon wollte ich gar nicht reden, es ist nicht wichtig. Ich wollte erzählen, daß ich manchmal an Berthold dachte, wenn ich Günther in die Arme nahm. Ich schämte mich sehr, wenn ich mir dessen bewußt wurde, und ich schäme mich, davon zu sprechen.

Doch ich weinte nie, die ganzen Monate nicht, nein.

Trotzdem wäre bestimmt alles gut gegangen; es war ja mein Wille, mich in alles hineinzufinden. Wenn ich in der Zeitung gelesen haben würde, daß Berthold irgendwoanders Erfolg gehabt hätte, so würde mich das gefreut haben und zugleich wäre er noch etwas ferner von mir gerückt. Ich hätte mich für ihn gefreut, denn was ging mich sein Erfolg an. Doch ich las seinen Namen nicht ein einziges Mal, er hätte ebensogut gar nicht mehr existieren können, oder das Ganze hätte nur ein Traum von mir gewesen sein können; das war es, was mich beunruhigte. Und wenn mir jemand erzählt hätte, daß er geheiratet habe, so wäre ich vielleicht traurig geworden, aber ich wäre auch von der Not befreit, an ihn zu denken und mich ins Ungewisse nach ihm zu sehnen. Doch wer sollte mir schon so etwas erzählen.

Einmal bei einer Gelegenheit fragte mich die Riebow: «Haben Sie etwas von Möncken gehört?» Es war ein lauernder Unterton in ihrer Stimme, jedenfalls kam es mir so vor, doch bei ihr war ich auf der Hut, deshalb konnte sie mir nichts anhaben.

«Nein», sagte ich. «Hat er ein neues Buch geschrieben?»

Das wußte sie nicht und es interessierte sie auch gar nicht. Darum fragte ich ihren Mann dasselbe, auch er wußte nichts. Als ich mit ihrem Mann sprach, wandte sich die Riebow gleich anderswohin. Er war ein sympathischer Mann, der sich im Hintergrund hielt.

«Halten Sie Möncken für einen großen Schriftsteller?» fragte ich ihn.

«Groß? Wer will das schon entscheiden, gnädige Frau. Er hat eine besondere Note, eine etwas unbequeme, möchte ich sagen, und das ist schon viel heutzutage.»

Ich hätte gern mehr über Berthold von ihm gehört, aber ich wagte nicht, mich zu weit darauf einzulassen.

Es wäre auch ganz zuletzt noch gut gegangen, wenn Max sich nur hätte entschließen können, die Reise nach Italien ein paar Tage vorzuverlegen. Doch leider hing das nicht von ihm ab. Ich tat alles, um ihn dazu zu überreden. Selbstverständlich durfte er den Grund nicht wissen, daher brauchte ich den Vorwand, daß es nicht günstig sei, so kurz vor Weihnachten noch zu verreisen; ich müsse noch viele Besorgungen machen, und es würde sich sonst alles auf die letzten paar Tage vor dem Fest zusammendrängen. Max sah das auch ein; er blätterte in seinem Notizbuch und fragte sogar Blanck um Rat, ob es sich machen lasse. Doch es ließ sich wirklich nicht machen, und mehr konnte ich auch nicht tun. Ich hatte niemand, den ich um Rat fragen mochte. Es war auch niemand da, der mir warten half. Es ist ein Wunder, daß ich nicht krank geworden bin. Das Herz tat mir weh vor Angst und Aufregung. Je näher der Tag rückte, um so schlimmer wurde es. Oft glaubte ich, es keine Minute länger aushalten zu können, jeden Augenblick konnte die Entscheidung fallen, und ich wußte nicht welche. Sie hing nicht von mir ab.

Ganze drei Wochen mußte ich aushalten. Anfang November fand ich eine winzige Notiz unter den kulturellen Nachrichten in der Zeitung, daß Bertholds Stück am Dreiundzwanzigsten in unserer Stadt uraufgeführt werden solle. Das Stück hieß: «Revision verworfen.» Ich wunderte mich sehr über den Titel, denn es paßte gar nicht zu dem, was ich damals bei ihm gesehen hatte. Doch es war ja möglich, daß er ein neues Stück geschrieben hatte; mit dem anderen kam er damals sowieso nicht voran.

Aber warum ließ er es gerade in unserer Stadt zuerst aufführen? War das Absicht von ihm? Etwa meinetwegen? Ich hatte ihn doch gebeten, mir nicht zu schreiben, und ich hatte damit gemeint, daß er nicht versuchen solle, wieder mit mir in Verbindung zu kommen, weil ich das nicht ertragen würde. Und er mußte doch wissen, daß es für mich sehr peinlich und aufregend werden könne, wenn die Premiere in unsrer Stadt war. Er hätte sich gar nicht erst darauf einlassen dürfen, aus Rücksicht auf mich. Ahnte er denn nicht, daß er mich zugrunde richten konnte? Und das nach all der Qual und allem Kummer.

Doch vielleicht tat ich ihm Unrecht, er konnte wohl gar nichts dafür. Wahrscheinlich hatte sein Verlag oder der Bühnenvertrieb das alles arrangiert; ich verstehe nichts davon und weiß nicht, wie so etwas gemacht wird. Die Leute werden sich gerade unsere Stadt für die Premiere ausgesucht haben, weil es für Berthold am günstigsten war; denn hier hatte er den Preis bekommen, so daß man ihn kannte, und er mehr Erfolg haben würde.

Ich las die Nachricht abends nach dem Essen und nachdem ich Günther zu Bett gebracht hatte. Max saß mir gegenüber im Sessel und las die politische Seite und den Wirtschaftsteil. Das Feuilleton hatte er mir herübergereicht, denn dafür interessierte er sich nicht. Er merkte nichts, doch aus Vorsicht nahm ich das Feuilleton nachher mit auf mein Zimmer hinauf. Max lachte und sagte, du brauchst wohl die Romanfortsetzung zum Einschlafen. Ich erinnere mich noch ganz genau, denn einen Augenblick hatte ich den Verdacht, daß er das schon wegen dieser Notiz zu mir sagte. Doch er wußte nichts davon; es sollte wirklich nur ein Scherz sein.

Wir ließen die Zeitung sonst immer liegen, die Hausangestellten nahmen sie dann an sich; das war der Grund, warum ich die Seite mit der Notiz verschwinden lassen wollte. Aber mein Schwiegervater hielt sich eine eigene Zeitung. Das wäre noch nicht das Schlimmste gewesen, denn er hätte sicher nicht zuerst mit Max darüber gesprochen, sondern vorher mit mir. Doch er konnte das Blatt herumliegen lassen, und Fräulein Gerda... Ach, wie hätte die dann drauflos geschwatzt, ohne sich etwas Böses dabei zu denken. Sie las alles überflüssige Zeug in der Zeitung, die Heiratsannoncen und wenn jemand ein Mädchen wiedertreffen wollte, das er irgendwo gesehen hatte. Auch über verlorne Hunde und Nerzkolliers wußte sie genau Bescheid, und wie hoch die Belohnung war. Sie pflegte auch alles über Schauspieler und Schauspielerinnen zu lesen, was sie spielten und ob sie sich scheiden ließen und das wievielte Mal. Aber diese Notiz war schwer zu finden; sie stand ganz unscheinbar zwischen einem Professor, der einen Orden gekriegt hatte, und einem ausländischen Maler, der fünfundsiebzig Jahre alt geworden war.

Max erkundigte sich zuweilen, wenn er guter Laune war, bei Fräulein Gerda nach all diesen Lächerlichkeiten; sie merkte nicht einmal, daß er sich über sie lustig machte. Er machte sich genau so über sie lustig, wie es mein Schwiegervater früher über Blanck tat.

Ja, und wie war es mit Blanck, diesem Schnüffler?

Ich traute keinem. Es konnte ja sein, daß sie sich verabredet hatten, nicht davon zu reden, weil sie meinten, ich hätte es nicht gelesen. Oder sie wollten mich auf die Probe stellen, um zu sehen, ob es mir etwas ausmache. Ich beobachtete sie alle, ich konnte es nicht herausfinden; nichts hatte sich in ihrem Benehmen geändert. Nein, sie hatten die Notiz wohl tatsächlich nicht gelesen; es war ihnen alles zu nebensächlich. Das Leben im Haus ging genauso weiter wie sonst. Doch anstatt mich darüber zu freuen, war es gerade das, was es mir so schwer machte. Es wäre für mich eine Erleichterung gewesen, wenn jemand davon gesprochen hätte; dann hätte man sich darauf einstellen können. Aber ich konnte doch unmöglich von mir aus davon anfangen. Und Berthold? Ich versuchte mir auszudenken, was er wohl tun würde, es beängstigte mich. Alles war möglich, und ich hatte keine Macht, ihn daran zu hindern. Wenn ich ihm jetzt schrieb, konnte es unter Umständen gerade das Verkehrte sein. Möglicherweise dachte er schon gar nicht mehr an mich. Oder er schickte mir plötzlich Karten ins Haus für die Aufführung, und was dann? Er wollte ja damals immer, daß ich dabei sein sollte. Er hatte sogar schon von dem Kleid geredet, daß ich dann tragen müßte. So wie er war, überlegte er überhaupt nicht, was andere Leute sagen könnten. Er könnte es fertigbringen, auch für Max eine Karte mitzuschicken. Wenn er damals über Max sprach, war es immer so wie über einen zufälligen Bekannten von mir; daß ich mit Max verheiratet war, zählte für Berthold gar nicht.

Und am Tag der Premiere? Kam denn Berthold überhaupt hierher, um sich die Aufführung anzusehen? Oder vielleicht schon zu den Proben? Was dann? Ich sah Tag für Tag die Zeitung durch, ob etwas Neues darüber bekannt war, doch es wurde gar nichts mehr davon erwähnt. So wurde meine Ungewißheit immer größer. Aus Vorsicht ging ich schließlich zur Theaterkasse und fragte dort, ob die Aufführung stattfinden würde. Die Leute sagten ja, da blieb mir nichts übrig, als zwei Plätze zu kaufen. Und zwar kaufte ich den ersten und zweiten Platz in der vierten Reihe, gleich beim Seitenausgang. Für alle Fälle. Ich wollte nicht so weit vorne sitzen, daß man mich von der Bühne aus sehen konnte; ich wollte auch wegen der andern Theaterbesucher nicht auffallen. Unser Theater ist erst nach dem Kriege wieder aufgebaut worden und hat nur sechshundert Plätze. Bei Premieren aber ist immer alles ausverkauft, darum muß man rechtzeitig vorbestellen. Aber meine Absicht war, die Karten, die Berthold mir vielleicht schicken würde, sofort ans Theater zurückzusenden, und dann, wenn es sein mußte, ganz woanders zu sitzen, so daß er mich gar nicht entdeckte. Zur Not konnte ich dann auch heimlich weggehen, bevor es im Zuschauerraum wieder hell wurde.

Das alles war nur eine Vorsichtsmaßnahme. Ich hoffte immer noch, daß Max seine Reise vorverlegen würde. Ich hoffte bis zuletzt; es handelte sich ja nur um ganze drei Tage. Außerdem, Max und ich gingen sehr selten ins Theater; er war meistens zu müde, sagte er. Und ich konnte ihn doch unmöglich bitten, sich ausgerechnet ein Stück von Berthold anzusehen. Wie dumm von mir.

Und wie verlegen ich war. Der Mann an der Theaterkasse kannte mich doch gar nicht. Woher sollte er wissen, daß ich mit Berthold zusammengewesen war? Doch die ganze Zeit, während er durch das Schalterfenster mit mir sprach und dabei in dem Päckchen Karten blätterte, hatte ich das Gefühl, daß er dachte: Du machst mir nichts vor, meine Liebe. Wir wissen hier ganz gut, warum du so genaue Auskunft über dies Stück haben willst. Zu albern! Ich war so nervös von all dem geworden – ja, natürlich hatte ich Angst, daß Berthold plötzlich im Foyer stehen könnte, vielleicht um eine Zigarette zu rauchen, während drinnen geprobt wurde –, daß ich in ein Café gehen mußte, um mich zu erholen. Dort zog ich die Karten aus meiner Handtasche und betrachtete mir alles genau, das Datum und die Platznummern, als ob es sich um ein Wunder handelte. Und dann wieder sah ich mich nach der Kellnerin um, ob sie mich vielleicht beobachtete. Ich überlegte, ob ich das Futter der Handtasche etwas losreißen solle, um die Karten dort zu verstecken. Denn wenn ich zufällig meine Handtasche irgendwo liegen ließ und nicht mehr daran dachte ...

Aber wie sollte ich das vergessen. Jedesmal, wenn ich nach Haus kam – ich machte in diesen Wochen schon Besorgungen für Weihnachten. Das meiste hatte ich schon eingekauft. Ich sprach auch jeden Abend mit Max über die Geschenke und was Günther bekommen solle; es machte ihm Freude. Die meisten Pakete hatte ich in meinem Kleiderschrank versteckt, und wenn ich nach Haus kam, erzählte ich Günther, daß ich den Weihnachtsmann getroffen hätte –– Nein, jedesmal, wenn ich die Haustür aufmachte, fürchtete ich, daß mir jemand entgegenlaufen würde. Haben Sie schon gehört, gnädige Frau? Oder Frau Helldegen. Oder Frau Direktor. Nicht einmal Günther konnte ich mehr richtig ansehen, obwohl das Kind doch von all dem keine Ahnung hatte.

Die Theaterkarten legte ich rechts in die oberste Schublade meines Frisiertisches, unter eine Puderdose. Manchmal holte ich die beiden grauen Pappstückchen heraus und besah sie mir. Sie waren voller Puder; ich mußte ihn erst wegpusten.

Und dann, ein paar Tage vor dem Dreiundzwanzigsten – nein, inzwischen stand auf den Theaterzetteln der Anschlagsäulen «Revision verworfen», rot und in etwas dickerem Druck als die anderen Stücke, die sonst noch gegeben wurden, doch der Name von Berthold war so klein gedruckt, daß es nicht weiter auffiel –, aber ein paar Tage vorher stand wieder eine kleine Notiz in der Zeitung. Es hieß, daß der Autor des Stückes wegen Krankheit leider verhindert sei, an der Uraufführung teilzunehmen. Drei winzige Zeilen, kaum zu finden für jemand, der nicht danach suchte.

Ich seufzte wie erlöst auf. Nun ist ja alles gut, dachte ich. Denn die Krankheit wird nur eine Ausrede von ihm sein. Er will es mir nicht antun, daß er hierherkommt. Ja, ich muß ihm sehr dankbar sein, daß er mich schont.

Und trotzdem war ich traurig. Ja, ich war sogar verärgert. Und wie, wenn er nun wirklich krank ist? Wer sorgt denn für ihn? Lebt er überhaupt noch bei dieser Frau Viereck? Und wenn es nun eine schlimme Krankheit ist?

Und was sollte ich mit den Karten machen? Natürlich, ich konnte sie einfach zerreißen, in ganz kleine Schnitzel. Mochten sich die Leute im Theater nur wundern, daß die beiden Plätze leer blieben. Was ging mich das an; sie kannten ja meinen Namen nicht. Und wie lächerlich! Noch nie hat ein Theater deshalb angerufen, weil man seine Plätze nicht ausnutzt. Hallo, wollen Sie nicht schnell kommen! Das Stück hat schon begonnen. Oder so ähnlich.

Ach, diese drei Tage! In den letzten Tagen hatte ich schon kaum mehr Angst gehabt, ich wollte alles auf mich zukommen lassen, aber diesmal mußten auch die anderen die Notiz gelesen haben, darum war es jetzt schrecklicher als zuvor. Obwohl es wieder nur eine winzige Notiz war, in die äußerste Ecke der Zeitung gerückt, ganz unwichtig, ja, trotzdem ... zweimal wird so etwas nicht übersehen; damit braucht man gar nicht erst zu rechnen; so etwas passiert nie.

Und doch taten sie alle so, als ob nichts wäre. Ihr Verhalten war mir ganz unverständlich. Das war doch wirklich unrecht von ihnen. Wieso? Konnten sie nicht mehr Vertrauen zu mir haben? Hatte ich ihnen denn nicht in all den Monaten bewiesen, daß mich das alles nichts mehr anging und daß ich bei ihnen bleiben wollte? Was verlangten sie denn noch von mir?

Aber ich konnte ihnen nichts ansehen. Sie sprachen nur über das Gewöhnliche, und natürlich über die Reise und über Weihnachten. Blanck war abends da, ich richtete es absichtlich so ein, daß ich mit ihm zusammentraf, als er wegging. Auch er war wie immer; aus seinen undurchsichtigen braunen Augen ließ sich nichts ablesen. Er machte seine Verbeugung und verschwand. Vorher hatte er im Arbeitszimmer gesessen, auch Max war zu ihm hineingegangen. Sie hatten nicht geflüstert, es war nur ein Gemurmel wie auch sonst, wenn sie dort über ihre Geschäfte sprachen.

Ich haßte sie alle wegen ihres Schweigens. Besonders Fräulein Gerda. Ich konnte kaum an mich halten. Am liebsten hätte ich sie rausgeschmissen. Wenn diese dumme Person doch endlich heiraten würde.

So vergingen noch zwei Tage. Wenn ich auch wegen der Krankheit nicht mehr zu befürchten brauchte, daß Berthold mich in Verlegenheit setzen würde, so war die Spannung doch noch größer als vorher. Ich weiß nicht, was ich eigentlich befürchtete, doch wie gesagt es wurde von Stunde zu Stunde schlimmer.

Und dann passierte etwas, was ich hätte voraussehen können. An alles andere hatte ich gedacht, an völlig unmögliche Dinge, doch nicht an etwas so Selbstverständliches.

Am Abend vor der Aufführung war ein Bild von Berthold in der Zeitung; auf der Feuilletonseite, die mir Max herüberreichte wie immer. Ein ziemlich großes Bild, es war nicht zu übersehen; das Auge fiel sofort darauf, auch wenn man die Seite nicht las. Und darunter stand, daß es sich um den Preisträger unserer Stadt handle, daß morgen die Premiere seines Schauspiels «Revision verworfen» sei und daß der Autor wegen Krankheit nicht kommen könne. Das war natürlich vom Theater in die Zeitung gesetzt, um Reklame für die Aufführung zu machen. So wird das immer gemacht.

Es war ein sehr schlechtes Bild von ihm. Es war Berthold, das sah man wohl, aber es war nicht der, den ich kannte. Es muß eine ältere Aufnahme gewesen sein. Berthold ließ sich nicht gern fotografieren, ich besaß kein Bild von ihm. Der, den ich kannte, war auch nicht zu fotografieren.

Selbst wenn sie die Notizen vorher übersehen hatten, nun wußten es alle. Mein Schwiegervater las seine Zeitung oben in seinem Zimmer; er war abends nach Tisch fast nie mit uns zusammen; er wollte uns allein lassen. In diesem Augenblick also, wo ich das Bild entdeckte, wußte er alles. Und spätestens morgen früh würde zum mindesten Fräulein Gerda es wissen und mit der Zeitung zu mir gelaufen kommen. Und Blanck natürlich auch.

Ich bin überzeugt, daß Max das Bild gesehen hatte, bevor er mir die Seite gab. Er hatte wohl auch den Text darunter gelesen. Vielleicht gab er sich mit der Nachricht von Bertholds Krankheit zufrieden. Ja, es kann sein, daß damit die Sache für ihn erledigt war. Es war ihm nichts anzumerken. Auch ich ließ mir nichts anmerken; ich streifte das Bild nur mit einem gleichgültigen Blick und faltete die Zeitung dann so, daß es auf dem Kopf nach unten zu Max hin stand, so als ob mich das alles nicht interessiere und als ob ich etwas anderes lese. Ich ließ das Blatt auch nachher neben mir auf dem Sofa liegen; Max sollte nicht denken, daß es mir um das Bild zu tun sei. Er ließ ja auch die Zeitung einfach immer auf dem Rauchtisch liegen. Manchmal schnitt er sich mit dem Federmesser etwas aus und tat den Abschnitt in seine Brieftasche, um am nächsten Tag mit Blanck darüber zu reden. Aber nicht sehr häufig; Max hatte ein gutes Gedächtnis. Diesmal war die Todesanzeige eines Industriellen in der Zeitung, den Max kannte; sie waren noch vor wenigen Wochen zusammen gewesen. Der Mann war mit zweiundfünfzig gestorben. Wir sprachen darüber; ich sagte zu Max, daß er sich schonen solle. Das alles war Lüge; ich kam mir sehr schlecht vor.

Kein Wort über das Bild und über Berthold. So als ob Berthold überhaupt keine Rolle in meinem Leben gespielt hätte. Ich weiß nicht, wie Max sich das vorstellte. Ich konnte die ganze Nacht nicht schlafen; ich war am Ende. Ich nahm eine Schlaftablette, doch sie wirkte nicht. Nur mein Körper lag da wie gelähmt oder wie etwas Fremdes, aber mein Kopf dachte: Morgen! Morgen! Was wird morgen sein?

Wovor hatte ich eigentlich Angst? Es kommt ja doch alles, wie es kommen muß, ich kann nichts mehr dabei tun. Besser ich schlafe vorher noch einmal, nachher ist vielleicht keine Zeit mehr dazu. Außerdem, wozu die Aufregung? Wenn die anderen sich nicht aufregen und wenn Berthold krank ist, braucht mich das alles erst recht nicht aufzuregen. Das Stück interessiert mich nicht... Selbstverständlich wünsche ich ihm Erfolg, aber das ist nicht meine Sache, das ist nicht das Wichtigste. Was geht mich das Stück an. Revision verworfen?

Doch es nützte nichts.

Am Morgen, als ich die Treppe herunterkam, um Max wie sonst beim Frühstück Gesellschaft zu leisten, war die Zeitung natürlich nicht mehr in der Halle. Alles war aufgeräumt.

Und Max war wie immer. Nein, er hatte die Zeitung nicht an sich genommen, bestimmt nicht. Welch ein Unsinn, so etwas zu denken. Max war immer sehr gehetzt beim Frühstück, weil er rechtzeitig in der Fabrik sein wollte. Er pflegte zu sagen, der Chef müsse früher da sein als alle anderen und müsse auch länger dableiben, sonst risse gleich der Schlendrian ein. Auch mein Schwiegervater war früher immer einer der ersten im Werk gewesen. Und gerade, weil Max so gehetzt war, bemühte er sich immer, besonders ruhig und freundlich zu tun, um es nicht zu zeigen. So war es auch heute, genauso wie immer. Ja, und ich konnte doch unmöglich jetzt gerade davon anfangen, wo er den

Kopf voll anderer Dinge hatte. Wir sprachen sogar über unsere Reise; ja, so lächerlich es klingt, wir sprachen über die Zahl der Oberhemden, die Max mitnehmen wollte. Es war mein Wunsch, das alles vorzubereiten. Max sagte, ich solle mir keine Sorge deswegen machen, zur Not könne man gute Oberhemden in Italien kaufen. So ungefähr.

Wir waren morgens beim Frühstück immer allein. Ich trank dann nur eine Tasse Kaffee, mehr der Form halber; ich konnte so früh noch nichts essen, es fiel also nicht auf, wenn ich diesmal auch nur mit meiner Tasse dasaß. Max mochte es nicht, wenn morgens schon andere um ihn herum waren, es machte ihn nervös. Auch zu mir sagte er zuweilen, daß es für mich nicht nötig sei, so früh aufzustehen, ich solle ruhig ausschlafen. Aber ich hielt es für meine Pflicht, und im Grunde freute er sich. Was war auch schon dabei, um sieben aufzustehen. Ich konnte mich ja nachher wieder hinlegen, wenn ich wollte.

Wenn er sich eine Zigarette anzündete – jedesmal war es dasselbe: er nahm sich eine Zigarette und hatte schon das Feuerzeug in der Hand, dann sagte er Verzeihung! und bot mir eine Zigarette an, obwohl ich selten rauchte und um diese Tageszeit schon gar nicht – dann war es meistens auch schon so weit, daß er den Stuhl zurückschob und aufsprang. Ich begleitete ihn in die Garderobe, wo er Hut und Mantel nahm und sich den Schal mit großer Sorgfalt vor dem Spiegel umband, wobei er Gesichter schnitt; denn der Rauch der Zigarette, die er im Mundwinkel hielt, schnitt ihm in die Augen. Das war jeden Morgen dasselbe. Draußen wartete Gertig schon mit dem Wagen. Dann fiel die Haustür zu. Ich stand in der Garderobe und hörte, wie die Wagentür zugeschlagen wurde, wie der Motor leise aufheulte und dann das Knirschen der Reifen auf dem Grund. Was wird geschehen? Im Büro werden sie Max von der Premiere erzählen. Blanck wird ihn darauf aufmerksam machen und dann abwartend dastehen. Vielleicht hat Blanck die Zeitung mit dem Bild auf Max' Schreibtisch gelegt, rotangestrichen. Ich habe keine Ahnung, wie das vor sich geht. Und wie wird Max darauf reagieren?

Wenn er gleich wieder nach Haus fahren würde, um mit mir alles ganz offen durchzusprechen – und vielleicht könnten wir dann ja trotz alledem sofort abreisen –, ja, das wäre die beste Lösung. Ich würde mich in allem nach ihm richten, ich hatte keinen eigenen Willen mehr. Ich würde Max auch gesagt haben, daß gar kein Grund zur Aufregung sei, meinetwegen schon gar nicht, und im übrigen sei Herr Möncken ja krank und komme nicht hierher, und wenn ich überhaupt in Unruhe gewesen sei, dann nur wegen Max, weil er vielleicht glaube, ich habe das alles schon längst gewußt und stehe mit Herrn Möncken in Verbindung. So ungefähr.

Doch ich glaubte es selber nicht, daß Max nach Haus kommen würde, um mit mir zu sprechen. Gerade das würde er nicht tun, es war nicht seine Art. Er ordnete die Dinge lieber, ohne darüber zu sprechen. Über so etwas zu reden, machte ihn unsicher. Sollte ich ihn von mir aus anrufen und bitten, doch gleich nach Haus zu kommen, weil ich etwas mit ihm zu besprechen hätte? Würde das nicht viel zu wichtig klingen? Und außerdem hätte ich ja dann beim Frühstück mit ihm sprechen können, ich brauchte ihn nicht erst von seiner Arbeit wegzuholen. Nein, aber ich werde mit meinem Schwiegervater sprechen.

Ich ging die Treppe hinauf. Diese Idee machte mich ganz glücklich. Ja, so war es das beste. Ich würde mit meinem Schwiegervater sprechen und ihn bitten, in die Fabrik zu fahren. Unter irgendeinem Vorwand, ganz gleich. Er fuhr ja auch sonst manchmal in die Fabrik, Max zuliebe und um sich dort sehen zu lassen. Er konnte dann mit Max über Geschäftliches reden, und nur so ganz nebenbei konnte er die Premiere heute abend erwähnen, wie nichts Besonderes. Das genügte. Er brauchte Max gar nicht erst aufzufordern, sich mit mir auszusprechen. Wozu diese dumme Aussprecherei! Das war doch gar nicht nötig und für alle Teile nur peinlich. Ich würde mich ganz einfach danach richten, was Max beschließen würde. Ich brauchte dann nicht mehr selber zu entscheiden. Ich war die ganze Sache los.

Wirklich, die Idee machte mich ganz vergnügt, ich summte sogar vor mich hin, als ich in meinem Zimmer war. Mit meinem Schwiegervater zu reden, machte mir nichts aus. Es bedurfte nur weniger Worte, er verstand sofort, um was es ging. Ich brauchte nur in meinem Zimmer zu warten, bis ich ihn draußen die Treppe hinuntergehen hörte. Meistens gegen zehn. Er nahm sein Frühstück oben in seinem Zimmer. Dann ging er spazieren, oder ich weiß nicht was. Ich glaube, er aß mittags in der Stadt, nicht in der Kantine der Fabrik, wie Max es tat, weil er das für richtig hielt. Mit wem mein Schwiegervater tagsüber zusammen war, weiß ich nicht; ich glaube, er hatte keine Freunde. Vielleicht ging er mittags an die Börse, das kann sein. Er war sehr auf dem laufenden über alles, das merkte ich abends bei Tisch an seinen Gesprächen mit Max.

Ich legte mich nicht wieder hin, es hätte mich nur nervös gemacht. Ich kramte unter meinen Sachen, ich bürstete mein Haar und ich weiß nicht mehr was sonst. Ich war ganz beruhigt.

Doch es kam nicht dazu. Die Schuld hat Fräulein Gerda. Nein, es ist meine Schuld; ich hätte trotz Fräulein Gerda mit meinem Schwiegervater reden können. Ich will mich nicht entschuldigen.

Als sie mit Günther in mein Zimmer kam, damit er mir Guten Morgen sagte, platzte sie gleich damit heraus: «Haben Sie gesehen? Heute wird ein Stück von Möncken aufgeführt.»

«Von wem?» fragte ich, während ich den Spielanzug von Günther zurechtzupfte.

«Von Herrn Möncken», rief sie ganz aufgeregt, «der, der damals bei uns im Haus war und der den Preis gekriegt hat.»

«Ach so, der», sagte ich. Ich tat so, als ob es mich nicht interessiere. Ich sprach mit Günther über Weihnachten und den Weihnachtsmann.

Fräulein Gerda ließ nicht locker. «Es ist auch wieder ein Bild von ihm in der Zeitung.»

«Ein Bild? Von wem?»

«Von Herrn Möncken. Soll ich es holen?»

«Ach du liebe Zeit», sagte ich und stand vom Fußboden auf, wo ich bei Günther gehockt hatte. «Womöglich erwartet er, daß wir ihn wieder hierher auffordern. Wir haben jetzt gar keine Zeit für so etwas.»

«Aber er ist doch krank; er kommt gar nicht hierher.»

«Das tut mir aber leid», sagte ich. «Na, und wie heißt das Stück denn?»

«Irgend etwas mit Revision.»

«Heute abend, sagen Sie?»

«Ja, heute ist Premiere.»

«Welches Datum haben wir denn? den dreiundzwanzigsten? Da fällt mir etwas ein. Warten Sie, ich will gleich mal nachsehen. Daran habe ich wegen der Reise überhaupt nicht mehr gedacht. Wo hab ich die Dinger nur gelassen?» Ich ging zum Frisiertisch und zog ein paar Schubladen auf, als ob ich etwas suchte. «Da hat uns doch jemand vor einiger Zeit Theaterkarten zugeschickt. Wahrscheinlich die Intendanz. Ob ich sie aus Versehen weggeworfen habe? Ach, da sind sie ja. Tatsächlich, für heute abend. Vierte Reihe, Parkett. Ich weiß gar nicht, wie wir dazu kommen. Und Sie sagen, es sei ein Stück von diesem ... diesem Möncken. Vielleicht hat er dem Theater gesagt, daß sie uns Karten reservieren sollen, weil mein Mann sich damals für den Preis eingesetzt hat. So wird es wohl sein. Was für ein Glück, daß Sie das zufällig in der Zeitung gelesen haben, sonst wären die Karten verfallen. Sie sind voller Puder. Ja, was machen wir nun? Mein Mann wird bestimmt keine Lust haben, und ich ... Ich habe noch so viel für die Reise zu bedenken. Wollen Sie mit Ihrem Verlobten ...?»

«Ich?»

«Warum denn nicht. Den Leuten kann es doch ganz gleichgültig sein, wer auf den Plätzen sitzt. Es steht ja nicht ‹persönlich› auf den Karten. Rufen Sie doch gleich bei Ihrem Verlobten an, ob er Lust hat. Oder läßt er sich nicht telefonisch erreichen?»

Es gelang ihr eine halbe Stunde später, ihren Verlobten zu erreichen. Es klappte alles. Fräulein Gerda war vor Freude ganz aus dem Häuschen; sie war viel aufgeregter als ich. Sie hatte noch nie an einer Premiere teilgenommen. Und wie stolz sie war, weil sie den Dichter kannte. Sie fragte mich, ob man ein langes Abendkleid dazu anziehen müsse. Ich sagte, das sei wohl kaum nötig, aber ... Und dann suchten wir in meinem Kleiderschrank ein dunkles Kleid für sie aus. Ich wollte, daß sie anständig aussah. Das Kleid brauchte sie nur mit ein paar Stichen zu ändern; ich half ihr dabei und begutachtete alles. Fräulein Gerda war so aufgeregt, daß sie zu nichts anderem zu gebrauchen war. Auch mir machte es Spaß; es lenkte mich ab. Ich gab ihr auch einen Schal, der zu dem Kleid paßte. Und sie solle sich ruhig schon gleich nach dem Mittagessen frei nehmen, wenn sie mit ihrem Verlobten zusammen sein wolle. Oder sie könne ja auch zu ihrer Schwester gehen. Für Günther würde ich schon allein sorgen. Nicht wahr, Günther?

Im letzten Augenblick hätte sie beinahe das Wichtigste vergessen, die beiden Karten. Sie lagen noch auf dem Frisiertisch.

Ich hörte wohl, wie mein Schwiegervater wegging; die Tür zum Treppenhaus war nur angelehnt, ich hätte ihn rufen können, doch ich tat es nicht. Sollte er nur denken, daß wir drinnen über Kleider und anderen Weiberkram schwatzten. Wozu den alten Mann belästigen! Es war ja gar nicht mehr nötig. Je weniger man davon sprach, um so besser.

Aber nachmittags kam es über mich, immer stärker. Von Minute zu Minute stärker.

Es begann damit, daß das Telefon in der Halle läutete. Fräulein Gerda war schon lange fort, es war niemand im Haus außer mir und Günther und dem Personal. Günther schlief, auch ich hatte versucht zu schlafen. Da läutete unten das Telefon; ich hatte es nicht in mein Zimmer umstellen lassen. An diesem Tage läutete das Telefon öfter als sonst. Vielleicht kam es mir auch nur so vor. Es war nicht zum Aushalten. Es läutete, während ich auf dem Bett lag, und ich horchte. Nach dem dritten Läuten ging jemand hin, es wurde kurz gesprochen und dann wieder aufgelegt. Es war nicht für mich.

Ich nahm Günther auf; er war um diese Zeit immer etwas ungnädig. Er sollte seine Milch trinken; ich sagte, daß der Weihnachtsmann es erfahre, wenn er seine Milch nicht trinke. Da läutete das Telefon schon wieder, und ich sagte zu Günther, daß es der Weihnachtsmann sei, der sich danach erkundige, ob er auch seine Milch getrunken habe. Das Mädchen stand in der Tür; ich dachte, nun wird sie sagen: Ein Herr Möncken ist am Apparat und möchte Sie sprechen, doch es war das Schneideratelier, das mein Kostüm für die Reise etwas umändern mußte; sie fragten an, ob ich noch einmal zur Anprobe kommen wolle und ich sagte ja, ich würde morgen vorbeikommen.

Günther und ich wollten einen Kasten mit buntem Papier bekleben; den Kasten sollte er seinem Opa zu Weihnachten schenken. Ich war so gereizt, daß ich nichts zustande brachte. Die Papierstreifen blieben mir an den Fingern kleben und bekamen Leimflecke. Und es sollte doch alles hübsch sauber aussehen.

Als das Telefon wieder läutete, ging ich auf die Treppe hinaus und fragte, für wen es sei. Einmal war es für Max, und das Mädchen hatte dem Mann gesagt, daß er im Büro anrufen solle. Und das andere Mal war es für Fräulein Gerda. Zwischen den einzelnen Anrufen war es so totenstill im Haus wie nie. Ich wartete auf das nächste Läuten. Als es wieder anrief, war es die verkehrte Nummer gewesen, wie das Mädchen sagte. Die verkehrte Nummer? fragte ich. Ja, der Mann habe eine verkehrte Nummer gedreht und sich entschuldigt. Wieso gerade heute, dachte ich. Hat sich denn alles verschworen? Oder war es vielleicht Berthold, der herausfinden wollte, ob ich ans Telefon käme, und sich dann mit der verkehrten Nummer ausredete.

Nein, Berthold konnte es nicht sein, noch nicht. Höchstens wenn sich das Fernamt gemeldet hätte, aber es waren nur Stadtgespräche. Eigentlich hätte ich mit Günther spazierengehen müssen; das Wetter war nicht besonders, aber er mußte an die Luft. Doch ich wollte das Haus nicht verlassen; ich mußte wissen, was vorging. Wenn ich nur eine halbe Stunde fort war, konnte inzwischen etwas passieren, ein Anruf oder etwas derartiges, und dann war ich nicht da. Ich hätte Günther auch mit dem Mädchen wegschicken können, aber dann wäre ich ganz allein gewesen. Günther gab mir Halt.

Ich wußte nämlich, daß Berthold doch kommen würde. Ich fühlte es; es zog mich etwas. Er war noch nicht hier, aber er war unterwegs hierher; er kam von Minute zu Minute näher. Die Menschen sagen, wenn man ihnen das erzählt, so etwas könne man nicht fühlen, es sei nur Einbildung. Es gibt auch keinen Beweis, ich wußte es aber trotzdem. Ich fühlte, wie er unterwegs war und dachte: Jetzt nur noch drei Stunden, dann bin ich da. Jetzt noch zweidreiviertel Stunden. Jetzt nur noch zweieinhalb Stunden! Ach, wie langsam geht es. Wenn es doch schneller ginge. Noch zweieinviertel Stunden, dann bin ich da. Dann bin ich bei ihr.

Ach, wie es mich zog. Am liebsten wäre ich fortgelaufen, aus dem Haus, ihm entgegen.

Da läutete das Telefon schon wieder. Diesmal war es das Büro. Es war Blanck. Das Mädchen lief ins Arbeitszimmer wegen irgendeines Papiers, das dort liegen sollte. Blanck hatte danach gefragt. War das nur ein Vorwand? Wollten sie mich kontrollieren?

Gegen Fünf ging die Haustür. Das war mein Schwiegervater. Ich sagte es Günther, und er lief seinem Opa die Treppe hinab entgegen. Sie kamen beide zusammen herauf, oben lief Günther voraus und stellte sich mit ausgebreiteten Armen vor die Zimmertür. «Du darfst nicht herein, Opa. Der Weihnachtsmann ist für dich da.»

Mein Schwiegervater sah zu mir hin, und ich nickte ihm zu. Ich saß am Tisch mit den Weihnachtsarbeiten. Er blickte unter seinen weißen Augenbrauen hervor zu mir hin, wie immer. Wußte er Bescheid? Ich meine, wußte auch er, daß Berthold hierher unterwegs war? Doch woher sollte er das wissen. Es war ja nicht seine Sache. Ich zeigte ihm meine Hände, die mit Leim verschmiert waren. Ich wollte damit nur sagen, daß ich ihm nicht die Hand geben konnte. Vielleicht dachte er: Da spielt sie mit Günther. Dann ist ja alles gut.

«Ich darf heute mit unten essen», sagte Günther.

«So?»

«Fräulein Gerda ist aus. Sie ist im Theater.»

«So? Im Weihnachtsmärchen?» fragte mein Schwiegervater, ohne mich anzusehen.

«Wann gehen wir ins Weihnachtsmärchen, Opa?» fragte Günther.

«Wenn Mama verreist ist. Das heißt, wenn du artig bist», sagte mein Schwiegervater und streichelte ihm den Kopf. «Dann sind wir heute also allein?» fragte er mich.

«Ja.»

«Das ist ja fein», sagte er und ging weiter. Er ging die Treppe zum zweiten Stock hinauf. Ich sah seinen Rücken. Er ging sehr langsam und ein wenig vorgebeugt. Mit der linken Hand berührte er das Geländer.

Und während der alte Mann da hinaufging, kam Berthold immer näher. Eigentlich hätten mein Schwiegervater und ich uns gegenseitig zuzwinkern müssen; es war doch eine Art Geheimnis zwischen uns. Wir hätten uns sogar ins Fäustchen lachen dürfen. Wie? Was wird das für eine Überraschung geben! Stell dir nur die Gesichter vor. Sie denken, er ist weit fort und ist krank, und plötzlich...

«Komm, wir müssen uns fein machen», sagte ich zu Günther. «Ein junger Herr darf nicht in seinem Spielanzug bei Tisch erscheinen.» Ich zog ihm einen andern Anzug an. Ich tat es, um die Zeit hinzubringen; denn natürlich hätte er auch in seinem Spielanzug bei uns sitzen können. Doch es machte ihm Spaß, und es war auch ganz erzieherisch.

Auch mir machte es Spaß. Warum nicht ein wenig festlich? Die anderen würden sich wundern, zumal wenn dann gar nichts passierte, doch es gab dem Ganzen ein gewisses Ansehen. Es gab auch einen gewissen Halt.

«So, und nun will Mama sich umziehen», sagte ich, «und du darfst mitkommen.» Das war immer eine Freude für Günther, wenn er bei mir im Zimmer sein konnte. Außerdem konnte ich auf ihn aufpassen.

Ich wollte das Kleid anziehen, in dem Berthold mich kennengelernt hatte. Es hing noch da, ich hatte es nie mehr angehabt. Der Rock war etwas kraus, auch an der einen Schulter war eine Falte. Ich muß es damals wohl schlecht in den Koffer gepackt haben. Ich hatte es auch nie aus dem Schrank geholt; ich wollte es nicht mehr sehen. Ich hatte den Bügel mit dem Kleid auf der Stange entlanggeschoben bis ganz ans Ende, wo die Sachen hingen, die ich doch nicht brauchte. Dort hing es.

Ich holte das Reiseplätteisen hervor und ging damit ins Badezimmer, um die krausen Stellen auszubügeln. Ich hatte ja Zeit genug. Günther stand daneben und sah mir zu. Er fragte: Warum faßt du mit dem Finger an das Eisen, Mama? Und: Was soll das nasse Tuch, Mama? Ich erklärte ihm alles.

Als es fertig war, zog ich mich an. Aber dann fror mich darin, das Kleid war ja sehr ausgeschnitten. Ich hängte mir das Breitschwanzcape um die Schultern, doch auch das half nichts, mich fror immer noch. Da rief ich über den Hausapparat in der Küche an und fragte, was sie sich eigentlich dächten und ob sie die Heizung ausgehen ließen. Sie versprachen, sofort nachzusehen, und gleich darauf hörte ich auch, wie sie in der Heizung herumstocherten. Die Heizkörper waren aber gar nicht so sehr kalt, es lag an mir. Ich befürchtete, daß ich sehr unvorteilhaft aussah, wegen der schlaflosen Nacht und wegen der Aufregung. Doch man sah es mir nicht an, ich war ganz zufrieden mit meinem Gesicht.

Inzwischen war Berthold wohl auch schon hier eingetroffen. Wahrscheinlich war er gleich ins Theater gegangen, um sich dort mit seinen Leuten zu besprechen. Er würde kaum Zeit haben, an mich zu denken. Das Telefon läutete nicht mehr.

Die Aufführung begann um halb acht. Wenn wir nichts Besonderes vorhaben, essen wir auch immer um halb acht. In den nächsten beiden Stunden konnte sich also nicht viel ereignen. Ich war wieder ganz ruhig.

Dann hörte ich Max kommen. Aus der Art, wie er die Haustür zumachte, war nicht zu erkennen, wie die Dinge standen.

«Komm», sagte ich zu Günther und nahm ihn bei der Hand, «wir wollen Papa entgegengehen. Aber ganz langsam und vornehm, damit er sich wundert, wie fein wir sind. Du mußt links gehen; Herren gehen immer an der linken Seite.»

Wir gingen wirklich ganz langsam die Treppe hinunter, Stufe für Stufe. Ich summte dabei, um den Takt zu halten. Günther mit seinen kleinen Beinchen gab sich die allergrößte Mühe, nicht das Gleichgewicht zu verlieren.

Max stand unten an dem Tablett, wo immer die Post lag. Er drehte uns den Rücken zu, doch dann hörte er uns und wandte sich um. Ich lächelte ihm zu. Ich glaube, er war im ersten Augenblick wirklich erschrocken. Er hielt einen der Briefe in der Hand und staunte uns wortlos an. Daran erkannte ich, daß er alles wußte, jedenfalls, was die Aufführung betraf, und daß sie im Büro darüber gesprochen hatten. Denn daß Günther und ich uns feingemacht hatten, war schließlich kein Grund für ihn zu erschrecken. Vielleicht dachte er, wir hätten jemand zu Tisch eingeladen, ohne ihn zu benachrichtigen. Es schien mir sogar, daß sein Mund ganz schmal wurde wie immer, wenn er sich aufregt und es verbeißen will, doch es kann an der Beleuchtung gelegen haben. Ich lächelte ihm weiter zu. Es war gut, daß wir uns feingemacht hatten, es gab mir eine große Überlegenheit.

«Ich darf unten essen», rief Günther ihm entgegen.

«So-oo», fragte er, genau wie vorher sein Vater, nur etwas langsamer. Dadurch wurde die Spannung gelöst.

«Fräulein Gerda ist aus. Sie ist im Theater.»

«Das ist ja fein.» Max nahm Günther hoch, um ihn zu begrüßen. Er beschäftigte sich sehr damit, er vermied es mich anzusehen.

«Wir haben uns feingemacht», sagte Günther.

«Dann muß ich mich wohl auch noch umziehen» fragte Max mehr zu mir hin.

«Es ist nur Spaß. Wir sind ganz unter uns», sagte ich. Es irritierte ihn, daß ich ihn immer noch anlächelte. Er ging wieder zu dem Tablett und tat so, als ob er die Post durchsehe.

«So? Hat sie heute Ausgang?» fragte er, doch es fiel ihm wohl selber auf, daß es eine dumme Frage war, denn er kümmerte sich ja auch sonst niemals darum. «Na, um so besser. Ist Vater nicht zu Haus?»

«Doch, er ist oben. Wieso? Hat er etwas vor? Er hat mir nichts davon gesagt.»

Max riß einen andern Umschlag auf und zerknüllte ihn. «Mir auch nicht. So, und sie ist ins Kino gegangen?» fragte er wie beiläufig, während er in den Brief sah.

«Nein, ins Theater», antwortete Günther statt meiner.

Und ich sagte: «Ja, ins Stadttheater. Mit ihrem Verlobten.»

«So-oo? Na, das ist ja fein.»

«Wie wäre es, wollen wir nicht eine Kleinigkeit trinken, bis das Essen fertig ist?» fragte ich.

«Ja, gern», sagte Max. Es blieb ihm nichts anderes übrig, als auf mein Spiel einzugehen. Er ging bereitwillig zu dem Dielenschrank hin. Wir tranken nämlich nie etwas vor Tisch, höchstens wenn wir Gäste hatten. Max liebte die Sitte nicht, er trank überhaupt nicht viel. Natürlich mußte er mit Geschäftsleuten trinken und wenn irgendwo ein Festessen war, doch privat vermied er es. Er hatte Angst, daß er dick werden könne, darum war er sehr mäßig.

«Und was darf es sein?» fragte er wie ein Ober. Wir standen alle drei vor dem offenen Schrank. Max hatte auch den eingebauten Kühlschrank geöffnet. Günther staunte das alles an.

«Für den jungen Herrn bitte eine Orangeade mit etwas Sodawasser», sagte ich in dem gleichen Ton.

«O ja», rief Günther, «und in so einem kleinen Glas.»

«Und für mich ...? Ganz gleich, einen Sherry, bitte, mit einem Schuß Gin oder so etwas. Was ist denn das da?»

Ich zeigte auf eine Flasche, die mir bekannt vorkam. Eine große Flasche mit Silberpapier um den Hals.

«Pernod», sagte Max.

«Oh, dann nehme ich lieber einen Pernod.»

«Das Giftzeug?»

«Wieso? Woher hast du denn die Flasche?»

«Von Brodersen, mehr als Kuriosum, falls mal jemand danach verlangt. Nimm doch lieber etwas anderes.»

«Nein, ich möchte Pernod.»

«Man trinkt ihn aber mit Wasser.»

«Ach, schenk nur ein. Es wird auch ohne Wasser gehen.»

Es war ein komischer Zufall, daß Max Pernod hatte, es war beinahe wie Absicht. Ich hatte nämlich in Ludwigshof Pernod getrunken, zum erstenmal in meinem Leben. Der Wirt hatte welchen; die Leute brachten ihm hin und wieder eine Flasche über die Grenze mit. Berthold mochte das Zeug auch nicht, doch mir schmeckte es ganz gut.

Max schenkte sich einen Cognac ein. Wir trugen unsere Gläser zu dem kleinen Tisch hin. Max und ich stießen mit Günther an, sehr feierlich und wie mit einem Erwachsenen. Wer uns gesehen hätte, würde nicht gemerkt haben, daß etwas nicht in Ordnung war; er hätte gedacht: Was für eine nette Familie! Wie reizend leben sie zusammen.

«Kommt Blanck?» fragte ich, nachdem wir getrunken hatten.

«Nein. Wieso?» Max zog die Augenbrauen so hoch, daß ich ihm am liebsten ins Gesicht gelacht hätte.

«Nichts. Ich frage nur so», sagte ich.

«Nein, es liegt nichts Besonderes vor», meinte Max.

Dann kam mein Schwiegervater von oben herunter. Er gab Max die Hand. Die beiden wechselten keinen heimlichen Blick des Einverständnisses; sie schienen noch nicht über mich und die Aufführung gesprochen zu haben.

Bei Tisch mußte ich mir wieder das Lachen verbeißen. Sie redeten nämlich so viel, mehr als sonst und mehr als nötig war; es hätte sich mit weniger Worten sagen lassen. Sie gaben sich offenbar die allergrößte Mühe, daß nur ja keine Pause eintrat. Max redete natürlich über das Geschäft; er tat so, als müsse er seinem Vater diesmal alles besonders eingehend erklären, wegen unserer Reise und damit sein Vater ihn währenddessen vertreten könne. Und mein Schwiegervater tat ihm den Gefallen, darauf einzugehen; er fragte nach diesem und jenem und wie Max es sich gedacht habe und wie Max es haben wolle. Dabei wußte ich, daß es meinen Schwiegervater gar nicht interessierte und sogar langweilte. Und Max wußte, daß Blanck bereits über alles seine Vorschriften erhalten hatte und mein Schwiegervater nur der Form halber um Rat gefragt werden solle. Wie komisch doch die Männer sind. Ich glaube, sie hatten Angst vor mir. Selbst so ein alter Mann wie mein Schwiegervater hatte Angst.

Dann fanden sie zu ihrem Glück ein noch dankbareres Thema. Sie unterhielten sich des langen und breiten über irgendeinen bekannten Generaldirektor, ich habe den Namen vergessen, ein großes Tier in einem andern Industriekonzern. Max regte sich gewaltig auf, denn dieser Mann hatte in der öffentlichen Generalversammlung eine ungeschickte Bemerkung gemacht; dadurch fühlten sich die Arbeiter und die Gewerkschaften beleidigt und es bestand die Gefahr eines großen Proteststreikes. So jedenfalls habe ich die Sache verstanden; ich hörte nur mit halbem Ohr hin. Max sagte: Und das gerade jetzt, das schadet uns allen. Abends beim Zubettgehen kann dieser Mensch ja denken, was er will, aber öffentlich ... Und mein Schwiegervater sagte: Das ist diese dumme Arroganz der Korpsstudenten, woraufhin Max sagte: Ich bin schließlich auch Korpsstudent gewesen, aber ...

Am liebsten hätte ich dazwischengerufen: Ich seh, ich seh, was du nicht siehst! Wie in dem Kinderspiel. Es lag mir auf der Zunge. Die hilflosen Gesichter der beiden hätte ich sehen mögen. Doch ich ließ es, weil Günther dabei war. Ich warf dann und wann ein Wort dazwischen, meistens unterhielt ich mich leise mit Günther.

In der Halle schlug die Uhr, ich brauchte nicht heimlich unter dem Tisch auf meine Armbanduhr zu sehen. Das Essen dauerte viel länger als gewöhnlich. Auch das geschah wie auf Verabredung. Als ob sie Angst hätten, den Tisch zu verlassen. Ja, was sollten sie reden, wenn sie sich in der Halle gegenüberstanden? Sie konnten sich doch nicht lächerlich machen. In der Küche werden sie sich gewundert haben, warum es heute so lange dauerte. Und nicht einer machte die Bemerkung, daß Günther doch eigentlich schon ins Bett müsse. Auch ich nicht. Es paßte mir ganz gut; es galt die Zeit hinzubringen; sollten sie nur nach Herzenslust von ihren Geschäften reden, von mir brauchten sie nicht zu befürchten, daß ich störte. Die Aufführung, das hatte ich mir ausgerechnet, würde wahrscheinlich bis halb zehn dauern; höchstens bis dreiviertel zehn. Wenn Fräulein Gerda gleich vom Theater nach Haus fuhr, konnte sie kaum vor zehn – halb elf hier sein. Und vielleicht trank sie ja noch irgendwo ein Glas Bier mit ihrem Verlobten. Bis dahin zum mindesten mußte also die Zeit irgendwie hingebracht werden.

«Mein Gott, es ist schon nach neun», rief ich, als wir endlich vom Tisch aufstanden und in die Halle traten.

Und Max sagte: «Eine Wohltat, mal unter sich zu sein. Ohne diese ...» er stockte und besann sich. «Ohne fremde Gesichter», verbesserte er sich Günthers wegen.

«Höchste Zeit, daß Mama dich zu Bett bringt», sagte ich zu Günther. «Komm, sag gute Nacht.»

«Er kann ja morgen ausschlafen. Wir wollen Fräulein Gerda sagen, daß sie ihn länger liegen läßt.»

«Wer weiß, wann sie vom Theater nach Haus kommt.»

«Ach so, ja. Nun, dann legen wir ihr einen Zettel hin.»

Max hatte die Zeitung aufgenommen und entfaltet; er verbarg sich dahinter. Such du nur in der Zeitung, dachte ich; heute steht bestimmt nichts von Berthold darin. Morgen ja, aber bis morgen ...

Günther sagte meinem Schwiegervater gute Nacht und ging dann zu Max. Max sagte zu ihm: «Wenn alles gut geht, nicht wahr, wollen wir das jetzt öfter machen.»

«Was?» fragte ich.

«So einen gemütlichen Abend wie heute.»

«Habt ihr wieder eine Krise?» fragte ich.

«Was? Wie bitte?»

«Weil du sagst, wenn alles gut geht. Vielleicht wegen dieses Generaldirektors, dachte ich.»

«Ach so, nein; das hat nichts mit uns zu tun. Es berührt uns nicht. Im Gegenteil, ich hoffe, daß die Dinge mehr von allein laufen und daß ich nicht mehr dauernd dahinterher sein muß. Das heißt, wenn nichts dazwischenkommt.»

Da läutete das Telefon. Ich fuhr zusammen, aber auch Max fuhr zusammen. Da ich dem Apparat am nächsten stand, wollte ich schon den Hörer aufnehmen; es war eine unwillkürliche Bewegung, aber dann winkte ich Max mit dem Kopf zu, daß er es tun solle. Mein Schwiegervater stand etwas abseits und sah mich aufmerksam an.

Max nahm auch sofort den Hörer auf. «Ja, Helldegen? Ach so, Sie sind es. Ja? Ja? So, fein. Ja, vielen Dank, das hat Zeit bis morgen. Auf Wiedersehen.» Damit legte er auf.

«Blanck?» fragte ich.

«Wieso? Ja.»

«Wer soll es auch sonst sein.»

«Was hast du immer gegen den armen Blanck.»

«Ich? Nichts. Wieso denn? Was soll ich denn gegen Blanck haben. Er hat mir doch nichts getan. Ist er im Theater?»

«Im ... im was? Wie kommst du darauf?»

«Nur so. Warum soll er nicht zur Abwechslung mal ins Theater gehen.»

Max lachte ganz unecht. «Ich habe noch nie bemerkt, daß Blanck sich fürs Theater interessiert.»

Lüg du nur, dachte ich. Ich weiß genau, daß Blanck im Theater ist und daß er eben von dort angerufen hat. Woher ich das weiß, tut nichts zur Sache; ich weiß es, und damit gut.

«Solche Leute wie Blanck sind unentbehrlich», sagte Max. «Das mußt du verstehen. Ja, geradezu unentbehrlich.»

«Komm, Liebling, zu Bett», sagte ich zu Günther. «Es ist höchste Zeit.»

Ich nahm ihn an die Hand. Wir gingen zusammen zur Treppe und ließen die beiden Männer hinter uns stehen. Aber dann fiel mir etwas ein, noch bevor wir die erste Stufe erreicht hatten. Wir werden beim Hinaufsteigen singen, nahm ich mir vor. Das tat ich sonst nie; ich sang nur mit Günther an seinem Bett, wenn wir allein waren. Diesmal aber ... Welch ein Spaß! Was für ratlose Gesichter die beiden Männer wohl machen werden.

Darum sang ich und Günther sang mit:

Bunte Muschikatt löppt över den Saal.
Bunte Muschikatt, wo wullt du op dal?
Ick will to Nahberslüüd hen gaan;
Dor slacht se n' Swien,
Dor drinkt se Wien,
Dor wüllt wie vonnavend recht lustig bi sien.

So stiegen Günther und ich langsam und nach dem Takt des Liedes die Treppe hinauf, ohne uns ein einziges Mal umzuschauen. Ich spürte, wie es ganz stumm und leer hinter mir in der Halle wurde. Ich spürte es im Rücken, wie sie mir nachstarrten, Max mit der Zeitung in der Hand und mein Schwiegervater unauffälliger, etwas von unten her wegen seiner Augenbrauen; mehr wie ein Hund. Ja, ähnlich wie der Hund, den wir als Kinder zu Haus gehabt hatten. Wenn man sich den Mantel anzog, blieb er in seiner Ecke liegen und tat so, als ginge ihn das gar nichts an; doch er beobachtete alles genau, jede kleine Bewegung. Wenn man dann sagte: Na, willst du mit?, war er sofort da. Und wenn man es nicht sagte, war er sicher sehr traurig und seufzte.

Was die beiden Männer sich wohl dachten? Vielleicht dachten sie: Wie ist das nur möglich! Da geht sie die Treppe hinauf und singt. Eine Frau mit ihrem Kind, sie denkt an nichts andres und ist vergnügt. Sollten wir uns geirrt haben?

Beinahe hätte ich mich nach ihnen umgedreht und ihnen von oben die Zunge rausgesteckt. Bäh! Aber Günthers wegen ging das natürlich nicht. Mochten sie nur da unten stehen, in ihrer Halle, ganz klein und fremd, in einer anderen Welt. Mochten sie denken, was sie wollten.

Vergnügt? Muß man denn vergnügt sein, wenn man singt? Wie einfach das alles für sie ist. Früher bei uns zu Haus haben sie es auch von mir gedacht. Nur daß ich damals nicht sang, ich pfiff. Mädchen dürfen nicht pfeifen, rief meine Mutter hinter mir her, das schickt sich nicht. Also auch das war nicht recht.

Ich mußte an Arnim denken; das kam wohl von dem Lied. Komisch, in letzter Zeit dachte ich oft an ihn, fast mehr als an Berthold. Auch damals spielte ich immer die Vergnügte, wenn mir ganz besonders schwer zumute war und wenn ich am liebsten aufgeheult hätte. Niemand sollte etwas von mir wissen, das hätte ich am allerwenigsten ertragen; sie sollten mich gefälligst in Ruhe lassen. Meine Mutter sah mir dann sicher kopfschüttelnd nach und wird zu meinem Vater gesagt haben: Hoffentlich wird sie endlich vernünftig. Armer Arnim, wie dick er geworden ist!

«Komm, Liebling, rasch ins Bett. Mama muß wieder runter, Papa und Opa wollen etwas mit ihr besprechen.»

Nein, Mama wird niemals vernünftig werden, Mama tut nur so. Mama ist gar nicht vergnügt, das glauben die da unten nur. Mama ist sogar sehr, sehr traurig. Denn jetzt reden sie da unten über Mama und werden nicht damit fertig. Mama muß ihnen helfen, das mußt du einsehen, Liebling. Sonst reden sie etwas Falsches über Mama, und wir haben doch einen so schönen Abend gehabt, nicht wahr.

«He, das gibt's nicht, junger Mann. Der Anzug wird mir hübsch ordentlich über den Stuhl gehängt. Wer soll denn das alles plätten, wenn du so mit deinen Sachen umgehst. Und sieh mal Jubi. Da hat er sich vor lauter Müdigkeit auf den Fußboden gelegt und streckte Arme und Beine in die Luft. Das geht doch nicht. Und wie schmutzig er ist. Morgen ist Sonnabend. Morgen werden wir ihn in die Bütte kriegen und baden. Ganz vorsichtig mit Seifenflocken. Nur das Fell. Und nachher werden wir ihn mit dem Föhnapparat trockenpusten, damit er sich nichts wegholt. Du sollst mal sehen, wie sauber er wieder wird. Wo hat Fräulein Gerda denn deinen Schwamm hingelegt?»

Armer Teddy!

Weißt du, was sie da unten über Mama reden? Du bist jetzt noch zu klein, aber wenn du erst größer wirst, wenn du erwachsen bist ... Am besten, Liebling, du fragst Opa, wenn du es wissen willst. Opa kann es dir am besten sagen. Alle anderen werden auf Mama schimpfen. Ja, bestimmt! Das kannst du heute noch nicht verstehen. Nur Opa versteht es.

Und wenn Opa dann nicht mehr lebt?

Armer Opa!

«Jetzt weiß ich, warum Jubi so dreckig ist. Er läuft natürlich immer heimlich auf seinen weichen Puschen durchs Haus und steckt die Nase durchs Geländer und hört zu, was unten gesprochen wird. Und darum ist er auch so müde. Du mußt wirklich etwas strenger mit ihm sein.»

Aber du darfst niemals Papa danach fragen, Liebling. Das darfst du auf keinen Fall tun; denn dann würde Papa sich ärgern. Papa hat Mama sehr, sehr lieb.

Papa hat eine große Fabrik, soo groß, und er muß sich um viele, viele Leute kümmern. Die Fabrik wird immer größer, so groß, wie es noch nie eine gegeben hat. Und alles nur für dich, Liebling, damit du es gut hast. Nein, Papa hat keine Zeit für solche Sachen. Das mußt du verstehen.

Armer Papa!

«Halt! Hiergeblieben, Herr Nackedei! Hier wird sich richtig gewaschen. Was soll Fräulein Gerda denken, wenn du morgen noch Seife in den Ohren hast. Und der Weihnachtsmann!»

Denn du willst doch eines Tages auch heiraten. Alle jungen Herren wollen das. Was soll deine Frau dann von dir denken! Sie wird sagen, Mama hätte dich nicht gut erzogen, weil Mama ... Es fällt immer alles auf Mama zurück. Sprich lieber nicht mit ihr über Mama, dann schimpft sie vielleicht auf Mama und dann streitet ihr euch. Und ich möchte nicht, daß sie auf Mama schimpft, und daß ihr euch streitet.

Armer kleiner Nackedei!

«So, und nun die Zähnchen. Muß Mama dir das denn immer wieder sagen? Das muß in Zukuft ganz von selber gehen. Papa putzt sich die Zähne vorm Schlafengehen und Opa auch, ohne daß jemand dahinterher ist. Mama kann nicht ewig auf alles aufpassen.»

Papa und Opa warten doch unten auf Mama. Sie warten darauf, daß Mama ihnen etwas sagt, was sie nicht wissen. Und sie möchten es doch so gern wissen, sonst kommen sie auf falsche Gedanken. Sie reden jetzt schon etwas ganz Falsches, Liebling, und nur weil du hier so trödelst und Mama nicht nach unten läßt. Mama könnte dir alles haarklein erzählen, was sie da unten reden, aber wenn du es dann weitererzählst, werden sie es dir nicht glauben. Niemand glaubt deiner armen Mama.

«Marsch! In die Falle! Und da hast du deinen Jubi. Nein, was für ein Schmutzfink er ist.»

Oder soll Mama es Jubi erzählen; denn Jubi ist klug, Jubi ist der einzige, Jubi glaubt Mama alles. Und Jubi kann es dir dann später wiedererzählen, wenn du eingeschlafen bist, und auch noch später. Na, fang schon an, Jubi. Los! ‹Max sagte ...› Max? Max? Was fällt dem Jubi ein? Es heißt Papa, es heißt nicht Max.

«Geht es denn heute nicht ohne das Lied? Wir haben es doch schon einmal gesungen, eben auf der Treppe. Ach, ihr Quälgeister.»

Mama würde etwas darum geben, wenn sie sich auch hinlegen könnte wie ihr beide und schlafen. Aber Mama muß noch aufbleiben, Mama wird unten erwartet.

Also los, Jubi, erzähl schon. Max sagte ... Was sagte Max? Erzähl es auf deine Weise.

Nein, lassen wir das. Das ist Spielerei. Man muß die Geschichte so erzählen, wie sie eines Tages erzählt wird. Alles andere gilt nicht. Schlaft ihr beiden nur ein.

Niemand wird dann mehr wissen, ob es wirklich so gewesen ist; das interessiert dann nicht mehr. Man wird es so hinnehmen, wie es erzählt wird. Vielleicht interessiert es schon morgen früh nicht mehr.

Man muß es so erzählen, wie man es Günther eines Tages erzählen wird, wenn er danach fragt, und wenn ich nicht mehr da bin, um es ihm zu erklären. Wenn ich nicht mehr an seinem Bett sitze. Wenn er längst vergessen hat, daß ich hier bei ihm sitze, während sie sich da unten die Köpfe über mich zerbrechen.

Es wird sogar besser für Günther sein, wenn er es bald vergißt. Denn wenn er eines Tages fragt, warum das alles so gewesen ist, und man erzählt es ihm, und er denkt darüber nach, dann wird er sehr allein sein. Ich kann ihm nicht helfen und Jubi zählt dann auch nicht mehr.

Man wird es ihm so erzählen.

«Hat sie mit dir gesprochen?» fragte Max sofort.

Mein Schwiegervater ging sonst immer gleich nach Tisch nach oben in sein Zimmer, wenn keine Gäste da waren; er wollte nicht stören. Aber diesmal war er unten geblieben. Vielleicht war es nur Zufall, vielleicht auch mir zuliebe und weil etwas in der Luft lag.

«Über was?» fragte er betont ruhig.

Da verlor Max die Geduld und schlug mit der Hand auf die Zeitung. «Über diese Schweinerei da!»

Mein Schwiegervater sagte: «Du meinst die Premiere? Nein, ich habe nicht mit ihr gesprochen.»

«Woher weiß sie, daß Blanck im Theater ist?» Die Stimme von Max überschlug sich. «Er hat während der großen Pause angerufen. Wer hat ihr das verraten? Das Mädel etwa? Die kann etwas erleben. Ich selber habe erst heute mittag von der Sache erfahren. Es war reiner Zufall. Ich habe Blanck die schwersten Vorwürfe gemacht. Er behauptet, nichts davon gewußt zu haben. Natürlich, er kann sich nicht auch noch ums Theater und solchen Quatsch kümmern, man muß gerecht sein. Und woher hat das Mädel die Karten?»

«Fräulein Gerda? Sie hat sie wohl gekauft.»

«Die und gekauft? Das glaubst du doch selber nicht.»

«Vielleicht hat Marianne sie ihr geschenkt.»

«Und davon weiß ich nichts?»

«Ich halte es für das Beste, Max, du sprichst ganz offen mir ihr darüber.»

«Und wer spricht mit mir offen? Was weiß ich von dem, was hier im Haus vor sich geht?»

«Nach meiner Meinung geht nichts vor sich.»

«Und seit wann weißt du davon?»

«Von dieser Aufführung? Vor vierzehn Tagen las ich eine Notiz. Es kann auch schon etwas länger her sein.»

«Und dann hast du es nicht für nötig gehalten, mir etwas davon zu sagen?»

«Nein, wozu denn?»

«Wozu? Na, hör mal, Vater.»

Mein Schwiegervater zuckte mit den Achseln. «Ich halte mich nicht für berechtigt, mich in deine Angelegenheiten zu mischen.»

«Aber in so einem Fall ...»

«Besonders in diesem Fall nicht. Ich bin schon einmal gegen meine Absicht dahineingeraten, und ... und ... Übrigens überschätzt du das alles, glaube ich.»

«Ich überschätze? Wie? Ich bitte dich, Vater. Ganz abgesehen davon, daß dieser Kerl etwas über uns hätte schreiben können ... bei solchen gewissenlosen Abenteurern muß man auf alles gefaßt sein ... und das können wir uns einfach nicht leisten ... das ... das ...»

«Na und? Was hatte Blanck zu melden?»

«Blanck? Wieso Blanck?»

«Du hast doch Blanck als Beobachter hingeschickt.»

«Das Stück? Du meinst das Stück? Irgendein mittelalterlicher Blödsinn. Es hat nichts mit uns zu tun, gottlob. Aber auch so ... ich hätte es zu verhindern gewußt. Ich weiß mehr von diesem Bürschchen, als ihm lieb sein wird. Er ist politisch belastet. Er hat sich vor zehn oder fünfzehn Jahren linksradikal betätigt, das steht einwandfrei fest; es läßt sich aktenmäßig beweisen. Deshalb ist er im Krieg auch nicht befördert worden. Man kennt diese Sorte. Zu faul, um einen richtigen Beruf zu ergreifen. Er ist lange Fabrikarbeiter gewesen, trotz seiner Herkunft. In Ludwigshafen, glaube ich. Du mußt dir die Papiere mal ansehen, wenn wir Zeit haben. Sehr aufschlußreich. Vermutlich haben sie ihn zu Haus vor die Tür gesetzt. Seine eigene Mutter ... ja, die Auskunftei hat sogar bei seiner Mutter nachgeforscht. Sie sagt ... es steht da in den Papieren ... selbst seine Mutter sagt: sie wäre immer in Angst, daß es kein gutes Ende mit ihm nimmt. Eine sehr zweifelhafte Figur.»

«Hm.»

«Aber das alles interessiert mich nicht. Sollen sie ihn von mir aus in jeder anderen Stadt aufführen, nur nicht bei uns. Was, ausgerechnet hier? Das Theater erhält eine hohe Subvention, weiß der Himmel, wie hoch die Summe ist. Schließlich gehören wir Helldegen zu den größten Steuerzahlern der Stadt. Und das wollen wir doch mal sehen, wenn ich dem Oberbürgermeister rechtzeitig einen Wink hätte geben können, ob dieser Schafskopf von Intendant sich die Sache nicht noch dreimal überlegt hätte. Es wäre doch gelacht, wenn wir nicht einmal das Recht hätten ...»

«Wie rachsüchtig du bist.»

«Rachsüchtig? Na hör mal, Vater. Es ist reiner Selbstschutz. Und im übrigen halte ich es für meine verdammte Pflicht, die Stadt und unser Unternehmen vor solchen negativen Elementen zu schützen. Das dürfte doch wohl ...»

Max konnte seinen Satz nicht beenden; das Telefon läutete. Er rannte hin und riß den Hörer von der Gabel. «Ja, hier Helldegen. Wie? Wer bitte? Ach, verzeihen Sie, gnädige Frau. Wie geht's Ihnen? Und Ihrem Gatten? Wie? Wie bitte? Doch, meine Frau ist hier. Wieso im Theater? Ist denn etwas Besonderes los? Von wem? So? Nein, nichts davon gehört. Wir sind ja auch sozusagen beim Kofferpacken. Ja, nächsten Dienstag. Nach Mailand. Ich habe da zu tun. Selbstverständlich fährt meine Frau mit. Wir wollen uns hinterher ein paar Tage an der Riviera auslüften. Nein, nicht lange. Wegen Weihnachten, ja? Wie? Ja, man sieht sich viel zu selten. Aber Ihrem Gatten wird es nicht anders gehn. Nein, wieso? Meine Frau hat sich völlig wieder erholt. Sie wissen ja, wie die Ärzte sind. Sie soll sich noch etwas schonen. Und der gesellschaftliche Betrieb ... Wie? Montag? Aber wenn wir schon Dienstag fahren. Doch das ist das Ressort meiner Frau, darüber habe ich nicht zu bestimmen. Soll ich Sie durchstellen? Meine Frau ist oben bei Günther, das Mädchen hat Ausgang. Ja, ja, eine Empfehlung an Ihren Gatten.»

Damit stellte er das Gespräch zu mir durch.

«Die Kauer von der Raffinerie», berichtete er seinem Vater. «Eine Tratschliese, wie sie im Buche steht. Nicht zu bremsen. Wenn es nicht ihres Mannes wegen wäre ... Na und? Da hast du es. Was will sie, warum ruft sie heute an? Was soll die honigsüße Frage, ob wir im Theater wären, wie? – Nein, das muß aufhören, ein für allemal, das muß anders werden. Nach der Reise werde ich ... Und Marianne hat wirklich kein Wort mit dir über diesen Kram gesprochen?»

«Kein Wort, ich sagte es dir schon.»

«Woher weiß sie denn davon?»

«Wahrscheinlich aus der Zeitung, genau wie wir.»

«Korrespondiert sie noch mit dem Kerl?»

«Auch darüber habe ich nie mit ihr gesprochen. Ich habe es sogar ganz bewußt vermieden.»

«Aber du bist mehr zu Haus als ich, du weißt, was hier vorgeht.»

«Was soll hier vorgehen? Es liegt mir nicht, den Aufpasser zu spielen. Doch wenn du durchaus meine Meinung hören willst: ich glaube nicht, daß sie mit ihm korrespondiert. Es entspricht nicht ihrer Art.»

«Ach, die Frauen. Man muß auf das Unmöglichste gefaßt sein.»

«Ich begreife eins nicht, Max.»

«Wieso? Was begreifst du nicht?» fuhr Max hoch.

«Warum du dich nicht mit Marianne aussprichst. Das ist doch der einzige Weg. Und nach meinem Gefühl wartet sie darauf.»

«Ich? Warum soll ich davon anfangen? Warum immer ich? Nein, ich will diesem ... diesem Zwischenfall nicht mehr Gewicht beilegen, als er verdient. Wo kämen wir hin! Und es wird doch wohl niemand von mir behaupten können, daß ich mich in dieser Angelegenheit nicht großzügig genug betragen hätte. Aber alles hat seine Grenzen, und wenn man mir in den Rücken fällt... Kurz, mit dieser Sache muß Schluß gemacht werden, sonst... Im Gegenteil, ich begreife dich nicht, Vater.»

«Mich?»

«Entschuldige, daß ich das sage. Ja, ich bin dir unendlich dankbar, daß du sie damals überredet hast, wieder nach Haus zu kommen.»

«Ich habe sie nicht überredet, es war ihr eigener Entschluß.»

«Ganz gleich. Was blieb ihr auch andres übrig. Jedenfalls ist sie mit dir zusammen zurückgekommen. Von den näheren Umständen will ich nichts wissen, sie interessieren mich nicht im geringsten. Und trotz alledem habe ich immer den Eindruck, als ob du in dieser Sache gegen mich stehst. Das ist es.»

Mein Schwiegervater antwortete nicht gleich. «Das tut mir leid», sagte er schließlich, «ich weiß auch nicht, was ich dir darauf antworten soll.»

«Aber es muß doch auch in deinem Interesse sein, wenn... Ich begreife dich wirklich nicht.»

«Du vergißt ganz, Max», sagte mein Schwiegervater sehr vorsichtig, «daß ich für alle Zeiten darauf verzichtet habe – sogar vor dem Anwalt –, dir in deine Angelgenheiten hineinzureden.»

«Ich rede doch nicht von der Firma, ich rede von Marianne.»

«Sie ist deine Frau, nicht meine.»

«Schließlich bist du mein Vater und der Großvater von Günther.»

«Wollen wir das Thema nicht lieber fallenlassen?»

«Siehst du, da weichst du mir aus. Alle weichen mir aus und haben sich weiß Gott wie lieb. Wie einfach ihr es euch macht.»

«Ja, das mag sein. Ich kann dir nichts auf diesen Vorwurf erwidern. Und den einzigen Rat, den ich zu geben wage, habe ich dir gegeben: Sprich dich mit ihr aus.»

«Du mußt doch verstehen, Vater: Das Unternehmen wächst von Jahr zu Jahr, beinahe von Tag zu Tag. Die Zahlen beweisen dir das doch. Es ist nicht mein Verdienst, sondern deines. Es entwickelt sich alles von selbst, es kann gar nicht ausbleiben. Wenn ich das aber fortsetzen soll, was du begonnen hast, wenn ich das alles bewältigen soll... Bitte, fasse es nicht so auf, als ob ich mich beklage; ich bin mit Leib und Seele dabei... aber wenn ich die Verantwortung für das alles übernehme, dann muß ich auch die Gewißheit haben, die ab-so-lu-te Gewißheit, daß hier im Haus alles funktioniert. Ich kann meine Augen nicht überall haben. Ist das etwa zuviel verlangt? Mein Gott, was gehört denn dazu! Und schließlich habt ihr alle ja auch euer Gutes davon. Denn ich... ja, wieso? Ich könnte es mir ja auch einfacher machen. Daß ihr das nicht einseht.»

«Wir sehen es ein, Max. Es läßt sich nichts dagegen sagen. Aber... ja, sag mir doch, was befürchtest du eigentlich?»

«Befürchten? Ich befürchte gar nichts. Ich werde mich schon zu wehren wissen. Ich wünsche nicht, daß man hinter meinem Rücken...»

«Befürchtest du etwas Bestimmtes? Oder sagen wir, für heute abend?»

«Für heute abend? Wieso?» fragte Max voller Mißtrauen.

«Ich frage doch nur. Wenn ein bestimmter Anlaß vorliegt, kann man Stellung dazu nehmen, deshalb. Soviel ich weiß, ist Herr Möncken nicht hier. Die Zeitung sagt, er wäre krank.»

«Was geht mich dieser Kerl an. Und selbst wenn er hier wäre ...»

«Gut, gut! Soll ich zu Bett gehen? Möchtest du lieber mit Marianne allein sein?»

«Bitte nein. Warum denn? Im Gegenteil, bleib bitte noch etwas hier.»

«Wie du willst. Du mußt dir keine falschen Gedanken über mich machen, Max. Am besten, wenn du mich als jemand betrachtest, der sich sozusagen selber entmündigt hat.»

«Nun kommst du wieder damit. Das ist doch längst vergessen.»

«Um so besser, wenn es längst vergessen ist. Ich möchte nur Mißverständnisse vermeiden. Ich bin trotz allem noch ein sehr nüchterner Kopf.»

In diesem Augenblick kam ich wieder von oben herunter. Es war wohl die höchste Zeit. Die beiden Männer brachen mitten in ihrer Unterhaltung ab.

«Nun, ist Günther eingeschlafen?» rief Max mir entgegen. Viel zu laut. An der schrillen Stimme merkte ich, daß sie über mich gesprochen und daß sie sich gestritten hatten. Aber sie sollten sich doch nicht meinetwegen streiten, das wollte ich nicht. Sie taten mir sogar leid. Ich hatte beschlossen, ganz offen mit ihnen über alles zu reden, ich hielt es für das Beste. Ich hatte das alles satt, ich war müde.

«Wie nett, daß du uns noch ein wenig Gesellschaft leistest», sagte ich zu meinem Schwiegervater. «Setz dich doch, Papa. Es ist ja auch noch früh.»

Ich warf einen Blick auf die Hallenuhr. Es war etwas nach halb zehn. Mein Schwiegervater setzte sich in einen Sessel. Ich lächelte ihm zu.

«Na, und was wollte die Kauer?» fragte Max.

«Was wird sie schon gewollt haben», sagte ich. «Aushorchen.»

Max zuckte ein ganz klein wenig zusammen, faßte sich aber sehr schnell wieder. «Eine üble Person.»

«Das wollen sie doch alle, Max. Ich habe übrigens die Einladung zu Montag dankend abgelehnt. Wegen unserer Reise. Ich hoffe, daß es dir so recht ist.»

«Ja, selbstverständlich. Es wäre auch wirklich zuviel. Das heißt, ihren Mann müssen wir uns warmhalten, man könnte ihn mal brauchen. Und überhaupt, in diesem Fall ...»

«Du meinst, um allen Klatschereien die Spitze abzubrechen? Ja, aber man wird dort bestimmt über die Premiere sprechen, und das wird dir vielleicht unangenehm sein.»

«Das interessiert mich ganz und gar nicht», sagte Max gereizt. «Das alles existiert für mich nicht, und es hat in Verbindung mit uns auch für andere nicht zu existieren. Auch für diese Kauer nicht, dafür werde ich schon sorgen.»

«Soll ich sie anrufen, daß wir doch gern kommen möchten?»

«Ach, lassen wir dies Weibstück.»

«Ich möchte nicht, daß du unzufrieden mit mir bist.»

«Was für Redensarten.»

«Nein, im Ernst. Es ist keine Redensart. Zum Beispiel bin ich nicht ins Theater gegangen.»

«Wenn dir so viel daran lag ... von mir aus.»

«Vielleicht lag mir daran, aber es wäre Unrecht gegen dich gewesen. Wollen wir nicht etwas trinken?»

«Ja, eine gute Idee», sagte Max und stand auf. «Was soll es sein?»

«Pernod natürlich», sagte ich lachend. Es ärgerte Max sehr, daß ich lachte. Es ärgerte ihn, daß ich lachen konnte.

«Das Giftzeug», sagte er, genau wie vorhin.

«Es heißt, man kriegt Leberschrumpfung davon. Aber so selten, wie ich etwas trinke ... Und du, Papa?»

Mein Schwiegervater war tief in Gedanken gewesen. Er schrak zusammen, als ich ihn anredete. Er hatte wohl über mich nachgedacht.

«Für mich nichts, vielen Dank», sagte er. «Oder meinetwegen, einen kleinen Cognac und viel Soda. Das kann nichts schaden.»

«Ich bin wie ausgedorrt», sagte ich. «War denn das Essen versalzen. Oder es muß am Wetter liegen.»

«Es liegt bestimmt am Wetter. Es ist eine Art Föhn.»

«Schade, daß wir nicht ein paar Tage früher nach Italien fahren konnten», sagte ich.

Max, der hinter uns an seinem Kühlschrank stand und die Getränke eingoß, hatte genau zugehört, über was wir sprachen. «Das war leider wirklich ganz unmöglich», rief er.

«Ich weiß, ich weiß. Ich sage das auch nur deinetwegen, Max. Ich hätte es dir gern erspart, über diese Sache zu reden. Denn nachher, ich meine, wenn wir es hinterher erfahren hätten ... Ja, vielleicht hätte ich dich doch lieber rechtzeitig darauf aufmerksam machen sollen. Ich fürchtete aber, daß du es verkehrt auffassen könntest.»

«Es ist auch jetzt nicht nötig, daß wir davon reden», sagte Max.

«Ich tue es aber, Max», sagte ich. «Ich tue es, weil du nicht denken sollst, ich hätte Heimlichkeiten vor dir. Denn Blanck wird dir auch nicht alles richtig erklären können.»

«Laß doch Blanck aus dem Spiel. So, hier sind die Gläser.»

«In der Zeitung steht, daß der Autor verhindert sei, zur Aufführung zu kommen.»

«Das wäre ja wohl auch die allergrößte Taktlosigkeit.»

«Oder weiß Blanck etwas Genaueres darüber?»

«Blanck ist für die Firma da, mit unserm Privatleben hat er nichts zu tun. Wollen wir nicht lieber über etwas anderes sprechen?»

«Ja, zum Wohl! Zum Wohl, Papa. – Warum bist du so geizig mit dem Pernod, Max. Stell doch die Flasche einfach her. Wenn ich eine Trinkerin wäre, dann könnte ich es verstehen, aber so ... Ach, ich hätte Lust auszugehen. Ins ‹Excelsior› zum Beispiel.»

«Ins ‹Excelsior›?» fragte Max voller Mißtrauen.

«Ach, nicht deshalb. Im ‹Excelsior› werden wir bestimmt niemand treffen, den wir nicht treffen wollen. Vom Theater meine ich. Es ist viel zu teuer da. Nein, nur so. Andere Gesichter und Musik, und vielleicht hättest du mit mir getanzt.»

«Warum hast du das nicht früher gesagt.»

«Weil du dann gedacht hättest, daß ich ... Na, lassen wir das. Aber tatsächlich, Max, ich hätte Lust, einmal wieder richtig durchzubummeln. So alt sind wir doch noch nicht.»

«Wenn du Lust hast ... wir können ja jetzt noch hingehen. Im ‹Excelsior› geht der Betrieb erst gegen zwölf los.»

«Wir müssen auf Fräulein Gerda warten», sagte ich. «Es ist ja noch nicht einmal zehn.»

«Aber ich bin ja hier», sagte mein Schwiegervater, «ich bleibe solange auf, bis sie kommt.»

«Nein, vielen Dank, Papa. Du sollst unsretwegen nicht aufbleiben, und nur weil wir bummeln wollen. Und Max hat recht, wir können später immer noch hingehen, wenn wir dann noch Lust dazu haben. Ich bin ja auch schon fertig dafür angezogen. Du kannst es wohl nicht leiden, wenn Frauen Pernod trinken?»

«Aber wie kommst du darauf?» fragte mein Schwiegervater.

«Ach, nur so. Weil du mich so ansiehst. Es ist nicht meine Absicht, mich zu betrinken. Und es würde mir auch nicht gelingen. Im Gegenteil. Ja, wollen wir Kaffee kommen lassen?»

«Für mich bitte nicht», sagte mein Schwiegervater.

«Nun, dann lassen wir es.»

«Was ich schon immer mit euch besprechen wollte», begann Max. Offenbar hatte er lange nach etwas gesucht, über das er mit uns sprechen konnte. Er war sehr froh und eifrig, weil ihm endlich etwas eingefallen war. «Ja, es fiel mir vorhin bei der Einladung der Kauer wieder ein, und auch vorher schon, als wir über die Streikgefahr redeten. Der Bischof war mir ... das heißt, nicht mir, sondern uns ... kurz, man macht uns von kirchlicher Seite den Vorwurf ...»

Schon wieder läutete das Telefon. Diesmal fuhren wir alle drei zusammen. Es läutete auch viel länger und schärfer als gewöhnlich. Und so dringlich.

«Ferngespräch», sagte Max. Auch er wußte einen Augenblick nicht, wie er sich verhalten sollte; er sah mich sogar fragend an. Als ob er es mir überlassen wollte, zum Apparat zu gehen und den Hörer aufzunehmen. Ein Ferngespräch? dachte ich. Sollte es doch so sein, wie es in der Zeitung stand: daß Berthold krank war? Und ich war doch so sicher gewesen, daß er ...

Aber Max faßte sich rasch und ging zum Telefon. «Hallo? Ja, am Apparat. Wer? Ach, du bist es, Otto. Was verschafft uns denn die Ehre? Nein, du störst uns nicht im geringsten. Wir sitzen hier alle drei gemütlich beisammen. Ja? Hm! Ja, ich höre zu. Ja! Ja! Hm! Ich verstehe. Zweite Hälfte nächster Woche, sagst du? Sehr interessant. Ist das gewiß? Ich meine, ist damit zu rechnen, daß es durchgeht? Hm! Klar! Nein, kein Wort, darauf kannst du dich verlassen. Es wäre ja auch gegen mein Interesse. Vielen Dank, ja. Ich bin dir sehr dankbar. Und wie geht es Lisbeth? Und den Kindern? Masern? Ach, das tut mir leid. Und gerade jetzt vor Weihnachten. Na, das muß jeder mal durchmachen. Je eher daran, je eher davon. Ja, grüß alle schön. Marianne läßt dich auch grüßen. Wir werden um den Fünften herum zurück sein. Und laßt euch mal wieder bei uns sehen, wenn ihr hier durchkommt. Also! Und nochmals vielen Dank. Auf Wiedersehen.»

Es war mein Bruder Otto gewesen. Mein Schwiegervater und ich hatten uns nur kurz angeblickt, dann hatten wir vor uns hingesehen und etwas geduckt auf das Ende des Gespräches gewartet. Max war sehr erfreut; er rieb sich die Hände. Es war eine wichtige Nachricht für ihn; er bat uns, um Gotteswillen zu niemand davon zu sprechen. Sonst könnte Otto in die allergrößten Ungelegenheiten geraten. Es sollte eine Sitzung im Wirtschaftsministerium stattfinden; es handelte sich um Devisen oder um Einfuhrlizenzen, soweit ich das verstanden habe.

Max setzte sich nicht erst wieder hin. Er bat uns um Entschuldigung; er müsse sofort mit Hamburg sprechen. Er meldete das Gespräch auch gleich an, dringend und mit Voranmeldung. Er fragte das Fräulein am Fernamt, ob es wohl lange dauern würde, und sie sagte nein, um diese Zeit nicht. Diesen Beermann kannte ich; er war Generalvertreter der Firma in Hamburg. Er war schon ein paarmal bei uns gewesen. Ein großer, sehr dicker Mann. Wenn er lachte, dröhnte das ganze Haus.

Max war sehr guter Laune. «Sie haben Masern, die Kinder meine ich», sagte er. Dann fiel ihm ein, daß wir vor dem Ferngespräch über etwas ganz anderes gesprochen hatten, über irgend etwas Lästiges. «Ja, wir sind unterbrochen worden. Was war es noch?»

«Du wolltest etwas mit mir besprechen», sagte ich.

«Mit dir?» fragte er verlegen.

Ich half ihm. «Es muß etwas mit der Kirche zu tun haben.»

«Ach so, ja», rief er wie erlöst. Und dann erzählte er uns, daß man uns von kirchlicher Seite – ‹nicht uns persönlich, sondern der Industrie› – den Vorwurf mache, wir kümmerten uns um gewisse Dinge viel zu wenig. Ein Bischof habe gesagt, die Industriellen sollten gefälligst Marx und Engels lesen. Nun, das sei Übertreibung, Marx und Engels brauche man ja nicht gerade zu lesen. Max lachte. Nein, das sei nicht nötig, und ihm fehle es auch an Zeit dazu. Doch in gewissem Sinne habe der Mann recht und es könne nicht schaden, wenn ...

Mein Schwiegervater und ich hörten aufmerksam zu. Max war in seinem Fahrwasser; er dozierte, und wir ließen uns wie zwei Angestellte oder wie Kinder von ihm belehren.

Da sei zum Beispiel das Flüchtlingsproblem, um nur eines zu nennen. Er habe sich das alles durch den Kopf gehen lassen; an irgendeiner Stelle müsse man ja anfangen. Er werde auch in der nächsten Verbandssitzung entsprechende Vorschläge machen. Mit der Einstellung von Flüchtlingen als Arbeiter allein sei es nämlich nicht getan; die Leute müßten sich auch dazugehörig fühlen, sozusagen heimisch. Ja, und weshalb er darüber mit uns rede: er halte es für richtig, wenn die Frauen sich um diese Dinge kümmern würden. Dabei sah er mich an.

«Ich?» fragte ich.

Nun ja, vielleicht sei das ja etwas für mich. «Und übrigens auch für dich, Vater.» Doch ganz gleich, auf jeden Fall würde es gut sein, wenn der Name Helldegen dabei in Erscheinung trete. Was wir dazu meinten?

«Du mußt mir sagen, was ich tun soll», sagte ich.

Über Einzelheiten zu reden, habe jetzt noch keinen Zweck, meinte Max; vorläufig sei es ja nur eine Anregung, nicht viel mehr. Und wenn ich keine Lust dazu haben sollte ...

«Um Lust geht es nicht, Max. Du brauchst mir nur zu sagen, was ich tun soll, dann will ich es gern tun.»

So sei es nun auch wieder nicht gemeint, sagte Max. Meine Bereitwilligkeit berührte ihn unangenehm.

«Aber ich meine es so», betonte ich noch einmal.

Und überhaupt, vor unserer Reise ...

Da läutete das Fernamt. «Ah, da ist Hamburg schon. Entschuldigt, ich gehe in mein Zimmer. Es wird ein längeres Gespräch werden.»

«Es geht mir durch und durch», sagte ich zu meinem Schwiegervater, als wir allein waren. «Das Telefon, meine ich. Es ist nicht mehr zu ertragen.»

Ich stand auf und schenkte mir noch ein Glas Pernod ein. Dann setzte ich mich wieder und versuchte meinen Schwiegervater anzulächeln.

«Eine alberne Person, nicht wahr.»

«Was befürchtest du denn?» fragte er. Er sprach sehr leise und sah sich nach der Tür zu dem Zimmer von Max um.

«Befürchten, ach? Ja, was befürchte ich eigentlich. Daß ich verrückt werde, wenn diese Telefoniererei nicht aufhört, weiter wahrscheinlich nichts? Möchtest du nicht auch etwas trinken, Papa? Nein? Ja, ein völlig unbrauchbares Geschöpf, das weiß ich selbst; das braucht mir niemand zu sagen. Und dazu noch unehrlich. Ich verdiene es nicht besser. Schluß! Willst du wirklich nichts trinken, Papa?»

«Nein, danke. Auch du solltest lieber nicht ...»

«Keine Angst! Und selbst wenn, auch das würde nichts nützen. Glaube mir, Papa, ich habe den festen Willen gehabt, ich habe mir so viel Mühe gegeben, all die Monate. Und ich bin sehr willensstark; ich bin sogar bockig, das haben sie schon früher als Kind zu mir gesagt. Ja, lache mich nur aus. Ich lache mich selber aus. Denn was ist schon? Pech gehabt, das passiert anderen auch, also wozu das Gejammer. Schluß! Ich gehöre weder hierhin noch dahin. Na also! Wer fragt schon danach. Weiß du was, Papa? Ich hätte doch lieber ins Theater gehen sollen. Es wäre wenigstens ehrlicher gewesen.»

«Ist er denn hier?» fragte mein Schwiegervater.

«Ja, natürlich ist er hier.»

«So? Hm. Woher weißt du das?»

«Seit heute nachmittag weiß ich es.»

«Hat er angerufen?»

«Angerufen?»

«Verzeih, daß ich frage.»

«Nein, wie kommst du darauf. Dazu braucht man nicht anzurufen. Und ich hätte auch nicht mit ihm gesprochen, ich hätte mich verleugnen lassen. Ich wäre nicht zu Haus gewesen, ja, ganz einfach. Aber ich weiß es trotzdem. Lach mich nicht aus, Papa. Eine Frau fühlt so etwas. Ich kriege jedesmal einen elektrischen Schlag, wenn das Telefon läutet. Ich bin froh, daß die Leitung jetzt besetzt ist. Denn... du kennst ihn ja, du weißt ja wie er ist. Er bringt es fertig und ruft hier tatsächlich einfach an. Einfach! Als ob es das Selbstverständlichste von der Welt wäre. Darum, solange Max mit Hamburg spricht, haben wir wenigstens noch ein paar Minuten Sicherheit. Und ich weiß auch schon im voraus, was er sagen wird, wenn er anruft. Warum bist du nicht gekommen? Es war doch verabredet, und es waren Plätze für dich reserviert. Ganz vorne, in der ersten Reihe. Er wird mir Vorwürfe machen, ja, so ist er nun einmal. Und ich weiß wirklich nicht, was ich ihm darauf antworten soll. Soll ich ihm etwa sagen: Nein, ich gehöre hierher, zu Max? Das glaubt er mir doch nicht, Papa. Und selbst wenn er es mir glaubt... nein, er wird es mir nicht glauben, dazu kennt er mich viel zu gut. Ja, was soll ich ihm denn sagen? Und was wird aus ihm, Papa? Er steht da an der andern Seite der Leitung und will mit mir sprechen und will, daß ich hinkomme... ich weiß ja nicht einmal, von wo er telefoniert. Vom Theater? Oder vom Hotel? Von welchem Hotel denn? Es ist schon nach zehn.» Ich stand auf. «Wenn wir jetzt sofort hinfahren, können wir ihn vielleicht noch am Theatereingang abfangen.»

«Lauf nicht so aufgeregt umher», sagte mein Schwiegervater. «Setz dich wieder.»

«Ja, verzeih. Ich bin schon halbverrückt. Willst du mir einen Gefallen tun, Papa? Wenn das Telefon jetzt wieder läutet, dann geh bitte du hin. Diesmal wird er es sein, bestimmt. Ich möchte nicht, daß Max... Achte nicht auf Max. Geh einfach zum Telefon und nimm den Hörer auf und sage, daß ich verreist sei. Dir wird er es nämlich glauben. Er mochte dich so gern. Ja, er mochte dich sehr gern, im Ernst.»

«Und wenn er gar nicht anruft?»

«Wenn er gar nicht...? Du meinst also...?»

«Das ist doch immerhin möglich. Man muß jedenfalls damit rechnen.»

«Ja, natürlich, das ist klar. Zu dumm, das habe ich überhaupt nicht in Betracht gezogen. Aber wieso? Dann ist ja alles gut. Wozu regen wir uns dann noch auf. Wir werden Dienstag reisen, und wenn wir wiederkommen, beginnt schon der Weihnachtstrubel. So weit kann man noch gar nicht denken. – Wo nur diese Gerda bleibt? Vielleicht dauert das Ganze doch länger als ich angenommen habe. Bitte, Papa, wenn du kannst, laß mich nicht allein bis dahin. Aber wenn du lieber zu Bett möchtest... So? Also du meinst, er wird gar nicht anrufen?»

«Woher soll ich das denn wissen?»

«Nein, sei ehrlich mit mir, Papa. Wir beide wenigstens wollen ehrlich miteinander sein, auch wenn ich dich ... auch wenn du über mich enttäuscht bist. Du glaubst also, er hat das alles längst vergessen?»

«Ich kann das doch nicht beurteilen, Kind. Ich habe das nur aus Vorsicht zu bedenken gegeben.»

«Das ist auch sehr richtig. Man muß alles bedenken, und ich lege ganz großen Wert auf deine Meinung. Du kannst es nüchtern betrachten, während ich ... ja, ich bin dir sehr dankbar, daß du mich darauf gebracht hast.»

«Es tut mir leid, daß ich es erwähnt habe.»

«Nein, wieso? Warum soll er nicht inzwischen ...? Für ihn ist das ja auch etwas ganz anderes als für mich. Außerdem ist es das Vernünftigste, im Ernst. Für ihn, meine ich. Ich kann ihm doch nichts sein, ich habe es ja bewiesen, daß ich ihm nichts sein kann. Ich bin eine dumme Gans. Sei nicht böse, daß ich dich mit diesem Unsinn langweile, der dich gar nicht interessiert. Es liegt an dieser Telefoniererei. Wie lange Max mit Hamburg spricht! Dieser dicke Beermann. Wieviel Anzugstoff er wohl braucht, wie? Soll ich dir etwas sagen, Papa? Mir geht es zu gut, das ist es. Auch zu Haus haben sie das immer schon zu mir gesagt. Meine Mutter sagte es, mein Vater nicht; mein Vater sagte so etwas nicht. Ja, und dann erzählte sie mir von andern Mädchen, denen es schlechter ginge als mir und die trotzdem mehr taugten. Wahrscheinlich hat sie recht gehabt. Man müßte mich überlegen. Ich habe einen anständigen Mann, ich habe Günther, und Geld ist da und das alles hier. Was will ich eigentlich mehr? Wirst du das machen, was Max vorhin gesagt hat?»

«Was?»

«Diese Sache mit der Kirche und den Flüchtlingen.»

«Ja, vielleicht.»

«Gut, dann werde ich es auch tun. Ich richte mich ganz nach dir. Ich möchte Max gern helfen. Ich möchte daß er zufrieden mit mir ist. Bist du auch der Meinung, daß es mir zu gut geht?»

«Zerbrich dir doch nicht den Kopf darüber. Auf meine Meinung kommt es gar nicht an.»

«Doch, sehr, für mich zählt sie. Du bist der einzige Mensch, mit dem ich so reden kann wie ich rede. Mit wem soll ich denn sonst reden? Früher in den ersten Jahren bin ich nicht so zu dir gewesen, wie es sein sollte. Ich war noch zu dumm, ich hatte auch etwas Angst vor dir. Was wußte ich schon von dir. Bitte, Papa, sei mir nicht böse deswegen. Ich mache es auch wieder gut. Wir beide ... ja, ich habe die ganze Zeit hier nur deinetwegen ausgehalten. Ich genierte mich vor dir. Wirklich! Du mußt dich nicht über mich lustig machen. Du bist der letzte. Weißt du, wie ich ihn kennengelernt habe? Durch einen einzigen Satz. Er sagte zu mir ... aber das weiß kein Mensch, ich habe noch nie mit jemand darüber gesprochen ... er sagte: Mit dir lohnt es sich zu sterben. Mehr nicht, das war alles, was er zu mir sagte. Vielleicht sagte er damals auch ‹Sie› zu mir, doch das ist gleichgültig. Und ich bin sehr, sehr glücklich mit ihm gewesen. Es läßt sich nicht vergessen, Papa. Es läßt sich einfach nicht vergessen, das ist es. Aber bitte, erzähle es nicht Max, ich meine das, was Berthold zu mir gesagt hat; er würde mich auslachen. Ich begreife auch, warum Berthold nicht angerufen hat. Kein Wunder! Er hat es für selbstverständlich gehalten, daß ich hinkommen würde. Er hat überhaupt nicht daran gezweifelt. Er hat durch den Vorhang geschaut und mich im Zuschauerraum gesucht; sie haben da doch immer ein Loch im Vorhang. Und ich ... ich bin nicht da. Ja, so ist es. Es muß furchtbar für ihn sein. Ist das alles wirklich ein solches Verbrechen, Papa? Ich meine, wenn jemand glücklich sein möchte?»

Da endlich hörte ich das Geräusch von Schlüsseln draußen an der Haustür. Ich wollte aufspringen, doch mein Schwiegervater legte seine Hand auf meinen Arm; das brachte mich zur Besinnung. Denn natürlich, es war Fräulein Gerda. Wer sollte es auch sonst sein; es hatte ja niemand einen Hausschlüssel außer ihr.

Sie kam mit knallroten Backen hereingestürmt. «Ach, sind Sie noch auf», rief sie.

Ich sah von der Zeitung auf, die ich schnell in die Hand genommen hatte. Mein Schwiegervater und ich saßen etwas gelangweilt da und hörten uns an, was sie uns zu erzählen hatte.

Sie war ganz außer Atem und so aufgeregt, daß sich ihre Worte überstürzten; sie wollte zu schnell alles loswerden. Sie hätte schon viel früher hier sein können, sagte sie, und ihr Verlobter habe auch geschimpft, weil sie so lange klatschte. Bis zuletzt, bis der eiserne Vorhang niederging. Es seien schon fast keine Leute mehr dagewesen. Ihr Verlobter hätte sie immer am Arm gezerrt und gesagt: Komm endlich, nun ist es genug, und die Schauspieler wollen sich endlich ausruhen, und wir verpassen die Straßenbahn. Doch sie sei noch aus der Garderobe wieder zurückgelaufen und hätte weitergeklatscht, in Hut und Mantel, und einige, die noch dagewesen wären, hätten dann auch wieder angefangen zu klatschen. Wo ich doch den Dichter persönlich kenne, hätte sie zu ihrem Verlobten gesagt. Und Frau Riebow mit ihrem Mann sei auch dagewesen. Und der Oberbürgermeister und noch andere Leute, die bei uns verkehrten. Und geweint hätte sie auch. Ob man es noch sehen könne?

Ob es denn so traurig gewesen sei, fragte mein Schwiegervater.

Ja, sehr. Das heißt, vielleicht auch nicht, und ihr Verlobter hätte sie ausgelacht und gesagt, du heulst auch bei jeder unpassenden Gelegenheit. Denn zum Schluß ginge ja alles gut aus, aber sie hätte die ganze Zeit Angst gehabt, daß es schiefgehen könne. Aber als die junge Frau zu ihrem Mann sagt: ‹Wie bist du grau geworden, Gianni. Ist es meine Schuld?›, und dabei macht sie so eine kleine Bewegung und der Mann schreckt zurück, weil er sich nicht von ihr berühren lassen will, ... da hätte sie weinen müssen, und ihr Verlobter hätte gesagt, das sei eine Gemeinheit von der Frau, sie mache sich noch obendrein über ihren Mann lustig. Aber die Frau bittet ja selber darum, daß ihr Mann freigesprochen wird, und er wird am Schluß freigesprochen.

Welcher Mann? fragte ich.

Ihr Mann, er hat doch seine Frau und Paolo erschlagen. Aus Eifersucht. Es ist eine alte Geschichte, vor vielen hundert Jahren. In Italien natürlich. Aber gespielt würde in modernen Kleidern, genauso wie wir. Ach, was für ein hübsches Kleid Francesca angehabt hätte! Und der ganze Prozeß sei überhaupt nur wieder aufgenommen, weil Francesca gesagt haben soll, ihr Mann müsse dafür bestraft werden. Dafür, daß er sie und Paolo erschlagen habe. Aber sie hat es gar nicht gesagt, der Dichter hat es gesagt.

Welcher Dichter? fragte ich.

Dante heißt er, ein alter Dichter. Das heißt, nicht alt, auf der Bühne sei er gar nicht so alt, im Gegenteil. Und die junge Frau sagt, er müsse sich verhört haben oder er habe sie falsch verstanden, und das könne auch leicht so gewesen sein, weil er doch ohnmächtig geworden wäre.

Ohnmächtig? Wer? fragte ich.

Dieser Dante, als er damals mit dem Liebespaar gesprochen hat. Und zur Strafe dafür muß er bei dem Prozeß der Vorsitzende sein und das Urteil sprechen. Sie machen ihm sogar alle Vorwürfe, weil er die Sache falsch erzählt hat. «Da, das Telefon», sagte Fräulein Gerda. Tatsächlich pinkte der Apparat in der Halle. «Mein Mann telefoniert da drinnen», sagte ich.

«Ach, der Herr Direktor ist auch noch auf?» Ja, und hier sei auch das Programmheft, ob ich es lesen wolle.

«Ja, legen Sie es nur hin. Danke, ich kann es ja mal durchsehen», sagte ich.

Sie möchte es aber gern wiederhaben, sie wolle es aufbewahren. Und es sei auch ein Bild von Herrn Möncken darin; und auch ein Vorwort von ihm, das habe sie noch gar nicht lesen können. Und Herr Möncken sei gar nicht krank, er wäre ja am Schluß noch auf die Bühne gekommen. Erst ganz zum Schluß, die Schauspieler hätten ihn wohl mit auf die Bühne gezogen.

«Wollen Sie noch eine Kleinigkeit essen?» fragte ich sie. «Sie werden doch sicher Hunger haben.»

Nein, sie und ihr Verlobter hätten in der großen Pause im Theaterkeller ein belegtes Brot gegessen. Ach, und wieviel interessante Leute da waren.

«War es denn ein Erfolg?» fragte ich.

«Ja, natürlich war es ein Erfolg. Wieso denn nicht. Das heißt . . .» In diesem Augenblick sah sie Max, der in der Tür seines Zimmer stand. «Ach, Herr Direktor, ich habe gerade Ihrer Frau von dem Stück erzählt. Es ist zu schade, daß Sie nicht dabei waren. All die Herrschaften waren da, die hier auch zu uns ins Haus kommen. Ich habe meinem Verlobten die Namen genannt. Mein Verlobter ist nämlich gar nicht einverstanden mit dem Stück, er fand es unmoralisch; er schimpfte sogar. Hoffentlich denken die Kritiker nicht auch so, das würde mir furchtbar leid tun für Herrn Möncken, und es wäre auch ungerecht.»

«Nun, das werden wir ja morgen in der Zeitung lesen», sagte ich.

«Ja, ich bin auch gespannt, ich kann es gar nicht erwarten», begann Fräulein Gerda von neuem. «Denken Sie nur, Herr Direktor . . .»

Da stand ich auf und sagte: «So, und ich glaube, nun machen wir Schluß für heute. Es freut mich jedenfalls, daß Sie den Abend genossen haben. Gute Nacht.»

«Ja sehr, und vielen Dank für die Karten.»

«Und lassen Sie Günther morgen ruhig etwas länger liegen. Er ist ziemlich spät zu Bett gekommen», rief ich ihr nach.

Wir waren wie betäubt von dem Redeschwall.

«Das wäre überstanden», sagte ich. «Das Hamburger Gespräch hat aber lange gedauert.»

«Ich mußte ausführlich mit Beermann über die Situation sprechen, aber es wird sich lohnen.»

«Wollt ihr noch ausgehen?» fragte mein Schwiegervater. Das tat er wohl nur, um mir zu helfen; wir standen nämlich schon wieder eine ganze Weile da und wußten nicht, was wir reden sollten.

«Ich glaube, wir lassen es lieber. Nicht wahr, Max?»

«Ich richte mich nach dir. Aber wenn du keine Lust hast...»

«Ach, ich bin todmüde.»

Auch Max hatte keine Lust dazu. Er hatte ja sowieso keine Lust dazu gehabt.

Mein Schwiegervater sagte uns gute Nacht, und ich entschuldigte mich bei ihm, daß er sich all das dumme Zeug von Fräulein Gerda habe anhören müssen. Ich dankte ihm auch, daß er unsretwegen so lange aufgeblieben sei. Ich begleitete ihn bis zur Treppe, er ging auch schon ein paar Stufen hinauf. Da meinte Max wohl, daß ich mit seinem Vater nach oben gehen wolle.

«Was ich noch sagen wollte, Marianne», rief er. Dann räusperte er sich.

«Ja? Ist noch etwas?» fragte ich. «Dann also gute Nacht, Papa. Schlaf gut.»

Mein Schwiegervater sah mich an, dann ging er nach oben.

«Nun?» fragte ich Max.

«Du weißt, daß ich es grundsätzlich vermeide, mich in deine Angelegenheiten zu mischen», sagte er.

«Aber das ist doch dein gutes Recht.»

Es war ihm sehr unangenehm, mit mir reden zu müssen. Er ging zum Tisch hin, nahm sich eine Zigarette und klopfte sie lange auf seinem Handrücken zurecht. Vielleicht war das eine Angewohnheit von ihm, wenn er in einer Aktionärsversammlung den Leuten einen Vorschlag machen wollte.

«Ja, gib mir auch eine Zigarette», sagte ich. Er kam sofort mit der Schachtel und bot mir eine an.

«Was ist denn?» fragte ich, während er mir das Feuerzeug hinhielt.

«Selbstverständlich ist mir das alles nicht gleichgültig», sagte er und ging mit den Zigaretten zum Tisch zurück. Ich blieb bei der Treppe stehen. «Das mußt du nicht denken, auch wenn ich nicht darüber spreche.»

«Ich weiß, Max. Es tut mir auch leid. Ich meine, es tut mir leid, daß durch diese Premiere alles wieder aufgerührt wird. Es ist mein Fehler, ich weiß. Du hast keine Schuld. Aber auch ich habe es nicht verhindern können.»

«Komm doch etwas näher, bitte. Ich möchte nicht so laut sprechen. Es braucht niemand zu hören.» Er blickte sogar nach oben, ob Fräulein Gerda dort lauschte.

Ich ging ein paar Schritt zu ihm hin. «Hat er angerufen?» fragte ich.

«Woher weißt du das?»
«Ich habe es befürchtet.»
«Ja, er hat angerufen.»
«Nun, und?»
«Er rief an, als ich da drinnen war. Gleich nach dem Hamburger Gespräch. Er wollte dich sprechen.»
«Ja, das kann ich mir denken.» Ich versuchte zu lachen. «Es tut mir leid für dich, Max.»
«Ich hielt es für richtiger, dich nicht ans Telefon zu rufen.»
«Ich wäre auch nicht hingegangen. Nein, auf keinen Fall.»
«Ich habe gesagt, du seist in Italien.»
«Ja, so war es richtig. Genau dasselbe würde ich auch gesagt haben. An deiner Stelle, meine ich. Und es stimmt ja auch beinahe. In ein paar Tagen wenigstens.»
«Ja, und da er daraufhin nichts sagte ...»
«Hat er nichts gesagt?»
«Nein, deshalb sagte ich noch, daß du erst im Dezember wieder zurück sein würdest. Nicht vor Mitte Dezember, glaube ich, ich kann es nicht beschwören.»
«Ja, natürlich. Es kommt auch gar nicht auf das genaue Datum an. Wir wissen es ja selbst noch nicht einmal. Na, und?»
«Das war alles.»
«Hat er nichts gesagt?»
«Nein.»
«Gar nichts?»
«Nein.»
«Komisch. Aber ganz gleich. Was soll er auch viel sagen. Ich meine, hast du das Gefühl, daß er es dir geglaubt hat?»
«Er antwortete nicht. Ich wartete noch ein wenig; er war auch noch am Apparat. Ich hörte ihn atmen.»
«Du hörtest ihn atmen?»
«Vielleicht war es auch Einbildung. Im Hintergrund war ein ziemliches Stimmengewirr. Und Klappern von Geschirr. Er telefonierte wohl von irgendeiner Kneipe. Und da er nichts sagte, habe ich dann leise aufgelegt. Was hätte ich auch noch mit ihm reden sollen.»
«Ja, ganz recht. Es tut mir leid, daß du damit belästigt worden bist, sehr, sehr leid.»
«Ich habe mich bemüht, höflich mit ihm zu sprechen.»
«Ja, vielen Dank.»
«Oder jedenfalls sachlich. Ich habe mich nicht aufgeregt oder so. Du weißt schon, was ich meine.»
«Vielen Dank, ja. Wirklich es tut mir sehr leid.»
«Ich hielt es für besser, dir das mitzuteilen. Damit du nicht denkst, ich hätte ohne dich zu fragen ...»

«Ja, vielen Dank, Max. Ja, so ist es gut. Du hättest übrigens ruhig ohne mich zu fragen ... das war dein gutes Recht. Und du hättest mir auch nichts zu sagen brauchen. Aber es ist gut, daß ich Bescheid weiß. Man muß wissen, womit man zu rechnen hat. Es ist wirklich sehr gut so. Ich gehe jetzt lieber zu Bett. Vielen Dank.»

Ich wollte fortgehen. Ich wollte allein sein. Ich wollte nicht, daß er merkte, wie es um mich stand, das wäre unrecht gegen ihn gewesen. Ich wollte nicht, daß er sah, wie ich zitterte. Vielleicht zitterte ich auch gar nicht, vielleicht zitterte nur meine Stimme. Ich hatte nicht mehr die Kraft, es zu verbergen.

«Was ich noch sagen wollte», rief Max.

«Ist denn noch etwas?» fragte ich.

«Ach, nichts Besonderes. Es handelt sich um ... Bitte nimm es mir nicht übel, daß ich davon anfange, aber ...»

«Du kannst mir ruhig alles sagen. Ich habe es nicht anders verdient.»

«Ja, ich meine, daß man auf so etwas, auf eine solche kleine körperliche Verirrung nicht allzuviel Wert legen darf. Man muß darüber hinwegkommen.»

Ich blieb stehen. Ich wußte nicht, was ich ihm darauf antworten sollte.

«Entschuldige den Ausdruck. Ich will damit nur sagen, daß es jedem von uns passieren kann. Ja, das ist alles.»

«Der Ausdruck ist sogar sehr gut», sagte ich. «Tatsächlich, er ist ganz ausgezeichnet. Ja, vielen Dank. Willst du noch aufbleiben?»

«Ich werde noch ein paar Berichte durcharbeiten. Wegen unserer Reise, damit dann alles klappt.»

«Bleib nicht so lange auf, Max. Auch deine Arbeitskraft ist nicht unerschöpflich.»

«Es ist erst zehn nach elf», sagte Max.

«Ach so, ja. Also gute Nacht.»

Ich ging in mein Zimmer hinauf; ich ließ die Tür nur angelehnt. Ich wollte alles hören, was im Treppenhaus vor sich ging. Das heißt, falls dort etwas vor sich gehen sollte. Ich hörte, wie Max das Licht ausknipste und in sein Zimmer ging. Aber seine Tür hörte ich nicht einschnappen, er hatte sie wohl auch nur angelehnt.

Doch die Hallenuhr war zu hören, das Ticken, gleichmäßig und ohne Hast. So still war es im Haus. Und dann hörte ich, wie im Keller jemand einmal hin und her ging und wie dann eine Tür zugeworfen wurde. Es kann nicht Max gewesen sein, er ging fast nie in den Keller; es wird die Köchin gewesen sein. Wer denn auch sonst? Berthold würde niemals durch den Keller kommen.

Max hatte ihn atmen gehört, ja.

Ich machte kein Licht an, ich konnte auch im Dunkeln warten. Außerdem taten mir die Augen weh, das Licht hätte mich geblendet. Es läßt sich viel besser warten, wenn man sich selbst nicht sieht. Doch ich hatte Durst, deshalb ging ich ins Badezimmer und mußte dort Licht anmachen. Ich ließ das kalte Wasser laufen, damit es kalt wurde, aber der Wasserhahn zischte so laut, daß ich nichts andres hören konnte. Man konnte das Zischen durchs ganze Haus hören; der Mechaniker war schon einmal dagewesen, doch es war immer noch nicht anders geworden. Darum stellte ich den Hahn schnell wieder ab, das Wasser war noch lauwarm; ich trank es trotzdem. Wenn Max unten das Laufen des Wassers hört, wird er denken, daß ich bade und zu Bett gehe. Doch vielleicht achtet er gar nicht darauf. Ich lief gleich wieder in mein Zimmer zurück und horchte, ob etwas passiert sei. Das Licht im Badezimmer ließ ich brennen, auf die Weise konnte ich genug sehen.

Ich kann nicht sagen, was ich eigentlich noch erwartete; wenn mich jemand gefragt hätte, würde ich es nicht gewußt haben. Ich war viel ruhiger als die ganze Zeit vorher. Ich brauchte gar nicht mehr zu denken, ich brauchte nur noch zu warten. Ach, so ruhig! Wenn mich nur nichts beim Warten stört, dann ist alles gut. Kein Denken, nur noch Warten.

Ich wußte genau, daß ich zu Max hätte hinuntergehen müssen und ihm etwas sagen, ganz gleich was. Jede anständige Frau würde das getan haben, und noch war Zeit dazu. Max hatte sich so viel Mühe gegeben, mit mir zu sprechen; es lag alles an mir, ich hätte darauf eingehen können. Und wenn Berthold wirklich noch kommen sollte, dann konnte ich im Zimmer bei Max versteckt bleiben und warten, bis er ihn fortgeschickt haben würde.

Aber ich war schon viel zu weit fort, von Max und von allem. Man sah es nicht, daß ich schon so weit fort war, alle dachten, da ist sie ja noch, doch ich leistete keinen Widerstand mehr: es trieb mich immer weiter von ihnen fort, nicht heftig, ganz sanft, immer weiter. Bald würden sie mich nicht einmal mehr reden hören; sie werden noch sehen, daß ich die Lippen bewege, aber verstehen werden sie mich nicht mehr können. Und ich sie auch nicht.

Doch Max hatte ihn atmen hören.

Vielleicht kam Berthold ja gar nicht. Vielleicht war das alles nur Einbildung. Vielleicht fühlte er sich da, wo er jetzt war, ganz wohl und dachte nicht an mich. Dann war ja alles gut, ich brauchte nicht erst mit Max über diese Dinge zu reden. Denn wenn es nur eine kleine körperliche Verirrung war, wie Max es nannte – ach, wie peinlich es ihm war, so ein Wort zu gebrauchen –, dann war es tatsächlich besser, nicht weiter davon zu reden und das alles einfach zu vergessen wie eine kleine Krankheit, wegen der man nicht einmal einen Arzt ruft. Man würde mir so oder so nicht glauben. Man würde im Gegenteil glauben, daß ich noch nicht darüber hinweg sei, wenn ich viel davon redete.

Doch warum war Berthold erst krank gewesen und wollte nicht hierher kommen? Und dann plötzlich war er doch gekommen. Das mußte einen Grund haben. Oder hatten die Leute vom Theater bei ihm angerufen, daß er unbedingt zur Aufführung kommen müsse? Daß es ohne ihn nicht gehe, ja. Vielleicht hatte es gar nichts mit mir zu tun. Mein Schwiegervater hatte ja auch dies Bedenken. Aber warum hatte Berthold dann geschwiegen, als Max mit ihm telefonierte. Ich sah ihn am Telefon stehen, in einer Telefonzelle – oder der Apparat hing auch in dem Gang zwischen den Gasträumen und der Küche, nicht weit vom Büfett –, ja, dort stand er, den Hörer am Ohr und hinter ihm liefen die Kellner mit ihren Tabletts vorbei und streiften ihn, und dann der Lärm des Restaurants, und man hörte ihn atmen.

Wenn ich nur wüßte, von welchem Restaurant er telefoniert hatte, dann... Oder hatte Max mich in Verdacht, daß ich Berthold dort anrufen könnte? Hatte er deshalb seine Tür nur angelehnt?

Ich wurde wieder unruhig, das kam vom Denken. Es dauerte zu lange. Der arme Berthold, wie sollte er denn auch so rasch herkommen. Vielleicht hatte er kein Geld für eine Taxe, und mit der Bahn dauerte es über eine halbe Stunde. Und außerdem konnte er sich dort vielleicht nicht losmachen. Hat die Uhr in der Halle schon halb zwölf geschlagen? Ich muß es überhört haben, trotz der Stille.

Ich ging auf und ab, leise, es lagen ja dicke Teppiche da. Als ich am Spiegel des Kleiderschranks vorbeikam, sah ich etwas Weißes. Ich hatte etwas Weißes in der Hand, eine weiße Rolle. Es war das Programmheft, ich hatte es ganz vergessen. Ich knipste die Nachttischlampe an und setzte mich aufs Bett, um das Heft anzusehen.

Da war das Personenverzeichnis und die Namen der Schauspieler dahinter. Und rundherum Reklamen. Aber das interessierte mich nicht. Und hinten waren Aufnahmen von der Aufführung. Eine Schauspielerin. Nein, zwei Weiber spielten mit. Sie sahen beide sehr gut aus. Ob Berthold sich in eine davon verliebt hat? Das ist sein gutes Recht. In welche wohl? In die jüngere? Nein, Berthold mag die Jüngeren nicht, das sagte er immer. Aber die andere?

Dann las ich das Vorwort, weil es von Berthold war. Ich bemühte mich, es zu lesen. Er hatte geschrieben:

Es geht nicht um Francesca und Paolo. Ihr Schicksal hat sich erfüllt und gilt uns als Erfüllung. Alle großen Liebespaare der Menschengeschichte sind im Sinne der Welt gescheitert, womit die Welt sich trösten mag. Alle großen Liebespaare bekennen sich reuelos zu diesem Scheitern und zu ihrer Liebe. Damit sind sie für alle Zeiten der menschlichen Rechtsprechung entzogen, die zuweilen die göttliche genannt wird. Auch für den Dramatiker gibt es daran nichts mehr zu deuten.

Außerdem ist es zu bezweifeln, ob es uns Heutigen noch erlaubt ist, Liebende darzustellen. Ein Zeitalter, das so einseitig auf die Erhaltung des Daseins aus ist wie das unsere, vermag nicht einmal mehr von Erfüllung zu träumen. Und was sich nicht träumen läßt, hat keine Wirklichkeit.

Francesca und Paolo werden nur als Zeugen aufgerufen. Genauer gesagt, als Entlastungszeugen für Malatesta, denn um ihn allein geht es zunächst. Sein Schicksal ist immer noch unerledigt, auch heute noch. Er ist zweifellos eine tragische Figur. Nur um seinetwillen wird der Prozeß wieder aufgenommen, immer wieder.

Auch Dante ist dafür verantwortlich. Er berichtet uns, Francesca hätte gesagt, daß ihr Mann dafür, daß er ihr und ihrem Gliebten das Leben nahm, in die Caina kommen werde, in den tiefsten Höllenkreis, wo nur Verwandten-

mörder ihre Strafe abbüßen. Es kommt hier auf den genauen Wortlaut des Berichtes an. Francesca sagt oder soll gesagt haben: ‹Die Caina erwartet ihn, der uns das Leben nahm.› Malatesta lebte also damals noch, und es entsteht die Frage, ob das Urteil im Sinne Francescas vollzogen worden ist. Oder lebt Malatesta vielleicht heute noch?

Und eine zweite Frage: Hat die Aussage Francescas überhaupt eine juristische Gültigkeit? Denn das Recht ist auf seiten Malatestas, darüber ist kein Zweifel möglich. Auch heute noch. Daß eine humanere Gesetzgebung es dem Ehemann nicht mehr gestattet, seine Frau und ihren Liebhaber zu erschlagen, ist eine so geringfügige Nuance, daß der ernsthafte Beurteiler dieses Falles sie nicht in Betracht zu ziehen braucht.

Aber drittens: Stimmt es denn, daß Francesca ihren Mann in die Caina verdammt wünschte? Wir sind in dieser Hinsicht einzig und allein auf den Bericht von Dante angewiesen, und Dante war ein Dichter. Darf einem Dichter vor Gericht Glaubwürdigkeit zugebilligt werden?

Von jeher hat dieser Haßausbruch wie ein Fehler auf dem zarten Bilde der jungen Frau angemutet. Zum mindesten ist er eine Verzeichnung. Und wie steht es mit Paolo, der laut Bericht während der Aussage schweigend an Francescas Seite schwebte und wahrscheinlich doch seinen Arm um ihre Schultern gelegt hatte? Schon sein Schweigen fällt auf, aber wird er nicht durch eine winzige Handbewegung, die Dante vielleicht entging, da er von der Schönheit Francescas fasziniert war, angedeutet haben: Was geht uns Malatesta an! Er ist schwer genug bestraft dadurch, daß die Welt ihm Recht gibt, daß er Erfolg hat und daß er weiterleben muß?

Es sei auch nicht verschwiegen, daß Dante als der einzige Zeuge im entscheidenden Augenblick der Aussage ohnmächtig zusammenbrach.

Die Revision des Prozesses ist von Malatesta beantragt, da die umlaufenden Gerüchte seinem Rufe zu schaden geeignet sind. Die Revision wird verworfen, nicht etwa weil damit Malatesta ins Unrecht gesetzt werden soll, sondern weil sie unter ganz unzuverlässigen und, wie sich herausstellt, falschen Voraussetzungen beantragt wurde. Der Prozeß gegen Malatesta hat nämlich überhaupt noch nicht stattgefunden, ein Urteil ist immer noch nicht gefällt. Damit hat Malatesta sich abzufinden, auch wenn es ein unangenehmer Schwebezustand für ihn ist.

Es bliebe ihm, gegen den Dichter auf Unterlassung zu klagen; dieser neue Prozeß würde große Aussicht auf Erfolg haben. Francesca, gegen Dante als Zeugin aufgerufen, würde ihn in ihrer taubenhaften Sanftmut sicher in Schutz zu nehmen suchen; doch auch sie wird lächelnd zugeben müssen, daß er während ihrer Unterhaltung ohnmächtig wurde. Ja, und weshalb denn? Einige sagen: aus Mitleid, und andere: aus Unterwerfung unter das herrschende Gesetz. Das mag sein, aber ist es nicht auch denkbar, daß die vernichtende Erkenntnis ihn zu Boden schmetterte, niemals einer solchen Erfüllung des Schicksals teilhaftig werden zu können, wie er sie in Francesca und Paolo vor sich sah? Und daß es ihm höchstens vergönnt sei, darüber zu schreiben?

Dante ist nicht ohne Schuld, denn ein Dichter hat nicht ohnmächtig zu werden, weder aus Mitleid noch aus Unterwerfung; er verfälscht seine Wahrheit. Und wenn er aus Verzweiflung niederbricht, hat er zu schweigen.

Aber wer wird schon einen Dichter vor Gericht zerren, das lohnt sich nicht. Der Dichter ist zweifellos eine tragikomische Figur.

Ja, so stand es im Programmheft, und ich versuchte es zu verstehen. Ich glaube, Berthold machte sich über die Leute lustig, und das war nicht gut für ihn; sie würden sich über ihn ärgern. Weshalb schrieb er solche Sachen, die ihm schadeten.

Und was diese Francesca angeht, das ist doch klar: Dante ist eifersüchtig ... Und taubenhafte Sanftheit? ...

Ich weiß nicht, wie lange ich dort saß und über alles nachdachte. Auch nachher habe ich nicht auf die Uhr gesehen, es war nicht mehr nötig. Es kann sein, daß ich gar nicht sehr lange dort saß, vielleicht nur ein paar Minuten. Ich war ganz weit fort gewesen, wie im Schlaf. Dann schreckte ich hoch.

Es hatte jemand ans Fenster geklopft. Sehr zart, aber ich hörte es sofort; es war als ob mich jemand mit dem Finger angerührt hätte. Komm! Und dann noch einmal. Es war keine Täuschung.

Die Nachttischlampe brannte noch, ich knipste sie sofort aus. Ich blieb aber auf dem Bett sitzen, ich wagte nicht mich zu bewegen. Es klang so, als ob ein Vogel gegen die Fensterscheibe pickte, ein kleiner Vogel, zuerst ganz leise und zaghaft, als warte er nach jedem Picken, ob ich es auch gehört habe, und dann immer schneller. Viele kleine Vögel, vielleicht Meisen.

Oder wirft jemand Sand gegen das Fenster? Ist Berthold denn verrückt? Max wird es doch hören. Jeder im Haus kann es hören. Im Keller und oben im zweiten Stock. Und woher nimmt er den Sand? Er wirft ja mit beiden Händen.

Ich stand auf, es wurde mir schwer; ich war wie aus Blei. Langsam schlich ich zum Fenster hin, Schritt für Schritt. Oft blieb ich stehen und lauschte; das Geräusch war immer noch da. Die Vorhänge vor dem Fenster waren zugezogen, ich mochte sie nicht aufziehen; ich stand dahinter und horchte. Ich wollte mich nicht zu erkennen geben.

Schließlich blickte ich durch einen kleinen Schlitz. Fast hätte ich laut gelacht. Es hagelte draußen. Wie konnte es auch hageln! Auf so einen Gedanken wäre kein Mensch gekommen. In der linken Ecke des Simses draußen hatte sich schon ein Haufen weißer Hagelkörner angesammelt. Und immer weitere pochten gegen die Scheibe und prallten davon ab.

Wie seltsam, daß es hagelt. Was für ein Wetter! Und jetzt im November. Tagsüber war es viel zu warm gewesen, und nun hagelte es plötzlich. Wahrscheinlich ist Max unten genau so erstaunt darüber wie ich und steht dort am Fenster und sieht nach, um was es sich handelt.

Unter diesen Umständen wird Berthold natürlich nicht kommen. Bei solchem Wetter, nein, auf keinen Fall. Damit braucht man nicht zu rechnen. Und ich werde mich wohl besser mit dem Kofferpacken beschäftigen, für die Reise mit Max. Sonst vergesse ich noch irgend etwas Wichtiges. Ich hatte es immer noch hinausgeschoben. Damit die Sachen nicht so zerknittern. Ich wollte im letzten Moment packen. Aber es war wirklich hohe Zeit.

Und gerade da klingelte er an der Haustür.

Und wie er klingelte! Erst nur einmal, ziemlich lange. Dann wartete er ein wenig. Doch er war viel zu ungeduldig, um richtig warten zu können. So schnell kann man doch beim besten Willen nicht zur Haustür laufen, auch am Tag nicht. Er klingelte gleich noch einmal, sogar dreimal kurz hintereinander: Alarm! Das ganze Haus wird davon aufwachen. Das ist nun auch wieder nicht nötig, Berthold. Ich mußte lachen. Nicht laut, aber mein Herz lachte.

Ich hörte, wie Max aus seinem Zimmer kam und durch die Halle ging und das Licht im Treppenhaus anmachte. Ich stand oben hinter meiner Tür, sie war ja nur angelehnt. Durch den Ritz fiel ein Keil Licht in mein Zimmer. Ich konnte nicht sehen, was draußen vor sich ging, die Tür öffnete sich nach innen und nicht zur Treppe hin, und auch mich konnte man nicht sehen. Aber ich konnte alles hören.

Max ging in den Windfang hinaus; die Kette rasselte, die innen vor der Haustür lag. Und draußen klopfte Berthold mit den Füßen auf dem Eisen herum, auf dem man sich die Schuhe abkratzt. Ach, wie ungeduldig er war. Ob er wohl sehen konnte, daß es Max war, der zur Haustür kam. Sicher dachte er doch, ich würde ihm aufmachen. Vielleicht konnte er die Silhouette von Max erkennen. Und ob Max wohl sah, daß es Berthold war, der draußen stand? Wie komisch das alles war. Vielleicht drückte Berthold sein Gesicht an die Milchglasscheibe, wie Kinder, mit plattgequetschter Nase, wie bei einem Clown.

Es waren ja auch zwei Schlösser an der Haustür, ein gewöhnliches und ein Sicherheitsschloß. So schnell, wie Berthold sich das vorstellte, ließ sich die Haustür nicht öffnen. Was würde er wohl tun, wenn Max gar nicht erst öffnete: Weiterklingeln? Oder mit dem Türdrücker rütteln? Es war ein antiker Türdrücker, aus Messing; er hatte viel Geld gekostet.

«Na endlich!» hörte ich Berthold sagen. Es klang entrüstet, und dabei trat er sich anscheinend die Füße auf der Matte ab. Meine Tür wurde von dem Luftzug etwas aufgedrückt, aber ich hielt sie zu; sie brauchten noch nicht zu wissen, daß ich oben alles hörte.

«Was wünschen Sie?» fragte Max.

«Sie können mich doch da nicht im Hagel stehen lassen», beschwerte Berthold sich. «Überhaupt, was für komisches Wetter haben Sie hier.»

«Erlauben Sie ...» Max lief offenbar hinter Berthold her, der einfach in die Halle voranging.

«Was? Ist sie schon im Bett?»

Ich mußte mir das Lachen verbeißen. Ja, so schlecht bin ich, aber beinahe hätte ich laut gelacht. Und zwar über Max. Es war alles so witzig. Und zwar über sein Gesicht. Ich hätte gern sein Gesicht gesehen.

«Darf ich Sie darauf aufmerksam machen...» begann Max, aber er kam damit nicht weiter, Berthold unterbrach ihn sofort.

«Soll ich sie wecken?»

«Dies ist mein Haus», sagte Max, und diesmal klang es schon sehr viel ärgerlicher.

«Ja, wieso? Wer bestreitet das denn?» fragte Berthold ganz erstaunt. «Ein schönes Haus. Und schön warm haben Sie es hier. Was für ein Sauwetter draußen.»

«Ich habe Ihnen bereits am Telefon gesagt, daß meine Frau...» begann Max von neuem.

«Menschenskind, das glauben Sie doch selber nicht», unterbrach Berthold ihn wieder. «Und das riecht man doch. Arpège, wie? Lange nicht gerochen. Dazu braucht man kein Hund zu sein. Gut! Gut! Es paßt ausgezeichnet zu ihr. Soll ich sie aus dem Bett holen?»

Ach, daß ich nicht lachen durfte! Darum also hatte Berthold am Telefon geatmet, wegen des Parfüms.

«Ich mache Sie nochmals darauf aufmerksam...»

«Was ist denn los? Was sollen die Sprüche? So viel Zeit haben wir gar nicht. Der ganze Clan wartet auf uns. Ich habe ihnen versprochen, gleich wieder zurück zu sein. Ich will nur die Hauptperson holen. Nette Leute! Besonders die Frau vom Malatesta. Die zweite Frau. Die kennt sich aus. Ein Mund, Direktor! Eine wahre Pracht. Die schluckt Sie mit einem Haps über und schreit nach mehr. Wenn ich gewußt hätte, daß Sie hier solche Mädchen am Theater haben... Kommen Sie, holen wir sie zusammen aus dem Bett. Das wird eine Überraschung geben.»

«Ich fordere Sie hiermit auf...»

«Lassen Sie mich los. Was wollen Sie denn eigentlich? Ich habe das nie gemocht, wenn man mich anfaßt.»

«Ich fordere Sie hiermit zum letztenmal auf, mein Haus zu verlassen, und zwar auf der Stelle.»

«Ich weiß gar nicht, was Sie wollen. Wieso? Ich will ja gar nicht hierbleiben. Je schneller Marion kommt...»

«Sie zwingen mich, die Polizei zu rufen.»

«Die Polizei? Was soll die Polizei damit? Ich gehe auch ohne Polizei. Menschenskind, Direktor. Nüchtern! Nüchtern! Sie sind doch Großindustrieller. Oder Manager. Oder ganz gleich was. Tatsachen, Herr Direktor, Tatsachen! Daß ich Ihnen das erst erklären muß. Polizei? Sie sind ja ein Romantiker. Damit kommen Sie im Leben nicht weiter. Das endet mit Nihilismus. Glauben Sie mir, das weiß ich besser als Sie. Und wozu wollen Sie Marion den Spaß verderben. Seien Sie doch nicht so. Ich bin die fünfhundert Kilometer hierhergebraust, in knapp acht Stunden. In der alten Klapperkiste. Das machen Sie mir erst mal nach. Und nur, um noch zur rechten Zeit da zu sein. Was? Und dann ist sie nicht mal im Theater? Das ist doch nicht möglich. Beinahe hätte ich auch nach der Polizei geschrien. Wie stellen Sie sich das vor? Da rackert man sich ab... Wozu schreibe ich denn so ein Stück? Zu meinem Vergnügen?

Das kann ich auch einfacher haben. Wieso? Sehen Sie mich an. Ich bin ein berühmter Mann, so wie ich hier stehe. Fragen Sie die Leute; ich kann auch nichts dafür. Und was soll die Polizei daran ändern?»

Ich hielt es für besser, mich sehen zu lassen. Sonst hätten sie sich vielleicht noch ernstlich gestritten. Bisher war alles nur komisch.

Ich trat lachend ans Treppengeländer. Unten standen sie beide und starrten mit offenem Mund zu mir hinauf. Nein, nicht mit offenem Mund, das sage ich nur so. Max stand am Pfosten der Treppe und sein Mund war ganz schmal und verkniffen. Und Berthold war schon zwei Stufen hinaufgegangen, um mich aus dem Bett zu holen. Da stand er, und ich sah auch nur ihn, und er sah so aus, wie es sein mußte. Ich konnte auch nichts sagen, ich konnte nur lächeln.

«Na endlich, Liebling», sagte Berthold und dann gleich zu Max hin: «Sie haben doch nichts dagegen, Direktor, daß ich sie Liebling nenne? Wir sind es so gewohnt. – Warum läßt du uns hier so lange warten? Wir wollten dich schon aus dem Bett holen.»

Er war etwas betrunken, aber nicht sehr, und es war nicht unangenehm wie sonst bei Männern. Er war wie ein Junge. Er hatte seinen alten Regenmantel an, und sein Haar war ganz naß und klebte ihm in der Stirn. Er strahlte über das ganze Gesicht, so begeistert war er, daß er mich endlich wiedersah.

Ich ging bis zur Treppe; ich meinte, er würde mir entgegenlaufen, statt dessen ging er die beiden Stufen rückwärts hinunter, ohne mich aus den Augen zu lassen. Wollte er schon in den Windfang vorangehen, weil ich ihm ja doch folgen würde? Nein, das war es nicht. Er blieb gleich am Fuß der Treppe stehen. Max muß irgendwo rechts gestanden haben, schon ganz abseits. Ich wußte, daß er noch da war, aber sehen konnte ich ihn nicht mehr. Ich ließ Berthold nicht aus den Augen.

«Ganz langsam, Liebling!» flüsterte Berthold. «Stufe für Stufe. So wie damals. Und dabei lächeln wie eine große Dame. Ja, so! Ach, das hält kein Mensch aus. – Sehen Sie sich das an, Direktor. So etwas läßt sich nicht erfinden und nicht beschreiben und nicht auf die Bühne bringen, das kann man nur... Ich habe es schon einmal erlebt. Sie waren damals nicht dabei, Direktor, ich glaube, Sie waren noch unterwegs. Aber daß ich es zum zweitenmal erleben darf... Wirklich, Liebling, mir zittern die Beine. Die ganze Zeit habe ich gedacht: Was für ein Dreck, dieser Rest, der mir noch übrig bleibt, nachdem man einmal so etwas gesehen hat. Und nun... Und dasselbe Kleid ist es auch. Na, was habe ich Ihnen gesagt, Direktor, sie hat sich schon das Kleid von damals angezogen. Ein wunderbares Kleid! Aber es liegt nicht an dem Kleid. Dein Direktor glaubt mir nämlich nicht. Ach, Liebling, warum bist du nicht zur Aufführung gekommen. Ich habe so auf dich gelauert. Hat er es dir nicht erlaubt?»

Ich schüttelte den Kopf, ich konnte nicht sprechen. Es sollte nicht heißen, daß Max es mir verboten hatte, doch Berthold faßte es so auf.

«Was für ein alter Spaßverderber! Aber mach dir nichts draus. Komm, wir wollen jetzt feiern.»

«Soll ich dir nicht vorher einen Kaffee kochen?» fragte ich.

«Kaffee? Was soll ich mit Kaffee?»

«Ich habe auch etwas getrunken», sagte ich. Es war gar nicht das, was ich sagen wollte.

«Um so besser. Kaffee trinken können wir auch da. Ich bestell dir einen Mokka und dann ein Glas Sekt, und dann kannst du die ganze Nacht durchmachen.»

«Ich habe Pernod getrunken.»

«Ganz gleich, vielleicht haben sie dort auch Pernod. Worauf warten wir denn noch. Wir haben schon genug Zeit vertrödelt.»

Wir standen uns jetzt gegenüber, ich noch eine Stufe höher. Er hatte einen rotkarierten Schal um, ich zupfte ihn ihm zurecht, so gut es ging. Ich hatte ihm auch schon das Haar aus der Stirn gestrichen. Wir sahen uns immer dabei an. Es waren dieselben Augen. Und derselbe Mund. Er schien gar nicht daran zu zweifeln, daß ich mit ihm gehen würde.

«Wo feiert ihr denn?»

«Im Theaterkeller natürlich. Wo denn sonst? Es sind alles nette Leute. Einer hat Sekt spendiert. Ich weiß nicht, wie er heißt. Irgendein reicher Kerl. Warum auch nicht.»

Ich zweifelte ebensowenig daran, daß ich mit Berthold fortgehen würde. Ich zog es nur noch etwas hin.

«Marianne ...» hörte ich die Stimme von Max. Ich wollte nach rechts hinsehen, aber es gelang mir nicht.

«Halten Sie uns jetzt nicht mit Ihren Redensarten auf, Direktor», antwortete Berthold statt meiner. «Mein Gott, ist der Mensch aufgeregt. Wenn wir es noch wären, aber er hat doch am wenigsten Grund dazu.»

«Du mußt nicht so laut reden, Berthold. Du weckst ja das ganze Haus auf.»

«Rede ich zu laut?»

«Ja, sehr.»

«Das kommt von der Aufregung. Erst die Premiere und dann ... Wieso? Wohnt denn der alte Herr noch bei euch?»

Ich nickte mit dem Kopf.

«Ich dachte ...»

«Marianne», kam wieder die Stimme von rechts her; «wenn du es vorziehen solltest, unsere Privatangelegenheiten mit diesem angetrunkenen Herrn zu diskutieren ...»

«Angetrunkener Herr? Das nennen Sie angetrunken. Drei oder vier Gläser Kirsch und etwas Sekt. Menschenskind, werden Sie erst einmal so nüchtern, wie unsereiner ist, wenn er ein paar Glas getrunken hat, dann wissen Sie, was Nüchternsein ist. Das ist nicht wie bei Ihnen. Bin ich betrunken, Liebling? Du kennst mich doch. Besser als sonst jemand auf der Welt. Bin ich betrunken? – Nichts zu machen, mein Verehrtester. Ich weiß genau, was ich will. Und wenn ich es nie gewußt habe, diesmal weiß ich es; darauf können Sie sich verlassen.»

«Nicht so laut, Berthold.»

«Ach, ganz gleich. Er ärgert sich ja nur... Worüber ärgern Sie sich, Direktor. Kommen Sie doch mit. Das wird Ihnen gut tun. Und ich werde Ihnen dann auch ein paar Tricks für Ihre Reklameabteilung verraten, so ganz nebenbei und umsonst. Passen Sie auf, wie sich Ihr Umsatz verdoppeln wird. Das ist kein Kunststück. Ein bißchen Psychologie, weiter nichts. – Was, Liebling? Wir wollen deinem Direktor schon zeigen, daß wir nicht betrunken sind.»

«Wo hast du nur den häßlichen Schal her», fragte ich.

«Den Schal? Welchen Schal?» Er faßte sich erschrocken an den Hals.

«Ach so. Ja, ich habe ihn nur umgebunden, weil... Liebling, ich habe einen Volkswagen.» Sein Gesicht strahlte vor Freude. «Er steht draußen auf der Straße. Ich habe ihn schon seit ein paar Wochen. Auf Raten. Und natürlich zweithändig. Die Lackierung ist nicht mehr großartig, aber er fährt noch hundert. Den Berg rauf sogar noch mit neunzig. Jetzt sind wir ganz unabhängig.»

«Max», sagte ich und versuchte nach rechts hinzusehen. Doch es gelang mir nicht; nur mein Kopf drehte sich ein wenig nach rechts, aber mit den Augen blieb ich bei Berthold. «Wo willst du hin, Max?» fragte ich aufs Geratewohl in die Halle hinein.

«Du wirst wohl nicht erwarten, daß ich mir dies mit anhöre», kam die Stimme zurück. Sie war schon viel weiter fort.

«He, wo rennen Sie hin, Direktor», rief Berthold, «wir haben doch keine Geheimnisse vor Ihnen.» Aber es nützte nichts, Max war in sein Zimmer gegangen; ich glaube, er hatte sogar die Tür hinter sich geschlossen. «Da saust er ab. Wie ein bockiger Junge! Na, laß ihn, er wird schon zur Vernunft kommen. Meinst du, daß er die Polizei anruft?»

Ich schüttelte den Kopf.

«Er blamiert sich ja nur. Wozu soll er sich blamieren?»

«Er wird wohl Blanck anrufen», sagte ich.

«Ach, der famose Blanck. Existiert der auch noch? An den habe ich gar nicht mehr gedacht. – Ach, Liebling, etwas betrunken bin ich doch.»

«Ich weiß», sagte ich und strich ihm das Haar wieder aus der Stirn.

«Aber nicht sehr. Ich habe etwas zu rasch getrunken. Und dann die ganze Aufregung vorher. Und weil du nicht da warst. Und ich habe auch seit heut morgen nichts gegessen, ich bin einfach so losgebraust.»

«Soll ich dir etwas machen?»

«Ach, wer redet denn von Essen. Es ist nur wegen der Polizei. Die Schweinehunde könnten mir den Zündschlüssel wegnehmen. Und ich mußte doch trinken, Liebling. Mit den Schauspielern. Es wäre unhöflich gewesen...»

«War es ein Erfolg?»

«Ein Erfolg? Wieso?»

«Dein Stück.»

«Was geht mich das Stück an. Vielleicht war es auch kein Erfolg. Das interessiert doch keinen Menschen. Komm, sie warten alle auf dich. Ich habe dich schon angekündigt. Wo hast du deinen Mantel?»

Ich wies mit dem Kopf nach oben.

«Soll ich ihn runterholen?» Er wollte gleich hinaufspringen, aber ich hielt ihn fest.

«Laß nur. Da in der Garderobe ist noch ein Regenmantel. Der, den ich im Garten trage.»

«Der Wagen ist auch geheizt. Mein Gott, vielleicht habe ich den Motor laufenlassen. Wenn die Polizei das merkt... Komm!» Er faßte mich am Arm an, um mich mit hinauszuziehen, doch er blieb wie angewurzelt stehen, ach, und wie er mich ansah! «Weißt du, was ich möchte?»

«Nicht hier», sagte ich. Ich mußte ihm schon wieder die Haare aus der Stirn streichen, sie wollten gar nicht halten.

«Ich habe dich gefühlt, die ganzen drei Monate lang. Oder waren es mehr. Richtig gefühlt, meine ich. Deine Brust, hier in den Handflächen. Die Spitzen, weißt du. Wieso? Das kann man doch sagen. Er hört es ja nicht. Ich wäre beinahe verrückt geworden. Ich habe dir nicht geschrieben, weil du es nicht wolltest. Warum bist du nicht einfach von selber gekommen?»

«Es ging nicht, Liebling. Wirklich, es ging nicht.»

«Nun, ganz gleich; jetzt haben wir es geschafft. Und um ein Haar wäre ich gar nicht gefahren, denk nur. Ich hatte Angst; ich dachte, du würdest es nicht gern haben.»

«Und ich dachte, du wärest krank.»

«Das war doch nur eine Ausrede. Heute vormittag hielt ich es plötzlich nicht mehr aus. Ich bin in einem Rutsch hierhergefahren, ohne Pause. Beinahe fünfhundert Kilometer. Ich habe mich einfach in den Wagen gesetzt, so wie ich war – ich habe keine Garage, er steht immer vor der Tür – und dann los! Ohne irgend etwas. Ohne Zahnbürste, ja.»

«Ich wußte es», sagte ich.

«Und ich wußte, daß du es wußtest. Hast du manchmal an mich gedacht?»

«Ja, aber wir wollen hier nicht davon reden.»

«Der Volkswagen ist großartig, Liebling. Du wirst es ja selber sehen. – Was macht er da drinnen? Will er nicht mitkommen?»

«Soll er denn mitkommen?»

«Wenn er Lust hat, warum nicht.»

«Er wird keine Lust haben.»

«Er will wohl lieber schlafen?»

«Ja, vielleicht.»

«Na, von mir aus. Soll er schlafen. Weißt du, daß es gehagelt hat? Komisches Wetter habt ihr hier. Schon heut nachmittag wunderte ich mich. Da oben in euren Bergen – ich weiß nicht, wie sie heißen – da auf der andern Seite des Flusses, bevor man die Stadt sieht...»

Wir standen immer noch am Fuß der Treppe, genau wie vorher, nur näher beisammen. Er sprach viel zu schnell; er war so aufgeregt; er wollte mir alles auf einmal erzählen. Er hatte ganz vergessen, daß wir in einem fremden Haus waren, und daß Max nebenan telefonierte. Ich zog ihm den Schal noch einmal zurecht. Er achtete nicht darauf. Ich hörte zu, was er mir erzählte. Ich begriff nicht alles, aber ich sagte ja und ich lächelte die ganze Zeit. Es war schön, seine Stimme zu hören und mit ihm dazustehen, und daß er sich so freute und so aufgeregt war und sein Gesicht und alles.

Er erzählte mir von einer gelben Sonne unter einer schwarzen Wolkenbank, einer ganz gelben Sonne und darüber alles ganz schwarz, und daß die Sonne ihm das letzte Stück ganz flach von vorne in die Windschutzscheibe geschienen habe. Auch die Sonnenbrille habe nichts genützt, deshalb habe er langsam fahren müssen. Wenn die Straße eine Kurve machte oder ein Hügel sich davorschob, sei er wie blind gewesen, wie völlige Nacht. Und wenn er wieder ins Freie kam und in die gerade Richtung, war er geblendet. «Und dabei wollte ich doch so schnell wie möglich hier sein.»

Es war alles gar nicht wichtig, was er mir erzählte, und es war auch nicht nötig, daß er mir jetzt schon alles erzählte. Er war ja hier, und es hatte keine Eile. Aber ich mochte ihn nicht unterbrechen; ich hatte auch keine Eile mehr. Ich war auch gar nicht mehr müde. Am Nachmittag hatten mir noch alle Glieder wehgetan vor Aufregung. Schon als Kind taten mir die Glieder weh, wenn ich mich aufregte. Zum Beispiel zu Weihnachten. Aus lauter Vorfreude. Ich überfreute mich immer. Doch jetzt fühlte ich mich ganz leicht.

Und kurz bevor die Straße aus den Hügeln kommt, erzählte Berthold, irgendwo da oben, wo man die Stadt zum erstenmal sieht, sei eine Kneipe. Ein altes Fachwerkhaus. Ein Ausflugslokal wahrscheinlich. Ob ich es kenne?

Ich nickte mit dem Kopf, weil er es so haben wollte.

Und ein Garten sei auch da. Ein Kaffeegarten wahrscheinlich. Ob ich ihn kenne?

Ich nickte wieder mit dem Kopf.

Jetzt sei der Garten schon ganz kahl gewesen. Und ein Mädchen hängte dort Tischtücher oder weiße Bettlaken auf die Wäscheleine. «Und was meinst du?» fragte er und machte ein pfiffiges Gesicht.

«Warum hängte sie denn beim Regen Wäsche auf», fragte ich.

«Es regnete ja noch nicht, und vielleicht sollte die Wäsche bleichen. Das Mädchen stand auf der andern Seite der Wäsche, ich sah nur die Figur; die Sonne warf den Schatten auf das Laken. Und da sah ich, daß du es warst. Genauso wie du. Ich trat auf die Bremse, beinahe wäre ich den Abhang hinuntergepurzelt. Die Räder bremsen nicht gleichmäßig. Es sind noch Seilbremsen, ein alter Typ, deshalb habe ich das Ding auch billig gekriegt.»

«Ich habe schon sehr lange keine Wäsche mehr aufgehängt», sagte ich.

«Still!»

«Was ist?»

«Der Apparat hat geklickt. Er ist fertig mit Telefonieren.»

«Laß ihn. Ich habe Durst.»

«Ich auch. Wir müssen . . .»

«Ich bin wie ausgedorrt.»

«Das kommt vom vielen Reden. Soll ich . . . ?»

Berthold blickte über meine Schulter nach oben. Auch ich wandte mich um. Oben stand mein Schwiegervater. Er hatte den blaurot gestreiften Hausmantel übergezogen, den Max und ich ihm vor einem Jahr zum Geburtstag geschenkt hatten. Mein Schwiegervater war ein schlichter Mensch ganz anspruchslos; er hielt solche Dinge für überflüssigen Luxus. Aber der Mantel stand ihm gut.

Er hatte keinen Kragen mehr um. Vielleicht hatte er auch Hausschuhe an den Füßen, das konnte ich von unten nicht sehen. Er beugte sich ein wenig über das Geländer und blickte zu uns hin. Und dann lächelte er freundlich; da wußte ich, daß Berthold ihn angelächelt hatte.

«Wir haben Sie doch nicht geweckt?» fragte Berthold.

«Aber nein, Herr Möncken; ich habe auch gar nicht geschlafen. Im Gegenteil, ich habe Sie sozusagen erwartet.»

«Das ist fein, daß ich Sie noch einmal sehe. Ich wollte . . .»

Berthold ging die paar Stufen hinauf und gab meinem Schwiegervater die Hand. Dabei machte er eine ganz tiefe Verbeugung, aber nicht um sich über ihn lustig zu machen; er meinte es wirklich so. Es sah fast so aus, als ob er ihm die Hand küssen wolle.

«Ich wollte Ihnen immer schon sagen: Sie haben recht. Bücherschreiben, das ist kein Beruf für einen Mann.»

«Habe ich das gesagt?»

«Vielleicht haben Sie es nicht gesagt, aber gedacht haben Sie es bestimmt. Und wenn Sie es nicht gedacht haben, dann habe ich es für Sie gedacht. Das wollte ich Ihnen schon lange sagen, damit Sie beruhigt sind. Ich bin selber froh, daß ich endlich darüber hinweg bin. Ich werde zu einer Zeitung gehen, als Redakteur, oder zum Rundfunk. Oder auch ans Theater als Dramaturg. Irgend so etwas. Das sind Berufe wie alle andern; man arbeitet acht Stunden und kriegt ein festes Gehalt. Es ist alles viel einfacher, und dann habe ich auch mehr Zeit für sie.»

«Wir müssen fort, Papa», sagte ich.

«Ja.»

«Wir wollen noch feiern. Wir warten nur noch auf Max.»

«So?»

«Es wäre eine große Ehre für uns», sagte Berthold, «wenn Sie an der kleinen Feier teilnehmen würden.» Wie höflich er sich doch ausdrücken konnte. Und so ehrfurchtsvoll. «Aber ich wage nicht, Sie dazu einzuladen.»

«Ich danke Ihnen sehr, Herr Möncken», sagte mein Schwiegervater ebenso höflich, «aber ich bin etwas zu alt dafür.»

«Berthold hat einen Volkswagen», sagte ich.

«Das ist ja fein. Bitte fahrt vorsichtig.»

Und da passierte wieder etwas Komisches. So vieles war an diesem Abend komisch, so ganz anders, als man es sich vorgestellt hatte. Fräulein Gerda erschien plötzlich oben neben meinem Schwiegervater. Sie hatte wohl schon lange auf dem Gang gestanden, hinter dem Pfeiler, und nun konnte sie es nicht mehr aushalten und kam aus ihrem Versteck hervor.

«Ich gratuliere auch, Herr Möncken. Ich war heute im Theater. Und soll ich Ihnen Ihren Mantel bringen, gnädige Frau?»

Wir blickten uns alle belustigt nach ihr um, auch mein Schwiegervater.

«Nein, vielen Dank, Fräulein Gerda», sagte ich. «Ich werde den alten Regenmantel anziehen.»

«Aber einen Hut?»

«Wozu brauchen wir einen Hut, Mädchen», rief Berthold vergnügt. «Ich habe noch nie einen besessen, seit meiner Konfimationszeit nicht. Die Gnädigste kann meine alte Mütze aufsetzen, wenn sie friert –» Berthold holte eine zerknitterte Baskenmütze aus der Tasche und zeigte sie Fräulein Gerda – «und meinen Schal kann sie meinetwegen auch kriegen.»

Wir lachten alle, außer Fräulein Gerda, die ganz konsterniert war.

«Also, los!» rief Berthold und sprang die Treppe hinunter.

Da sahen wir, daß Max in seiner Tür stand.

«Ah, da ist ja auch unser Direktor. Na, wie ist es. Sind Sie so weit?»

Max war kreidebleich, er beachtete Berthold nicht.

«Herr Möncken», rief mein Schwiegervater.

«Ja, bitte?»

«Ich wünsche nicht, daß Sie meinen Sohn beleidigen.»

«Aber ich beleidige ihn doch gar nicht. Im Gegenteil, ich habe ihn doch eingeladen mitzukommen. Wir würden uns freuen.»

«Einen Augenblick, Marianne», sagte Max und kam zwei Schritt näher.

«Ja?» fragte ich.

Aber Berthold hatte keine Geduld mehr. «Das können Sie uns doch unterwegs erzählen.»

«Wollen Sie mich gefälligst mit meiner Frau reden lassen», sagte Max.

«Was ist denn, Max?»

«Ich denke, du bist dir klar darüber, was dies bedeutet?»

«Ja natürlich, Max. Das heißt, ich muß erst einen Mokka trinken. Komm doch mit.»

«Ja, los!» rief Berthold. «Ich habe Platz genug. Zur Not kann ich fünf Personen transportieren, wenn sie nicht zu dick sind.»

Er lief voran in die Garderobe, um meinen Regenmantel zu holen. Mein Schwiegervater stand immer noch oben am Geländer und Fräulein Gerda neben ihm. Ich aber stand unten mit Max, der ein böses Gesicht machte.

«Sei doch nicht so, Max.» Ich lachte ihn an. «Wir wollten doch sowieso ausgehen. Wir brauchen ja nicht lange zu bleiben.»

«Ist er dies?» fragte Berthold, der mit dem Regenmantel zurückkam.

Ja, es war mein Mantel. Berthold half mir hinein. Max stand da und sagte nichts.

Da klingelte es an der Haustür. Max machte eine Bewegung; er wollte hingehen und öffnen. Ich stellte mich ihm in den Weg.

«Wer ist das, Max?» fragte ich.

Er antwortete nicht, er versuchte an mir vorbeizukommen, aber ich ließ es nicht zu. «Wer hat da geklingelt?» fragte ich noch einmal.

Max zuckte mit den Achseln. «Blanck natürlich. Was bildest du dir ein. Ich brauche einen Zeugen.» Max' Stimme war heiser.

Ich trat beiseite. «Blanck natürlich. Gut, dann weiß ich Bescheid. Komm, Berthold.»

Wir gingen in den Windfang. Wir gingen so rasch, daß wir Max zuvorkamen. Berthold riß die Haustür weit auf und machte eine einladende Handbewegung.

«Hallo, der famose Herr Blanck. Was macht die Hornbrille? Kommen Sie doch auch mit in den Theaterkeller. Und überreden Sie Ihren Chef.»

Blanck stand am Türpfosten, er machte sich ganz flach, um uns vorbeizulassen. Sein Mantelkragen war hochgeschlagen. Er sah wie eine gutrasierte Eule aus.

«Komm», sagte ich zu Berthold, damit er nicht noch mehr dummes Zeug redete, und zog ihn die Stufen hinab.

Und dann wurde die Tür hinter uns zugemacht.

Draußen wehte es. Berthold faßte mich unter, daß ich nicht stolperte. Ich wäre wirklich beinahe gestolpert. Ich hatte ganz dünne Schuhe an.

Wir mußten die Auffahrt hinuntergehen, Bertholds Wagen stand draußen auf der Straße. Und mich fror auch.

Er atmete tief auf. «Da drinnen war es überheizt», sagte er.

Ich wollte nicht, daß er merkte, wie ich fror, und daß ich beinahe gestolpert wäre, doch nach ein paar Schritten blieb er stehen und fragte: «Ist etwas?»

«Nein, komm.»

Aber er faßte mich bei beiden Armen. «Nein, Liebling, sag mir: bist du traurig?»

«Es ist nichts. Komm lieber.»

«Habe ich mich albern benommen? Habe ich jemand beleidigt? Du mußt es mir sagen; ich benehme mich manchmal falsch.»

«Nein, du hast dich ganz richtig benommen. Ich bin froh, daß du dich so benommen hast. Ich bin froh, daß du endlich gekommen bist. Wir können hier nicht länger stehen bleiben. Komm.»

«Du hast zu dünne Schuhe an, das ist es. Was für niedliche Schuhe. Die kenne ich ja noch gar nicht. Komm, sei vorsichtig. Sonst kriegst du nasse Füße. Siehst du, da steht er», sagte er und zeigte auf seinen Volkswagen.

Ich hatte schon nasse Füße. An der letzten Stufe war ein Haufen Hagelkörner zusammengeweht, ich war aus Versehen hineingetreten, und gleich wurden meine Füße naß.

Er hatte den Motor tatsächlich laufen lassen. Berthold lachte, weil niemand es gemerkt hatte. Die Scheiben waren von innen beschlagen.

«Steig schnell ein, es ist schön warm drinnen. Warte!» Er kratzte mit seinem

Fuß die Hagelkörner beiseite, die an der Bordkante bei der Wagentür lagen. «So!»

Es war wirklich schön warm im Wagen. Es roch sehr nach Benzin. Berthold wischte die Windschutzscheibe von innen mit einem Handschuh ab. Er war stolz, daß wir nun einen eigenen Wagen hatten und nicht mit einer Taxe zu fahren brauchten. Er trat auf den Gashebel, um mir zu zeigen, was für eine gute Kompression der Motor noch habe. Dabei klopfte er mir die Hände.

«Hast du keine Handschuhe?»

«Ich habe sie in der Eile vergessen.»

Er wollte mir seine so lange geben, und ich könne mir die Hände auch da in der Ecke bei der Windschutzscheibe wärmen, wo die Heißluft herausblies. Und morgen würde er mir welche kaufen, sagte er.

«Ich habe genug Geld.» Er schlug auf seine Brusttasche.

«Du mußt Licht anmachen», sagte ich.

«Ach so.»

Dann fuhren wir unsere Straße hinunter und dann links die Straße, die zur Heimelsburger Chaussee führt. Es war niemand unterwegs, wohl wegen des Wetters. Doch es war ja auch schon spät; nachts ist bei uns nie viel Verkehr.

Ich verhielt mich ganz still, ich wollte Berthold nicht stören. Aber er nahm gleich wieder den Gang heraus und fuhr an die Straßenseite.

«Was ist?» fragte ich.

«Du bist doch nicht traurig?»

«Nein gar nicht. Ich bin glücklich, daß ich bei dir bin.»

«Wirklich?»

«Ja, bestimmt. Fahr bitte weiter. Wir müssen hier fort.»

«Mach dir nichts draus.»

«Nein. Nur, ich werde diesmal wohl nicht wieder dahin zurückgehen können.»

«Wozu auch. Du hast da nichts verloren.»

«Nein.»

«Und du hast jetzt mich. Es wird alles ganz anders sein.»

«Ja. Bitte, fahr doch weiter.»

Da fuhr er weiter, aber sehr langsam und zögernd. Über zwei Kreuzungen weg und dann bogen wir nach rechts in die Heimelsburger Chaussee ein, die in die Innenstadt führt. Auch dort fuhr Berthold sehr langsam, viel zu langsam. Ein paar Autos kamen uns entgegen und eine Straßenbahn. Wohl die letzte Straßenbahn. Und ein Auto hupte und überholte uns.

Berthold legte seine rechte Hand auf mein Knie, und ich legte meine Hand darauf.

«Ist dir auch warm genug?» fragte er.

«Ja», sagte ich und drückte seine Hand.

«Weißt du, was ich möchte?»

«Nun?»

«Ich möchte mir dir schlafen.»

«Ja, ich weiß.»

«Du mußt nicht denken, daß ich ... Ich kann sonst gut ohne das auskommen. Jahrelang, wenn ich meine Arbeit habe, es macht mir nichts aus. Aber nun ...»

«Warum fährst du nicht schneller?»

Doch er fuhr nicht schneller, wir schlichen immer noch.

«Weißt du was?»

«Nun?»

«Was sollen wir eigentlich im Theaterkeller?»

«Ich habe auch nicht viel Lust dazu.»

«Die Leute haben sich vielleicht inzwischen betrunken und wir kommen zu spät. Wollen wir nicht gleich da oben hinfahren?»

«Wohin?»

«Da, wo sie die Wäsche aufgehängt haben. Ich glaube, man kann da übernachten.»

«Und wenn sie geschlossen haben?»

«Dann trommeln wir sie heraus.»

«Vielleicht haben sie da nicht geheizt.»

«Dann fahren wir weiter. Wir haben jetzt doch Zeit, es kommt nicht mehr darauf an. Oder willst du vorher einen Mokka haben?»

«Nein, ich brauche keinen Mokka mehr. Ich bin schon wieder ganz frisch. Fahr nur los.»

Da fuhr er endlich schneller, und nachdem er geschaltet hatte, legte er seine Hand wieder auf mein Knie. Ich merkte, daß er froh war und hielt seine Hand. Wir brauchten nicht mehr zu sprechen. Es war so, wie es sein mußte.

Ein paar Wagen kamen uns noch entgegen, aber niemand überholte uns mehr. So spät wollte wohl niemand mehr in die Stadt. Vor uns zog sich die blauweiße Girlande der Straßenbeleuchtung hin, schnurgerade, ganz hinten wie ein heller Strich am Himmel und zuletzt ein dünner Haken, der sich in irgend etwas Dunkles verlor. Je weiter wir kamen und je rascher wir fuhren, um so weniger dachte ich zurück. Der Luftzug heulte durch einen Ritz des Wagenfensters auf Bertholds Seite, auf und ab, auf und ab. Und dann pfiff Berthold leise vor sich hin. Zuerst dachte ich, es sei nur Einbildung, aber er kniff mich leicht ins Knie, da wußte ich, daß er es war und daß er das Wiegenlied pfiff, das ich ihm beigebracht hatte. Er hatte es nicht vergessen, er pfiff es ganz richtig, und er pfiff es jetzt, weil er froh war und damit ich auch froh war und weil wir zusammengehörten. Ich war auch froh.

Und dann kam der Wagen ins Fliegen. Da, wo die Lichtgirlande ins Dunkle abbiegt. Wir schwebten. Wie leicht wir waren! Federleicht. Wir wurden zu dem Pfeiler der Eisenbahnbrücke hingeweht. Immer schneller. Ich hielt mich an Bertholds Hand fest. Und er hielt sich an meinem Knie fest. Wir wollten nicht wieder getrennt werden.

Ja, und dann wurden wir ganz wo anders hingeweht. Es tat nicht weh, nein. Alle Schmerzen waren vorher gewesen.

Unterdessen, das heißt während wir da fuhren und während wir da schliefen und während wir da fortgeweht wurden oder was sonst mit uns war... ich weiß natürlich nicht ganz genau, was unterdessen zu Haus passierte, aber ungefähr weiß ich es doch. Denn ich habe so lange mit ihnen zusammengelebt, daß ich mir alles ganz gut vorstellen kann, und ich glaube kaum, daß es sehr viel anders gewesen ist. Warum sollen sich die Menschen schon wenige Minuten, nachdem ich von ihnen fortgegangen bin, verändert haben?

Ja, da war also dieser Blanck. Wir hatten ihn ja noch zur Tür hineingelassen, und er hatte die Tür hinter uns zugemacht. Er stand also im Windfang; da ihm das alles sehr unangenehm war, zögerte er. Es war da auch noch ein anderer Grund, ein sehr komischer Grund, so wie ja alles an diesem Abend so war, daß man sich nur schwer das Lachen verbeißen konnte. Dieser Blanck hatte seinen Mantelkragen hochgeschlagen und hielt ihn ängstlich mit der Hand zu, damit er nur ja nicht auseinanderklaffte. Er hatte nämlich keinen Kragen um, er war nicht einmal richtig angezogen. Sofort nach dem Anruf seines Chefs hatte er Hose, Jacke und Mantel über seinen Schlafanzug gezogen und war in einer Taxe hingefahren. Sehr anerkennenswert, aber natürlich machte es ihn unsicher, nicht korrekt gekleidet zu sein.

«Kommen Sie doch herein, Blanck», rief Max von drinnen. Denn was Max betrifft, so war es für ihn jetzt beinahe noch wichtiger als vorher, als ich noch da war, daß er Blanck bei sich hatte. Obwohl er sich sofort bei Blanck entschuldigte, daß er ihn noch so spät angerufen und womöglich im Schlaf gestört habe. Und dazu noch ganz überflüssigerweise. Max betonte dies ‹überflüssigerweise› scharf, es kam etwas geziert heraus, und er machte eine Handbewegung, mit der er auf die leere Halle hinwies. Blanck entschuldigte sich dagegen seinerseits, daß er nicht schneller habe kommen können, da keine Taxe zu haben gewesen sei, obwohl er dringlich eine angefordert hätte und ihm das auch von dem Fräulein an der Vermittlungsstelle versprochen wäre.

Max sagte, er würde es Blanck nie vergessen, daß er sich sofort hierherbegeben hätte, aber...

Es wäre nämlich deshalb so wichtig für Max, daß er Blanck bei sich hatte, weil er sonst mit seinem Vater und Fräulein Gerda allein gewesen wäre. Und wie sollte er sich denn den beiden gegenüber verhalten, die leider alles mit angesehen hatten. Ja, wenn das zu verhindern gewesen wäre.

«Fräulein Gerda», rief Max nach oben hinauf.

«Ja?» kam es ängstlich von dort zurück.

«Würden Sie wohl die Güte haben, nach dem Kind zu sehen.»

Woraufhin Fräulein Gerda oben ohne ein Wort verschwand, so daß Max sich wieder diesem Blanck zuwenden konnte, dem er erklärte, daß es ihm lediglich an einem zuverlässigen Zeugen gelegen habe. «An einem absolut zuverlässigen Zeugen», wiederholte Max noch einmal etwas lauter. Doch wie Blanck wohl sehe, hätten sich die Dinge inzwischen schon von selbst erledigt.

«Max», rief daraufhin sein Vater. Er kam sogar die Treppe herunter, so wichtig war es ihm.

«Ja, bitte, Vater?» fragte Max höflich, aber gereizt.

«Wäre es nicht besser, du führest den beiden sofort in den Theaterkeller nach?»

«Welchen beiden?» fragte Max. Er zog verwundert die Augenbrauen hoch.

«Und zwar ohne Blanck. Verzeihen Sie, Herr Blanck», fuhr sein Vater fort, ohne auf die Frage von Max zu achten.

«Ich verstehe dich wirklich nicht, Vater», sagte Max.

«Ich halte das für deine einzige Chance.»

«Für wessen Chance, bitte? Für *meine*?»

«Oder für deine Pflicht. Streiten wir uns doch jetzt nicht um Worte.»

Max antwortete nicht. Statt dessen blickte er nach oben zur Treppe hin und fragte: «Nun?»

«Günther schläft», flüsterte Fräulein Gerda.

«Schön. Danke! Sie können zu Bett gehen», sagte Max, und Fräulein Gerda gehorchte sofort.

«Max, ich habe dich etwas gefragt», mahnte sein Vater.

«Ja, einen Augenblick, Vater. Wie ist es, Blanck? Darf ich Ihnen nicht wenigstens etwas anbieten? Einen Cognac vielleicht?»

«Hör doch zu, Max, ich habe das Gefühl, daß wir nicht viel Zeit verlieren dürfen. Ich würde selber fahren, aber ...»

«Ich muß dich sehr bitten, Vater, dich nicht noch einmal in diese meine Privatangelegenheit zu mischen. Ja, entschuldige, daß ich das so kraß heraus sagen muß; du zwingst mich dazu. Und im übrigen halte ich es nicht für den richtigen Zeitpunkt, hier jetzt über *meine* Chancen zu diskutieren. *Meine* Chance dürfte wohl kaum im Theaterkeller liegen, nimm es mir nicht übel. Und noch weniger *meine* Pflicht. Der Fall ist für mich ...»

Max sprach den Satz nicht zu Ende, denn man hörte in der Ferne das hysterische Aufundabjammern einer Polizeisirene. Der Überfallwagen brauste wohl die Heimelsburger Chaussee entlang; in der Nacht waren die Geräusche weithin zu hören, besonders wenn der Wind aus der gleichen Richtung kam. Die drei horchten nervös dorthin, ihre Köpfe drehten sich ein wenig nach rechts. Erst als die Sirene in der Ferne abklang, wandten sie sich wieder einander zu und taten so, als ob nichts gewesen sei.

«Ich glaube wohl von mir behaupten zu dürfen», fuhr Max fort. Seltsamerweise sprach er schon sehr viel sicherer, so als ob das Heulen der Sirene ihm seine Überlegenheit wiedergegeben habe. Er verzog sogar den Mund spöttisch, «daß ich in der Gewährung von Chancen, wie du es nennst, sehr großzügig gewesen bin. Aber alles hat seine Grenzen. Mehr können wir uns einfach nicht leisten, Vater. Wir haben an unsern Namen zu denken, es würde seinem Ansehen schaden. Ich wünsche daher ...» Und nun sprach Max bereits wie vor einer Generalversammlung. Das war die Rolle, in der er sich am sichersten fühlte. Niemand konnte ihm da etwas anhaben; es gab keinen Widerspruch gegen seine klaren und bestimmenden Ausführungen. Er schlug sogar, um seinen Worten mehr Nachdruck zu verleihen, mit der flachen Hand auf die Rükkenlehne des Sessels, bei dem er stand. Nicht sehr kräftig, nein, und keineswegs aus Zorn, sondern nur, weil das seiner Meinung nach zu dieser Rolle gehörte, wenn sie gut und eindrucksvoll gespielt werden sollte. «Ich wünsche daher, daß dieser Fall schon jetzt, schon heute nacht von uns allen als endgültig erledigt angesehen wird. Endgültig, verstehst du, Vater? Eine klare Linie, ja! Und bitte, Blanck, äußerste Diskretion!»

«Selbstverständlich, Herr Direktor.»

«Kein Wort über die Vorgänge dieser Nacht. Auch Ihrer lieben Frau gegenüber nicht. Sie wissen ja, die Frauen ... Darf ich Ihnen wirklich nichts anbieten?»

«Nein, vielen Dank, Herr Direktor.»

«Nun gut, dann will ich Sie auch nicht unnötig aufhalten. Also, gute Nacht. Und nehmen Sie eine Taxe. Ihre liebe Frau wird sich ängstigen.»

Max reichte Blanck die Hand.

Da klingelte es an der Haustür, und die Hand von Max fiel herunter.

«Wer ist das schon wieder?» rief er leise und blickte seinen Vater an, ob der ihm vielleicht Auskunft geben könne. Er sah einen Augenblick so aus, als wolle er selber zur Haustür laufen, doch er besann sich sogleich. «Bitte, Blanck, sehen Sie doch nach.»

Und während Blanck in den Windfang hinausging, versuchte Max, weiter den Überlegenen zu spielen. «Wir sollen wohl heute Nacht gar nicht mehr zur Ruhe kommen.»

Man hörte, daß Blanck die Haustür öffnete, und man hörte eine fremde Männerstimme, die sich bemühte, leise zu sprechen. Aber Max wollte nicht horchen, es war unter seiner Würde, darum redete er weiter. «Im Ernst, Vater, wir können uns das wirklich nicht leisten. Das mußt du doch einsehen. Es hat noch nie geschadet, wenn man den Tatsachen ins Auge sieht. – Was ist?»

Blanck kam zurück. Allein. Er sah meinen Schwiegervater unsicher an, er wußte nicht, ob er in seiner Gegenwart sprechen durfte.

«Nun?» fragte Max.

«Die Polizei, Herr Direktor. Sie möchte Sie persönlich ...»

«Ich komme», sagte Max und ging hinaus.

Mein Schwiegervater sah Blanck fragend an. Von draußen hörte man Stimmengemurmel und das Scharren von Stiefeln auf den Fliesen. Einer der Wachtmeister trat sich die ganze Zeit die Füße ab, während er mit Max sprach.

«Sie sind gegen den Pfeiler der Eisenbahnbrücke gefahren», flüsterte Blanck. «Offenbar mit großer Geschwindigkeit. Sie sind wohl ins Schleudern gekommen. Der Wagen soll völlig zertrümmert sein.»

«Beide?» fragte mein Schwiegervater.

Blanck nickte mit dem Kopf. Dann warteten sie. Was sollten sie noch miteinander reden.

Max kam schon sehr bald zurück. Die Haustür war offen geblieben, denn es zog so sehr, daß die Asche aus dem Aschbecher über die Tischplatte geblasen wurde.

Max benahm sich bewundernswert. Wer etwas anderes erzählt, der lügt. Max ist immer bewundernswert, wenn es eine Krise gibt.

Er hatte schon den Hut aufgesetzt und war dabei, seinen Mantel anzuziehen. Im Vorbeigehen hatte er sein Zeug von der Garderobe genommen. Max ist wirklich bewundernswert. Man braucht keine Angst um ihn zu haben.

Blanck sprang zu ihm hin, um ihm in den Mantel zu helfen.

«Danke. Gehen Sie bitte sofort ...» wollte Max sagen, doch sein Vater trat auf ihn zu und wollte auch etwas sagen. «Ich habe jetzt keine Sekunde Zeit, Vater. Die Leute warten draußen. Ich fahre mit ihnen zur Unfallstation; sie sind so freundlich, mich mitzunehmen. Ich will sehen, wie sich das ordnen läßt. Geh bitte zu Bett. Du kannst doch nichts dabei helfen, und deine Gesundheit ist mir wertvoller. – Also, Blanck, fahren Sie sofort auf die Presse-Agentur. Wir müssen den Zeitungen zuvorkommen. Geben Sie eine Nachricht auf, eine ganz kurze Nachricht, etwa so ...» Max dachte einen Augenblick nach, er formulierte die Nachricht. Blanck sah ihn erwartungsvoll an, damit ihm auch ja kein Wort entging. «Plötzlich und unerwartet», begann Max und unterbrach sich selber. «Nein, so nicht; das wäre etwas für die offizielle Anzeige. Sagen wir lieber: ‹Durch einen tragischen Unglücksfall ...› ja, beginnen wir so, und dann weiter: ‹kam die Gattin des bekannten ...› und so weiter. Sie wissen schon, wie üblich. Kein Wort von diesem anderen. Aber beeilen Sie sich. – Ja, ich komme schon, meine Herren.»

Mein Schwiegervater steht nun ganz allein in der Halle. Er hört, wie der Polizeiwagen abfährt und wie die Reifen quietschen, als der Wagen am Ende unserer Straße um die Ecke biegt. Dann ist es ganz still. Und dann kommt von oben ein ängstliches Flüstern.

«Herr Generaldirektor.»

Mein Schwiegervater blickt sehr ruhig nach oben.

«Ist etwas Schlimmes passiert, Herr Generaldirektor?» fragt Fräulein Gerda.

Mein Schwiegervater schüttelt den Kopf.

...

Ja, so ungefähr war es.

Hans Erich Nossack

Dieser Andere

Ein Lesebuch mit
Briefen, Gedichten, Prosa

Suhrkamp